바람의 눈

이 도서의 국립중앙도서관 출판시도서목록(CIP)은 e-CIP 홈페이지
(http://www.nl.go.kr/ecip)에서 이용하실 수 있습니다.
(CIP 제어번호 : CIP2011002549)

바람의 눈

2011년 6월 21일 초판 1쇄 인쇄
2011년 6월 28일 초판 1쇄 발행

지은이 | 노령
펴낸이 | 孫貞順
펴낸곳 | 도서출판 작가
　　　　서울 서대문구 북아현3동 1-1278 (우120-866)
　　　　전화 | 365-8111~2　팩스 | 365-8110
　　　　이메일 | morebook@morebook.co.kr
　　　　홈페이지 | www.morebook.co.kr
　　　　등록번호 | 제13-630호(2000. 2. 9.)

편집 | 손희 김하나

디자인 | 오경은
영업 | 손원대
관리 | 이용승

ⓒ노령
ISBN 978-89-94815-09-1 (03810)

값 12,000원

바람의 눈

노령 소설집

작가

꼽아보니 평생 직업 교직을 그만둔 것이 벌써 십이 년째다. 마음과 머리에서만 소설을 쓰다가, 그때부터 비로소 펜을 들어 원고지에 소설을 쓰기 시작했으니, 같은 햇수만큼 소설작업을 해온 셈이다. 그런 일을 시작할 때, 그 나이에 뭐 하러 굳이 어려운 길을 가려느냐고 애정 어린 만류도 있었다. 글쓰기란, 더군다나 소설 쓰기란 아무나 하는 것이 아니라는 생각이었으리라.

소설쓰기를 겁도 없이 시작하는 데 거창한 출사표가 필요한 것은 아니었다. '꿈이었다.' 소녀 적부터 가졌던 소박한 꿈, 소설가가 되고 싶은 꿈, 어린 시절의 꿈을 실현하기 위하여 도전하는 삶은 설사 그 일이 아무리 고달프다할지라도 한번쯤 시도함직 하지 않은가! 한번뿐인 인생인데…

소설 쓰기가 마냥 즐겁지만은 않았다. 정신과 기교의 부조화로 좌절할 때도 있었고, 문장이 심미적 의미를 지니는 방향으로 나아가지 않아 애가 탈 때도 많았다. 그보다 더 힘들었던 것은 우리사회─문학계의 편견이었다. 원만한 나이의 글쓰기는, 그것도 여성의 문학수업은 으레 유한부인의 고급한 소일거리로 여겨 읽어보기도 전에 무시하려 하였다. 이런 경향으로 인하여 신춘문예나 유력한 잡지의 최종심의 문턱에서 자주 헛발을 디디는 경험도 쌓았다.

그렇다 해서 작가의 꿈을 실현하는 일을 중단할 수는 없었다. 내 존재의 심연에 도사리고 있는 이야기들을 풀어내지 않고서는 사는 게 무의미했다. 잔잔한 일상의 소소하지만 외면할 수 없는 서사에, 눈에 밟히는 사회의 비리 현상에, 여성으로서 겪어야 하는 고달픈 삶의 궤적에, 마모되어가는 역사의 흔적에, 날개를 달아주거나, 일침을 가하거나, 위로의 손길을 내밀고 싶은 열망으로 마음이 편치 않았다. 여기 모은 작품들은 그런 출생내력을 지녔으니, 결국은 내 존재의 증명인 셈이다.

십여 년 누적된 작품을 세상에 내 보내려니 조금 두렵기도 하다. 옹색한 심연을 적나라하게 드러내야 한다는 부담감도 있지만, 예리한 독자의 시선을 마냥 회피할 수만은 없다고 각오하고 있다. 책상서랍에서 불편한 침묵으로 일관했을 나의 식솔들에게 바깥세상을 호흡하게 해야 하는 것 또한 작가의 의무가 아니던가. 이런 절차를 거치면서 기존의 세계를 허물면서 또 다른 세계를 구축해 나아가는 것이 결국은 소설이고, 문학이고, 인생이리라.

내 평화의 안식처 린·다璘·多네와 내 문학의 기상나팔이신 유연油然께, 진중한 해설로 소설의 길을 잡아주신 임명진 교수님께, 그리고 빼어난 문화의식으로 좋은 책을 만들어 주신 손정순 사장과 〈작가〉 편집진께 깊은 감사의 말씀을 올린다.

2011년 6월

魯玲

차 례

작가의 말

바람의 눈

동심원

밤바다는 윤곽조차 구별하기 힘들었다. 저기쯤이 바다일거라고 짐작된 곳은 먹물을 엎지른 것처럼 누워있었다. 커다란 아가미를 벌린 채 먹이를 노리고 있는 괴물처럼 보이는 어둠속으로 가뭇없이 빨려들 것만 같아 윤주는 부르르 몸을 떨었다.

잠시 멈추었나 싶던 눈발이 하나 둘 유리창에 부딪치며 사라지곤 하더니 순식간에 함박눈으로 변했다. 휘날리는 눈발이 굵어지면서 창밖은 부유스름해지고 있었다.

"어라? 요상헌 날씨구먼 그려. 이월 중순인디 이러코롬 많은 눈이 끝일 새 없이 쏟아징게 말여. 겨울 내내 눈 한번 구경하기 심들었던 곳인디. 뭔 일이당가? 이렇게 발이 푹푹 빠질 맨크롬 쌓인 눈을 보기는 수십 년 만에 처음이라고 혔쌌드만…… 그나저나 내일은 시내병원에 가서 복수를 빼내야 헐틴디 나갈 수나 있을랑가 모르것네.…… 뭣땀새 뱃속에 물이 차 오른당가? 마치 아를 밴 것처럼 뽈쏙 나온 것이 영 남새스러워 죽것구만. 그려."

윤주를 향하여 말한다기보다 허공에 던지듯 노인은 어둔한 어투로 말했다.

'저 노인네가 실성을 했나?'

노인으로부터 등을 돌린 채 서있던 윤주는 이마에 굵은 주름을 잡았다.

'복수가 차오른다는 것은 죽을 날이 가깝다는 뜻인데, 소풍이라도 떠나는 초등학생처럼 구는 모습이라니! 나이를 거꾸로 먹은 게야. 뭐야.'

못마땅한 마음에 배배꼬인 심사가 되어 윤주는 잔뜩 얼굴을 찌푸렸다. 며칠 만에 알아볼 수 없을 정도로 변한 낯선 모습이, 거울처럼 상을 잡아주는 유리창에 떠올랐다.

"엠병할! 비싼 돈 처들이고 와서 저놈의 인사 땜에 낫기는커녕 병골이 더 깊어지게 생겼으니. 나 원 참!"

노인또래의 뚱보가 혼잣말로 불평을 쏟아놓았을 뿐 모두들 입을 다물고 있었다. 병실의 분위기를 익히기 전까지 윤주는 노인의 병자답지 않은 변죽과 그럴 때마다 이상스럽게 반응하는 환자들의 미적지근한 태도가 불만스러웠다. 노인의 병실은 이 병실에서 두 칸 건너에 위치한 514호실이라 했다. 입원료가 3배가 넘는, 보통 처지에선 감히 들 수 없는 일인용 병실을 놓아두고, 환자와 간병인으로 복작대는 6인용 병실로 찾아드는 노인을 이해할 수 없어 윤주는 아예 무시하곤 했다.

오늘 퇴원한 선희 엄마는 5년 전에 왼쪽가슴을 그리고 2년 전에 오른쪽가슴마저 들어낸 유방암환자였다. 임파선까지 전이되어 더 이상

치료가 불가능하다는 의사의 선고를 받고, 얼마 남지 않은 시간 자식들에게 따뜻한 밥 한 끼니라도 먹여야 하겠다며 울면서 짐을 쌌다. 데리러온 남편 차에 오르면서 그녀는 윤주에게 간곡한 어조로 말했다.

"하루라도 빨리 수술해요. 그러다 시기를 놓치면 나처럼 된다고요. 젊은 나이에 유방 없이 살아야한다는 결심을 하긴 쉽지 않겠지만 죽는 것보단 낫지 않겠어요?"

손을 꼭 잡으며 진심으로 걱정하던 선희 엄마였다. 그녀가 떠난 자리를 보니 울컥 넘어오는 심란함으로 쉽게 잠들 것 같지 않았다. 그런데 노인은 오늘밤 그 빈 침대를 차지하고 이곳에서 잘 모양이었다.

서른 살 문턱에 선 윤주에게 젊은 의사는 건조한 음성으로 또박또박 말했다.

—유방암입니다.

의사는 파랗게 질린 환자에게 자신이 방금 뱉은 끔찍한 말에 대해 충격을 완화할 목적인지 차분한 목소리로 설명했다.

—유방암과의 싸움은 이길 승산이 높은 싸움이며 충분히 싸울만한 가치도 있습니다. 미리 절망하지 마십시오. 암과의 싸움은 금방 끝나는 백 미터 달리기는 아닙니다. 지칠 정도로 달려야 하는 마라톤 경주라고 할 수 있지요. 그렇기 때문에 지쳐서 쓰러지지 않으려면 즐기면서 달려야 합니다. 부디 암과 함께 사는 법을 배우십시오.

윤주의 왼쪽가슴에 있는 2.5센티 크기의 종양에 대해 의사는 완전 절개수술을 권했다. 가슴한쪽을 완전히 들어내야 한다는 것이었다. 결혼을 몇 달 앞둔 예비신부에게 그건 얼마나 가혹한 주문인가? 하늘이 노랗게 변했다. 수술만하면 다른 문제는 없을 것이다 그러니 절망하지 말라는 의사의 말은 윤주의 귓가에 윙윙거릴 뿐 들어오지도 않았다. 머릿속이 온통 뒤죽박죽으로 뒤엉켰다. 느닷없이 다가온 죽음의 그림자, 공포가 온몸을 내리눌렀다.

"뭐시 보인다고 그리 넋 놓고 보고 있당가? 자넬 떨구어 놓고 간 젊은이를 생각허는 겨? 건강혔을 때 애인도 필요헌 거지. 거시기혀야 아무 소용없응게 이리 와서 잠이나 자랑게."

괜한 참견에 윤주는 도끼눈을 뜨고 노인을 째려보았다. 하루하루 삭정이처럼 말라가는 노인의 체구가 눈에 들어왔다. 언젠가는 자신도 그런 모습으로 변할 것이라는 생각이 들어 윤주는 황망히 눈길을 돌렸다.

약혼자인 그의 차를 타고 온 그날도 오늘밤처럼 함박눈이 펑펑 내렸다. 요양병원은 남녘 해변 가 둔덕에 고즈넉한 모습으로 서있었다. 주차장에 차를 세우고 병원 뜰에 내려서자 전면에 펼쳐진 바다의 정경은 장관이었다. 망망대해라고 했던가. 끝없이 펼쳐진 바다는 출렁임도 없이 잔잔했다. 새하얀 눈꽃은 아픔을 순응하듯 푸른 물속으로 스며들고 있었다.

―아! 이 맑은 공기, 참 좋다. 이모 말대로 정말 희망이 보이네. 그렇지?

바다를 향하여 가슴을 쭉 펼치면서 불안을 없애려는 듯 과장된 몸짓으로 그가 위로했다.

―희망? 어떤 희망이 보여? 여기에 있으면 내 몸에서 암 덩어리가 쑥 빠져나간대? 유방을 잘라내지 않아도 된대? 소용없어. 모두 미친 짓이야.

마치 발병이 그의 탓이라도 되는 냥 윤주는 심술을 부렸다. 그렇게 앙탈을 부릴 적마다 넉넉한 웃음으로 감싸주던 그. 이모의 권고로 그를 만나기 시작했을 땐, 무엇보다 미적지근한 그의 태도가 불만이었다. 술에 물탄 듯 좋은 게 좋은 거라는 그의 사고방식은 중늙은이처럼 느껴졌다. 그랬는데, 요즈음 들어 그의 포근한 이해심이 한결 위로가 되긴 했다.

의사가 수술을 권했을 때 윤주는 받지 않겠다고 단호하게 거절했다. 그와 이모가 번갈아가면서 종용했지만 윤주는 막무가내였다. 결국 윤주의 고집을 꺾지 못한 이모는 자연치유적 생활로 중증의 암환자들을 많이 치유했다는 소문이 자자한 곳이라며 이 요양병원을 추천해주었다.

처음 이곳에 짐을 풀었을 때, 가장 견디기 힘들었던 것이 바로 노인의 수다였다. 노인은 끊임없이 말을 붙여왔고, 그런 노인의 말을 묵살해버리는 것으로 윤주는 부글거리는 속마음을 다스리곤 했다. 노인은 말을 참고 살다 병이든 사람처럼 굴었다. 설사병환자가 썩어 악취 나는 오물을 쏟듯이 순간순간 아무 말이나 뱉어냈다. 그런 노인을 보고 있노라면 자신의 몸을 야금야금 무너뜨리고 있는 병에 대해 알고나 있는지 궁금할 정도였다.

윤주는 창에서 몸을 돌려 병실을 둘러보았다. 암이 돋아난 부위는 다 달랐지만, 한 가지 공통점은 있었다. 그들은 병원에서 모든 치료를 다해본 다음, 마지막으로 먹고 싶은 것이나 마음껏 먹으라며 선심 쓰듯 이곳으로 보내진 사람들이었다. 태어난 후 처음으로 잘 먹기 위해 그들은 이곳으로 왔다. 맑은 공기로 새카맣게 변한 폐를 씻어내려는 환자, 좋은 재료를 골라 만든 음식으로 찌들고 꼬인 위장을 개조하려는 사람, 규칙적인 운동으로 신체에 활력을 불어넣어 건강을 찾고자하는 그들, 지푸라기라도 잡고 싶은 심정으로 전국각지에서 모였다.

희망을 가졌다고 하나 수시로 찾아드는 고통으로 그들은 빈번하게 지옥을 드나들고 있는 형편이어서 노인의 말에 대거리를 할 처지가 아니었다. 그런대도 하루에도 몇 번씩 병실로 찾아와 노인은 가슴을 툭툭 치곤했다.

─워따, 폴짝 뛰고 환장허것네. 부처님맨키로 고렇게 수양허면 암이란 놈이 아이 무시라하며 항복허간디? 웃어야 혀! 모다 웃으랑게.

위와 아래에 각각 네 개씩 남은 누런 앞니를 보이며 노인이 히히 웃었을 때도 모두들 눈을 감거나 돌아눕곤 했다.

웃으라는 노인의 말에 윤주는 웃다가 죽은 불쌍한 어머니를 떠올렸다. 어머니의 웃음은 병이었다. 그러나 아무도 그 사실을 몰랐다. 함께 몸 섞고 살던 아버지마저도 몰랐다. 맨홀에 빠져 숨이 끊어진 남동생의 시체 앞에서도 어머니는 웃었다. 실실 웃음을 흘리는 어머니를 보고 아버지는 화를 냈다. 그만 웃으라고, 웃음을 그치라고. 그러나 어머니는 계속 웃었다. 둘러 싼 구경꾼들의 비웃음에 울화를 참지 못한 아버지는 어머니를 향하여 손에 잡히는 대로 아무거나 던졌다. 그중 어머니의 머리를 명중시킨 것은 불행하게도 끝이 날카로운 맨홀뚜껑의 손잡이였다. 어머니는 억, 소리와 함께 동생의 사체 위로 엎어졌고, 병원에 당도하기 전에 이미 숨이 끊어졌다. 죽은 어머니의 얼굴에는 웃음의 잔설이 그대로 남아있었다. 존속치사상해죄로 유치장에 들어간 아버지는 폐인이 되어 석방되었다. 열세 살이었던 윤주를 거둔

이모에게 짐으로 남기 싫었던지 아버지는 말없이 떠났다. 부모의 얼굴
도 그들에 대한 연민도 희미해질 무렵 이모가 말했다.

—그건 병이었단다. 웃는 병, 웃을 수밖에 없는 병.……

그런 병이 어디 있느냐는 윤주가 따지자 예로부터 허파에 바람이 들
었다고 하지 않더냐며 이모는 한사코 우겼다.

어른이 된 윤주는 웃지 않았다. 웃을 수가 없었다. 웃다가 날아온
돌덩이에 맞아죽는 꿈을 자주 꾸었다. 어머니처럼 죽고 싶지 않았다.

그와 코믹영화를 보러간 적이 있었다. 시작부터 눈물이 찔끔거리도
록 박장대소를 하던 그가 웃음기하나 없는 정색한 얼굴로 심각하게 화
면을 응시하는 윤주를 발견하고 의심스러운 표정으로 물었다.

—안 우스워?

—응.

이상하다는 듯 고개를 갸웃거리던 그는 다시 화면으로 돌아가더니
배꼽을 잡으며 웃는 것이었다. 웃지 못하는 여자. 그런데, 노인은 자
꾸 웃으라 했다. 그때마다 윤주는 노인이 어서 죽어 눈앞에서 사라져
버리기를 마음속으로 몰래 빌었다.

아침에 일어나보니 세상을 온통 하얗게 만든 눈은 그쳐있었다. 밤
사이에 노인의 배는 터질듯 부풀어올라있었다. 그래서인지 쌕쌕거리
는 숨소리가 무척 힘들어보였다. 응급차에 실려 시내병원으로 떠나면
서도 노인은 씩씩했다.

"나 댕겨 올팅게 걱정 말더라고. 그라고 먹고 잡픈 기 있으면 말해
보랑게."

노인이 간다고 해도 서운타고 하는 표정들이 아닌데 눈치도 없이 부득부득 말하라고 했다. 마치 오일장을 다녀오려는 마나님처럼 굴었다. 반응이 없자 무안했던지 노인은 윤주를 지목해 물었다.

"자넨 뭐시 먹고 싶은 겨?"

윤주는 문득 노인을 골려주고 싶었다. 그래서 노인을 향해 말했다.

"어머니의 사랑."

윤주를 바라보던 노인이 눈을 크게 떴다.

"얼려려? 시방 뭐라고 혔데여? 말 못하는 벙어리 처자인 줄 알았더니 아닌 개비네!"

알았다는 듯 크게 머리를 주억거리며 떠났다. 노인이 떠나자 그녀의 존재가 갑자기 절실하게 느껴졌다. 진절머리를 내던 노인의 수다가 사라지며 찾아든 고요는 더 참기 힘들다는 생각을 하기 시작한 것이다. 병실은 커다란 무덤처럼 내려앉았고, 환자들은 죽음의 검은 날개에 휩싸인 듯 불안해했다.

"썩을 놈의 인사. 빨리 오지 않고 뭐하고 있남!"

끙, 하는 소리와 함께 끝내 참지 못하고 뚱보노인이 중얼거렸다.

"갈수록 복수 빼내는 시간이 길어지는데요."

"그러게 말예요. 그만큼 갈 날이 멀지않다는 거겠지요."

병실 이쪽저쪽에서 한숨소리가 터졌다.

그때, 퇴원한 선희 엄마 자리를 메울 환자인 듯 요란한 옷차림의 여자가 들어왔다. 보호자도 없이 혼자서 큰 가방을 끌고서. 사십대 후반으로 보이는 여자는 아직도 자신의 처지를 인식하지 못하는 것처럼 굴었다. 위암말기라는 판정이 오진일까? 의심이 갈 정도로 병색은 그다지 깊어 보이지 않았다.

　가라앉을 대로 가라앉은 병실의 침묵 속에서 여자는 혼자 있는 것처럼 행동했다. 병실사람들은 호기심이 가득 찬 시선으로 작은 가방을 꺼내는 여자를 보지 않는 척 지켜보고 있었다. 여자는 아세톤을 꺼내더니 화장 솜에 묻혀 손톱을 닦기 시작했다. 그제야 여자가 무엇을 하려는 건지 눈치 챈 병실사람들은 모두들 한대 얻어맞은 것처럼 멍한 표정을 지었다. 그러면서도 여자의 다음 행동을 궁금한 얼굴로 기다렸다. 열손가락을 다 닦아낸 여자는 작은 가방 속을 아예 침대위에 쏟아붓는 것이었다. 주르르 굴러 나오는 작은 병들, 그것은 색색의 매니큐어였다. 빨주노초파남보 무지개 색에 흰색, 은색, 금색까지. 병실사람들은 아예 입을 딱 벌린 채 아무 말도 못했다. 열손가락에 각기 다른 색을 정성스럽게 입히고 있는 여자를 보면서, 병색을 전연 느낄 수없는 이유를 알아챘다. 화려할 정도로 두껍게 바른 화장으로 위장한 모습. 죽음을 맞이하는 방법도 여러 가지라는 생각이 들자 윤주는 씁쓰레한 심정이 되었다.

　노인은 그날 저녁 늦게야 요양원으로 돌아왔다. 차오른 복수를 빼낼 수 있도록 아예 옆구리에 구멍을 내어 호스를 꼽고 돌아왔다. 큰 수술은 아니었지만 힘이 들었던지 노인은 다른 때와는 사뭇 다르게, 자신의 병실로 가더니 조용히 잠이 들었다. 대신 우리 병실의 환자 모두는 밤새 잠을 이루지 못하고 뒤척였다.

　다음날 언제 그랬냐싶게 노인은 기력을 되찾았고, 해가 뜨기도 전에 병실로 들이닥쳐 잠들어있는 병실 사람들을 깨웠다.

"나 왔응게 쪼깨들 일어나 보더라고. 나가 자네들 줄라고 사온 것이 있응게 싸게싸게 일어나란 말이시."

뒤척이다가 창밖이 희뿌옇게 밝아질 때에야 겨우 잠이 든 탓으로 병실사람들은 병든 닭 마냥 붉은 눈을 비볐다. 노인이 눈앞에 들이민 것은 회포대봉지에 싼 군고구마와 군밤이었다.

"따술 때 먹어야 맛난디……, 식어버려 어쩐다냐? 그려도 옛날 맛이 나긴 헐 것여. 자, 어서 먹어 보랑게."

노인은 껍질까지 벗겨 겨우 눈을 뜬 병실사람들에게 하나하나 내밀고 다녔다. 그러다가 새로 들어온 여자를 발견하곤 참지 못하겠는지 한마디 했다.

"얼려려! 이건 무슨 화상이데여. 왜놈 연극 가부키에 나오는 게이샤처럼 흰색으로 떡칠을 한 상판이 가관이구먼! 그려. 그라고 그 손톱은 또 왜 그려! 미친년 맨크롬 오색 잡것을 다 칠했구먼!"

순간 병실사람들은 숨을 멈췄다. 거침없는 노인의 지청구에 여자가 어떤 반격을 할지 알 수 없었기 때문이었다. 여자의 행태로 봐서 그냥 넘어갈 것 같지 않았다. 아니나 다를까, 예상대로 여자의 성질은 불같았다.

"상판에 떡칠을 허든, 오색 잡것을 다 칠허든, 곧 염라대왕 앞에 바칠 내 몸뚱이 내 맘대로 헌다는디 무신 참견여. 참견이."

나이든 노인의 면전에 뱉어낼 수 없을 따름이었지 속으로는 욕설을 가득담은 어조였다. 곧 죽을 몸뚱이라는 말에 마음이 심란했던지 노인은 더 이상 대거리를 하지 않았다. 대신 침대 가에 궁둥이를 붙이고 앉아있는 윤주 쪽으로 다가와 군고구마를 내밀었다.

"어머니의 사랑은 구해왔어요? 그거나 주세요."

"옴매, 한 번 입이 터징게 인자 술술 잘 씨부렁거리누만 잉. 어디 아— 해 보더라고. 자네 목구녕에 친 거미줄이나 거둬내야 쓸 것잉게."

노인은 옴죽한 입을 벌리고 여자에게서 받은 무렴을 금세 잊었는지 히히거렸다. 그러더니 윤주가 원하는 사랑인지 사탕인지 가져왔으니 병실로 오라고 했다. 농담인줄 알았다. 윤주는 그저 놀리려고 한말이었기 때문에 특별히 기대도 하지 않았다. 그런데 노인은 점심식사시간에 만나자고 다짐을 하는 것이었다. 윤주는 자꾸 마음이 찜찜해졌다. 죽음의 문턱에 선 노인네를 괜히 놀렸다는 후회가 밀려왔다. 한편 무엇을 주려는 걸까? 하는 호기심도 생겼다.

기다리는 마음이 있어서인지 오전 내내 시간이 지루했다. 아침식사후 산책로를 다섯 바퀴나 돌았지만, 오전 10시밖에 되지 않았다. 다른 때 같으면 다람쥐 쳇바퀴 돌듯 드나들었을 노인이 모습을 드러내지 않는 것도 별스러웠다. 무거운 침묵이 부담스러웠던지 뚱보노인이 윤주에게 말을 걸었다.

"약혼자는 왜 오지 않남?"

"바쁠 거예요. 내 몫까지 도맡아해야하니까요."

"뭐하는 사람인감?"

"재단사예요."

그를 만난 건 구포섬유공장에서였다. 그는 재단사, 윤주는 미싱사로 십여 년을 같이 일하다보니 한 식구처럼 정이 들었다. 특별하게 가슴이 떨린다든가 필이 통하는 감정은 없었지만 같이 있으면 마음이 포근했다. 사랑이 별거냐? 싫지 않으면 됐지. 하며 이모는 둘 사이를 급히 묶어주었고, 둘은 순순히 약혼을 했다. 이모는 언제까지 남의 일만 하겠느냐며 그동안 모아놓은 돈을 합쳐 공장을 차리게 했고, 윤주가 발병하기 전까지 그들은 유명메이커브래지어의 모사품을 만들었다. 일반요양원보다 비싼 입원료를 마련하기 위하여 그는 밤을 새우며 재봉틀 앞에 앉아 바닥이 내려앉을 것처럼 밟아대고 있을 것이다.

그때 통증이 윤주의 가슴을 훑고 지나갔다. 날카로운 바늘로 왼쪽 가슴을 사정없이 쪼아대는 아픔은 온몸이 비틀릴 정도로 심했다. 처음이었다. 참을 수 없어 얼굴이 심하게 우그러졌던가. 뚱보노인이 왜 그러남! 하며 안쓰러운 표정을 지었다. 단 한번으로 씻은 듯이 멈춘 통증은 몸 안에 암 덩어리가 자라고 있다는 사실을 윤주에게 명확하게 확인시켜주었다. 도망치고 싶었다. 문제는 안에 있기 때문에 달아날 길이 없다는 사실이었다.

윤주는 한동안 멍하니 앉아있었다. 그가 보고 싶었다. 끓어오르는 열망으로 윤주는 요양원에 오고 나서 처음으로 그에게 문자 메시지를 보냈다.

'정말 보고 싶다.'

514호 병실은 조용했다. 노인이 무엇을 하고 있는지 궁금했다. 노크를 하지 않고 윤주는 살며시 문고리를 잡아당겼다. 문은 소리 없이 스르르 열렸다. 그런데 웬일인가? 방안은 난장판이었다. 병실 한가운데 내팽겨진 검은 비닐에서 흘러나온 물은 비릿한 냄새를 풍겼다. 야채를 담은봉지는 찢겨져 안의 재료들을 게워낸 모습으로 뒹굴고 있었다. 정장차림의 남자 앞에, 노인은 고양이 앞에 쥐 마냥 움츠린 채 앉아있었다. 누굴까? 궁금하여 고개를 드밀다, 그때 마침 고개를 든 노인의 눈과 윤주의 눈이 정면으로 마주쳤다. 한줄기 눈물이 노인의 볼을 타고 목까지 흘러내렸다. 못 볼 것을 본 듯 윤주는 얼른 문을 닫았다.

병실로 돌아오자, 시선이 윤주에게 쏠렸다. 묻지는 않았지만, 노인이 가지고 왔다던 어머니의 사랑이 무엇인지 궁금하여 못 참겠다는 표정들이었다. 윤주는 고개를 저었다.

"무시기? 그럼 그 노인네가 거짓뿌렁을 혔남!"

뚱보노인은 자기가 당한 것처럼 괜히 화를 냈다.

"그게 아니라 손님이 와있어요."

"손님?"

그러자 뚱보노인은 알겠다는 듯 가볍게 고개를 끄덕였다.

"아들일 게야. 기른 정도 남다를 텐데 혼자 자란 것처럼 어미를 손톱 밑의 때만큼도 여기지 않는 잘난 검사양반."

윤주는 울고 있던 노인에 대해서는 말하지 않았다. 노인의 굴곡진 삶이 한줄기 눈물로 윤주의 가슴까지 다가왔기 때문에 가볍게 말해선 안 될 것 같은 생각이 들어서였다.

암환자에게 가장 먼저 찾아오는 것은 혼자 남게 될지 모른다는 두려움이었다.

'아무리 강하더라도 혼자서 모든 짐을 지려고 하지 마라. 혼자서 암과 싸우는 것은 힘든 일일뿐만 아니라 불가능하다. 곁에 있는 사람에게 도와달라고 말하라. 그들은 당신의 생명과 같이 아주 소중한 일에 도움을 줄 수 있다는 데에 기쁨을 느낄 것이다.'

젊은 의사는 차갑게 얼어버린 윤주의 표정에서 속마음까지 읽었는지 다른 이보다 더 관심을 보이며 세심하게 당부했다. 암과 함께 사는 법을 배우는 데는 시간이 많이 걸릴 것이니 절대 초조하게 생각하지 말고 천천히 아주 천천히 암과 친구가 되라고 거듭 당부했다.

사귀는 방법을 몰라 주변에 속 털어놓을 친구하나 없이 산 윤주에 대해 의사는 모르고 하는 말이다. 주변머리조차 없는 윤주에게 사람도 아닌 암과 친구를 하라니! 차라리 깨끗이 죽어버리라고 악담을 하지. 대상도 분명치 않는 분노가 머리끝까지 차오른 윤주는 참지 못하고 병실을 뛰쳐나왔다.

한달음에 해변까지 달렸다. 발목까지 빠지는 눈밭을 정신없이 뛰어가는 윤주의 발길이 매우 위태로웠다. 모래사장은 처녀림처럼 티끌하나 없는 은백색이었다. 헉헉거리며 윤주는 은백색 위에 네 활개를 펴고 누웠다. 회색빛 눈구름이 손을 뻗치면 금방 닿을 것처럼 가까이 있었다. 엄마─. 윤주는 하늘을 향해 목이 터져라 외쳤다. 검은 하늘사이로 웃음기 남은 어머니의 얼굴이 살짝 엿보였다.

오랜만에 휴대폰이 살아나 삐삐거렸다. 보낸 문자에 대한 회신이 왔다.

'나도 보고 싶다. 주문 들어온 거 해결하면 곧장 달려갈게!'

어머니의 얼굴을 보아서인지, 그이의 메시지를 받아서인지 분명하지 않았지만 설움과 분노가 조금 가라앉았다.

돌아오는 길에 복도를 지나치다가 무심코 노인의 병실 문에 귀를 기울였다. 아무소리도 들리지 않았다. 혹시나 하는 생각으로 가슴이 쿵쿵 울렸다. 윤주는 벌컥 문을 열었다. 노인은 웅크린 채 침대에 누워있었다. 구부리고 누워있는 노인의 체구가 한줌정도로 작았다. 짠한 마음이 울컥 목을 타고 올라와 그냥 지나칠 수가 없었다. 난장판인 바닥을 치우기 위하여 윤주는 몸을 구부렸다. 자는 줄만 알았던 노인의 목 쉰 소리가 들렸다.

"내비둬. 이게 모두 죄다짐잉게."

윤주는 널려진 채소들을 주섬주섬 들어올렸다. 노인은 더 이상 말리지 않고, 윤주가 하는 양을 물끄러미 바라보았다. 물씬 비린내를 풍기는 비닐봉지를 주워 올리며 윤주가 물었다.

"이건 뭐예요?"

노인은 대답하지 않았다. 봉지를 들춰보자, 얼었던 제 몸을 녹인 물로 질퍽해진 준치 두 마리가 들어있었다.

"이거 준치죠? 이것이 드시고 싶었어요?"

노인은 대답하지 않으려는 듯 눈을 감았다.

윤주는 비린내가 진동하는 생선을 그냥 두고 나올 수 없어 채소와 함께 들고 나왔다. 잠시 망설이다 환자들의 식사를 준비하는 주방으로 갔다. 때를 넘겨서인지 주방은 깨끗이 치워져있었고, 식사 도우미들도 보이지 않았다. 개수대에 생선을 넣고 손질하기 시작했다. 생선 중에 가장 맛있는 것이 준치라는 사실을 이모에게서 들은 기억이 났다. 그랬지. 썩어도 준치라고. 그런데 그건 잘못 말한 속담이라 했지. '물어도 준치, 썩어도 생치'가 맞다고 이모가 알려주었다. 어쨌든 생선가운데 가장 맛있어 진어라고도 불린다는 준치를 노인이 왜 사가지고 왔는지 윤주는 몹시 궁금했다.

생선을 깨끗이 씻어 물기를 빼기위하여 소쿠리에 건져놓았다. 그리고 비닐 속에 뒤죽박죽 섞여있는 재료들을 꺼내어 씻기 시작했다. 고사리를 씻어놓고 무 껍질을 벗겼다. 그런 다음 쑥갓을 씻고 있는데 언제 왔는지 노인의 지청구가 들렸다.

"고로코롬 막 문질러대면 남어 나것냐? 아를 다루듯 살살 흔들어 씻어야제."

노인이 그릇을 채갔다. 사실 윤주는 찌개 한번 제대로 끓여 본적이 없었다. 섬유공장은 삼교대였는데, 집에서 식사하는 경우는 매우 드물었다. 거의 공장안에서 해결했고 집에서는 항상 부족한 잠을 보충했다. 공장을 차린 후에도 마감까지 대주어야하는 일감으로 시간을 아끼느라 간편한 매식을 주로 했다. 그래서 잘 만드는 음식도 없었고, 부엌일은 능숙하지 못했다. 그러다보니 자연 음식 만드는 것을 피하게 되었고 지금까지 편한 쪽으로만 생활해 왔다.

창피하고 민망함으로 벌겋게 달아있을 얼굴을 감추려고 윤주는 노인으로부터 등을 돌렸다. 그녀는 아직 봉지 속에 남아있는 것들을 꺼내어 조리대 위에 올려놓기 시작했다. 파, 마늘, 생강, 그리고 청주 한 병이 나왔다. 간암엔 술이 독약이라던데? 인터넷에서 주워들은 상식은 있어 윤주는 속으로 놀랐으나 입 밖으로 꺼내진 않았다. 노인이 슬쩍 건너다보더니 준치를 가리키며 말했다.

"그렇게 놀랠 것 읍써. 나가 먹으려는 게 아니고, 저 놈아에게 멕일 거니까."

죽어있는 생선에게 술을 먹인다는 노인의 말에 윤주는 픽 웃었다.

"그려. 그렇게 웃으면서 살어. 시상엔 웃고 살 일도 하 많잖어. 젊디나 젊은 것이 시상 다 산 년 맨크롬 인상 쓰고 있으면 오던 복도 달아

날 거고만."

마늘을 잘게 저미고 강판에 생강을 갈아 즙을 낸 다음 청주에 섞더니, 아니나 다를까 준치가 들어있는 그릇에 아낌없이 들이부었다. 속 깊은 친구에게 정으로 술을 권하듯이. 노인의 빠른 손놀림을 윤주는 감탄하는 눈으로 보면서 은근슬쩍 떠보았다.

"준치찌개가 그렇게 맛있나요?"

바쁘게 손을 움직이던 노인의 등이 돌연 딱딱하게 굳어지는 것이 눈에 보였다. 무엇 때문인지 알 수 없었다.

손질한 준치의 머리와 뼈에 큼직하게 썬 무를 함께 담더니, 제법 많은 분량의 물을 부어 불에 올려놓고 노인이 윤주 앞에 앉았다.

"증말 수술 안 헐라고? 나야 저승길이 코앞에 닥친 사람잉게 그냥 저냥 저승사자 기다리고 있지만, 처자야 헐 수 있는 대꺼지 혀 보아야지. 안 그려? 까짓 젖퉁이 하나 없다고 싫다는 놈이면 보나마나 뻔한 인사 아니것어?"

그이에 대해 아무것도 모르면서 단정 짓듯 말하는 노인의 말에 윤주는 파르르 얼굴색이 변했다. 곧 죽을 노인네에게 괜한 관심을 보였다는 후회마저 들었다. 그래서 얼른 이 자리를 빠져나갈 궁리를 하고 있는 참에 그 기색을 읽었던지 아니면 눈치가 빨랐던지 노인이 얼른 화제를 돌렸다.

"내더러 어머니의 사랑인지 사탕인지 가져다달라고 혔지? 그려서 준치를 사온 것여."

도대체 무슨 소린가. 이해할 수 없는 말을 하고 노인은 조리대 쪽으로 몸을 돌렸다. 냄비의 육수가 펄펄 끓어올랐다. 끓고 있는 물에 토막

낸 준치와 고사리를 넣자 부글거리던 육수가 스르르 잦아들었다. 뚜껑은 덮지 않고 그대로 불 위에 올려둔 채 노인은 물기 빠진 채소를 적당한 크기로 손질하며 말했다.

"비린내를 없애려면 뚜껑을 연채 끓여야 혀."

어쩌면 묻지도 않았는데 사람 마음을 그리 꿰뚫어 볼 수 있는지. 그러기에 나이를 그저 먹는 건 아니구나. 윤주는 생각했다. 향기로우면서 입맛을 당기게 하는 준치 특유한 냄새가 넓은 주방을 가득 채워갔다.

"자네, 이 생선에 대해 전해오는 야그는 알고 있것제?"

"……."

"처음에는 이 준치란 놈에 까시가 별로 없었대여. 그란디 괴기가 유난히 맛이 있응게 사람들이 자꾸 잡아먹어 씨가 마를 지경이 되자 용궁이 발칵 뒤집혔다는구먼. 그래서 낸 꾀가 뭐시냐 허면 다른 물고기들이 지 몸의 까시 한개 씩을 뽑아 준치 몸에 박아 주었대여. 그 후로 준치는 유난히 까시가 많은 생선이 되었제."

노인은 합죽한 입으로 침을 튀기며 얘기를 끝마치고는 자신이 한 이야기가 재미있는지 혼자서 히히 웃었다. 웃고 있는 노인의 표정 뒤에 숨어있는 슬픔을 윤주는 언뜻 본 것 같았다. 마치 하회탈을 쓰고 춤추는 광대처럼, 노인은 본래 자신의 얼굴을 웃고 있는 탈 뒤에 숨겨놓고 있었다.

준치찌개가 냄비 속에서 거의 익어가고 있음을 냄새로 짐작했다. 노인은 냄비 속에 남은재료를 넣었다. 파 채친 것을 한 쪽에, 마지막으로 쑥갓을 넣고, 그 위에 통깨와 빨간 고추 채를 예쁘게 올리더니 불을

꼈다.

"간은 볼 줄 아능가?"

노인은 한 수저 뜬 국물을 후 하고 불더니 윤주에게 내밀었다.

"좀 삼삼허제?"

말없이 받아먹자 노인이 물었다. 무엇인지 알 수 없지만 가슴밑바닥으로부터 치밀어 오르는 감정이 격해져 윤주는 대답을 할 수 없었다.

노인이 식탁위에 냄비를 놓더니 옆자리에 와서 앉으라고 손짓을 했다. 윤주는 수저와 젓가락을 노인 앞에 놓아주며 순순히 앉았다. 모처럼 솜씨를 부렸으니 맛있게 먹어달라고 노인이 말했다. 정말 맛이 있었다. 밥통에 남아있던 찬밥까지 들고 와 정신없이 먹는데 그런 윤주를 건너다보던 노인이 간절한 어조로 청했다.

"시상에 공짜는 없응게 인자부터 나가 허는 말 들어줘야 혀! ……똥구녁 찢어지게 가난헌 집에 태어난 여자가 있었대여. 어려서부터 가난이라면 진절머리를 냈는디, 나이가 차 성혼자리가 생겼데여, 그 집 또한 여자네 집과 별반 다르지 않았든개벼. 여자는 팔자려니 하고 시집을 갔대여. 이년 쯤 살았던 개벼. 지지리도 복이 없었던지 머스마 하나 달랑 냄겨 놓고 남편은 저세상으로 먼저 가버렸는디. 없는 집인디 어쩔것여. 머스마만 셋이나 있는 재취자리가 나오자 아들 친정에 매끼고 새칠로 시집을 가지 않았것어? 이번에는 좀 있는 집이라 밥걱정은 하지 않아도 되었데야. 끄니 때마다 생선토막이 올라오는 집안이었응게. 그란디 말여. 그 괴기가 당최 목구멍으로 넘어가지 않았응게. 굶기를 밥 먹듯이 허고 있을 두고 온 자식이 자꾸 생각나서 말여."

드문드문 남은 이 사이로 발음이 새어 귀를 기울여야 알아들을 수 있는 어투로 마치 남의 얘기하듯 노인은 말을 이어갔다. 그러나 노인 자신의 이야기임을 윤주는 눈치 챌 수 있었다. 그래서 중간 중간에 고개를 끄덕여도 주고, 아! 그래서요? 하는 표정도 지었다.

　"그렇게 갸가 열 살 때 였을 거여. 배가 고파서였는지, 에미가 보고파서였는지, 그 먼 길을 걸어서 처음으로 찾아왔던 때가. 오월이었응게. 이십 리도 넘는 길을 걸어 왔응게 을매나 배가 고팠을 것여. 그란디 독한 년은 시집눈치 보느라 반기지도 못했응게. 사람들 보기 전에 어서 가라고만 혔으니. 어린 것이 그러드만! 엄니, 갈팅게 밥 한술만 주시요. 배가 고파 죽갔시요. 그때는 와 고러케 바보맨크롬 살았는지 몰러. 얼른 따순 밥 혀서 멕여 보냈으면 좋았을 턴디.……"

　감정이 복받치는지 노인은 눈가를 비볐다. 한참 만에 노인이 말을 이었다.

　"얼능 보낼 생각으로 부뚜막에 남아있던 찬밥덩이에 김치 한보시기를 상에 얹어주었지. 야가 급히 먹더니 캑캑거리더라고. 말국 없는 밥이 넘어가겄어? 아침참에 먹고 냄겼던 준치찌개가 생각나서 데워줬지. 냄비에는 잔까시와 국물만 쬐께 남아있었는디, 고것이 입맛을 쩝쩝 다셔가며 만나게 먹더니 이러지 않것어? 엄니, 이기 무슨 고기데여? 쇠괴기보다 더 맛나네!"

　그것이 마지막이었다고 했다. 다음해 정월 동네 논두렁에 쌓아둔 볏짚더미에 들어가 추위를 피하던 아이가 그만 깜빡 잠이 들었다. 그 날이 열나흘 날이라 저녁밥을 먹고 나온 동네아이들은 쥐불놀이에 신이 났다. 바람구멍이 숭숭 뚫린 빈 깡통에 솔방울을 잔뜩 넣고 빙빙 돌리면 벌겋게 달아오른 불꽃이 밤하늘을 수놓았다. 그들은 팔이 아플 때까지 동심원을 그리다가 '망월이야!' 외치며 누가 멀리 던지나 내기 하듯 던졌다. 떨어진 불똥은 밭두렁이나 논두렁에 남아있는 마른풀에 옮아붙어 순식간에 불바다를 이뤘다. 그런데 그 불똥이 아이가 잠든 볏짚더미에 옮겨 붙었다고 했다.

"월매나 뜨거웠쓰까! 잉."

노인이 울먹였다. 윤주는 할 말을 잃은 채 들먹이는 노인의 어깨만 누르고 있었다.

해거름에 그이가 왔다. 반가웠다. 여자만 있는 병실이어서 신경이 쓰이는지 안절부절못하는 것 같아 밖으로 나왔다. 산책길을 말없이 걸었다. 둘 다 말이 적은 편이라 대화가 쉽게 이어지지 않았다. 한동안 침묵 속에 빠져있던 그가 견디기 힘들었던지 위로의 말이랍시고 불쑥 건네 왔다.

"암을 수술하고도 오래 산 사람이 많대."

윤주도 그동안 인터넷에 접속하여 유방암에 대한 모든 정보를 샅샅이 뒤져 이미 알고 있는 사실이었다. 연극인, 성악가, 화가 등 유방암으로 투병중인 그들이 남긴 글엔 희망이 가득했다. 산사람보다 죽는 사람이 더 많다는 사실을 알면서도 그는 애써 무시하려는 것처럼 보였다.

"저기 말이야, 지금 너를 위한 특별한 브래지어를 만들고 있는 데……."

윤주의 눈을 똑바로 쳐다보지 못하고 그는 말끝을 흐렸다.

'죽는 게 두렵진 않아. 조금 미련은 남지만. 그것은 그저 가을동안 누런빛을 다하다 누군가의 빗자루에 쓸려가는 은행잎 같은 그런 걸 거야.'

투병중인 연극인의 대사가 떠올랐다. 나도 그렇게 조용히 삶을 정리할 수 있는 나이였으면 얼마나 좋을까? 윤주는 저절로 한숨이 나왔다. 착하기만 한 그에게 앞으로 살면서 얼마나 더 큰 짐을 지워야 하는가? 윤주는 지금 자신이 해야 할일은 그와의 관계를 정리하는 것뿐이라는 생각을 했다.

윤주는 요양원 측에 하룻밤 외박을 신청했다. 병실에 있던 노인이 윤주의 뒤에 대고 파이팅이여! 파이팅하랑게! 라고 외쳤다.

"모텔로 가."

윤주는 차를 빼는 그에게 말했다. 그가 잠깐 당황하는 모습을 보였다. 윤주는 일부러 불량스런 목소리로 말했다.

"둘 다 성인인데 무슨 문제야?"

그는 말없이 차를 몰았다. 윤주가 슬쩍 건너다보니 그는 몸과 표정이 모두 굳어있었다. 모텔에 도착할 때까지 둘은 아무 말도 하지 않았다. 방에 들어서서도 한동안 분위기가 어색했다.

윤주는 샤워를 한 후, 알몸으로 그이 앞에 섰다. 그는 읍, 하는 신음소리와 함께 윤주의 벗은 몸에서 시선을 돌렸다.

"외면하지 말고 똑바로 봐! 나 수술할 거야. 이 젖가슴을 몽땅 도려낼 거라고! 그러니 당신이 처음이자 마지막으로 이 몸을 가져 줘. 세상에서 영원히 사라질 이 젖가슴을 소유한 사람은 오직 당신뿐이라는 사실만 기억해주면 돼."

암이 자라고 있는 윤주의 왼쪽젖가슴에 손을 얹더니 그는 작은 동심원을 그리기 시작했다. 하나, 둘, 셋 …… 배가 아플 때 엄마 손이 약손이라고 문질러주던 어머니의 손길처럼. 자라고 있는 암을 녹여내기라도 할 듯이 그는 하염없이 작은 동심원을 그리고 있었다.

윤주는 눈을 감았다. 어떤 이는 어둠이 검정색이 아니라 푸른색이라고 했다. 윤주는 감싸고 있는 어둠을 보려고 눈을 다시 크게 떴다. 아무색도 보이지 않았다. 나타나지 않는 색을 붙잡으려고 기를 쓰다 스르르 눈을 감았다. 감은 눈 사이로 어둠의 색이 펼쳐졌다. 노란색, 빨강색, 파랑색이 눈앞을 지나갔다. 총천연색이었다. 바로 마음에 보이는 색일 뿐, 어둠의 색은 처음부터 없었다. 아니 어둠의 색은 모든 색임을 윤주는 깨달았다. 그러다 깜빡 잠이 들었다. 깨어보니 머리맡에 깨알처럼 쓰인 쪽지하나만 달랑 남아있었다.

'미안하다. 미안하다. 미안하다.……'

요양원으로 돌아오니, 뒤숭숭한 분위기였다. 병원응급차엔 시동이 걸려있고, 간병사가 바쁘게 움직였다. 급히 올라가니 병실 환자들의 표정이 심상치 않았다.

"무슨 일이예요?"

"그예 정신줄을 놓아버렸다네!"

"누가요?"

"누구긴. 514호 노인네지."

"언제부터 그래요?"

"간호사가 아침에 들어가 보니 의식이 없었대. 엊저녁에도 이 병실에서 늦도록 놀다 갔는데……."

노인은 앰뷸런스에 실려 시내병원으로 떠났다. 윤주는 노인이 있던 병실로 갔다. 물건을 모두 챙겨간 빈방은 썰렁했다. 침대에 걸터앉으려고 하는데 모서리에 뭔가 보였다. 매트사이로 손을 집어넣어 꺼냈다. 손때로 반질반질해진 오래된 팽이였다. 누군가가 나무로 직접 깎아 만든 것처럼 보이는 팽이에 작은 총알이 박혀있었다.

윤주의 손에 든 팽이를 보더니 뚱보노인이 울먹였다.

"가슴에 묻은 아들이 남기고 간 유품이라며 손에서 놓질 않더니 죽을 때에 가져가지도 못하는구먼. 죽음 앞엔 아무것도 소용없지. 암! 소용없지비."

윤주는 양손으로 팽이를 돌려보았다. 팽그르르 동심원이 만들어지면서 색색으로 칠해진 팽이의 윗면이 순간 투명한 흰빛으로 바뀌었다.

윤주는 팽이를 꼭 쥔 채 바다 쪽으로 향했다. 물결은 여느 때처럼 잔잔하기만 했다.

'글씨, 저게 뭔 바다여? 바다란 파도가 용트림하고 철썩대는 울음소리가 나야 허잖여! 저러코롬 잠자고 있응게 우리까장 수장당하는 것만 같당게!'

혼잣말로 중얼대던 노인의 소리가 어디선가 들려왔다.

윤주는 고요하고 푸른 물결위로 들고 있던 팽이를 힘껏 던졌다. 팽이가 떨어진 곳에는 크고 작은 동심원이 퍼지고 있었다. 저 바다 끝에서 노인은 팽이주인을 만날 수 있을까?

윤주는 폴립을 열고 그에게 보내는 문자를 쓰기 시작했다.

무엇을 남기고 무엇으로 채우랴

나는 자리에서 벌떡 일어선다. 그리고 드잡이꾼 강의 눈을 쏘아보며 완전한 복원은 불가능하다고 단호하게 말한다. 그 어조에는 탑의 복원에 관해선 누구도 나를 따라올 사람이 없다는 자만심이 가득 담겨 있다. 그것을 비웃기라도 하듯 강은 내 시선을 되받으며 어둔하면서도 침착한 목소리로 대답한다.

"압니다. 완전한 복원이란 애당초 가능성이 없다고 말했잖아요. 그런데 그땐 뭐랬소? 어떤 경우라도 뒤를 밀어줄 테니 소신대로 하라고 해놓고선, 이제 와서 손을 털고 나면 어쩌자는 겁니까? 최선이 안 되면 차선책이라도 생각해보는 것이 책임자의 도리가 아닙니까?"

강이 기어코 내 발목을 잡으려한다고 느끼는 순간, 반발심이 울컥 솟는다. 이대로 강의 옹고집 같은 장인기질에 말려들 것만 같아 초조해진다. 생각하지도 않은 말이 입에서 튀어나온다.

"더 이상 이일에 매달리는 것은 미친 짓이에요. 천사백년 전 이탑을 세운 장인들이 살아 돌아와 탑을 일으킨다면 모를까……."

대학교수이며 복원책임자로서 그런 얼토당토않은 말로 발을 빼려한다는 뒤늦은 자책으로 나는 얼굴이 빨개진다. 그래서 얼른 덧붙인다.

"그러니까 내말은……, 어느 쪽으로 하든 완전한 복원은 이루어질 수 없으니 이쯤에서……."

"뭐라고요? 골백번 생각해도 그럴 순 없지요. 왠지 알아요? 그건 이 석탑이 하나 남은 이고장의 자존심이니까. 이탑이 제대로 서지 않으면 우리는 또다시 후손에게 죄를 짓는 겁니다. 한번이면 됐지, 또다시 무책임하게 복원된 탑을 눈 번히 뜨고 지켜볼 순 없습니다."

화를 참을 수 없는지 상기된 얼굴로 강하게 고개를 흔들며 강은 사무실을 나간다. 그렇게 혼자서 옹고집만 부린다고 해결될 문제가 아니다. 완전한 복원이 어렵다는 것이 기정사실화된 마당에 아직도 혼자서 완전복원을 꿈꾸고 있으니 답답할 노릇이다. 공사 기간을 늘려본들 무슨 뾰쪽한 수가 생기는 것도 아닌데, 어쩌면 내가 여자라고 쉽게 보여 그러는 것은 아닌지 하는 의구심까지 든다.

국보 제11호 미륵사지 석탑은 우리나라에서 가장 오래된 탑이다. 천사백년 전 백제 무왕 때 지었다는 이만평 규모의 미륵사. 몇 년 전만 해도 휑하니 절터만 남은 그곳을 석탑만이 오랜 세월 외롭게 지키고 있다. 그것도 몸의 절반이상을 시멘트뭉텅이로 덧씌워진 채. 제 몸무

게에 짓눌려 붕괴되어가는 모습을 지켜볼 수 없다는 판단으로 문화재 관리국에서 발 벗고 나선 것이 수년 전이다.

해체가 시작된 후, 지금은 일층 기단만을 남겨놓은 상태다. 석탑 복원정비 지휘책임자가 되어 이곳에 올 때만해도 나는 새로운 도전에 의지가 불타올랐다. 전 세계적으로 미륵사지석탑 해체복원 같은 사례가 없어 복원정비 사업팀은 자긍심을 가지고 사업에 임했다. 내손으로 백제장인의 숨결을 되살리고 싶었다. 십년 후 백제인의 숨결이 천년의 잠에서 깨어나 우뚝 일어선 모습을 눈앞에 그려보며 가슴 벅찬 희열을 꿈꾸었다. 그랬는데 일층까지 해체시킨 지금, 나는 이일에서 빨리 벗어나고 싶었다. 그것은 탑 창건 당시의 원형을 밝혀내기가 어려운 현실에 어떤 쪽으로 복원이 이루어지던지 복원책임자에 대한 원성이 클 것임을 뒤늦게 깨달았기 때문이다.

지금 문화재 관리국에서는 고민에 빠져있다. 헐었는데 다시 쌓는 것이 쉽지 않다는 점이다. 복원구상이 확립되지 않았다면 최소한의 보수만 하는데 그쳤어야했다. 문제점을 해결하기위해서 국립문화재연구소에서는 부랴부랴 심포지엄을 개최했다. 물론 복원정비책임자인 나도 참석했다. 이날 세미나에서는 세 가지 방안이 거론되었다.

1안은 시멘트를 제거하고 해체 직전의 6층 상태로 복원하는 방안이었고, 2안은 1안을 따르되 가능한 일부분을 추가 복원하는 방안, 그리고 3안은 백제 시대 건립 당시의 상태인 9층까지 모두 복원하는 방안이었다.

세 가지 방안에는 모두 장점과 단점을 가졌다. 1안은 최대한 현상보존이란 장점과 서·남 측면의 활용부재선택의 어려움이 대표적 단점이었다. 2안은 그나마 탑의 제 모습을 찾아주지만 신·구 부재의 부조화 등이 문제점으로 거론되었고, 3안은 완전한 형태이지만 7층부터의 부재가 없는 상황이어서 복원설계가 어렵다는 점이 지적되었다.

세미나에 참석한 문화재 및 건축전문가는 대부분 2안을 지지했다. 건축전문가인 모 교수는 현실적으로 2안을 넘어서는 대안을 찾기 어렵다는 말과 함께 탑의 옛 부재들을 최대한 많이 사용해야한다고 제안했다.

세미나를 마치고 돌아오면서 나는 그들의 말이 모두 탁상공론일 뿐이라는 생각을 떨쳐버릴 수가 없다. 어쩌면 복원이란 말부터 수정해야할 것이다. 미륵사지석탑의 원형도 모르는데 무슨 복원이란 말인가. 지금까지 해체하면서 발견된 상황으로 미루어 두 번의 개축이 있었을 가능성이 매우 높다.

후백제 견훤 시대 혜거국사惠居國師의 비문에 의하면 '미륵사의 개탑 開塔을 계기로 혜거가 선운사의 선불장에 참석해 단에 올라 설법을 할 때 천화天花가 흩날렸다' 고 나와 있었는데, 이번 석탑 해체 과정에서 통일신라시대에 사리를 담았던 항아리 조각이 발견됨으로서 이 사실이 확인된 것이다. 또 다른 책임 조사원은 '옥개석(屋蓋石·석탑 위를 덮는 돌)들의 규격이 일정하지 않는 게 제법 있다.' 고 말했다. 이와 같은 사실로 보아 일제 당시 무너진 것을 포함해 최소 두 번은 개축했다는 것이 분명해졌다. 그렇다면 이전과 같은 석탑으로 개축하는 것조차도 어렵지 않을까 매우 염려스러웠다.

미륵사지석탑 복원정비 책임자로 선임되기 전 나는 대학교 강단에서 고건축 교과목을 담당하여 가르쳤다. 그 방면에서는 제법 인지도가 높았던지 여러 사람들이 복원책임자로 나를 추천했고 별 망설임 없이 수락했다. 그 당시만 해도 이런 문제점이 돌출되리라고는 예상하지 못했고, 복원에 대한 자신의 지식을 믿는 마음도 컸다. 이제 공사 중간에 도망치듯 떠난다면 세간의 비웃음은 무척 클 것이다. 그러나 더 이상 버티기도 어려운 상황이라는 자각 또한 커서 마침내 결단을 내리려는 참이다.

거기다 강과의 대립도 내겐 매우 껄끄럽다. 곁에서 지켜보니 드잡이공 강은 석탑에 관해선 누구보다도 능통하다. 그는 현장의 문제점들을 나보다 훨씬 더 잘 잡아낸다. 또한 그는 신비로운 다소 비밀스런 구석이 많다. 나이에 걸맞지 않게 복원 기술도 흠잡을 데가 없었으며, 사람들을 부리는 솜씨도 비상하다. 궁금하여 강에 대해 잘 알고 있는 주변 사람들에게 넌지시 물어보았다. 그들이 강에 대해서 전해준 내용을 대략 이랬다.

알고 보면 그리 순탄한 집안내력은 아니라고, 이곳에서 오대 째 석공 일을 하던 집안에서 태어났는데, 어느 해 공사 중에 덜렁덜렁한 곁꾼 때문에 그의 아버지가 돌에 깔려 버렸다고, 기중기로 돌을 치우고 보니 사람 형체마저 남아있지 않더라고, 어린것이 그 광경을 보고 가슴에 피멍이 들었을 것은 자명한 일이었을 거라고, 그 후 한때는 석공 일을 원수 척지듯 쳐다보지도 않더니 어떤 연유에서인지 분명하지 않지만 다시 돌아왔다고, 아버지의 처참한 죽음을 본 것이 지금도 충격으로 남았기 때문인지 드잡이 일에 필요이상으로 예민하게 반응을 보인다고, 그건 그 분야에 대해서 잘 안다는 것이니 이해하라고 주변사람들은 충고하듯 내게 말했다.

오년 전 이 공사장에 와서 처음 강을 보았을 때 제일 먼저 그의 눈빛에 놀랐다. 형형한 눈빛 속에 범상치 않은 기운이 흘렀다. 강한 자장의 전류가 그로부터 밀려왔다. 그러자 전율을 동반한 짜릿한 느낌은 나를 당혹케 했다. 그에게서 자유롭지 못하리라는 예감으로 불안했지만, 한편으론 구미가 당겼다. 알면 네가 얼마나 알아? 하는 다소 깔보는 마음이 내 의중에 깔렸기에 그가 내미는 손을 잡고 흔들며 흔쾌한 표정으로 말했다.

— 우리 잘해봅시다.

— 잘 부탁해요.

대답은 그렇게 하면서도 강은 나를 못 믿겠다는 표정을 지었다. 내가 여자여서 그런 것은 아닌가하는 생각이 들어 기분이 썩 좋지 않았다. 그래서 대뜸 물었다.

— 탑의 상징성이 무어라고 생각하세요?

묻는 의중을 헤아리는지 한참이나 뜸을 들이던 강이 내게 되물었다.

— 천년의 세월을 묵묵히 견디면서 허허벌판에 무심하게 서있는 탑 앞에 서면 어떤 생각이 먼저 들던가요?

보기보다 만만한 사람은 아니라는 생각을 하며 나는 말머리를 돌렸다.

— 드잡이 일에 대해서는 따라올 사람이 없다고 들었는데, 탑의 복원에 대해서도 물론 자신 있겠지요?

— 그건 자신 문제가 아니라고 생각합니다. 현재의 기술이 아무리 발달되었다 해도 원래처럼 섬세하면서 부드럽고 온화한 분위기를 주는 탑으로 복원할 수는 없을 테니까요. 틀림없이 후회할겁니다. 치밀

한 대책도 세우지 않고 헐어버리면 저 탑은 영영 볼 수 없을 텐데…….

끝을 혼잣말처럼 되뇌는 강의 표정은 그때 참 어두웠다. 완강하게 탑의 해체를 반대했던 강의 의견에 관심을 가지는 사람은 없었다. 한쪽을 시멘트에 의지하고 볼썽사납게 서있는 탑을 해체하고 그대로 다시 쌓기만 하면 지금보다 훨씬 보기 좋은 문화재가 되리라는 안일한 생각으로 헐어야 한다는데 모두 찬성했다.

해체 과정에서도 강과 나 사이에 의견충돌이 잦았다. 그럴 적마다 강은 자신의 의견에 따라주지 않으면 그만 손을 떼겠노라고 내게 으름장을 놓곤 했다. 그의 억지 같은 협박에 내치고 싶었지만, 그만한 기술공을 찾기가 쉽지 않아 참곤 했다.

어렸을 적부터 보고 자란 집안내력에다 눈썰미는 물론 손재즈도 타고났는지, 일 톤이 넘는 부재들을 적재하는 노련한 손놀림은 누구도 흉내 내지 못한다. 그는 해체하는 돌덩어리 하나하나에서 백제인의 숨결을 느낄 수 있다고 자랑한다. 또 돌덩어리 하나하나를 생명체로 여겨야만, 그래서 자식을 키우듯이 탑을 쌓아야만 혼을 지닌 탑이 만들어지는 거라고 나를 가르치려든다. 장인기질로 똘똘 뭉친 그의 말은 틀림이 없다. 명색이 교수에다 책임자인 내가 어떠한 반론도 제기할 수 없을 정도로 문화재에 대한 애착 또한 뜨겁다.

— 탑을 조성하던 당시 드잡이를 한 장인들의 마음을 헤아리면서 작업을 해야만 완벽한 해체와 복원이 이루어집니다. 우리 선조들의 미감을 창조하는 솜씨는 뜨거운 창작의욕에서 돌출되었을 텐데 사람들은 그저 돌덩이를 쌓은 것으로만 생각하니 그 무지가 너무나 안타깝지요.

신라의 분황사 모전석탑은 중국의 전탑을 모방한 것이고, 고구려의 영탑사 팔각칠층석탑은 기록으로만 전할 뿐 그 형태를 추정할 수가 없다. 그러나 백제의 석탑은 이미 삼국시대의 뿌리를 내린 목탑을 바탕으로 독자적인 석탑을 재현해 성공한 것이다. 원래 돌이 많은 우리나라에서 재료를 쉽게 구할 수 있고 재질이 견고하여 화재위험도 면할 수 있는 석재로서 돌탑을 조성하여 영원히 보존하려는 염원이 백제 인으로 하여금 석탑을 창출하게 만든 것이다. 그는 미륵사지 석탑을 쌓은 백제 장인들의 조탑 기술의 뛰어남을 이렇게 강조한다.

― 우리나라 석탑의 기원은 백제에서 시작되었고, 석탑의 원형은 목탑에 근거를 두고 있는데 이와 같이 목탑을 토대로 하여 새로운 석탑 양식을 이룩한 독창성은 세계 어디에서도 찾을 수 없지요.

공사장으로 발길을 옮긴다. 미륵사지석탑은 거푸집으로 완전히 감싼 상태인 5층 건물 높이의 거대한 컨테이너박스 속에 있다. 나는 거푸집 안으로 들어선다. 웅장했던 석탑은 온데간데없고 1층 기단부만 남아있다. 석탑에서 떼어낸 화강암 부재 수백 개가 'IN2―LEV 옥반 79'와 같은 일련번호를 붙인 채 도열해있는 모습이 장관이다.

현장에는 석공들의 망치질소리가 요란하다. 덧칠된 시멘트를 직접 떼어내는 마무리작업이다. 요란한 소리와 함께 분진이 날리는 속에서 나는 두리번거리며 강을 찾는다. 그는 자신이 손수 만든 거중기와 도르래를 이용하여 석재 하나를 옮기고 있던 참이다. 잠시 쉬었다 하라는 내 손동작에 그가 석재를 줄맞춰 조심스럽게 내려놓은 다음 곁으로 와서 자리를 잡고 앉는다. 담배 한 개비를 꺼내어 불을 붙인 다음 맛있게 한 모금 빨더니 걱정스러운 표정으로 그가 묻는다.

"세미나에서는 어떻게 결정되었나요?"

미륵사지탑은 지금까지 자기가 본 것 중에 최고라고 격찬을 하며 한 번 본때 있게 일으켜 세워보겠다고 장담하던 그다. 오년 동안 함께 생활하면서 여기까지 왔는데 이제 발을 빼겠노라는 말이 그 앞에서 차마 나오지 않는다. 그래서 저녁에 회식자리를 만들 것이니 술 한 잔 함께 하자는 말만 남기고 나는 공사장을 빠져나온다. 그의 외침이 망치질 소리에 섞여 내 귀에 들린다.

"기운 내요. 방법은 있을 테니까."

공사장에는 이십 여명이 상주하고 있었는데, 그중 여자는 나뿐이다. 네 명의 석공을 제외하고 모두 외지인이기 때문에 현장에 컨테이너 숙소를 마련하여 머물고 있다. 집에 다녀온 지가 언제인지조차 까마득하다. 나뿐만 아니라 대부분의 조사원들은 일 년에 오일정도의 휴가를 얻기도 힘들만큼 시간을 쪼개서 쓴다. 문화재보존이라는 자긍심이 없고서는 총 공사 기간인 십년동안 집을 떠나 산다는 것이 말처럼 쉬운 일은 아니다.

그가 말린다 해도 이미 엎질러진 물이다. 며칠 전 문화재 관리국에 사표를 제출했고, 내주 중에 새로운 책임자가 당도하면 인계를 하고 떠날 작정이다. 그래서 송별회 겸 입장표명을 할 회식자리를 마련할 참이다. 갑자기 떠난다는 내말에 모두 한동안 당황할지도 모른다. 하지만 새로운 책임자와 함께 복원사업은 계속될 것이고, 나는 마음의 부담감을 떨칠 수 있으리라 믿는다.

가까운 음식점에 부탁한 회식상은 이미 차려져있다. 돼지고기수육이 푸짐하게 올라있다. 주변의 텃밭에서 구한 듯 상치, 치커리, 깻잎, 배춧잎 등 싱싱한 푸성귀가 넓은 소쿠리에 소담스레 담겨있고, 마늘, 고추, 오이 등 쌈을 위한 부재료도 푸짐하다. 맛깔스럽게 비벼낸 양념된장에서 나는 구수한 냄새가 시장기를 부추긴다.

"오늘 목구멍 때 한번 거시기허게 벗기것고만, 그려."

분위기를 돋울 요량에서인지 강은 구수한 사투리로 좌중을 웃기며 자리를 잡고 앉는다. 나는 잔을 높이 쳐들고 건배를 외친다.

"우리 모두의 건강을 위하여!"

모두들 위하여! 복창을 하고 시원스럽게 술잔을 비운다. 서로 잔을 권하고 음식을 먹느라 한동안 시끌벅적하다.

"미륵사지석탑의 복원을 위하여!"

그때 강이 새롭게 건배를 외쳤고 다시 한 번 더 위하여가 복창된다. 나는 자리에서 천천히 일어선다. 그리고 좌중을 한번 죽 둘러본 다음 말을 꺼낸다.

"다음 주에 새로운 책임자가 올 겁니다. 새로 오시는 분을 중심으로 아무쪼록 복원이 성공하도록 애써주십시오."

화기애애하던 좌중이 순식간에 얼어붙는다. 술 마시는데 정신을 쏟던 몇 사람이 무슨 소리인지 알아듣지 못한 듯 옆 사람에게 눈짓으로 묻는다. 한동안 실내에는 숨소리조차 들리지 않는다. 대부분의 직원들의 얼굴에는 웬 아닌 밤에 홍두깨냐는 표정이 떠오른다. 그들의 얼굴에 같이 고민하지 않고 떠나려는 나에 대한 섭섭함으로 불쾌한 심사가 진하게 배어나온다.

"지금 무슨 소리를 하는 거요? 완전 복원 할 때까지 올곧은 자긍심

하나로 버텨보자고 첨 만났을 때 우리한테 했던 말은 괜히 한 번 해본 헛말이었어요?"

강은 몇 잔술에 이미 취기가 돌았는지 취한 소리로 나를 향해 강하게 질타한다. 이곳저곳에서 불평불만의 소리들이 쏟아진다. 그동안 오로지 한길을 향해 매진해 온 자신들의 노력에 대해 칭찬은커녕 불신만 받고 있는 현실에 대한 강한 불만이 내 말 한마디로 화산처럼 터져 나온 것이다.

"헐었으면 쌓는 것이 정한 이친데 어렵다고 손놓아버리면 천사백년 전 조상이 남긴 귀중한 문화유산 하나가 영영 사라져버리는 게 아니겠어요? 그러니까 백제 사람이 남긴 문화유산, 너희들이 지켜라 하는 심보요. 뭐요. 지금 목마른 사람이 샘 파라는 심사인 게요?"

강의 질책에 나는 머리가 복잡해진다. 방법이 있다면 무슨 걱정이겠는가. 복원 방법만 찾을 수 있다면 낸들 이 자리에서 빠져나가려 하겠는가. 소주 반병이 적량인 내가 한 병 이상을 마셨는데도 씁쓸한 심정 때문인지 취기가 오르지 않는다.

뾰쪽한 방법이 없는 복원에 대해 갑론을박하는 회식 자리를 벗어나 나는 밖으로 나온다. 주변은 칠흑같이 깜깜했고, 세찬 바람소리가 쌩쌩, 대나무 숲을 지나고 있다. 대나무 잎이 서로 몸을 부대끼며 내는 소리가 백제시대 거대한 불사를 일으키느라 불쌍하게 희생당했을 영혼들의 탄식처럼 들려 온몸에 소름이 돋는다. 나는 빠른 걸음으로 숙소로 향한다. 방으로 들어와 불을 켠다. 임시 거처인 컨테이너 숙소에는 TV도 라디오도 신문도 없다. 그래서인지 정말 백제시대 절간에 와 있는 것만 같다.

따뜻한 방안에 들어서니 그제야 취기가 밀려온다.

'떡이라도 차려놓고 고사라도 지내보면 방법이 보일런지도 모르는 데……'

술에 취한 강의 독백이 들리는 듯하다. 정말 조상님께 빌어보면 방법을 찾을 수 있을까? 그렇게만 된다면……. 어이없는 생각을 하다 깜빡 잠이 든다.

잠결인가. 긴 산모롱이를 돌아 걸어가고 있다. 등에 흠뻑 땀이 배일 정도로 오랫동안 걷는다. 내가 찾는 것이 보일 때까지 걷고 또 걷는다. 벌써 사위는 어둠이 깔리고 이제 앞길도 잘 보이지 않는다. 그만 돌아설까? 하는 생각을 하는데 갑자기 앞이 환해진다. 그리고 내 앞을 막아서는 거대한 돌탑. 그 탑에선 빛이 눈부시게 쏟아져 나온다. 너무 눈이 부셔 양손으로 빛을 가리고 있는데 이건 또 무슨 조화란 말인가. 빛이 하나로 모인 곳에 부처님이 앉아있다. 나도 모르게 합장을 하고 고개를 숙인다.

'옷을 벗어라.'

어디선가 들리는 소리에 거역하지 못하고 나는 하나씩 옷을 벗는다. 마침내 알몸이 된 나는 탑 주위를 돌기 시작한다. 한 바퀴, 또 한 바퀴, 돌 때마다 나는 묻는다. 내가 어떻게 해야 하나요? 얼마나 돌았는지 내 입에선 거친 숨이 터져 나온다. 더 이상 걸음을 옮기지 못하고 그만 푹 쓰러진다. 누군가가 쓰러지는 나를 받아 안는다. 너무나 숨이 막혀 나는 밀쳐낸다.

놀라서 눈을 떴을 때 강이 내 곁에 누워있다. 전라의 몸이다. 아직도 꿈인가? 정신을 차리려고 고개를 흔든 다음, 다시 바라보니 틀림없이 강이다. 그렇다면? 상대가 그였단 말인가. 찬물을 뒤집어쓴 것처럼 정신이 번쩍 든다.

"아니? 어떻게?…… 여기에?……"

더듬대며 말을 잇지 못하는 나를 건너다보며 그가 생뚱맞은 질문을 한다.

"에밀레종에 깃든 슬픈 전설은 아시겠지요?"

나는 주섬주섬 옷을 걸치며 그가 던진 질문의 의미를 생각하려고 애를 쓴다. 그러나 숙취가 몰려와 지끈거리는 머리로는 아무것도 떠오르지 않는다. 앉은뱅이 책상위에 놓여있는 주전자에서 물을 한잔 따라 벌컥벌컥 들이키자, 좀 정신이 든다. 소주 한 병에 정신이 나가 내가 저지른 일을 모른다고 하기엔 자존심이 상한다. 그래서 일부러 냉정한 목소리로 쌀쌀맞게 쏘아붙인다.

"어서 옷이나 입어요."

잠깐 동안 내 얼굴에 시선을 보내던 그가 옷을 입기 시작한다. 옷을 다 입을 때까지 기다려준 다음 내가 묻는다.

"내게 바라는 것이 무엇인가요?"

"에밀레종이 어린애를 희생해서 만들었다는 잔인한 전설을 믿고 싶지는 않습니다. 다만 에밀레종은 오직 에밀레종 하나뿐이라는 사실을 잊어서는 안 된다는 겁니다. 우리는 두 차례에 걸쳐 에밀레종 복제품을 만들었지요. 하나는 '우정의 종'이라 명명하여 로스앤젤레스에 선물로 주었고, 또 하나는 보신각에 매달아 제야의 종을 치곤하지요. 그런데 과학기술이 발달한 현재 천이백년 전 종소리를 내지 못하는 이유가 무어라고 생각하나요? 그건 바로 종을 제작하는 정신자세부터 틀려먹은 겁니다. 이십세기의 복제품은 겉만 흉내 내기에 급급했을 뿐 장인들이 훌륭한 종소리를 내기위하여 얼마나 고심했는지를 고심하는 사람이 하나도 없었으니까요."

반증으로 그는 일천구백구십삼 년에 번쩍이는 화강암으로 복원한 동탑을 들었다. 주변과 어울리지 않는 껑충한 모습으로 일어서있는 동탑은 장고한 세월의 흔적이 배어있는 서탑(미륵사지석탑)과 비교하여 얼마나 충격적인 모습이었던지. 동탑을 볼 때마다 다이너마이트로 폭파시키고 싶은 심정이라고 토로한 사람도 있다. 최악의 복원이 된 동탑의 전례를 따르지 않기 위해서 우리가 할 수 있는 최선책은 무엇일까?

그러고 보면 기계를 이용하여 밤톨처럼 예쁘게만 깎아 세운 동탑의 복원의미가 어디에 있는지 아리송해진다. 사실 동탑은 당시 정치권이 호남지역 민심을 수습하기위해 졸속으로 복원했다. 최고 권력자의 정치적 수단으로 이용당한 문화유산이 후대에 얼마큼 뼈저린 아픔과 수치를 남겨주는지 입증해 준 사례가 된 것이다. 그렇다면 미륵사지석탑 복원의 밑그림은 분명해진다. 문화재로의 가치를 지닌 복원이 이루어져야 한다는 것인데, 현재 상태에선 어떤 방법도 떠오르지 않으니 난감할 뿐이다.

그의 눈동자가 꿈꾸는 듯 흔들린다. 그러자 와락 무섬증이 밀려온다. 미륵사지석탑의 복원이 이루어지지 않을 경우 그가 어떤 행동을 할지 가늠할 수가 없었기 때문이다. 밝은 낮에 다시 이야기하자는 말로 그를 달래는 수밖에 도리가 없다.

강이 나간 뒤, 나는 오랫동안 잠들지 못하고 뒤척인다. 꿈결처럼 품에 안겼던 그의 체취가 아직도 코끝에 매달려있다. 그는 무엇을 바라고 내게 접근한 것인가. 도무지 이해할 수없는 행동이다. 그런대도 그의 다부진 육체가 눈앞에 어른거려 견딜 수가 없다. 나는 벌떡 일어나 밖으로 나온다.

밖은 아직 미명 속에 잠겨있다. 할일 없이 사무실로 들어간다. 자리에 앉아 새삼스럽게 사무실 안을 둘러본다. 복원을 위한 기초 자료를 만들기 위해 필요한 기계들이 좁은 공간에 꽤 오밀조밀 정리되어 있다. 과학적인 복원에 가장 중요한 기계는 컴퓨터이다. 십여 명의 조사원들은 3D스캐너를 이용하여 석탑 각 부분에 레이저를 쏘아 입체적인 형상을 찍은 사진들을 컴퓨터에 저장해 놓는다. 필요할 때 가상공간에서 시뮬레이션 잡업이 가능하여 훼손된 석탑은 원형까지 추정복원을 하는데 필요한 매우 중요한 작업이다. 컴퓨터 작업으로도 부족하다고 생각될 경우 하는 과정이 현천도(실측도면) 작성이다. 부재위에 아크릴판을 갖다 대고 실물크기대로 도면을 그리는 것이다. 육면체를 모두 그린다음 트랜실지(습자지와 비슷함)에 다시 옮겨 그린 후, 스캔을 받아 이미지 파일로 변형, 실물도면을 만드는 작업이다. 그동안 조사원들은 팔백오십 장이 넘는 도면을 그렸다. 그들이 작업을 마치고 남은 재료들이 사무실 한쪽에 쌓여있다.

'에밀레종 이전에도 없었고, 에밀레종 이후에도 없고, 오직 에밀레종 하나가 있을 따름이다.'고 강조하던 강의 말이 떠오른다. 미륵사지 석탑도 하나뿐이라는 점을 그는 그렇게 돌려 말한 것인가. 이곳 사무실의 최신기계와 기술로 이루고자하는 복원은 한낱 우리의 꿈일 뿐인가.

안락의자 깊숙이 등을 기대고 눈을 감는다. 언제 들어왔는지 강의 목소리가 들린다.

"떠나지 말아요. 제발. 이렇게 떠나면……, 저 탑은 영영 일어서지 못할 겁니다."

그렇다면 나를 잡기 위하여 자신의 몸을 바쳤단 말인가. 무슨 그런 바보 같은 짓을? 화가 치민 나는 소리를 지른다.

"내가 아니라도 탑은 복원될 테니 걱정 말아요."

단호한 내 태도에 무렴했던지 서른다섯이라는 나이가 믿어지지 않을 정도로 그는 당황한 표정을 숨기지 않는다.

말은 그렇게 하면서도 어쩌면 이곳에 온 것이 내 뜻이 아닐는지도 모른다는 생각이 빠르게 머릿속을 지나간다. 누구에겐가 홀리지 않고서야 그렇게 쉽게 결정할 수 없을 만큼 큰 공사였다. 물론 문화재 복원의 세계에 뚜렷한 족적을 남기고 싶다는 욕망도 얼마간 작용했다. 그러나 그보다 어떤 큰 힘이 나를 이곳까지 잡아끈 것이 아닌가하는 의구심이 든 것이다. 만약 그렇다면 이 일에서 빠져나가려는 내 의지가 쉽게 관철되지 못할 것이 뻔하다. 그의 말대로 복원이 끝나지 않는 한, 이곳에서 한발자국도 빠져나가지 못한다면? 하는 생각이 들자, 가슴이 철렁 내려앉는다.

미륵사지석탑의 해체는 완전히 끝났기 때문에 조사원들과 석공들에게 주말까지 휴가를 주었다. 오랫동안 집을 떠나있던 그들은 갑자기 상처럼 내린 휴가에 깜짝 반가워했다. 그러다가 혹 내 마음이 변해 휴가를 반납해야할 일이 터질까 우려하며 다급하게 집으로 향한다. 공사장에는 나와 강만 남았다. 집에 가서 편히 쉬다오라고 몇 번이나 권하는 내 말에 강은 고개를 흔든다.

"집에 가봐야 아무도 없는 걸요. 이왕지사 시간이 좀 났을 때 돌아다녀봐죠."

어디를 가려는 것이냐고 묻자, 제대로 복원을 하려면 옛날에 쓴 돌과 똑같은 것을 써야 될 터이니, 석산 이곳저곳을 좀 돌아보며 찾아보겠다고 한다. 강이 떠나고 나자, 넓은 공사장은 깊은 잠에 빠진 듯 적막해진다. 어제까지만 해도 망치와 정을 이용하여 시멘트를 제거하는 소리가 귀에 거슬렸는데 오늘은 현장에서 들려오던 망치질 소리가 왠지 그리워진다.

강이 부재를 구하러 다니느라 동분서주하는 동안, 나는 사무실에서 책을 읽거나 산책을 하면서 한가롭게 보냈다. 오늘밤만 지나면 정말 가벼운 마음으로 이곳을 떠날 수 있으리라. 나도 모르게 콧노래가 흘러나온다. 강이 돌아오면 간단히 송별주를 마셔야겠다고 생각을 하며, 어두워지는 사지寺地를 가로질러 숙소로 돌아온다. 쉬지 않고 윙윙 소리를 내고 있는 냉장고를 열어본다. 냉장고문 쪽 수납장에 다행히 소주 두병이 남아있다. 지난번 저녁 회식 후 남은 것이리라. 통에 남아있는 김치를 냄비에 붓고, 참치 캔 하나를 따서 그 위에 얹어 가스 불에 올린다. 참치가 익은 김치와 어울려져 맛이 들어가는지 방안에 찌개냄새가 향긋하게 퍼져간다.

올 시간이 지났는데 무슨 까닭인지 강이 나타나지 않는다. 시장기가 몰려와 기다리지 못하고 찌개와 소주 한 병을 식탁에 차린다. 마시는 중에 오겠지. 하는 마음으로 혼자서 잔을 기울인다. 어느새 소주 한 병이 바닥이 난다. 얼큰하게 취기가 오른 나는 몸을 흔들며 노래를 부른다. 해는 저서 어두운데 찾아오는 사람 없고, …… 별을 보니 눈물만 흐른다. 내 동무 어디 가고 나 홀로 앉아서, 밝은 달만 쳐다보니 외롭기 한이 없네. 왜 느닷없이 이 노래가 생각났는지. 어렸을 적에 동생과 함께 동네 어귀에서 어머니를 기다리며 불렀던 노래, 커서는 한 번도 불러 본적이 없다. 그래서인지 가사 한 구절이 떠오르지 않아 그 부분을 콧노래로 부른다. 다 부르고나니 나도 모르게 눈가에 눈물이 번졌다. 술 탓인가. 외로움 탓인가. 아니면 강 때문인가.

술도 깰 겸 아직 오지 않고 있는 강을 마중하러 밖으로 나온다. 사위는 무척 캄캄하다. 내 기척에 놀랐는지 보안용 개 두 마리가 사정없이 짖어댄다. 나는 얼른 손에 들고 나온 손전등의 불빛을 그쪽으로 비춘다. 불빛 때문인지 아니면 나를 알아보았는지 개들은 이내 조용해진다. 입구 쪽을 향하여 걸음을 옮기다가 문득 거푸집 안이 궁금해진다. 나는 용기를 내어 미륵사지석탑을 둘러싼 거푸집 쪽으로 발을 옮긴다. 발소리를 죽여 가며 조심조심 다가간다. 거푸집 안에서는 어떤 소리도 움직임도 없다.

내가 막 발길을 돌리려고 할 때다. 거푸집 안에서 이상한 소리가 난다. 순간 온 몸이 오싹해진다. 그 자리에서 한발자국도 움직일 수 없다. 윙윙거리는 소리가 마치 사람들의 대화소리 같다. 소리에 이끌려 거푸집 입구까지 살금살금 다가가 귀를 기울인다. 거푸집 안에서는 석탑을 쌓는지 돌끼리 부딪치는 소리가 달그락달그락 새어나온다. 취해서 헛소리를 들었는지도 몰라. 나는 고개를 흔든다.

얼마나 그곳에 서있었는지, 정신을 차리려고 애쓴다. 나는 거푸집 문을 벌컥 열고 안으로 들어선다. 그리고 손전등을 켜 정중앙을 향해 비춘다.

아! 나는 입이 딱 벌어진다. 누가 언제 어떻게 쌓았는지 미륵사지석탑은 해체하기 이전의 모습으로 우뚝 일어서있다. 일초, 이초, 삼초, 사초, 오초 쯤 지났을까. 우람하게 일어섰던 미륵사지석탑이 스르르 소리도 없이 내 눈앞에서 허물어져 내린다.

나는 정신없이 숙소로 뛴다. 언제 들어왔는지 강은 방에서 자고 있다. 겁에 질린 표정으로 그를 깨우자, 느닷없이 잠을 깬 그는 영문을 몰라 어리둥절한 표정으로 더듬대는 내입만 쳐다본다. 탑이 무너졌어요. 더듬더듬 설명하는 말을 그는 이해하지 못한다. 그럴 수밖에 없다. 그 광경을 직접 본 나도 믿을 수 없는데 말만 듣고 어떻게 믿을 것인가. 그런데 더 믿을 수 없는 일은 다음날 아침에 일어났다.

한숨도 자지 못한 나는 날이 밝자마자 강을 앞장세우고 거푸집으로 뛰어갔다. 간밤에 탑이 일어섰다가 허물어졌다는 내말을 믿지 않는 그에게 직접 확인시켜 주려는 것이다. 그런데 거푸집 안으로 들어서자마자 나는 또 한 번 내 눈을 의심한다. 안은 말끔히 정리되어 있다.

"어젯밤 취해서 헛것을 보았나 보군요. 아니면 꿈을 꾸었던지. 이렇게 말끔한데 무엇이 일어섰고, 또 무너졌다고 그리 호들갑입니까?"

나는 할 말을 잃는다. 그러고 보니 정말 내가 꿈을 꾼 것이 아닌지 의심스러워진다. 그러나 한편으론 어젯밤 내가 이곳을 들여다보지 않았으면 옛 장인들이 탑을 일으켜 세웠을지도 모른다는 꿈같은 생각을 한다. 내가 점점 이상해지는 것 같아 끔찍한 기분이 들었다.

휴가 갔던 조사원들과 석공들이 돌아왔다. 그들은 자신들이 해왔던 작업을 점검하며 뭔가 이상하다고 고개를 갸우뚱거린다. 분명히 차례대로 두었던 돌이 왜 뒤죽박죽 섞였느냐, 누군가가 손을 댄 것이 아니냐고 내게 묻는다. 사실대로 말해도 그 말을 누가 믿겠는가. 그들은 뭔가 의심을 하면서도 더 이상 따져 묻지 않는다.

새로운 책임자가 오면 넘겨줄 서류파일을 정리하고 있는데 그 가운데에서 쪽지 하나가 테이블위로 떨어진다.

'10년 후 탑은 우뚝 일어서리라.'

부임하는 날, 의지를 다지기위하여 내가 쪽지에 쓴 문구다. 쪽지를 구겨서 쓰레기통에 던지려고 할 때 전화벨이 요란하게 울린다. 수화기를 들어올린다. 사표가 반려되었다는 기계음이 전선을 타고 귓속을 파고든다.

나는 말없이 수화기를 내려놓는다.

아바타(Avatar)

나는 지금 막 서른이다. 요즘 들어 '서른 즈음에' 라는 노랫말이 자꾸 가슴에 엉겨 붙는다. 〈또 하루 멀어져 간다. 내뿜는 담배 연기처럼 작기 만한 내 기억 속에 무얼 채워 살고 있는지〉 정말 나는 지금 무얼 채워가며 살고 있는 것인가.

회사 윗선에서 내려온 극비로 추진 중인 사업명은 '흑진주' 다. 롤플레잉 게임으로 들어온 시리즈 울티마는 예상을 뛰어넘는 폭발적 인기몰이를 했다. 특히 고속통신망이 급속히 보급되어 IT 최강국이 된 우리나라에서 유난히 빠르게 퍼져갔다. 기존의 롤플레잉 게임의 선악구도는 자연 폐기되고, 사용자의 캐릭터를 모든 미덕의 화신 아바타로 새롭게 탄생시킨 온라인 롤플레잉 게임[MMORPG]이 급속하게 전파된 것이다. 논플레이어 캐릭터[NPC]들은 사용자가 조종하는 캐릭터를 이름 대신 아바타로 부른다. 이에 발 빠르게 움직인 회사에서 극비리에 내린 개발명이 가칭 흑진주다.

이번 개발팀에 투입된 인원은 나를 위시하여 총 여섯 명이다. 우리 팀은 벌써 보름째 날을 샌다. 회사사람 중 누구도 우리 팀에게 날밤을 새우라고 지시한 사람은 없다.

우리는 입을 굳게 다물고 감기려는 눈을 애써 치뜬다. 열두 개의 빨간 토끼눈이 화면에 묶여 미동도 하지 못한다.

벌써 기일의 반을 허비하고도 제자리걸음만 하고 있다. 남아있는 보름동안에 정말 출구는 찾을 수 있을 것인가. 암담하다. 주위를 둘러본다. 본체가 작동되며 내는 소리가 제법 시끄럽다. 팀에서 가장 나이가 많은 P의 뒤통수가 보인다. 잠시 등받이에 머리를 대고 졸았던지 뒷머리 결이 납작하게 눌려있다. 딱딱하게 굳은 팀장의 얼굴은 삼복더위를 물리칠 만큼이나 서늘하다. 오전에 전무에게 불려 들어가더니 심하게 닦달을 당했나보다. 건드리기만 하면 툭, 터질 기세다.

팀에 미혼자는 나를 포함하여 세 명이다. 특별하게 집에서 기다리는 사람이 없으니 대체로 여유롭다. 몸이 피로할 따름이지 마음이 초조할 이유는 없다. 그러나 기혼자인 세 명은 안절부절못한다. 특히 신혼인 P는 보기에 안쓰러울 지경이다. 차마 집에 가겠다고 말을 꺼내지는 못하지만, 그의 눈빛은 매우 간절하다. 결혼한 지 3년차인 팀장이 그걸 모를 까닭이 없다. 허나 애써 모른척한다. 이런저런 사정을 봐주다간 기일을 맞추기가 어렵다는 것을 수없이 경험했기 때문일 게다.

시계를 올려다본다. 이 사무실을 지키는 것 중 오로지 하나뿐인 아날로그제품이다. 작은바늘과 큰바늘이 3과 12를 가리키며 직각을 만들고 있다. 이때가 가장 견디기 힘든 시각이다. 자꾸 감기려는 눈꺼풀과 싸워 이겨야만 한다.

입사하여 얼마 되지 않았을 적, 심사가 뒤틀려 팀장에게 대든 적이 있다.

"팀장님, 잠이나 좀 제대로 자고 일합시다. 우리가 뭐 기계도 아니고 이게 뭐하는 짓입니까?"

그때 팀장의 얼굴에는 가소롭다는 미소가 살짝 떠올랐다가 사라졌다. 그러더니 아무렇지도 않은 표정으로 정말 냉담한 목소리로 나를 향해 말했다.

"그래? 아직 몰랐어? 우린 기계야."

너무 큰 충격이었다. 이공계를 지원한다고 했을 때 주위에서 왜 그렇게 만류했는지 그 한마디로 알아버렸다.

사람들은 우리를 개발자라고 부른다. 우리가 하는 일은 프로그램을 개발하여 제품의 기능을 향상시키거나 새로운 제품을 만드는 일이다.

세계에서도 알아주는 IT강국으로 질주하던 시대에 공학을 전공했던 나는 당시 꿈이 컸다. 대학시절 이미 프로그램개발에 여러 번 참가도 하고 그 방면에서 실력을 인정받았던 터라 프로그래머에 대한 환상도 기대도 매우 높았다. 어려웠던 개발을 성공시키고 느꼈던 짜릿한 쾌감은 몇날 며칠 밤을 지새운 피로를 한방에 거둬가곤 했다.

그랬는데 지난 이년 동안 돌아보면 아득하다. 주말은 알아서 반납하고, 추석, 설날은 당일만 겨우 쉬었다. 그뿐인가. 밤새는 것은 예사였고, 체온이 40도가 오르내리는 지독한 감기로 코피가 터지면서도 자리를 지켜야했다. 누구를 위한 충성이었는지 지금까지도 아리송하다.

팀장이 자리에서 벌떡 일어선다. 그가 앉아있던 회전의자가 혼자서 빙그르르 한 바퀴 돌아 제 위치에 멈춰 선다. 토끼눈빛을 닮은 열개의 눈이 팀장에게 모아진다.

"자— 이리 모이세요. 회의합시다."

잠에 취한 몸이 마음대로 움직이지 않아 모두 어정거리며 테이블로 모인다. 아직 가닥도 잡지 못한 프로그램 원안을 손에 쥔 채 자리를 잡고 앉는다. 팀장은 마지막 반전카드가 필요한 시점이라는 의지를 내보이며 진지한 표정으로 주위를 둘러본다. 이미 모두 느끼고 있던 터라 팀장의 입만 뚫어져라 쳐다본다. 한참 만에 팀장이 입을 연다.

"그러면 안 된다는 것은 다 잘 알겠지만 우리 이번엔 눈 딱 감고 베낍시다."

"……"

누구도 대답이 없다. 아니 대답할 수 없다. 고급인력이라 자처하는 프로그래머로써 우수한 집단에 속한다는 자부심으로 살고 있는 처지에 그런 불법에 동참한다는 것은 정말 자존심이 상하는 일이기 때문이다. 그렇다고 반대의견을 내 놓기엔 시일도 촉박하고 가능성도 없으니 난감할 수밖에 없다. 모두 테이블 밑으로 고개를 박은 채 말이 없다. 속이 타는지 팀장이 다시 못을 박듯 말한다.

"시일이라도 맞추려면 어쩔 수 없습니다. 그 방향으로 돌립시다."

"정말 다른 방법은 없는 겁니까?"

참지 못하고 내가 나선다. 모든 시선이 나를 향한다. 네게 무슨 용빼는 재주라도 있느냐는 표정을 지으며 이내 시선을 돌려버린다. 대답 없음은 긍정의 표시라 해석했는지 팀장이 새로운 지시를 내리려는 찰나 P가 어둔한 목소리로 말을 잇는다.

"이와 비슷한 개발에 대한 강의를 들은 적이 있어요. 그 교수에게 자문을 구하면……."

자신이 없는지 P는 말을 끝맺지 못한다. 당장이라도 끌끌 혀 차는 소리가 들려올 듯하다. 그러고 보니 나도 그런 강의를 들은 기억이 난다. 실제로 개발한 것이 아니고 교수의 이론 강의를 들은 것이기 때문에 이런 문제점에 대입했을 경우 문제가 풀릴지 장담은 못하지만 문제만 풀린다면 만사 오케이다. P는 이 회사에 나를 추천해 준 학교 선배이다. 당연히 그에게 힘을 보태주어야 한다. 참지 못하고 내가 또 나선다.

"그러고 보니 기억이 납니다. 전진 교수님 강의를 말씀하는 거지요?"

내 말에 거듭 황당하다는 표정들이다. 한 시대를 풍미하다 자취를 감춘 사람을 거론한들 지금 무슨 소용이 있느냐며 P와 나를 빤히 쳐다본다. 교수의 조수역할을 하던 나의 학창생활에 대해 알고 있는지 P가 궁금하다는 표정을 지으며 내게 묻는다.

"자네는 교수의 행방을 알겠지? 지금 어디 계시는가?"

자취를 감춘 교수의 행방은 아무도 모른다. 떠도는 소문은 무성했지만 모두 믿기지 않은 이야기들이다. 나와 P의 대화를 들으며 팀원들의 얼굴에 희색이 돈다. 조그마한 희망의 싹이라도 잡고 싶은 마음들이기에 그러리라. 이번 프로젝트는 게임소프트웨어이기 때문에 다른 것보다 성공했을 시 받는 금액이 크다. 성공만 하면 기대보다 큰돈을 배당받을 수 있으니 왜 안 그러겠는가.

모른다고 고개를 흔들자, 동료들은 시무룩해진다. 그때 책임자인 팀장이 명확하게 선을 긋고 나선다.

"좋습니다. 어차피 모 아니면 도이니까요. 이렇게 합시다. 이룸씨는 최대한 빨리 교수님을 찾아 문제점의 해결방법을 알아오는 겁니다. 나머지 우리는…… 만약을 위해서 아까 제시한대로 추진하는 겁니다. 알겠지요? 보름 남았습니다."

만약 보름 후에 팀에서 완성한 프로그램을 내놓지 못하면 우리는 발주자로부터 한 푼도 받지 못함은 물론 다음 프로젝트를 따기조차 어렵다. 밤을 새우며 일한 한 달이 헛수고로 끝나고 마는 것이다. IT업계에 뿌리 깊게 전해 내려온 발주자와 개발자 간의 '갑을' 관계로 설정된 현실을 바꾸는 것은 여전히 불가능한 시대다. 그러하니 어쩌겠는가. 개발자들이 집단으로 의견을 모아 거부하기 전에는 환경이 바뀌지 않음이 현실이니 팀장 말대로 모 아니면 도로 부닥쳐 볼 수밖에 없다. 깨지는 한이 있더라도 말이다.

보름 만에 돌아온 원룸의 실내는 찜통 같다. 중복을 앞두고 있으니 문을 열어놓아도 숨이 막힐 지경인데 숨구멍하나 없이 꽉 처닫아두었으니 말해 무엇 하리. 집을 떠나기 전 시간이 촉박하여 미처 씻지 못하고 넣어 놓고 간 개수대안의 반찬그릇에서 나온 퀴퀴한 냄새가 방안에 가득하다. 나는 먼저 창문부터 활짝 열어젖힌다. 습기를 가득 머금은 후끈한 바람이 방안으로 밀려들어온다. 개수대안의 그릇을 깨끗이 씻어 엎어놓는다.

갑자기 시장기가 몰려온다. 요기할 것을 찾느라 나는 냉장고문을 열어본다. 몇 달 전에 시골에서 택배로 부쳐온 김치가 아직 남아있다. 나는 서랍에 뒹굴고 있는 참치 캔 하나를 찾아낸다. 참치김치찌개를 해볼 생각이다. 얼마만인가. 재학시절 자취방에서 해 먹었던 이후로 처음이다. 특히 회사에 취직한 후로는 집에 있는 시간이 거의 없어 요리다운 밥을 해먹은 적이 없다. 간혹 주전머리로 라면이나 자장라면을 끓여먹은 정도였다.

이 무슨 횡재 같은 시간인가. 비록 교수를 찾을 수 없다 해도 이년 만에 처음 갖은 이 황금 같은 여유를 마음껏 누리고 싶다.

적당히 익은 찌개를 식탁에 올려놓고 가까운 동네마트로 향한다. 시간을 벌기 위해 이미 요리가 된 햇반을 사러가는 길이다. 참 편리한 세상이다. 돈만 있으면 먹고 싶은 것이 그곳에 다 있다. 햇반 제품이 진열되어 있는 곳에 다다른다. 제품이 이렇게 다양하게 나와 있다는 것을 오늘 처음 안다. 모두들 건강에 목숨을 거는 사회답게, 또 그 사회에 일조하기 위하여 머리를 쓴 모습이 역력하게 보인다. 백미로 지은 햇반 외에 햇반 잡곡밥이 있는데 흑미밥, 오곡밥, 발아현미밥, 찰보리밥, 검정콩밥 등 무려 다섯 가지다. 잡곡밥 다섯 개가 묶여있는 햇반 한 뭉치와 김, 그리고 생수 두병을 차트에 담는다. 동네마트라 해도 손님이 꽤나 많다. 둘러보니 주로 주부들이다. 남자는 나 혼자다. 하긴 출근하기도 바쁜 이 시간에 마트에 올 남자는 그리 많지 않으니까.

계산대에 물건을 올려놓고 차례를 기다린다. 내 차례가 되자, 계산대의 아줌마가 웃으며 언제 이사를 왔는지 묻는다. 동네 슈퍼라 대부분 얼굴을 아는데 처음 보는 사람이니 더군다나 집에서 입는 추리닝 바람이라 그리 짐작한 모양이다. 단골을 잡기 위한 일종의 호의를 표시하는 듯싶어 나는 말없이 고개를 끄덕인다. 이곳에 자리를 잡은 지 이년 동안 단 한 번도 이 마트에 들린 적이 없으니 오늘 이사 왔다 해도 거짓말은 아니질 않은가.

　제품에는 사용방법이 자세하게 적혀있다. '전자레인지(700W) 이용 시 점선부분까지 벗기신 후 2분간 데워 드십시오.' 나는 지시한대로 전자레인지에 흑미밥을 넣고 작동한다. 적당하게 데워진 밥을 참치찌 개와 함께 먹기 시작한다. 밥, 찌개, 김 겨우 세 가지로 차린 밥상이지 만 어떤 산해진미보다 꿀맛이다.

　일하는 동안 삼시세끼를 회사에서 해결한다. 물론 그때그때 메뉴를 골라먹지만 배달시켜 먹는 식사는 어쨌든 한계가 있다. 중화요리는 먹 을 때는 맛이 있어도 먹고 나면 유난히 더부룩한 포만감을 준다. 가장 쉽게 배달되는 치킨이나 족발은 질려 이제는 쳐다보기도 싫다. 그중에 그래도 나은 것이 백반인데 그것도 먹다보니 비릿하니 뒷맛이 개운치 않은 것으로 보아 조미료를 듬뿍 친 것이 아닌지 의심이 든다. 그래도 어쩌겠는가. 남자 여섯이 한 팀을 이뤄 작업을 하는 동안에는 식사는 그곳에서 해결해야 하니까 말이다. 한동안 신혼인 P의 새신부가 김밥 을 싸서 나른 적이 있다. 남편을 향한 진한 애정이 깃들여있던 도시락 이었다. 그것도 얼마 못가 끊긴 것으로 보아 선배의 신혼생활에 이상 전선이 생긴 것이 아닌지 은근히 걱정이 된다. 사실 신혼여행을 다녀 오자마자 독수공방을 하라고 하니 세상에 어떤 여자가 마냥 호호거릴 수 있단 말인가.

　한 그릇을 말끔히 비우고 나니 몸도 마음도 풍족해진다. 내가 원하 는 것은 이처럼 작은 행복인데 그런 내가 욕심이 많은 것인가? 이때쯤 이면 너나 할 것 없이 떠나는 피서 같은 사치를 원한 것도 아니고, 연인과 오붓한 데이트를 즐길 넉넉한 시간을 갖고자한 것도 아니다.

인간이 누릴 가장 기본적인 욕구인, 때 찾아 식사하고 제때 잠 좀 자자는 것인데 그것이 왜 안 되는지 이해되지 않는다.

언제든 쓰다버릴 부품 같은 존재로 취급당하던 생활이 하루 이틀도 아닌데 새삼 화가 치민다. 당장 때려치우고 싶지만 생각뿐 용기가 나지 않는다. 근근이 농사지어 공부할 수 있도록 도와준 연로하신 부모를 생각하면 그럴 수 없다. 사년간 학비대출로 공부하였으니 이제 매달 대출금도 갚아가야 하고, 부모에게 적은 용돈이라도 보내야하니 쉽게 용단이 내려지지 않는다. 결혼? 그야말로 내겐 그것조차 사치다.

우선 배를 채웠으니 교수의 행방을 수소문해서 찾아야한다. 졸업하고 회사에 취직한 후로 오로지 회사에 매여 있다 보니 동창생들의 소식도 감감하기만 하다. 나는 동아리 수첩을 뒤적인다. 문득 반가운 이름이 보인다. 동아리 활동을 하면서 친했던 A다. 그와는 이학년 때 같은 동아리이면서 프로그램개발도 같이 한 사이라 많은 시간을 어울렸다. 수첩에 있는 A의 집주소와 전화번호를 딴다. 그가 졸업한 지 오년이 지났으니 지금 이 번호가 맞는지 모르지만, 우선 연락해 볼 사람은 A뿐 다른 동창은 생각나지 않는다.

전화번호를 돌린다. 한참 만에 전화를 받는 음성이 낯설다. 누구인지 알 수 없어 나는 잠시 망설인다. 수화기 저편에선 답답한지 끊어버릴 기세다. 나는 얼른 친구라고 자신을 먼저 소개하고 나서 A를 찾는다. 이번에는 상대방이 말이 없다. 대신 작은 흐느낌이 전선을 타고 들려온다. 갑자기 가슴이 철렁 내려앉는다. 나는 다급하게 묻는다.

"A에게 무슨 일이 있는 건가요? 실례지만 전화 받는 분 어머니세요?"

"……."

"말씀해 주세요. 무슨 일이지요?"

"대학병원에……."

상대방은 말을 끝맺지 못하고 전화를 끊는다. 세게 얻어맞은 것처럼 머리가 띵하다. 대학병원에 입원했다는 말 같은데, 왜? 젊은 나이에 무슨 중병이라도? 머릿속을 헤집고 다니던 뭔가 모를 불안이 가슴을 뛰게 만든다.

부리나케 병원으로 향한다. 입구에 설치되어있는 컴퓨터 화면의 환자 명에 A의 이름을 써넣는다. 입원해있는 병실호수가 뜬다. C동 1204호실. 병실로 향하는 걸음이 자꾸 무거워진다.

1204호는 6인용 병실이다. 내가 들어서자 침대에 한 칸씩 차지하고 누워있던 환자들의 시선이 한꺼번에 내게 몰린다. 나는 잠시 당황한다. 뭔가 사가지고 올 정신이 없던 내 빈손이 무색해진다. 가장 안쪽 침대에 A가 누워있다. 창을 바라보는 자세로 누워있어 얼굴은 보이지 않았지만 뒤태만으로도 나는 그가 A라는 것을 금세 알아본다. 학창 시절 꽤나 듬직했던 체격이었는데 몰라보게 왜소해져있다.

이름을 부르는 대신 나는 창 쪽으로 다가가 그 앞에 선다. 그가 감고 있던 눈을 뜬다. 뜬눈이 왕방울처럼 커진다. 어? 놀람의 외마디소리와 함께 그가 일어나려고 한다. 나는 살며시 그의 어깨를 누르며 만류한다.

"누워있어. 임마!"

"여기 있다는 걸 어떻게 알았냐?"

"다 찾는 방법이 있다고. 근데 뭔 일이냐?"

"이른 아침시간에 넌 여길 어떻게 온 거냐? 너, 회사 잘렸냐?"

"자식! 차라리 악담을 해라."

A는 자신에 관해 설명하는 대신 나를 걱정한다. 핏기 하나 없는 얼굴이 나와 동갑인 서른 살 같지 않다. 나는 그가 말을 꺼낼 때까지 말없이 기다린다. 꽤 과묵했던 A였는데, 쓸데없이 말만 많아진 것 같다. 그동안 궁금했던 이런저런 소식들을 쉴 사이 없이 쏟아내면서도 자신에 관해서는 말을 아낀다. 무슨 까닭인지 감을 잡을 수 없다.

A는 졸업과 동시에 이름 난 금융기관의 프로그래머로 취직한 것으로 알고 있다. 그 당시 나는 군대에 가 있었다. 그러니까 학번은 같지만 졸업은 그가 나보다 삼년을 빨리했고, 직장 생활도 벌써 오년차이다. A는 지독한 약시로 군 면제를 받았기 때문이다. 나는 군대를 다녀와 복학하고 취직준비를 하느라 그와 소식이 끊겼다. 취직하고 나서는 그나 나나 밤을 낮 삼아 근무하고 있었으니 서로 연락할 짬이 없었다.

한참을 떠들던 A는 숨이 차는지 눈을 감는다. 나는 침대에 붙어있는 환자차트를 유심히 살펴본다. 이름과 나이 밑에 병명이 보인다. 전문적인 영어로 표시한 병명은 무엇을 말하는 것인지 알 수 없다. 궁금하지만 우선 참는다. 대신 찾아온 용건을 말한다.

"너, 전진 교수님, 계신 곳 알고 있냐?"

그 말에 A가 번쩍 눈을 뜬다. 내 의중이 뭔지 가늠하느라 그러는지 그는 한참동안 나를 살핀다. 그러더니 무겁게 입을 연다.

"이제야 찾는 이유가 도대체 뭔데?"

어간과 어간사이에 진한 질책이 묻어난다. 나는 어리벙벙한 표정으로 그를 마주본다. 딱히 질책을 당할 만한 일은 한 적이 없는 것 같은

데 별일이다.

"왜? 지금 찾으면 안 되는 이유라도 있는 거냐?"

조금 불퉁스런 어조로 내가 따지자, 그가 입을 다문다. 몹시 불쾌한 표정이다. 곰곰이 생각해보니 나도 잘한 것은 없다. 교수가 감쪽같이 자취를 숨기기 전까지 나는 그의 조수였다. 강의자료 복사하는 일, 강의일정 조정, 과제물 수거정리 등 그가 강의하는데 꼭 필요한 자질구레한 일을 도맡아했다. 또한 개발프로그램을 짜는 일정도 그에 대한 준비도 거의 내차지였다. 거기서 나오는 보조금으로 학비까지는 충당하지 못했지만, 생활비로는 유용하게 썼다. 그때가 가장 편하게 학교생활을 한 시절이었다. 그런대도 떠난 그에 대해 나는 무관심하게 넘겨버린 것이다.

전진 교수는 외국 명문대를 나온 공학박사였다. 프로그래머로써 아무도 따라올 수 없을 만큼 독보적인 분이었다. 우리나라를 지식정보강국으로 세운 대통령이 집권하던 정권에서 그는 뚜렷한 족적을 남겼다. 그가 초기에 구축했던 시스템이 지금도 정부 및 공공기관의 핵심 소프트웨어로 쓰이고 있다. 그의 놀라운 열정과 끊임없는 연구는 불모지였던 한국의 소프트웨어 분야를 빠르게 발전시켰다. 뛰어난 연구실적을 낸 그는 사회에서 존경과 추앙을 받았지만 가정에서는 그렇지 못했다. 그가 세상을 등진 이유가 그 때문일 거라고 추측했을 뿐 졸업, 취직 등 내 문제만으로도 복잡했던 터라 사실에 대해 모른 체했다.

"우린……, 이 바닥에서 일하는 한 똑같은 문제를 안고 살고 있는 거야. 그런대도 모두 그 문제는 외면하며 모른 척, 괜찮은 척 하며 사는 거라고!"

밑도 끝도 없이 A가 툭, 말을 던진다. 나는 멀뚱하게 녀석을 바라본다. 창백하던 얼굴이 열꽃으로 붉어져있다. 불만으로 가득 찬 표정이 바라보기만도 꽤 불편하다.

"알았어. 임마. 들어줄 테니 말해 봐."

"너, 알고 있었지? 교수님, 죄도 없는데 이혼 당한 거!"

나는 움찔 놀란다. 측근이 아니면 알 수 없도록 쉬쉬한 사건을 녀석은 어떻게 알았을까?

"그래서? 그게 너와 지금 무슨 상관인데?"

"너도 별 수 없는 놈이구나. 됐으니 이제 그만 가 봐라."

A는 등을 보이며 매몰차게 돌아누워 버린다. 더 이상 말을 섞지 않겠다고 단호하게 표현하는 그의 등을 쳐다보며 아차! 했으나 이미 늦었다. 나는 슬그머니 발을 뺀다.

"그래. 쉬어라. 내일 다시 들릴게."

A는 귀찮다는 듯 미동도 하지 않는다.

병실을 나와 엘리베이터 앞에 선다. 오전 시간이라 방문객이 적기 때문인지, 아니면 에너지 절약차원에서인지 모르지만 석대씩 마주보고 있는 총 여섯 대의 엘리베이터 중 석대만 운행되고 있다. 환자용으로 한 대, 병원 관계자용으로 한 대, 방문객이 출입하는 일반인용으로 한 대다. 일반인용 앞에서 기다린다. 지하 3층에서부터 오르기 시작한 엘리베이터는 층마다 손님을 내려주는지 매우 느리게 올라온다.

드디어 엘리베이터가 멈춘다. 무료하게 기다리던 나는 안에서 나오는 남녀에게 별 뜻 없이 시선을 보낸다. 엘리베이터 밖으로 나오는 남자의 얼굴이 꽤 낯익다. 그들은 나오고 내가 안으로 들어가 문이 자동

아바타(Avatar) 67

으로 닫히려던 찰나, 남자의 팔뚝이 쑥 안으로 들어온다. 그 바람에 닫히던 문이 다시 열린다. 한손으로 열림 버튼을 누른 채 다른 손을 흔들며 남자가 나를 보며 반색한다.

"너, 이룸 맞지? 나야. 나, 모르겠냐?"

자세히 보니 동창생 H다.

"아! 너? 코풀주?"

나도 모르게 그의 비밀스런 별명을 부르고 만다. 내가 부른 별명에 대해 아는지 모르는지 그는 토를 달지 않고 자기 할 말만 한다.

"너도 녀석 병문안 온 거지? 반갑다. 야. 이게 얼마만이냐?"

그가 버튼을 누른 채 떠드는 동안 엘리베이터가 꾹꾹, 이상한 소리로 운다. 누르고 있는 버튼에서 얼른 손을 떼라는 아우성이다. 그가 빠르게 말한다.

"이룸, 1층 로비에서 잠깐만 기다려라. 얼른 녀석 얼굴만 보고 내려갈 터이니. 우리 그냥 헤어질 수는 없지 않냐?"

알았다고 나는 고개를 끄덕인다. 어쩌면 H에게서 교수의 행방을 알 수 있지 않을까 기대를 가져본다. 묘한 장소에서 만나고보니 그동안 까맣게 잊고 있었던 H에 대한 기억이 떠오른다.

교수와 프로그램을 짤 때 그도 참가자명단에 들어있었다. 그러나 교수와 참가한 학생들이 모두 날밤을 새우며 프로그램을 만들 때, 그는 단 한 번도 얼굴을 내밀지 않았다. 참가한 학생 모두는 연구진에서 그가 빠진 것으로 짐작했다. 그랬는데 막상 핵심소프트웨어가 완성되어 기관에 보고될 때, 그의 이름은 우리와 함께 버젓이 올라있었다. 비단 한 번이 아니었다. 교수가 만든 모든 프로그램 연구진속에 그의 이름은 함께 올랐다. 그 사실이 퍼지자, 누구는 부모 잘 둔 덕에 코도 풀지 않고 주워 먹는군! 하며 코피 터지게 일한 학생 하나가 자조 섞인 말을 했다. 그 후로 듣지 않는데서 우리는 그를 이름 대신 '코풀주'라는 별명으로 즐겨 불렀다. 그의 아버지는 정부 어느 부서의 차관이라 했다. 지금쯤 장관에 오르지 않았을까? 생각하고 있는데 어느 틈에 다가왔는지 그가 내 어깨를 툭 건드린다.

"무슨 생각을 그리 골몰하느라 사람 오는 줄도 모르냐?"

"어? 왔냐?"

"음—. 서로 인사해. 여긴 곧 결혼할 내 피앙세이고, 이쪽은 대학 동창."

H가 옆에 동행한 여자를 소개한다. 나는 엉겁결에 고개를 숙인다.

"이룸입니다."

"어머! 이룸? 이름이 멋진데요? 저는—."

"자기 바쁘다고 했지? 오늘은 여기서 헤어지자. 오랜만에 만난 친구와 한잔하며 회포를 풀어야겠으니 먼저 들어가 봐."

H는 무슨 까닭인지 여자가 말을 채 끝내기도 전에 그녀를 몰아내듯 보낸다. 그리고는 내 어깨를 껴안고 잡아끈다.

병원에서 가까운 포장마차로 들어간다. 아직 술시간이 아니어서 그런지 우리 말고는 손님이 하나도 없다. 내게 물어보지도 않고 그가 몇 가지 안주와 소주를 시킨다. 우리는 말없이 첫잔을 비우고, 마치 술을 푸러 온 사람처럼, 내기라도 하는 것처럼, 말없이 들이킨다. 보름 이상 제대로 잠을 자지 못한 내 육체가 술에 먼저 반응한다. H의 번드레한 차림새와 남을 무시하는 태도가 거슬렀던가. 생각지 않은 말이 튀어나온다.

"새끼! 상대방을 묘하게 깔아뭉개는 그 버릇은 하나도 안 변했네."

"그래, 그렇다면 어쩔래. 내가 부러우면 부럽다고 솔직히 말해. 임마. 너희들 공돌이 노릇 죽을 만큼 하기 싫지? 뭐? 프리랜서? IT전문가? 번드레하게 가져다부치기는. 개뿔도 없으면서. 너도 A처럼 되지 않으려면 정신 차려. 짜샤."

H도 취하는지 횡설수설이다.

"잘난 척하는 너 임마, 진짜 짜증나. 도대체 지금 무슨 일을 하고 있는데 자랑하지 못해 그리 안달이냐?"

"나? 소식이 깡통이구나? 너, 정통부는 알고 있지? 정통부에서 관리하는 초고속 정보 통신망을 구축하기 위해 만든 '사이버 코리아 21'이라는 기구 이름은 들어 봤냐? 바로 내가 관리하는 부서야."

"학교 다닐 때도 주워 먹더니 그 버릇 개 못 주고 아직도 써 먹고 있구나? 그래서 그렇게 개발연구물에 이름만 올리려고 애썼냐? 짜샤! 그렇게 이용해 먹었으면 지도교수님께 속마음으로나마 고맙다고 해야 사람이지. 안 그러냐?"

"너희들이 존경해 마지않는 그 전진 교수님 말하는 거냐? 그 교수 연구물에 내 이름 올려 줄 적마다 우리 아버지로부터 거금을 받아 챙겼다는 사실은 알고나 있냐? 개나 소나 펼쳐보면 다 똑같아. 임마."

교수를 폄하하는 말에 나는 참지 못하고 벌떡 일어난다. 술잔을 들고 있는 그를 향해 주먹을 날린다. 내 주먹이 센 것이 아니라, 그가 많이 취한 탓에 피하지 못한 그가 바닥에 벌렁 나동그라진다. 일어나지 못하고 퍼져있는 그를 향하여 소리친다.

"너, 내 말 잘 들어. 네가 무슨 속셈으로 그런 말을 흘리는지 모르겠지만, 교수님에 대해선 내가 너보다 훨씬 더 잘 알아. 알겠냐? 그럼 나는 간다. 술값은 출세한 네가 계산해라."

밖은 아직 환하다. H와 그렇게 헤어져서인지 마음이 편치 않다. 나는 다시 A가 있는 병실로 향한다. 이대로 돌아가면 아무래도 잠이 올 것 같지 않다. 조금 전 느꼈던 빈손의 무색함이 되살아나 구내대점으로 향한다. 사람들이 선호하는 홍삼음료수를 한 박스를 사들고 1204호로 올라간다.

흔들리는 내 발걸음으로 취한 것을 이미 짐작한 병실 환자들이 상을 찌푸린다. 나는 홍삼 음료수 한 병씩을 환자의 손에 쥐어주며 염치없다는 표정을 지으며 실실 미소를 뿌린다. 웃으며 다가서는 내게 질책을 하지 못하고 그들은 입을 다문다. 그러는 내 모습을 A도 말없이 바라본다. 마지막으로 A에게도 음료수 병을 건네며 침대 옆에 펴있는 간병하는 보호자를 위한 간이침대를 가리키며 넉살좋게 말한다.

"짜샤. 나 술 한잔 했다. 여기서 조금만 눈을 붙일 테니까 깨우지 마라."

A가 별 싱거운 놈이 다 있다는 표정을 짓는다. 나는 모른 체하고 간이침대에 눕는다.

정말 길고 긴 단잠을 잤다. 보름 동안 밀렸던 잠이 한꺼번에 밀려와 번잡한 병실 안에서도 죽은 듯 잤다. 간호사들이, 문병객들이, 또 환자들이 그렇게 들락거렸어도 눈 한 번 뜨지 않고 내쳐 잤다고 한다. 죽은 게 아닌가 걱정이 되어 환자인 자기가 일어나 몇 번이고 내 가슴에 귀를 대어 보았다며 A가 나를 향해 혀를 내두른다. 일어나니 얼마쯤

피곤도 풀리고 정신도 말짱해져있다. 시계를 보니 어제 병실로 다시 들어온 후 만 24시간이 지나있다.

죽여 놓았던 핸드폰을 살린다. 부르르 살아나며 수신된 메시지를 알려주는 진동음이 울린다. 폴더를 열어보니 회사에서 온 문자가 열 개가 넘는다. 진전이 있느냐는 팀장의 물음일 터. 나는 확인도 하지 않고 홀더를 닫아버린다. 지켜보던 A가 걱정이 되는지 무슨 일이냐고 묻는다. 내가 대답을 하지 않자, 그가 앞질러 자신의 얘기를 털어놓는다.

"나, 정말 열심히 일했다. 오년 내내 자정이 넘는 시간까지 일했어. 그랬는데……, 그랬는데 말이야. 이 서른 나이에 면역력 저하란다. 그래서 폐 한쪽을 완전히 잘라내 버렸지. 거기까진 참을 수 있어. 재수 없어 걸린 병이니까. 내가 이해할 수 없는 건 회사의 태도야. 연차휴가가 남은 상태에서 병가를 냈으니 연차수당을 반납하라는 거야. 이게 말이 되는 소리냐? 내가 왜 병에 걸렸는데. 왜? 왜?"

A는 울먹이며 내게 왜라고 묻는다. 나는 가슴이 먹먹하여 대답하지 못한다. 쓰다 다 되면 버릴 부품 같은 존재들! 그게 우리 개발자의 현재 위치다.

"너 어제 누구랑 술 마신 거냐? 혹 그놈 만났냐?"

"그놈? 아— 코풀주?"

"여기 와서 제 마누라 될 사람 자랑만 늘어지게 하더라. 뭐, 초등학교 선생이라나, 뭐라나. 너희 주제에 그런 신붓감을 얻을 수 있냐는 거겠지. 아니 결혼생활이나 할 수 있겠느냐는 조롱일 게야. 너한테는 놈이 뭐라 하디? 잘난 척 속을 박박 긁어댔겠지? 그래서 그렇게 술을 퍼마신 거고?"

"그놈이 이상한 말을 하더라고. 교수님께서 자기 아버지한테서 돈을 받았다고 하던데 그게 도무지 무슨 소린지. 너는 알고 있냐?"

"미친놈! 절대 안 받으니까 속이고 사모님께 주어 그것이 빌미가 되어 가정을 파탄 나게 해놓은 장본인이 무슨 할 말이 있다고……."

A가 볼펜을 찾더니 종이에 뭔가를 쓴다. 그가 적어준 주소지를 들고 병실을 나서며 나는 속으로 중얼거린다.

'제발, 병신같이 남아있는 폐마저 도려내는 일은 만들지 마라. 알았냐? 짜샤!'

주소지가 적힌 종이를 펼쳐 다시 읽는다. 전라북도 순창군 쌍치면 구림면 안정리라 적혀있다. 처음 들어보는 지명이다. 어쨌든 나선 길이니 가보자 하는 마음으로 전주행 고속버스에 몸을 싣는다. 전주에 도착하니 이미 날이 저물어 더 이상 움직일 수 없다. 내일을 기약하며 숙소를 잡고 잠을 청한다.

다음날 아침 일찍 서둘러 출발했으나 예상한 대로 찾아가는 길이 만만치 않다. 시외버스를 이용하여 순창읍내에서 내린다. 시간표를 살펴보니 안정리까지 가는 군내버스가 있긴 하는데 하루에 4번만 운행한다. 다음 버스는 두 시간 이상 기다려야 출발할 예정이란다. 무료한 시간을 메우기 위해 가까운 피시방을 찾는다.

IT업계에 종사하면서도 나는 시간이 없어 트위터리안은 되지 못하고 있다. 모처럼 들어온 트위터 안의 세상이 뜨겁다. 이곳저곳 돌다가 눈이 번쩍 뜨이는 기사를 발견한다. '일의 노예...한국의 IT개발자가 사는 법'이라는 제목의 기사다. IT노동자 연간 평균 3,000시간의 노동, 82.2%가 만성 피로, 79.2%가 근골격계 질환에 시달린다는 내용이다.

실제 내가 당하고 있는 현실인데 이처럼 기사화된 내용을 읽는 심정은 쓸쓸하기만 하다.

시간이 되어 군내버스를 타고 안정리 종점에서 내린다. 종점에 있는 조그마한 상점 주인으로부터 전진교수의 거처를 겨우 알아낸다. 회문산 주봉 가까운 곳에 임시거처가 있다며 상점 주인은 혼잣말로 구시렁댄다.

"도대체 무슨 사연이 있기에 첩첩산중에서 혼자 사는지 알 수 없단 말이시."

고개를 갸웃하는 상점 주인을 뒤로하고 나는 장군봉으로 오르는 길로 빠르게 걸음을 재촉한다. 휴양림 입구의 성벽과 같이 세워진 '노령문' 옆 폭포를 지나, 길이 삼십여 미터의 구름다리를 가로 지르자 상점 주인이 지명한 육각전망대가 멀리 보인다. 매일 그곳에서 뭔가를 하고 있으니 가면 만날 수 있을 거라고 상점 주인이 말한 바로 그 전망대다.

전망대에 가까이 다다르자, 정말 사람이 보였다. 내가 기억하던 교수의 모습이 아니다. 나이에 맞지 않는 백발의 머리와 수염이 보인다. 다가갈수록 더욱 믿을 수 없는 모습이다. 마치 방금 하늘에서 내려온 신령 같기도 하고 수십 년 수련한 도사 같기도 하다. 내가 지척에 다다랐는데도 그는 고개를 들지 않는다. 마치 속세의 어떤 소리도 귀에 들리지 않는 것처럼.

"교수님!"

부르는 목소리가 떨린다. 그제야 고개를 들어 나를 본다. 모두 변했는데 눈빛만은 형형하다. 아―. 그의 입에서 이내 짧은 탄성이 터진다.

만나면 할 말이 많았는데 막상 하려니 아무 말도 생각나지 않는다. 어스름하게 어둠이 병풍처럼 우리를 감싸올 때까지 그렇게 말없이 앉아 있다가 교수가 거처하는 임시처소로 올라간다.

누군가가 정신수련을 위해 만들었음직한 처소는 그대로 움집이다. 그가 방구석에 있는 반쯤 남은 초에 불을 댕기자 겨우 두 사람이 누울 만한 공간이 보였는데 한쪽엔 눈에 익은 전자공학에 관련된 책이 수북이 싸여있다. 이 바닥이 싫어 도망친 사람의 공간으론 이해하기 곤란한 풍경이다.

자신이 먹는 주식이라며 그가 생식가루에 생수를 부어 흔들더니 한 잔을 내게 내민다. 온종일 굶은 위장이 나보다 더 반가워한다. 저녁밥을 생식 한잔으로 때운 우리는 좁은 공간에 나란히 몸을 뉜다. 그가 내뿜는 호흡냄새까지 전해오는 좁은 공간에서 나는 한동안 잠이 들지 않아 뒤척인다.

다음날 아침 일찍 그가 나를 이끈다. 움집 같은 처소와 전망대 둘 사이 정확히 중간 지점에 돌무덤이 하나 있다. 그 옆에 자리를 잡고 앉더니 그가 말한다.

"이군! 자네 올해 나이가 몇인가? 서른? 참 좋은 나이야. 세상을 무서워 할 나이가 아닌데 말이네. 좀 더 빨리 태어나 문명의 이기를 모르고 살던지, 아니면 좀 더 있다 태어나 발달된 문명의 이기 속에서 자유롭게 살 수 있었으면 좋으련만 그래도 어쩌겠나. 이미 태어나 버린 걸. 이 길이 운명이라 생각하면 참아지더군!"

이어 그는 내게 이렇게 당부한다.

"이 돌무덤 속엔 내가 평생 연구한 자료가 들어있네. 내가 살아있을

동안 이 결과물이 공개되는 걸 나는 보고 싶지 않다네. 내가 죽고 이 나라가 좀 더 공평한 사회가 되었을 때, 그래서 모든 사람이 이기심 없이 이 자료를 이용할 수 있게 되었을 때 공개되길 원하네. 그런 생각에서 공개 날짜를 오십년 후로 잡았지. 캡슐 안에 넣어 묻었는데, 만약 누군가가 욕심을 내어 앞당겨 개봉한다면 자료는 그 순간 세상에서 사라질 것이네. 그리되면 우리나라 IT산업의 발전은 훨씬 늦어지겠지. 나 말고 누군가가 하겠지만 말이네. 그때까지 살아있다면 자네가 이 캡슐을 공개해 주게. 부탁하네."

오십년 후면 내 나이 팔십이다. '노예' 또는 '막노동자'로 부려먹는 현 IT산업 구조에서 그때까지 장수할지 나는 자신 할 수 없다. 그래도 평생을 바쳐 개발한 교수님의 연구물은 내 눈으로 꼭 확인하고 싶다.

"알겠습니다. 제가 꼭 하겠습니다. 교수님!"

육각 전망대에서 바라보는 경치는 정말 장관이다. 나는 교수님을 찾아온 용건도 잊은 채 탁 트여 사방으로 보이는 울창한 숲을 오랫동안 내려다본다. 서른 즈음에 텅 비어가는 내 가슴속을 맑은 공기로 가득 채우며 깊숙이 숨을 들이쉰다.

참으로 청량하다.

외줄타기

경상도 태백산인데 상주 낙동강이 둘러 있고 전라도 지리산은 하동
이라 섬진강이 에헤 둘렀다.

저 달아 보느냐 님 계신 데 명기를 빌려라 나도 잠간이나 보자.

아비는 광대이다. 평생을 외줄타기를 하며 살아온 내 아비가 '서도
선소리 산타령'을 흥얼대며 지금 줄을 매고 있다. 오미터너비로 떨어
져있는 두 그루의 밤나무 몸통에 줄을 친다. 등산로 초입에 있는 나무
에 줄을 매고 있는 아비는 내가 집안에 있다는 것을 짐작하지 못하나
보다. 만약 그 사실을 안다면 아비는 지금 그 일을 결행하지 않을 것이
다.

십년 옥살이로 얻은 집으로 이사를 하면서 나는 가족에게 다짐을 했
었다. 줄을 타는 것이 내 눈에 띠기만 하면 누구든 가만 두지 않겠다

고. 실제로 어떻게 하겠다는 복안이 있어서 한 말은 아니었다. 우리 가족을 한데 꽁꽁 묶어 화장터로 던져버리는 데 쓰일 것만 같은 동아줄을 매고, 신 내린 무당이 살풀이하는 것처럼 빠져드는 아비의 외줄 타는 모습이 정말 보기 싫었을 뿐이다. 그런 협박에도 불구하고 아비는 내 눈을 피해 계속 줄을 타고 있음을 나는 알고 있다.

오늘은 외줄타기를 하는 아비를 모른 채하기로 마음먹는다.

뒤쪽으로 난 창문을 소리 나지 않게 가만히 연다. 일어나지 않아도 아비가 맨 줄은 창문을 통해 일직선상으로 잘 보인다. 아비는 팔목에 힘을 주어 자꾸 늘어지는 동아줄을 팽팽하게 매기 위하여 진땀을 흘리며 씨름하고 있다. 훌쩍 쇠약해진 아비의 모습에 또 분노가 치민다.

'지미 시벌.……'

아비에 대한 연민인지, 불만인지 모를 욕설이 내 입에서 터져 나온다.

자신의 힘으로 더 이상 팽팽하게 맬 수 없다는 사실을 깨달았는지 아비는 늘어진 줄을 그대로 매듭을 짓는다. 출렁출렁 흔들리는 줄이 위험하다고 느낀다. 달려가 패싸움으로 다져진 팔뚝으로 꽉 매주고 싶다는 생각을 문득 한다. 그러나 생각 뿐 나는 움직이지 않는다. 대신 혀끝으로 모은 침을 창밖으로 소리 나게 찍 뱉는다.

'시벌, 늙었으면 죽은 듯이 가만히 있을 것이지……'

침은 정확하게 창틀을 건너 밖으로 떨어진다.

똘마니 시절, 나는 그 기술을 대장으로부터 전수받기 위해 꽤나 노력했었다. 멋지게 침을 갈기는 대장을 자세히 관찰한 다음 그대로 따라 해 보았지만 번번이 침은 내 발등에, 혹은 내 바짓가랑이에 떨어지곤 했다. 그때마다 같은 똘마니들은 나를 비웃곤 했다. 자존심이 상한 나는 목숨을 걸 일도 아닌 그 일에 어찌나 열중했던지, 가뭄에 마른 우물 밑바닥처럼 바짝 마른 입안에 침을 고이게 하느라 애를 쓰곤 했다. 모든 기술은 부단히 노력하는 만큼 길러지는 것인가. 어느 날부터 인지 내가 대장보다 더 기술적으로 보다 멀리 침을 갈길 수 있게 될 줄이야.

줄을 맨 아비가 신발을 벗고 밤나무로 오른다. 이제 아비는 오색 빛깔의 나비가 되어 사뿐사뿐 줄 위를 나를 것이다. 떠돌아다니며 놀이를 하던 오광대에서 외줄타기를 했던 아비는 오늘 그때처럼 줄을 탈 준비를 한다. 구름처럼 모여든 구경꾼들의 찬탄이 섞인 갈채를 잊지 못하고 있는 것인가. 그는 줄을 타기 전 사당패 놀이에 흥을 돋우기 위해 불렀던 선소리산타령의 한 대목을 꼭 부르곤 한다. 마치 주슬사가 주술을 부리듯이.

오늘 아비가 부른 대목은 앞산타령의 한 대목으로 장단의 속도가 빠르고 경쾌하며 씩씩한 서도창이다. 그러나 아비는 창을 시원스레 뽑지 못한다. 아무 때나 들이닥쳐 줄을 타는 자신을 향하여 할 말 못할 말을 가리지 않고 퍼부어 대는 아들에게 신경을 쓰고 있다는 증거이다. 다시는 줄을 타지 않겠다고 약속을 한 아비의 의중을 나는 짐작한다. 아비는 마누라를 떠나보내면서 얻은 늦둥이아들을 위해 나의 제안을 받아들이는 척 했을 뿐이다. 자신의 기술을 전수해 줄 유일한 희망인 늦둥이를 위해서라면 꼬인 내 심사를 건드리지 않아야 함을 익히 알고 있음이리라.

다른 때 같으면 줄을 매는 아비에게 있는 성질 다 부리며 단도를 휘

둘러 줄을 끊어버리는 행패를 부렸을 터이지만 오늘은 웬일이지 아비를 말릴 마음이 생기지 않는다. 수많은 구경꾼에게 둘러싸여 선망의 시선으로 찬탄의 박수를 아낌없이 받던 아비를 회상한다. 외줄 이쪽 끝에서 저쪽 끝까지 한발 한발 내디디는 아비를 보며 모인 군중들은 숨을 죽이고 아슬아슬한 묘기에 가슴을 졸인다. 양손에 펼쳐 쥔 부채가 왼편 오른편으로 기우뚱거릴 때마다 관객들은 조마조마한 마음을 감추지 못하고 비명을 지른다. 팽팽한 긴장감으로 좌중은 숨소리 하나 없다가 마침내 외줄타기가 실수 없이 끝나면 휘파람 소리와 함께 박수갈채가 쏟아지던 그 시절을 아비는 그리워하고 있겠지.

인기의 절정에 서 있을 무렵, 아비는 나를 자신의 후계자로 키우려 했다.

—거시기 말여, 니가 모릉게 그런디 순수한 전통 광대 줄타기를 말여. 어떡코롬 하던지 우리가 보존해야 허지 않겄냐. 그렇게 전통 문화 예술의 원형을 그대로 전수하여 우리 민족문화의 우수성을 널리 알려야 쓴당게. 아비는 대물림을 혀서라도 지키고 싶은 마음잉게. 그러자면 너 밖에 없잖여.

당시 어린 나이였던 나는 들어도 무슨 말인지 이해할 수 없는데 아비는 시간 날 때마다 나를 무릎에 앉히고 귀에 경을 읽다시피 했다. 그러더니 내 나이 다섯 살 무렵, 기어이 나를 줄 위에 세웠다. 처음 줄 위에 섰을 때, 두려움으로 심장이 멎을 것만 같던 그날을 지금도 나는 잊지 못한다. 줄 위에서 울지도 못하고 파랗게 질려 그만 바지에 오줌을 찔끔 저리고 말았던 그 순간을.

드디어 줄 위에 선 아비가 보인다. 멀리 있었지만 아비의 얼굴은 사뭇 긴장된 표정이다. 잠시 호흡을 가다듬더니 한발 한발 내디딘다. 오색으로 현란한 무늬의 부채를 양손에 수평으로 펴들고 조심조심 발을 옮긴다. 구경꾼 하나 없는 공연에 심혈을 기울이는 아비의 모습을 보며 와락 심사가 뒤틀린다.

'눈먼 돈 벌어다주면 감지덕지 헐 일이지. 아무짝에도 쓸데없는 저짓을 언제까지 하겠다는 건지. 지미시벌.'

투덜대며 잠시 시선을 거두었던 창밖을 본다. 어? 아비가 사라지고 없다. 순식간의 일이었다. 놀란 나는 벌떡 일어나 창가로 간다. 아비는 동아줄을 사타구니 사이에 낀 채 줄 그네를 타고 있다. 평생을 해오던 일인걸 떨어졌으리라 생각했던 자신이 겸연쩍어 자리를 털고 일어나 집을 나선다.

내가 관리하는 커피 자판기와 담배 자판기는 요즘 우후죽순처럼 들어선 모텔 숲 한 가운데 가장 좋은 몫에 자리 잡고 있다. 아무나 이런 기똥찬 자리를 차지할 수는 없다. 이것은 큰 형님의 배려다. 내가 대장의 강간치사죄를 뒤집어쓰고 십년간 교도소신세를 마친 상이다. 별을 달고 나오자 대장은 집한 채를 사주며 곁들여 자판기의 관리를 내게 맡겼다. 파라다이스하며 환상적인 내 직장이자 내 세계를 그렇게 얻게 된 것이다.

사방 2km에 달하는 곳에 이십여 개의 모텔이 불야성을 이루는 신종 환락가로 들어선다. 분위기에 알맞게 이곳은 별천지이다. 자판기가 있는 승리게임방은 지하까지 합쳐 8층짜리 건물 일층에 있다. 건물주가 승리에 도취해서 이 건물을 지었는지 승리라는 건물 이름을 가진 이곳에는 지하에 승리커피숍을 비롯하여 층별로 노래방, 당구장, 가요주점, 인터넷 방, 비디오 감상실, 그리고 7층에 스카이라운지가 있다. 이곳에 드나드는 손님들이 대부분 나의 고객들이다.

'승리PC게임방'을 기준으로 왼편 길 건너편에 용궁모텔이 있고, 대각선으로 조이앙스모텔과 카포네 모텔이 스타24시 편의점을 사이에 두고 나란히 들어서 있다. 그 옆으로 지하에 샤론헤어샵을 가진 온천목욕탕이 손님을 기다리고 있고, 맞은편에 역시 지하에 약국을 둔 강산부인과가 있다.

나는 천국과도 같은 이곳에서 대부분의 시간을 보낸다. 용궁모텔다방에 들러 모닝커피를 한잔을 시켜놓고, 김양과 노닥거리다 보면 오전이 간다. 오후에는 게임방이나 인터넷 방에서 게임이나 채팅에 빠지면 어떻게 시간이 가는지 모른다. 칼잡이란 별명을 가진 왕년의 큰 형님을 위시해서 같이 놀던 똘마니들과 내기 당구를 치기도 하고, 모텔의 방 하나에서 벌이는 섰다판에 끼어들기도 한다. 내가 이렇게 신선노름을 하고 있는 동안 자판기에는 끊임없이 지폐와 동전이 쌓인다. 그곳에 진을 치며 사는 고객들이 건강을 생각하지 않을수록 나는 더 많은 돈을 번다. 요즈음처럼 열 받을 일이 많아지면 수입은 한결 많아진다. 그러니 세상이 더 험악해지고 시궁창처럼 더러워지기를 바라기만 하면 된다.

여느 때처럼, 용궁지하다방으로 들어가자, 몸을 간들간들 흔들며 아무에게나 쌕쌕 웃음을 보내어 날라리라는 별명으로 불리는 김양이 쪼르르 다가와 콧소리를 섞어 애교를 부린다. 그러나 나는 짐짓 무시한 채 자리를 잡는다. 아직도 아비에 대한 화가 풀리지 않았기 때문인

탓인가. 영문을 모르는 날라리는 다른 때와 다른 나의 기색에 괜히 입을 삐쭉거린다.

오늘은 그녀와 농담 따먹기를 하고 싶지 않다. 신문을 뒤적인다. 판에 박은 것 같은 기사가 짜증나게 만든다. 이전투구를 버리지 못하는 당파간의 싸움이나, 서로에게 책임을 떠넘기는 정치인들의 술수에 넌더리가 난다.

'시벌놈들. 하나같이 애국자라고 떠들면서, 제몫은 모조리 챙기려 드는 도적놈들.…… 남과 북으로 갈라진 것도 억울한데 동서로 편을 갈라 무엇을 얻자는 것인지……. 좆같은 새끼들!'

중얼거리며 나는 정치면을 대충대충 큰 글씨만 읽고 넘긴다.

자랄 때, 우리 집에서 사용하는 언어는 꽤나 나를 혼란스럽게 만들었다. 전라도 토박이 사투리를 구사하는 아비와 경상도 사투리를 버리지 못하던 어미, 그 사이에서 나는 그들과 다른 언어를 사용하려고 일부러 애를 썼다. 물론 내가 상용하는 말은 비속어나 욕설이 주였지만, 지금도 나는 부모가 쓰던 어느 쪽의 사투리도 쓰지 않는다. 그렇게 서로 다른 언어를 사용하면서도 우리 집에서는 동서간의 갈등이 없었는데, 요즈음 정치권이나 사회 전반에 다투어 조장하는 동서의 갈등은 어디까지 굴러갈 것인지 한심하기 짝이 없다. 사회면도 뉴스거리도 되지 않는 기사로 도배질을 하고 있다.

큰 제목만 훑고 있던 내 눈길이 순간적으로 멈춘다. '이 땅에 효는 죽었는가'라는 제목의 삼단짜리 기사다. 나는 기사내용을 꼼꼼히 읽는다.

28일 오전 3시에 창평동에서 자고 있는 부모에게 신나를 뿌리고 불을 지른 사건이 일어났다. 친구 집에 숨어있다 잡힌 범인 김모씨는 피해자의 아들로써 평소에 공부하지 않는다고 꾸중을 자주 들었다고 한다. 제대로 뒷바라지도 해주지 못한 부모가 잔소리만 하는 것이 미워서 그런 끔찍한 일을 저질렀다고 범인은 순순히 자백했다.

　기사를 보자 잠시 잊었다고 생각했던 그때의 일이 불시에 떠올랐다. 칠십년 전통을 자랑하는 서커스단에서 젊었을 때 한동안 곡예사로 있던 아비는 줄타기의 콤비로 일하던 어미와 결혼을 했다. 그들을 따라 전국 방방곡곡을 유랑하던 시절이어서 나는 학교 문 앞에도 가지 못했다. 아비가 그처럼 바라던 기예생활에도 한사코 빠져나가려고 하던 나는 학교생활도 기예생활도 하지 못한 채 반거들충이가 되어 아비와 자주 다퉜다. 아비와 다투고 집을 뛰쳐나온 나는 비슷한 또래의 똘마니들과 어울렸다.
　열다섯 살이었을 게다. 대장이 저지른 범죄에 연계되어 수사망이 좁혀오고 있을 즈음 집으로 잠시 피한 적이 있었다. 그때 부모는 폭 2.5m 길이 3m의 이동식 컨테이너에 살고 있었다. 몇 년 만에 돌아온 아들을 보며 어미는 섧게 울었다. 서커스에 알맞은 몸을 만들기 위하여 어려서부터 먹고 싶은 욕구를 자제하며 살아야했던 어미의 키는 백사십 센티미터를 넘지 못했다. 어미는 소녀 같은 가냘픈 몸으로 자신보다 훌쩍 커버린 나를 붙들고 한동안 울었다.
　―아야, 이제 떠나지 말거래이. 니가 개쪼가리(도망)한 후 니 아베도 억수로 후회했다 안카나. 이제 니 일에 상관하지 않을꺼니 우리캉

이리 그만 살자. 그리고 이제 이 얼라가 태어나면 니도 외롭지 않을 거 아이가.

어미는 작은 몸에 어울리지 않는 남산만한 배를 자랑스럽게 내밀며 눈물을 함빡 담은 눈으로 내게 말했다. 순간 나는 상을 찌푸리며 부르 짖었다.

—창피하지도 않은 갑네. 그 나이에 아기는 무슨 아기?

순간 내 성질이 어떻게 폭발할지 몰라 당황한 어미는 아이를 보호하 려는 본능적인 움직임을 보였다. 두 손으로 배를 싸안고 움츠린 어미 의 모습은 한 마리의 풍뎅이처럼 보였다. 사실 나는 그렇게 하겠다고 작심하고 한일은 아니었다. 어떻게 냄새를 맡았는지 숨어있던 집까지 수사망이 점점 좁혀 오고 있는데, 떠나지 말고 같이 살자고 한사코 내 바짓가랑이를 잡고 늘어지는 어미를 떼어놓기 위해서 했던 발길질이 었을 뿐이었다. '억' 하는 비명 소리와 함께 나동그라지는 어미가 걱 정이 되었지만 그대로 잡힐 수는 없었다. 도망치면서도 어미의 배를 정통으로 걷어찰 때 느꼈던 꿈틀거림은 오랫동안 내 무심한 신경을 자 극했다.

아비에게 성깔을 부리며 지독하게 대하는 이유는 그가 나란 존재를 아직도 무시하고 있기 때문이다. 자식을 특별하게 잘 키운 것도 아니 고 남겨줄 재산도 없으면서 그리고 이제 늙어서 생활을 책임질 능력도 없는 주제에 예능인으로서 도도한 태도를 고수하고 있는 아비는 나를 열 받게 한다. 아비는 평생을 집다운 집에서 살지 못했다. 혼자였을 때 에는 천막 한쪽에서 동료들과 함께 새우잠을 자다가, 결혼을 한 후에 는 이동식 컨테이너 박스 속에서 신접살림을 했다. 그러한 떠돌이 살림을 청산하게 해 준 사람이 바로 나인데, 아비는 내가 물어다 준 집이나 돈에 대하여 전혀 고마워할 줄 모른다. 아니 나 때문에 감옥 같은 생활을 하게 되었다고 되레 속으로 원망하는 눈치였다. 그러니 자연 성질이 날밖에. 시벌.

용궁다방 날라리는 시키지도 않았는데 반숙 두개를 넣은 쌍화탕을 내 앞에 놓는다. 이른 시간이라 다방 안에는 나 말고 손님이 없다. 다른 때 같으면 그녀를 곁에 앉히고 이곳저곳을 더듬어 대련만 오늘은 죽은 어미가 눈앞에 어른거려 영 그럴 기분이 나질 않는다. 쌍화탕을 마시고는 훌쩍 다방을 나온다. 어디로 가야겠다는 마음으로 나온 것이 아니어서, 모텔 출입구에서 나는 잠시 머뭇거린다.

그때 담배자판기 앞으로 한 소년이 다가서는 모습이 보인다. 열서너 살이나 되었을까? 소년은 지폐 투입구에 돈을 넣고, 담배종류의 선택버튼을 누른다. 잠시 후 추출 구에 담배 한 갑이 떨어지고 거스름 동전이 떨어지는 소리가 들린다. 소년은 능숙하게 담배와 잔돈을 챙긴다. 그 순간 나는 소년의 손에서 담배를 가로챈다.

"머리에 피도 마르지 않은 새끼가……."

잠시 나와 내 손에 들린 담배를 번갈아 쳐다보던 소년은 낮게 읊조린다.

"지미 시벌, 무슨 상관이야. 좆가치."

나는 소년의 멱살을 움켜잡는다.

"내 동생 같아서 그러는데, 너 담배 피지 마라."

잡았던 멱살을 놓고, 나는 소년에게 천 원짜리 두 장을 손에 쥐어주며 등을 떠민다. 소년은 잠시 어리둥절한 표정을 짓더니 승리 PC게임방으로 들어가 버린다.

소년에게서 빼앗은 담배를 보며, 동생을 처음 만나던 때를 떠올린다. 교도소에서 나와 집이라고 돌아와 보니, 어미 대신 어미를 그대로 빼다 박은 아이가 있었다. 열 살쯤 되어 보이는 아이는 내가 들어가자, 배시시 웃었다.

—너, 누구냐?

내가 묻자 아이는 그저 웃기만 했다. 아이의 미소는 무슨 이유인지 가슴 한쪽을 저리게 만들었다.

—짜샤, 웃지 마. 기분 나쁘게 시리. …… 여기에 살던 사람들 다 어디 갔냐? …… 어라? …… 대답이 없어?

나는 끝내 아이의 입에서 아무런 말을 듣지 못했다. 그저 해맑은 미소만 보았을 뿐.

저녁에 다시 들린 컨테이너 집에서 아비를 만났다. 아비는 내게 긴 설명을 하지 않았다. 다만 아이에 대해서 짧게 설명했을 뿐이었다.

—야가 하나 뿐인 니 핏줄잉게 나가 죽으면 니가 챙겨야 쓰겄다. 부탁허마.

동생은 아비와 나를 번갈아보며, 또 씩 웃었다. 민국이라는 이름을 가진 동생은 어미를 빼다 닮았다. 비록 곱사등이처럼 작은 몸개의 어미였지만, 얼굴은 빼어나게 예뻤다. 그래서 서커스단원시절엔 그 미모로 바람 든 사내들의 가슴을 태우곤 했는데, 그 어미를 똑 닮은 동생은 나를 떠나지 못하게 했다.

며칠이 지나서야 나는 민국이가 말을 하지 못한다는 것을 알았다.

내가 저를 쳐다 볼 때마다 씩 웃는 아이를 보면서 그가 듣지도 말하지도 못한다는 사실을 믿을 수가 없었다. 내 추궁에 아비는 이렇게 말했다.

—고것도 다 지 팔자인겨. 인자와서 누굴 탓허것냐?

내가 황망히 떠난 뒤 달도 차지 않은 아이를 낳느라 어미가 고생했다는 말을 들으며 나는 갑자기 두려움에 떨었다. 떠나지 못하게 막는 어미의 배를 찼을 때의 그 미묘한 감촉이 문득 떠올랐기 때문이다.

—아니, 그럴 리가…… 그럴 리는 없겠지.

부정해보지만 나의 패악질의 결과가 아니라고 자신할 수도 없었다. 동생의 외줄타기 같은 앞길이 눈앞에 자꾸 아른거려 마음이 불안해졌다. 어쩌면 동생을 보며 느낀 죄책감으로 아비에게 집을 옮기도록 닦달했는지 모른다. 컨테이너 집을 떠나지 않으려는 아비에게 민국이를 위해서라는 단서를 달아 강요했다. 이제 내가 벌어다 주는 돈으로 편하게 살아 보라고, 아버지가 내 말을 들어야 나도 동생을 끝까지 책임질 수 있겠다고 강경하게 대들자 아비는 못이기는 척 따라왔다.

담배를 빼앗긴 소년이 들어간 PC게임방으로 따라 들어간다. 오전 중이어서 다른 손님은 없다. 소년은 그 사이 게임에 폭 빠져있다. 요즈음 유행하는 워크래프트3에 몰두하고 있는 소년은 곁에 누가 온 줄도 모르고 화면 속으로 아예 들어간 것처럼 보인다. 새로운 버전인지 화면이 다르다. 기존 워크래프트2에 등장했던 휴먼과 오크족 외에 다른 종족이 보인다.

"야—, 이 종족 이름이 뭐냐?"

게임에 빠져있는 소년의 어깨를 툭 치며 내가 물었다. 소년은 인상을 쓰며 퉁명스럽게 뇌까린다.

"언데드와 나이트엘프요."

소년은 쳐다보지도 않고 대답했지만, 나는 알았다는 듯이 고개를 끄덕인다.

"야, 꼬마야, 나랑 한 판 붙어 볼래?"

그때서야 소년은 화면에서 고개를 돌리며 묻는다.

"아저씨? 게임 잘 해요?"

"우리 내기해 볼까? 지는 사람이 점심 사기."

우리는 '레오 버티코(neo vertigo)' 게임기에 마주 앉는다. 꼬마는 대각선 5시, 나는 대각선 11시 방향에 진영을 만든다. 소년이 더블센터를 짓고 있는 사이 나는 힘으로 몰아 부칠 전술을 짠다. 소년이 병력 확보를 위하여 전진배치를 하며 입구를 막는다. 나는 전략폭탄을 지닌 더블 레오를 만들어 공격할 작전을 짠다. 더블 레오를 띄워 8시 방향에 있는 소년의 센터를 공격한다. 잠시 내가 우세한 것처럼 보인다. 그러나 소년은 잠시 센터를 띄워 피신한다. 이번에 행한 나의 공격은 생각보다 소년의 병력을 때려 부수지 못했다. 나는 3시 부근에 있는 소년의 본진 쪽으로 더블레오를 띄워보았지만, 소년의 신속한 반격에 되돌아오고 만다. 두 번의 공격으로 내 병력이 많이 희생되었다. 나는 병력 복구에 시간이 좀 필요하다. 그 낌새를 알아차렸는지 소년은 기회를 주지 않고 공격해온다. 언덕 위 접전에서 내 병력은 모두 전멸당하여 나는 그만 손을 들고 만다.

"어— 제법인데?"

내가 말하자 소년이 씩 웃는다.

프로게이머가 되어 스타크래프트의 꿈을 갖고 있다는 소년에게 약속대로 자장면을 사준다. 소년은 밤새 게임에 몰두했는지 눈에 핏발이 서있다. 며칠을 굶은 듯 순식간에 그릇을 비우는 소년 앞으로 손대지 않은 내 몫의 음식도 밀어준다. 사양하지 않고 먹는 소년을 본다. 소년에게서 그 나이쯤의 나를 보았기 때문에 아무것도 묻지 않는다. 고맙다는 인사로 꾸벅 고개를 숙이며 돌아서는 소년의 머리를 쓱 문질러 주었을 뿐이다.

민국이는 지금 새로운 학교에 잘 적응하고 있을까? 꼬마와 헤어지면서 나는 문득 동생을 찾아보고 싶어진다. 먹은 음식물이 내려가지 않고 위장위에 계속 쌓인 체증처럼 동생은 내 가슴속에 답답함으로 남아있다. 차라리 나에게 포악을 하며 대들기라도 하면 내 속이 좀 시원하련만. 동생은 웃기만 한다. 내가 화를 낼 때도, 머리를 쥐어박아도, 아이는 웃는다. 동생을 바라보고 있노라면 천사가 저런 모습일 거라는 생각마저 든다. 어떻게 악마 같은 나와 형제가 되었을까 의아스러울 때도 있다. 동생이 장애자라는 사실을 알고 내가 한일은 그와 같은 아이를 가르치는 곳을 찾는 일이었다. 다행이 시내 변두리에서 동생을 맡길 학교를 찾아냈다. 차마 떨쳐 보내지 못하는 아비의 걱정을 우격다짐하다시피 하여 보낸 지가 육 개월이나 되었는데, 그동안 동생이 공부하는 그곳을 한 번도 찾지 않았던 자신의 무심함이 자책으로 되돌아온다.

듣지도 말하지도 못하는 아이들이 있는 곳이니 참 적막할 거라는 생각을 하며 '혜화학교'로 들어선다. 그런데 교문을 들어서자 나의 예상이 많이 빗나갔음을 금방 깨닫는다. 그곳은 일반 학교처럼 소란스럽기 이를 데 없다. 아니 일반 학교보다 더 시끄럽다. 알아듣기 힘든 소리를 질러대는 아이들, 그것은 소음이었다.

처음 내가 민국이의 손을 잡고 들어갔던 소망 반에서는 열 명 정도의 아이들이 수업을 받고 있다. 아이들은 탬버린을 하나씩 쥐고 흔들고 있다. 들을 수 없는데 어떻게 합주를 한다는 것일까? 내 눈에는 미친 일처럼 보인다. 아이들을 둘러보며 동생을 찾는다. 동생은 그곳에 없다. 수업이 끝나기를 기다리지 못하고 나는 소망반 담임 앞에 선다. 내가 동생을 찾자, 담임은 놀라는 표정을 짓는다.

"한 달도 채 안되어 아버지가 데려가셨는데요?"

교사의 말에 이번에는 내가 놀라 버럭 고함을 친다.

"그게 무슨 말입니까? 그렇담 제게 연락을 해주셔야 옳지 않습니까?"

"부모가 데려간다는데 제가 어떻게 말릴 수가……."

나는 담임의 말이 채 끝나기도 전에 교실을 뛰쳐나온다.

아비가 무슨 생각으로 동생을 데리고 나왔는지 짐작하고도 남는다.

'그 불쌍한 것을 기어이 동물원의 원숭이처럼 만들어야 하겠다는 거야? 뭐야? 시벌.'

그대로 돌아버릴 것만 같은 분노를 삭이며 집으로 뛰어오니 아비가 없다. 나는 참지 못하고 도끼를 찾아든다. 그리고 아비가 줄을 매달고 외줄타기를 하던 밤나무 밑동을 사정없이 찍어내기 시작한다. 밤나무 한그루가 쓰러질 때까지 나는 도끼질을 멈추지 않는다. 용을 쓴 탓인지 기진맥진한 몸으로 나는 털썩 주저앉는다.

'당신은 당신의 꿈을 이루며 행복을 찾았는지 모르지만 나는 이게 뭡니까? 나를 이렇게 만든 것도 부족해서 이제 그 불쌍한 아이에게까지 그 굴레를 씌우려 합니까?'

나는 난생 처음으로 동생을 생각하며 눈물을 쏟는다.

아비를 기다리지 못하고 집을 나온 나는 혹시나 하는 마음으로 도시 축제에서 벌이는 난장판을 찾는다. 축제의 마지막 날이어서 그런지 난장판은 막판의 수선스런 모습이다. 천변 쪽 넓은 공터에서 손님을 부르던 서커스의 단원들이 천막을 뜯느라 바쁘게 움직이고 있다. 이쪽저쪽 돌아다니며 동생을 찾았지만 보이지 않는다. 속으로 다행이다 싶은 마음으로 발걸음을 옮기려고 하는데, 어릿광대 분장을 한 아이가 다가온다. 그 아이에게 혹 민국이를 아느냐고 물었다. 어릿광대는 잠시 생각하는 표정이더니 따라오라는 손짓을 한다.

어릿광대가 나를 이끈 곳은 근처의 만화방이었다. 몇 명의 아이들이 스낵과자를 먹으며 만화를 읽느라 정신이 없다. 휙 둘러보았으나 동생은 보이지 않았다. 차라리 눈에 띄지 않기를 바라는 마음이어서 그냥 뒤돌아 나오려고 하는데, 어릿광대가 안쪽으로 드나드는 문을 눈짓으로 가리킨다. 나는 밀실로 통하는 문을 벌컥 열고 안으로 들어선다. 실내는 침침하여 사물의 구분이 되지 않았다. 대형 화면에서는 낯뜨거운 정사장면이 슬로모션으로 돌아가고 있다. 어둠에 눈이 익자 나타난 장면 하나. 아직도 몽롱한 표정으로 나를 올려다보는 사나이의 손이 동생의 사타구니에 들어있다.

"이 변태 자식.……"

아무 것도 보이지 않았다. 손에 닥치는 대로 부수고, 그래도 분이 풀리지 않아 변태자식을 흠씬 두들겨 팼다. 동생의 멱살을 잡은 채 그곳을 빠져나왔다. 질질 끌려오는 동생의 작은 몸은 두려움으로 벌벌 떨고 있다.

공원 한구석에 동생을 세우고 뺨을 갈긴다. 한대의 손찌검에 쓰러져 일어날 줄을 모르는 동생에게 소리 지르는 내 목소리가 떨린다.

"이 바보 같은 새끼야! 그게 무슨 일인지도 정말 모르는 거냐? 도대체 학교를 왜 그만 둔 건데? 왜? 왜?……"

웅크린 동생의 어깨위에 눈물이 쏟아진다. 동생은 두려운 눈으로 나를 쳐다보며 두 손으로 싹싹 비는 시늉을 한다. 그게 또 내 심사를 건드린다.

"어차피 너나 나나 종친 인생, 그래도 그렇게 살지 말자. 지미 시벌."

집으로 향하는 내 걸음에 맞춰 죄인처럼 따라오는 동생이 가엾다는 생각이 든다. 나는 동생 앞에 등을 내민다. 망설이던 아이가 등에 업힌다. 열 살치곤 체중이 너무 가볍다. 이 아이도 어미처럼 제대로 성장하지 못할 것만 같다. 오늘은 아비에게 제대로 못을 박고야 말리라.

집에 들어서니 아비가 돌아와 있다. 온통 난장판으로 흩어져있는 집안 꼴을 보고 이미 짐작을 하고 있었던지 아비는 우리가 들어가는데도 가타부타 말이 없다. 요즈음 들어 유난히 말을 아끼는 아비다. 아비는 죽이든지 살리든지 네 마음대로 하라는 듯 두 눈을 꼭 감고 미동도 하지 않는다. 분을 삭이지 못해 식식대는 나를 동생은 불안한 눈으로 쳐다보고 있다. 동생에게 외줄타기를 시키지 않겠다는 다짐을 이번 기회에 확실하게 다짐을 받아야겠다는 생각인데 쉽게 말이 나오지 않는다. 아비의 손을 꼭 잡은 채 안타깝게 내 눈치를 살피는 동생의 맑은 눈이 나를 난처하게 만든다. 동생의 작은 손을 꼭 잡는 채. 아비는 눈을 뜨지 않는다.

"에이, 시벌……."

한마디의 욕설을 남긴 채 나는 집을 나온다.

분노를 삭이지 못한 나는 만화방을 향해 한달음에 달려간다. 정리되지 않은 실내에 변태자식이 넋이 빠진 듯이 앉아 있다 내가 들어가자 벌떡 일어난다. 마리화나를 얼마나 피어댔는지 아직도 변태자식의 눈동자는 썩은 동태눈처럼 흐릿한 채 나를 보고 있다.

"이 새끼야, 정신 차려."

나는 변태자식의 뺨을 몇 대 더 갈기며 소리친다.

"개만도 못한 새끼. 인간 말종인 너 같은 놈들이 갈 곳이 어디인지 내가 똑똑히 가르쳐 주지. 따라 와. 시벌놈아!"

나는 변태자식의 멱살을 잡아끈다. 그러자, 변태자식은 내손을 와락 뿌리치더니 엉금엉금 기어 금고 쪽으로 간다. 변태자식은 금고번호조차 기억해내기 힘드는지 한참동안 끙끙댔다. 가까스로 열더니 속에 있는 돈을 몽땅 들어내어 내게 건넨다. 돈을 받으며 나는 변태자식에게 다시 한 번 더 못을 박는다.

"니 인생이 불쌍해서 이 정도로 끝내는 줄 알아. 새끼야. 다시 또 한 번 내 동생을 건드렸다간 빵깐에 처넣어 버리고 말겠어. 시벌.'

돌아오면서 나는 동생을 위해서 이곳을 떠나야겠다는 결심을 한다.

그런 내 뜻을 전하자, 아비는 아무런 대답이 없다. 동생에게는 집밖으로 나가지 못하도록 단단히 다짐한다. 되도록 이곳에서 멀리 떠나는 것이 좋을 듯싶어 시 외곽에 들어서고 있는 작은 평수의 아파트 한 채를 얻었다. 이제 그곳으로 이사를 하면 아비의 외줄타기도 끝장이 날 것이고, 동생의 아픈 기억도 사그라질 것이다. 계약을 마치고 집으로 돌아오면서 나는 생각한다. 그동안 답답한 방안에서 감옥 같은 생활을 했을 동생을 기쁘게 해주어야겠다고.

오늘은 파라다이스하며 환상적인 내 세계 안에 있는 승리 PC게임방에 동생을 데리고 가서, 멋진 게임을 가르쳐주리라. 요즈음 뜨고 있는 '맥스 페인'이란 액션 게임으로, 답답했을 동생의 기분을 풀어 주어야지. 한편의 액션영화 같은 게임을 가르쳐주며 설명도 자세하게 해 줄 것이야. 적을 조준할 때는 루비레이저포인터를 장착한 총을 사용한다는 것이며, 쌍권총을 들고 몸을 옆으로 날리면서 적을 공격할 수도 있다는 점도 알려 주리라. 게임 속에 등장하는 파티클 효과(담배 연기, 안개, 총구에서 발생하는 연기, 피가 튀는 것)를 보면 동생은 놀라면서도 재미있어 하겠지? 재미있는 게임 한판을 끝내고 조이앙스모텔 옆에 있는 모아 양념 통닭집에 데리고 가서 저녁도 맛있게 먹여야지 하는 생각을 하자 마음이 뿌듯해진다.

그런 생각에 하자, 지금까지 아비에게 가졌던 미움과 분노도 눈 녹듯이 사라진다.

'그래, 우리 세 식구가 오랜만에 외식을 하는 것도 나쁘지는 않을 거야. 아비가 좋아하는 음식이 뭐였더라? 고기였나? 아니지. 외줄타기를 하려면 체중이 불어나면 안 되니까 역시 채소를 더 좋아하겠지?

그렇다면 양념 통닭집은 안 되겠고, 어디로 정할까? 아비에게 물어보자. 모처럼 효자노릇 제대로 한번 해보는 것도 기분이 삼삼하겠지?'

　이런저런 궁리를 하면서 오랜만에 가벼운 마음으로 집에 당도한다. 그때, 대문 밖까지 들려오는 소리, 아비가 부르는 '선소리산타령'이다.

　사랑초 다방초 홍두깨 넌춘 넌출이 이내 가슴에 맺힌도 사랑 에~ 나에 에엘 네로구나 아아하 아.

　갑자기 싸늘한 분노가 머리에서 발끝까지 관통하며 흐른다.
　'이런 빌어먹을……'
　나는 소리 나게 침을 갈기며 한달음에 내닫는다. 어느새 준비했는지 쓰러진 밤나무를 대신하는 쇠 봉이 박혀있고, 4m 높이에 매어있는 외줄에는 동생이 올라가있다. 두 눈을 지그시 감고 목청을 가다듬는 아비는 아직 나를 발견하지 못하고, 외줄중간에 서있던 동생이 나를 먼저 발견한다. 동생은 그 자리에 얼어붙듯 움직이지 못하고 있다. 분노로 이글거리는 내 눈과 동생의 시선이 마주친다. 아비는 아무 것도 모른 채 선소리 산타령을 이어간다.

　우지를 말아라 우지를 말아라 네가 진정코 우지를 말아라 머무나 울기만 하여도 정만 떨어진다.

　두려움으로 눈을 꼭 감은 동생이 추락한다. 나는 날쌔게 몸을 날려 동생을 꺼안고 몸을 굴린다. 변태자식에게서 받은 한 움큼의 지폐가 주머니에서 쏟아져 바람에 휘날린다. 모퉁이 돌에 머리를 찧었는지 정신이 아득해진다. 가물거리는 의식을 되찾으려고 애를 써본다. 내 몸 위에 널브러진 동생의 심장 소리가 내 가슴을 통하여 울린다. 나는 그 아이의 몸을 더 세게 안아보려고 애를 쓴다. 손에서 힘이 스멀스멀 빠져나가는 것을 느낀다. 감은 눈앞으로 그리운 얼굴이 무성영화장면처럼 스쳐지나간다. 평생을 외줄타기 광대로 살아온 아비의 꿈꾸는 눈이 지긋이 나를 굽어본다.

"아버지, 당신이 저를 사랑한 적은 있었나요?"

나에게 눈길 주는 것조차 어려워하던 어머니가 안쓰럽다는 눈빛으로 나를 지켜본다.

"어머니, 이제 당신의 따뜻한 품에 저를 안아 줄 수 있나요?"

어렵게 입을 떼어 보지만 소리가 되어 나오진 않는다.

농아인 동생은 내 가슴위에서 몸으로 절규한다.

"형아? …… 형아? …… 죽지 마……, 죽지 말란 말야. ……"

"'짜샤, 잘 있어라. …… 시벌……."

내 얼굴 위로 뜨거운 것이 자꾸만 떨어진다. 아비가 부르는 산타령이 아슴푸레하게 멀어진다.

일락서산에 해 떨어지고 월출동령에 백운이 솟아 달만 뭉게뭉게 솟아온다 에~

동소문 밖 썩 내달아 무너미를 얼른 지나 라락원서 둘쳐 보니 도봉 말월이

천축사라 에~.

바람의 눈

　소례는 참지 못하고 벌떡 일어난다. 그 바람에 무릎위에 놓여있던 상자가 떨어지며 남아있던 비즈가 함께 엎어진다. 바닥으로 쏟아진 비즈는 구르면서 반짝반짝, 저 마다의 색을 자랑한다. 차르르, 서로 부딪치는 소리가 방안에 명징하게 퍼진다. 그 때문인지 자고 있는 줄 알았던 남자가 눈을 뜬다. 소례는 부지런히 비즈를 주워 담는다. 수수 알갱이만한 크기의 오색구슬은 움켜쥐는 소례의 손에서 한사코 빠져나간다. 며칠 사이에 광대뼈가 유난히 도드라져 상대적으로 깊어진 남자의 눈동자가 움직이는 그녀의 손을 따라다닌다. 무심코 눈을 든 소례는 죽음을 머금은 남자의 시선과 잠시 얽힌다. 소례는 움찔 눈길을 피한다.

　상자에 구슬을 다 주워 담지 못하고 소례는 방안을 서성인다. 1.8리터 생수 한 병을 쓴 약 삼키듯 눈 질끈 감고 다 마셨는데도 소용없다.

저수지에 물이 괴듯 탱탱하게 들어 찬 물은 뱃속에서 저희들끼리 자리 다툼을 하는지 꾸르륵 꾸르륵 야단일 뿐. 남자를 마주 바라볼 수 없게 된 것이, 일주일 째 화장실을 들락거리게 된 것이, 순전히 남편 탓인지 도 모르겠다.

소례는 남자의 부담스런 눈길을 피해 마당으로 나온다. 구월의 하늘은 눈이 부시다. 특히 비갠 오후의 하늘은 더욱 청명하다. 쥐어짜면 쪽빛 물감이 주르르, 흘러내릴 것만 같다. 햇빛이 너무 밝기 때문인가. 눈이 침침해지며 눈물샘이 터진다. 흘러내릴 듯 비죽비죽 솟아나는 눈물을 소례는 손등으로 쓱, 문지른다. 메마른 손등 때문인가. 훔친 눈가가 쓰리다. 소례는 손등을 내려다본다. 갈퀴처럼 부쩍 마른 손등에 핏줄이 도드라져있다. 나뭇가지처럼 뻗은 푸르죽죽한 핏줄은 금방이라도 터질 듯 팽팽하다. 그 위를 덮은 까칠까칠한 피부는 윤기를 잃어가고 있다.

"엠병할! 아직 육십도 못채웠는디. 벌써……."

소례는 푹 한숨을 내쉰다.

같이 살면서 무엇보다 싫었던 점이 남편의 게으름이었다. 그는 있으면 먹고, 없으면 굶는 그런 남자였다. 공사장 일용직 잡부인 남편은 일거리가 없는 날이면 얼씨구나 하듯 TV 앞에 죽치고 앉는다. 오른손에 리모컨을 쥐고 이리저리 옮겨가며 온종일 그 자리에 앉아 있곤 한다. 좋아하는 프로가 나오면 TV 모니터 속으로 들어갈 것처럼 폭 빠진다. 그럴 때면 폭풍이 몰아쳐도 소용없다. 천성적인 게으름만 아니라면 그런대로 봐 줄만한 남편이었다고 소례는 생각한다. 그러기에 살림을 도맡아 꾸려가면서도 불평 한마디 하지 않았다.

"그기 타고난 내 팔자인디 으짤것여. 팔자도망은 할 수 없다고 헝게. 요로코롬 건강하게 움직일 수 있응게 그나마 다행인겨."

그렇게 자신을 위로하며 지금껏 살았다. 배움이 짧은 소례가 찾을 수 있는 일은 그리 많지 않았다. 그녀는 닥치는 대로 일을 했다. 주방일, 서빙, 배달, 광고지 돌리기, 가정 도우미. 그러다가 뒤늦게 간병인 자격증을 땄다. 힘이 들었지만 보수는 꽤 쏠쏠했다. 이제 남편이 그렇게 원하던 대형텔레비전도 사줄 수 있게 되었는데……. 뼈 없이 착한 남편인줄 믿었던 소례는 기가 막혀 말이 나오지 않았다. 그 나이에 아직 그런 욕정이 남아있었다니 도무지 믿기지 않았다.

잘못은 자신에게 있는지도 모른다고 소례는 후회한다. 자신이 하고 있는 일을 시시콜콜 남편에게 말하지 말 것을. 돈 문제로 부부간에 비밀이 있어서는 안 된다는 생각으로 소례는 남편에게 모든 경제권을 맡겼다. 간병 비 외에 남자가 주는 사례비까지 모두 남편에게 주었다. 사실 사례비는 간병비보다 훨씬 큰 액수였다. 조금만 더 고생하면 임대 아파트를 벗어날 수도 있겠다는 희망으로 소례는 가슴이 벅찼다. 그랬는데 그 큰돈을 어린년에게 몽땅 뜯겨 버리다니! 생각할수록 분이 솟는다.

─그려! 이해허라면 헐 수도 있겠지. 사내놈들, 돈 좀 생기면 생각하는 것이 계집질이라고 허드만! 그것이 한때 바람이었다 생각허면 용서헐 수도 있겠제. 그런데 곧 죽어도 사내라고 빌순 읎다는 거 아녀? 사내 밑구녁 닦아주고 버는 돈에 눈멀었다고? 그게 지금 지 마누라헌티 헐 소린겨? 그려. 난 무식혀서 고상하게 벌진 못혀. 엠병할! 꽃뱀에게 친친 묶여 정신 못 차리는 그런 속 창시 없는 인간과 내도 더

살기 싫응게. 그려, 이혼허드라고!

남편은 어린여자의 달착지근한 꼬임에서 아직도 벗어나지 못하고 있다. 공사장엔 아예 발길을 끊어버린 남편은 은행 자동기기 앞에서 번질나게 통장을 확인하고 있을 것이다. 통장에 돈을 넣지 않으면 여기까지 쫓아오겠다고 오늘 밤 또 전화로 으르렁대겠지. 소례는 새삼스럽게 게을렀던 그 시절의 남편이 그래도 나았다는 생각까지 한다.

"무슨 걱정거리라도 있는가?"

역에 도착한 기차가 가쁜 숨을 토해내듯 자지러진 기침이 수그러들었을 때 한결 깊어진 눈길로 남자가 소례를 걱정한다.

'엠병할! 오늘 낼 허는 사람이 오지랖도 되게 넓은 척 허고 있구먼.'

차마 입 밖에 내지 못하고 혀 안에서 뱅글 돌려보지만 그럴 때마다 소례는 가슴 한쪽이 시려온다. 돈이 많으면 뭐하나. 출세한 자식이 있다고 한들 깊은 병에 무슨 소용이 있나.

국내 최고의 환경이라고 자랑하는 시니어타운에 온지 어느새 한 달이 되어간다. 시내에서 한 시간 반 거리에 위치한 이곳 실버타운으로 불려온 첫날, 소례는 고향 품에 안긴 것처럼 마음이 설랬다. 삥 둘러 울울창창한 소나무 숲은 맑은 공기를 내뿜고, 가까이 있는 폭포에서 떨어지는 물소리는 시원했다. 대판 싸운 끝에 이혼까지 거론하며 남편과 대치하고 있던 소례의 가슴앓이는 이곳에 도착한 순간 감쪽같이 사라지는 듯했다. 간병인으로 그녀 아니면 어느 누구도 싫다고 한 남자의 고집이 어찌나 고마웠는지.

소례는 물소리가 나는 쪽을 향하여 두 팔을 한껏 올리고 기지개를 편다. 허리 어디에선지 뚝뚝, 뼈마디 부딪치는 소리가 제법 크게 난다. 허리를 이리저리 돌리며 몇 번 깊은 숨을 들이마시던 소례가 고개를 들자, 창을 통해 내다보고 있던 남자의 눈과 마주친다. 뭔가 요구 사항이 생긴 듯 남자가 소례를 향하여 손을 까닥인다.

소례가 들어가자, 남자는 자신의 아랫도리를 가리킨다. 기저귀를 갈아달라는 표시다. 이미 하반신이 굳어 느낌으론 알 수 없을 텐데도 남자는 용케 그때를 안다. 남자가 지금처럼 하반신을 가리킬 때, 그래서 팬티를 끌어내리면 질척한 분비물 속에 남자의 그것은 사타구니에 번데기처럼 올라붙어 있곤 했다. 박제가 되어가는 남성의 표징도, 남자의 몸도 하루하루 표시 날 정도로 말라간다. 병명을 찾아낸다며 수십 가지가 넘는 검사를 하느라 대학병원에 입원해 있을 때도 이렇지는 않았다. 그때는 속옷 한번 갈아입히고 나면 온몸이 땀으로 흠뻑 젖기 일쑤였다. 그런데 지금 남자의 몸은 몰라보게 가벼워 소례는 누구의 부축도 없이 혼자 해낸다.

소례는 젖은 기저귀를 빼내고 햇볕에 바싹 마른 천 기저귀를 갈아준다. 남자의 몸을 이리저리 뒤척거릴 때마다 침대 매트에선 바스락 바스락 소리가 난다. 그 소리가 자꾸 신경이 쓰여 매트를 바꾸자고 말했다가 소례는 남자에게 된통 면박만 당했다. 그 뒤부터 바스락거리는 소리를 아예 무시하려고 애쓴다. 그러면서도 병원에서부터 사용하던 매트를 이곳 시니어타운까지 끌고 온 남자의 속내가 소례는 못내 궁금하다. 도대체 소리의 실체는 무엇인가. 소례는 가끔 남자를 밀쳐내고 매트를 뜯어 확인하고 싶은 헛된 욕망에 사로잡히곤 한다.

남자가 생활하는 13평형에는 거실과 안방, 그리고 화장실이 딸린 욕실이 있다. 소례는 빼낸 기저귀를 들고 욕실로 간다. 세탁기가 설치되어있는 공동세탁실이 있지만, 남자는 한사코 손빨래를 고집한다. 손쉽게 사용하라고 남자의 며느리가 들여 논 종이기저귀 박스는 뜯지도 않은 채 거실 구석에 놓여있다. 소례는 대야에 가루세제를 푼 다음 고무장갑을 낀다. 기저귀에서는 심한 악취가 풍긴다. 건강한 사람의 소변과는 사뭇 다른, 고약한 냄새다. 소례는 숨을 참으며 빠르게 손을 놀린다. 샤워기에서 흐르는 물과 비누 거품이 심한 냄새를 수챗구멍으로 몰아낸다. 그제야 소례는 참았던 숨을 길게 들이마신다.

빨랫감을 손에 들고 소례는 밖으로 나온다. 빨랫줄은 건물 뒤편 텃밭 끝에 있다. 책임자는 이 실버타운의 자랑거리의 하나로 세대별 텃밭과 동물농장을 든다. 나이가 들수록 소일감이 필요하다. 그 증에 생명을 돌보는 것이야말로 일석이조의 효과가 있지 않느냐. 부지런히 채소나 동물을 거두다보면 건강을 물론이고, 약간의 부수입도 올릴 수 있지 않겠는가. 판매는 책임지고 해 주겠다. 이런 책임자의 확고한 의지에 따라 만들어진 이백여 평의 밭에 입주자들은 다투어 밭을 일구고 가꿨다. 밤톨처럼 매끄럽게 다듬어진 텃밭은 잡초 하나 찾을 수 없다. 두럭을 따라 반듯하게 심어진 배추, 무가 건강한 잎을 자랑한다. 돋구어진 도랑에는 고춧대가 일렬로 줄지어 서있다. 가지가 휘어질 정도로 매달린 고추가 어느덧 빨간색으로 변해 있다.

소례는 텃밭을 지나 한편에 세워진 간이빨랫줄에 손에 든 빨랫감을 넌다. 그때 마침 골짜기로부터 불어온 바람이 줄에 걸린 천을 사정없이 밀친다. 금방이라도 바람에 날아갈 것처럼 아슬아슬하다. 소례는 줄에 매달려있는 집게 두개를 얼른 잡아 천 양쪽을 물린다. 젖은 천은 불어오는 바람에 몸을 맡기고 그네를 뛴다. 소례는 아침에 빨아 넌 마른 기저귀를 걷어들고 들어온다. 남자가 기다렸다는 듯이 소례 앞에 돈을 내민다. 만 원짜리 신권 다섯 장이다. 소례에게 도움을 받을 때마다 남자는 어김없이 돈을 준다. 그것도 빳빳한 새 돈으로.

—수단 방법 가리지 말고 울궈 내! 남자의 환심을 사 아예 유산이라도 받아낼 수 있다면 말할 것도 없이 좋겠지만…….

소례가 시니어타운으로 들어가려고 짐을 챙기자, 남편은 마치 선심을 쓰듯 그렇게 말했다. 중이 고기 맛을 알면 빈대도 남아나지 않는다더니, 오로지 자신에게 쥐어질 지폐에만 관심을 둔 욕심으로 가득 찬 남편의 눈매가 눈앞에 어른거린다. 아들이 주는 후한 간병 비를 받고 있으니 이제 이렇게 따로 받지 않겠다고 소례는 돈을 내미는 남자에게 처음으로 강하게 거절한다. 그러자 남자는 막무가내로 떼쓰듯 쥐어주며 못을 박는다.

"그건 그거고, 이건 이거니까. 나 죽을 때 까지만……. 그리 오래진 않을 게야."

소례를 바라보는 남자의 얼굴에 슬픈 미소가 뜬다. 전과 달리 받은 돈이 부담스러워 소례는 남자의 시선을 피한다. 둘 사이에 피어나는 어색한 분위기를 없애보려고 소례는 라디오 볼륨을 켠다. 항상 이 시간이면 들을 수 있는, 듣기 좋은 저음 목소리인 아나운서의 멘트가 방 안에 퍼진다.

"당신은 지금 바람의 눈을 통해 어떤 세상을 만나고 있습니까?"

생각할 여유를 주듯 아나운서는 말을 끊고 잠깐 동안 기다려준다.

이어서 바람의 눈이란 창, 그러니까 윈도우를 가리킨다는 친절한 멘트를 보탠다. 바람의 눈이라. 소례는 잠시 입안에서 되작되작 말을 음미해본다. 뭔지 잘은 모르겠지만 따라서 발음해 보니 시어처럼 감미롭다. 바람의 눈을 통해 마주하고 있는 세상은? 소례는 남자와 자기가 마주한 세상을 떠올린다. 돈과 명예를 충분히 누리던 남자는 지금 두 손 놓고 죽음을 기다린다. 언젠가는 잘 사는 날이 오겠지. 하는 작은 희망으로 젊음을 송두리째 바친 자신은 남편과 이혼을 결심하고 있다. 누가 더 불쌍하다고 말할 수 있을까. 비교될 수 없는 일인데도 죽음을 앞둔 남자보다 자신의 가슴앓이가 더 아파온다. 소례는 자신 안에 도사리고 있는 이기심에 그만 홰홰 고개를 젓는다.

저절로 나오는 한숨을 뱉으며 소례는 방바닥에 흩어진 비즈를 주워 상자에 담는다. 넌 일 중독증 환자여. 비즈 속에서 남편의 음성이 들린다. 게으름이 몸에 밴 남편의 창으로 본다면 그렇게 보일지도 모른다는 생각을 한다. 엠병할! 그게 누구 때문에 생긴 버릇인데……. 소례는 남편이 눈앞에 있는 것처럼 눈을 흘긴다. 남편의 게으름은 상대적으로 소례를 부지런하게 만들었다. 하나 밖에 없는 딸, 기죽이지 않게 키우기 위해 돈이 필요했고, 임대아파트나마 쫓겨나지 않으려면 임대료를 챙겨야 했다. 그렇게 죽자고 열심히 살았는데…….

손에서 일을 놓으면 소례는 자꾸 불안해진다. 환자를 간병하면서도 남는 자투리 시간마저 그냥 넘기지 못한다. 그래서 벌이가 없을 때 부업으로 하던 구슬 꿰기를 지금까지 놓지 못하고 있는 것이다. 건너다보던 남자가 그거 하나 꿰면 얼마나 버느냐고 묻는다. 하나 꿰어 백 원을 받는다는 소례의 대답에 남자는 기가 막힌다는 듯 허허 웃는다. 그렇게 벌어 어느 세월에 잘 살겠느냐는 남자의 말이 빈정거리는 것처럼 들려 소례는 부르르 화를 낸다.

"엠병할! 그려도 내는 건강허잖여?"

그 한마디에 남자는 금세 풀이 죽는다. 소례는 아차 한다. 그래서 얼른 둘러댄다.

"그 짝도 이제 곧 좋아질 것잉게."

소례는 아직 남자의 호칭을 제대로 부르지 못한다. 이름을 부르기도, 아저씨라고 부르기도 어색하여 그냥 생략하곤 한다. 굳이 이름을 부르지 않아도 일하는 데는 어려움이 없다. 가려운 곳을 긁어주고, 마음 편하게 시중을 들어주면 대부분 좋아하기 때문이다. 병자이기 때문에 그리 많은 대화가 필요치 않았고, 이번처럼 간병이 오래 지속된 적이 별로 없기도 했다.

멘트에 이어 잔잔하게 깔리는 첼로 선율이 분위기를 가라앉게 만든다. 오늘 따라 자신을 보고 있는 남자의 시선이 부담스러워 소례는 안절부절못한다. 그래서 얼른 무릎 위에 상자를 올린다. 꿰다만 칼라와 이어를 들고 황급하게 구슬을 꿰기 시작한다. 이번 제품은 주니어들이 좋아할만한 소품 목걸이다. 컬러 시대의 영향이겠지만 액세서리도 갈수록 화려해진다. 이십년 전만해도 심플한 색의 구슬 목걸이를 많이 만들었다. 그러나 요즘은 강한 톤의 색깔의 조합이나 치렁치렁 늘어진 몇 겹으로 얽힌 구슬 목걸이가 잘 팔린다고 한다. 그렇게 만들자면 몇 배의 시간이 드는데 노임은 올릴 수가 없으니 갈수록 일손이 떨어져 나간다고 중간에서 일거리를 대주는 고씨는 투덜대곤 한다. 이 일도 곧 중국 시장으로 넘어갈 것이란다. 그러니 다른 일거리를 알아보라고 고씨가 살짝 귀띔을 해주었다.

돈보다는 손이 허전해서 놓지 못하는 일거리지만, 막상 끊어진다고 하니 서운하기도 하고 괜히 심란하기도 하다. 그래서인지 비즈가 자꾸 어긋난다. 일을 시작하던 처음에는 손가락으로 비즈를 집어 끼웠다. 작은 알갱이의 비즈는 손에서 자꾸 빠져나가 하나를 완성시키는데 한 시간 이상 걸렸다. 그러다 요령이 붙어 이제는 한쪽 손으로 비즈를 그냥 주워 올린다. 와이어를 끝에서 20~3cm 정도로 잡고 구슬에 가까이 대면 스르르 딸려오는 느낌이 손가락까지 전해진다. 요즈음은 텔레비전을 보면서도 끼울 수 있을 정도로 숙달되었는데……. 미끼를 문 물고기로부터 전해오는 미세한 떨림의 손맛을 잊지 못하는 낚시꾼처럼 한동안 자신이 허둥댈 것만 같아 소례는 은근히 걱정이 된다.

뭔가 하고 싶은 말이 있는지 계속 주시하는 남자의 시선이 영 불편하다. 소례는 불편함을 밀어내며 비즈작업에 몰두한다. 그래야만 심한 변비의 고통도 잊을 수가 있다.

자지러지는 기침소리에 퍼뜩 고개를 드니, 심하게 고통스러워하는 남자가 보인다. 소례는 비즈상자를 내려놓고 침대가로 달려간다. 멈추지 않는 기침으로 남자는 거의 사색이 된다. 금방이라도 숨이 끊어질 것처럼 갈갈거리는 남자. 소례는 한쪽에 비치되어있는 산소호흡기 마스크를 급히 남자의 입에 씌운다. 멈추지 않는 기침 때문에 괴로운지 남자는 두 손을 허우적대며 마스크를 빼내려고 안간힘을 쓴다. 소례는 남자의 두 손을 꼭 누른 채 귀에 속삭인다.

"조금만 참더라고. 곧 편안해질 것잉게."

산소호흡기가 작동하고, 한참 후에 기침은 수그러진다. 파랗게 변했던 얼굴도 점점 본래의 색을 찾아간다. 꼭 감은 남자의 눈가에 눈물이 비친다. 화장지로 눈가를 닦아주던 소례는 자신도 모르게 움찔한다. 불쑥 안아주고 싶은 안타까움에 소례의 마음은 흔들린다. 소례의 마음이 손으로 전해졌는지 남자의 시선 속엔 무슨 말이든 쏟아내고 싶은 표정이 역력하다.

'엠병할! 지금 누가 누굴 걱정하는 것여. 내가 허는 고민이 죽음을 앞에 둔 그쪽 고통과 비길 수 있다고 생각 허는겨? 괜스리 초월한 사람맨크롬 폼 잡지 말란 말이시.'

목젖까지 올라온 말을 소례는 꿀꺽 삼킨다. 사실 남자에게 무슨 잘못이 있는가. 그는 간병인으로 그녀를 쓰고 후한 대가를 지불하는 것뿐인데.

"그려! 해 보더라고. 무슨 야기든."

소례는 보조의자를 남자 침대 곁으로 끌고 와 앉는다. 남자에게서 들큼한 쉰 냄새가 번져온다. 어제부터 남자의 몸을 닦아주지 않았다는 사실을 문득 깨닫는다.

'그 놈의 변비 때문인겨. 병아리 잃은 암탉 맨크롬 온종일 종종대느라 할 일도 잊고 있었응게! 그란디 잊고 있으면 자청해서 요구하던 남자는 왜 아무 말도 허지 않았을까. 잉.'

소례는 물에 적신 수건으로 남자의 얼굴부터 조심스레 닦는다. 병색만 없다면 호감을 주는 얼굴이다. 동글납작한 얼굴에 높지도 낮지도 않는 콧대, 웃으면 약간 올라가는 입 꼬리는 보는 이를 편안하게 만든다. 다만 아직도 남아있는 날카로운 눈매는 꼬장꼬장한 성격을 보여준다. 얼굴을 닦아준 다음 손과 팔을 닦을 즈음 남자가 입을 연다.

"우리 통성명이나 하자고. 난 이 만석. 그 쪽은?"

손가락을 쫙 펼쳐놓고 그 사이사이를 꼼꼼하게 닦아내던 소례는 풋, 하고 웃음을 터트린다. 대학병원에서 침대에 붙어있는 이름표를 보고 이미 알고 있었지만 남자의 입을 통하여 들으니 새삼스럽게 웃지 않을 수 없다.

'만석이라니! 내 이름만큼이나 촌스럽구먼. 잉―.'

소례의 의중을 짐작했는지 남자가 장황스럽게 설명한다.

"삼대독자인 내가 태어나자 조부는 춤을 덩실덩실 추었지. 그리고 유명하다는 작명가에게 부리나케 달려가 부자로 떵떵거리며 살 수 있는 이름으로 지어달라고 말했지. 평생을 근근하게 살아온 조부의 소원이 바로 그것이었으니까. 작명가는 두 개의 이름이 써진 종이를 조부에게 주며 선택하라고 했지. 부자로 살 이름과 장수할 이름으로. 조부는 조금도 망설이지 않고 단숨에 선택했지. 너는 커서 만석꾼이 되어라, 하면서."

남자는 정말 이름처럼 만석꾼이 되었을까? 믿기지 않는 이야기를 진실처럼 얘기하는 남자에게 소례가 묻는다.

"다른 이름은 무엇이었는디라?"

"이만수. 일만 만에 목숨 수."

"정말 그 이름으로 살았으면 장수했을까요?"

"작명가는 장담했다고 하는데 모르지."

"그럼 그 짝은 오늘부텀 이만수로 사셔라!"

"……."

남자는 잠시 어리둥절한 표정을 짓더니, 소례의 속마음을 눈치 채고 이내 표정이 밝아진다. 남자와 대화를 하면서도 소례는 쉬지 않고 남자의 몸통을 거쳐 양쪽 허벅지를 번갈아 문지른다. 원인도 모르게 척추신경이 신호를 전달하지 못해 남자의 허리 밑은 이미 딱딱하게 굳어가고 있다. 현대 질병에 관해서도 엄청나게 빠른 속도로 발전하고 있다는 사실은 텔레비전 뉴스를 통해 소례도 얼마쯤은 알고 있다. 그런데 그런 세상에 아직 찾아내지 못하는 병명도 있다니! 얼마나 답답할까?

'엠병할! 돈이 있으면 뭣혀! 지 목심 하나 구하지 못허면서.'

혼잣말로 두런거리며 소례는 남자의 허벅지를 쓱쓱 문지른다. 아무리 세게 문질러도 남자의 하체는 반응이 없다. 푸르게 죽어가는 발바닥을 정성스레 닦아주며 소례가 말한다.

"만수! 이만수! 이렇게 자꾸 스스로 불러보랑게요. 자신에게 최면을 걸듯이 말여라. 그럼 이름처럼 목숨이 이어질지도 모릉게요."

남자는 순순히 고개를 끄덕인다. 소례가 수건을 빨아서 줄에 널고 돌아오니, 남자가 불쑥 돈다발을 내민다. 언뜻 보아도 백장은 넘을 것 같다. 놀란 눈으로 바라보는 소례에게 남자가 말한다.

"사진기가 필요해서. 제일 좋은 걸로."

남으면 심부름 값으로 하라면서 돈 아끼지 말고 택시로 다녀오라고 남자가 말한다. 간절함이 담긴 남자의 눈길에 무얼 하려는지 묻지 않고 소례는 돈다발을 받는다. 어린 아이를 혼자 집에 두고 가는 엄마처럼 시내로 나가는 소례의 발걸음이 무겁다. 바로 옆 호실에 기거하는 노인에게 부탁은 했으나, 가는 귀가 먹은 노인이어서 안심이 되지 않

는다. 나갔다 오는 동안 조금 전처럼 발작을 하면 어쩐다지? 걱정이
되어 소례는 바쁘게 서둔다. 병이나 고칠 생각을 해야지. 느닷없이 사
진기는 어디에 쓰겠다고. 남자가 생각하는 일을 다 이해할 수 없지만
그게 남자에게 희망을 줄 수 있는 물건이라면 다행이라고 소례는 돌려
생각한다.

남자 말대로 택시를 불러 왕복으로 다녀오니 다행히 남자는 곤하게
자고 있다. 소례는 상점 주인이 이보다 더 좋은 카메라는 어디에도 없
다고 추천하던 디지털 카메라를 남자 머리맡에 놓는다. 그리고 카메라
옆에 남은 돈도 나란히 놓는다. 아무리 돈이 많대도 이렇게 펑펑 쓰다
가는 죽기 전에 바닥을 볼지도 모른다는 괜한 걱정이 앞섰기 때문이
다.

소례는 간이주방에 있는 수납장을 열고 작은 여행용가방을 꺼낸다.
이곳에 온 후로 남자에게서 받은 사례비가 고스란히 담겨있는 가방이
다. 오늘도 남편은 이것이 눈앞에 어른거려 안달하고 있을 것이다. 하
루하루 불어갈 아내의 돈 가방을 기억해내고 억울해하고 있을지도 모
른다. 마치 자신의 돈을 강탈당한 사람처럼. 지퍼를 열자, 돈다발이
내뿜는 비릿한 냄새가 훅 끼친다. 그 냄새가 부글거리는 위장을 자극
하는 바람에 소례는 헛구역질을 한다.

'엠병할! 이게 도대체 뭐기에……'

그렇게 말하면서도 지금 이것마저 없으면 자신을 지탱해줄 아무것
도 없다는 생각이 들자, 소례는 얼굴이 벌게진다. 자신의 속마음을 들
킨 것 같아 가방을 제자리에 황급히 넣는다는 것이 그만 잡고 있던 수
납장 문고리를 놓치고 만다. 그 바람에 수납장 문이 쾅, 소리를 내며

저절로 닫힌다.

눈을 뜬 남자가 몹시 기다린 것처럼 소례를 반긴다. 그러더니 뜬금 없이 밖으로 나가자고 조른다. 무슨 병으로 그리 피폐해졌느냐고 호기 심에 찬 시선으로 묻는 사람들에게 신경질적으로 반응하는 남자는 이 곳에 온 후 한 번도 밖으로 나가지 않았다. 그런데 오늘은 별일이네. 하는 생각이 들었지만 소례는 별 말 없이 남자가 하자는 대로 한다. 휠 체어에 앉힌 다음 가벼운 모직 스카프로 남자의 어깨를 감싼다. 행여 차가운 바람 자락이 숭숭 구멍이 뚫린 남자의 폐를 자극하면 발작이 올지 모르기 때문이다. 휠체어를 탄 남자는 소례에게 방금 사온 카메 라를 달라고 손을 내민다. 오랜만에 바깥 구경을 하며 풍경 사진이라 도 찍으려나? 카메라를 받아드는 남자의 손이 유난히 창백하다.

휠체어를 조심스럽게 밀며 밖으로 나온다. 찬 공기에 숨이 차오르 는지 남자가 마른 기침을 한다. 소례는 준비한 마스크를 얼른 남자의 입에 씌운다. 어차피 남자에게는 생소한 곳이겠기에 소례는 행선지를 묻지도 않고 휠체어를 민다. 뒤뜰의 텃밭을 지난다. 남자는 카메라의 렌즈에 한쪽 눈을 들이대고 줄곧 이리저리 살핀다. 소례는 삼림욕장으 로 가는 입구에 만들어진 정자 앞에서 잠시 멈춘다. 이곳은 소례가 입 주한 노인들로부터 궁금증을 풀던 유일한 곳이다.

돈 없는 사람은 이런 곳에 절대 오지도 못해. 입소 보증금이 얼마나 비싸다고. 월 관리비는 또 얼만데. 나도 아들이 대주어서 왔지, 내 배 짱으로는 어림도 없다니까. 이곳에 부모를 맡긴 자식들은 비싼 비용을 들이고 있는 만큼 그것으로 할 도리는 다하고 있다고 생각들 할 거여.

겉으론 잘 둔 자식 자랑을 하는 것 같았지만, 노인들의 표정은 하나같이 쓸쓸함이 배어났다.

삼림욕장으로 오르는 샛길로 접어들자, 공기가 한결 싱그럽다. 등산로 양쪽으로 빽빽하게 들어찬 굴참나무 숲을 따라 한참 들어가니 소리의 근원지인 용소폭포가 보인다. 소례는 걸음을 멈추고 휠체어의 남자를 살핀다. 너무 멀리 나오지나 않았는지 내심 걱정이 된다. 이곳저곳을 살피던 남자가 여기가 좋다는 표시로 손을 젓는다. 뭔가 말하는데 마스크를 쓴 남자의 말소리는 폭포에서 떨어지는 물소리에 묻혀 전혀 들리지 않는다. 소례는 남자 가까이 가서 귀를 바짝 기울이자, 이곳에서 사진을 찍자는 말이다.

남자가 내미는 카메라를 받아, 소례는 폭포수를 배경으로 남자의 전신을 찍는다. 이쪽저쪽으로 방향을 바꾸어 몇 컷을 누르는데, 남자가 소례를 다시 부른다.

"얼굴을 크게 찍어야지. 영정사진으로 쓸 건데, 배경이 무슨 필요가 있다고."

차갑도록 이성적인 표정의 남자 말에 소례는 자기도 모르게 부르르 진저리친다. 죽음을 준비하는 남자의 모습이 어쩐 일인지 쓸쓸하게 보이면서도 아름답다. 돈과 명예를 쉽게 내려놓을 수 있는 용기는 어디서 오는 것일까? 렌즈를 남자 얼굴 가까이 대자, 얼굴이 선명하게 잡힌다. 렌즈를 통해 바라보는 남자의 표정은 비교적 평안하다. 소례가 카메라의 셔터를 막 누르려고 할 때, 남자는 검지와 장지로 브이 자를 만들어 가슴 앞으로 올린다. 마치 꼬마들이 카메라 앞에 섰을 때 반사적으로 취하는 포즈처럼.

'엠병할! 초상 마당을 장식할 영정사진에 승리를 가리키는 브이 자가 무슨 가당키나 헌가?'

괜히 마음이 상한 소례는 사진기를 탁, 소리 나게 접고, 휠체어 손잡이를 잡는다.

시니어타운 가까이 당도했을 때, 소례의 마음은 저절로 풀린다. 자신이 그렇게 화를 낼 일도 아니라는 생각이 들었기 때문이다. 그래서 굴참나무 숲 한 쪽에 마련된 동물농장 쪽으로 방향을 튼다. 토끼, 오리, 닭, 거위, 그리고 비둘기들이 넓게 울타리를 친 우리 안에서 땅을 헤집으며 먹이를 찾고 있다. 오염되지 않은 자연 환경 탓인가. 동물들은 한 우리에서 사이좋게 공생하고 있다. 울 한쪽에 휠체어를 세우고 소례는 다시 남자의 얼굴을 카메라에 담는다. 정면에서, 우측에서, 좌측으로 이리저리 각도를 잡는데, 남자는 아예 딴 짓이다.

남자의 관심은 오로지 비둘기에 가 있다. 구구구구. 처음에는 비둘기가 내는 소리인줄 알았다. 그런데, 그것이 남자가 비둘기를 부르는 소리였음을 소례가 눈치 챈 것은 놀랍게도 비둘기 한 마리가 남자의 손바닥에 내려앉아서였다. 둘 사이의 다정한 모습이 신기하여 소례는 급하게 카메라의 셔터를 누른다. 그 사이 비둘기는 남자의 손바닥을 먹이인 것처럼 몇 번 쪼아대더니 울안으로 날아가 버린다. 잠깐 사이에 벌어진 일인데 남자는 마치 꿈을 꾸듯 얼이 빠져 한동안 손바닥을 내려다보고 있다.

방으로 돌아와 침대 가에 놓여있는 돈을 발견한 남자가 소례 쪽으로 던지며 벌컥 화를 낸다.

"제발 주는 대로 받을 순 없는가? 자식 놈은 내 건강은 아예 뒷전이고 이 돈을 찾아내려고 눈알이 벌건데……, 무슨 놈의 여자가 돈을 싫대! 내겐 돈 뿐이란 말이야. 아무런 희망도 없는 내가 지금 유일하게 할 수 있는 일인데……, 마지막 인생의 길동무가 되어 준 고마움에 대한 마음인데……. 응석처럼 좀 받아 주면 안 되는가? 죽기 전에 이 돈을 다 쓰고 싶단 말이야. 내 손으로 이 돈을……."

식식대며 침대 가에 붙어선 남자가 베게 밑 부분에 있는 매트의 지퍼를 신경질적으로 열어젖힌다. 두 겹으로 매트를 감싼 포가 펼쳐지며 매트 위에 쫙 깔린 돈다발이 보인다. 헤아리기 힘들 만큼 많은 양의 지폐더미를 보고 놀란 소례의 입은 다물어지지 않는다. 왜 돈을 거기에? 미처 묻기도 전에 남자는 지퍼를 올린다. 기다시피 침대에 오른 남자는 지폐가 든 매트위에 몸을 부리듯이 눕더니 눈을 감아버린다.

소례는 남자가 던져 바닥에 흩어진 지폐를 한 장 한 장 줍는다. 소례가 쓰고 싶어도 없어서 마음대로 써보지 못한 돈을 남자는 쓰지 못해 안달이다.

'엠병할! 좋아, 좋다고! 어디 주는 대로 덥석 덥석 받을 것잉게 마음대로 써 보라고.'

소례는 수납장에 넣어둔 가방을 꺼낸다. 한 달 동안 남자에게서 받은 지폐가 헌신문지에 돌돌 말려 들어있다. 소례는 신문지를 펼친다. 그동안 헤아리지도 않아 액수도 알 수 없는 지폐 뭉치에 남자가 던진 돈을 보탠다. 그리고 다시 신문지로 뭉텅 그려 싸두려는데, 수십 마리가 떼로 앉아있는 비둘기의 사진이 소례의 눈에 띈다.

사진 위에 '비둘기 배설물에서 검출된 크립토코쿠스균의 실체'란 제목이 큰 글씨로 적혀 있다.

'비둘기들이 아이들의 놀이터를 장악했다. 아이들이 떠난 놀이터에는 비둘기의 배설물과 깃털만 가득 차있다. 그런데·놀랍게도 그 배설물에서 검출된 크립토코쿠스균이 인체에 침입하면 폐질환과 뇌수막염을 일으킬 수 있다는 것을 대학 교수팀이 입증해냈다.'

기사의 내용을 읽어가던 소례는 신문지를 들고 남자 곁으로 바삐 다가간다.

"전에 아까처럼 비둘기와 논 일이 있어라?"

소례가 묻자, 눈을 감고 있던 남자가 놀란 듯 눈을 크게 뜬다. 그걸 어떻게 알았느냐는 낯빛이다. 소례는 신문지를 내밀며 기사를 가리킨다. 읽어가던 남자의 얼굴이 조금 밝아진다.

"이제 병명은 알고 죽을 수 있겠구먼."

"엠병할! 병명을 알면 살지 왜 죽는 다요?"

소례는 남자를 향하여 팩 쏘아붙인다.

젊었을 적엔 열심히 버느라 외국 여행은 꿈도 꾸지 못했다고, 결혼 이십년 만에 부부가 처음으로 동남아여행을 떠났다고, 여행지 중 한 나라엔 비둘기가 참 많았다고, 비둘기에게 먹이도 주며 부부는 멋진 추억을 만들었다고, 그런데 부부에게 똑같은 병의 증상이 나타났다고, 전국에 용하다는 병원이나 한약방을 다 돌았지만 누구도 정확한 병명을 알아내지 못했다고, 결국 이년 전에 아내가 먼저 하늘나라로 갔다고, 남자는 목에 걸린 소리로 띄엄띄엄 얘기한다.

병원에 가서 그런 내용을 말하고 자세하게 다시 검사해보자는 소례의 재촉에도 남자는 서두르지 않는다. 하늘나라에 있는 아내를 따라

가고 싶은 마음 때문인가. 매트에 들어있는 돈을 놓고 갈 수 없어 그러는 것인가. 이런 저런 생각이 들었지만 소례는 굳이 묻지 않는다.

　남자의 머릿속 사진을 자세히 살피던 의사가 고개를 갸웃거린다. 의사 생활 삼십년에 이런 경우는 처음이라는 의사의 말에 소례는 가슴이 덜컹 내려앉는다. 이번에도 원인을 찾을 수 없단 말인가. 담당의사는 소례에게 보호자냐고 묻는다. 소례가 고개를 젓자, 빨리 보호자를 부르라고 한다. 그렇지 않아도 소례가 병원으로 오면서 남자의 아들에게 연락을 했으나, 바빠서 갈수 없다는 대답만 들었다. 며느리마저도 소례에게 알아서 해 달라고 했으니 다시 연락해도 올 사람은 없을 것이다. 미국으로 이민을 떠났다는 딸의 연락처도 모르니 난감하다. 어쩔 수 없이 소례는 의사에게 보호자가 되겠노라고 자청한다. 의사는 소례 앞에 수술 동의서를 펼쳐놓는다.

　"아무래도 열어봐야 확실할 것 같습니다. 숨뇌와 연결된 척수에 뭔가가 움직이고 있는데, 그것이 도대체 무엇인지 사진 상으론 구별이 안 되고 있어요."

　수술 동의서에 자신의 이름을 써넣는 소례의 손이 자꾸 떨린다. 큰 수술을 저 몸으로 견디어낼까? 혹 잘못되어 다시는 볼 수 없지는 않을까? 경망스럽게 떠오르는 불안을 없애려고 소례는 두 손을 모은다. 아무에게나 매달려 빌고 싶다. 수술실로 들어가는 남자의 손을 소례가 꼭 쥐어 준다.

　시간이 꽤 지났는데 무슨 일이 벌어졌는지, 수술실에서는 감감무소식이다. 의자에 앉지 못하고 초조하게 어정거리던 소례의 입에서 탄식이 터져 나온다.

"엠병할! 사람은 말년 복을 잘 타고나야 좋다는디……."

간호사의 이 만석 보호자 분? 하고 부르는 소리에 소례는 급하게 수술실로 들어간다. 소례 앞에 의사가 내민 건 기이한 모습의 유충 두 마리다. 살레 안에서 곰지락거리는 벌레를 가리키며 의사는 희한해 한다.

"요놈이 그렇게 오랫동안 척수 속에서 살고 있었다니, 도저히 믿을 수가 없군요. 알에서 번데기로 번데기에서 유충으로 탈바꿈하며 척수로 통하는 신경 로를 막고 있어 하반신을 쓸 수 없었던 거죠. 내 의학적 지식으론 상상조차 할 수 없는 일이예요. 아무튼 이놈을 제거했으니, 이제 차츰 좋아질 겁니다."

아직 마취에서 깨어나지 못한 상태인 남자를 건너다보며 의사는 가운을 벗는다. 수술실을 나가는 의사에게 고맙습니다. 고맙습니다. 무엇이 고마운지 깨닫지 못한 채 소례는 몇 번이고 머리를 조아린다.

남자가 회복실에서 병실로 옮긴 다음, 소례는 시니어 타운에 다녀오겠노라고 말한다. 병원에서 사용해야 할 여러 가지 일용품을 챙겨오기 위해서다. 남자는 소례에게 돈도 같이 챙겨오라며 방 열쇠를 내민다.

남자가 기거하던 십삼 평형 현관문이 비죽이 열려있다. 아들이 왔나? 현관문을 열고 들어가며 누구 왔어요? 소례가 소리친다. 그러나 아무런 기척이 없다. 거실에 별다른 이상이 없음을 확인한 소례는 안방 문을 연다. 아! 발가벗겨진 매트가 방바닥에 뒹굴고 있다. 이걸 어쩌나? 도대체 누가 이런 짓을? 소례는 얼굴로 뜨거운 기운이 확 뻗질러 오른다. 떠오른 생각에 그만 화들짝 놀란다.

"엠병할! 그 작자 짓에 틀림없어. 쳐들어온다고 협박을 하더니 기어코 이런 일을 저질러? 내 이놈의 인간을 아작 내버리고 말 것이고만!"

소례는 실버타운 주차장에 시동이 걸려있는 셔틀버스에 급하게 오른다. 집에 당도하니 남편은 속 편하게 웃찾사 재방송을 보며 혼자 히히거리고 있다. 들어오는 소례를 본 남편은 만면에 희색을 띠며 염치없이 손을 내민다. 남편의 내민 손을 홱 뿌리치며 소례가 윽박지른다.

"그게 어떤 돈인디 손을 대. 손을 대길! 빨리 내 놓아야 쓸것여. 파출소에 신고허기 전에 말여!"

"이 여편네가 돌았나?"

소례는 잠시 남편을 살핀다. 거금을 손에 쥔 사람치고 너무 태평스럽다. 그렇다면 돈을 훔쳐간 사람은 남편이 아니란 말인가. 소례는 잠시 눈을 감고 혼란스런 머리를 가다듬는다. 도대체 어떻게 된 일인지 감이 잡히지 않는다.

"됐구먼! 아니라니 천만다행인겨!"

"왔으면 내놓고 가야헐 것 아녀?"

바삐 돌아서 나가는 소례에게 남편이 소리친다. 집을 나온 소례는 잠시 망설인다. 이대로 병원에 갈 수는 없다. 불행하게도 몇 시간 전 소례는 거금을 눈으로 확인했다. 돈을 어디에 숨겨놓고 쓰는지 아는 사람이 당연히 의심받을 것이 아닌가. 소례는 갑자기 무서워진다. 아니라고 아무리 발뺌을 해도 믿어주지 않으면 옴팍 덮어쓸지도 모른다는 생각이 들자, 온몸에 오소소 소름이 돋는다.

시니어 타운으로 돌아온 소례는 먼저 옆 호실에 사는 노인을 찾는다. 남자 집에 누가 찾아왔었느냐고 큰소리로 묻는다. 가는귀가 먹은 노인은 고개를 설레설레 흔든다. 건물을 관리하는 사무실에 들러 똑같은 질문을 한다. 그러자 사무원은 이상하다는 듯이 소례에게 되묻는다.

"그렇지 않아도 계속 연락을 했는데, 통화가 안 되더군요. 아들이 갑자기 이민이 결정되었다면서 내일까지 입소 보증금을 빼달라고 하는데 그 사실은 알고 계시죠?"

"보증금을 빼달라고 혀요? 증말 이민을 간다고 허든가요?"

되묻는 소례를 사무원이 이상하다는 듯 빤히 바라본다. 사무원에게서 어떤 정보도 알아내지 못한 소례는 돌아와 남자가 사용할 물품을 챙긴다. 치약, 칫솔, 면도기, 비누, 수건, 수저, 젓가락, 휴지를 차근차근 쇼핑백에 담는다. 그리고 남자의 속옷을 찾으러 안방으로 들어간다. 팬티 서너 장을 손에 들고 안방을 나오던 소례의 눈에 낯선 물체가 잡힌다. 언제부터 이것이 여기에? 한 달 동안 드나들었어도 발견하지 못하던 것이 벽걸이 에어컨 옆에 붙어있다. 그렇다면? 소례는 무서운 생각을 떨쳐버리려고 고개를 절레 절레 흔든다.

'그럴 리가 업써. 사업하는 아들은 부자라고 혔는디, 아녀. 절대 그럴 리가 업써.'

시니어 타운에 들면서 아들이 이방만을 고집했다고 언젠가 지나가던 말처럼 무심코 내뱉던 남자의 말을 소례는 떠올린다. 명치끝에 고드름이 매달린 것처럼 소례는 정신이 번쩍 든다. 그렇다면? 수술을 한다고 연락해도 나타나지 않던 아들과 며느리는 그 시간에 무엇을 하고 있었단 말인가?

소례는 갑자기 심한 복통을 느낀다. 화장실로 뛰어 들어간 스례는 변기에 앉자마자 시원스레 쏟아낸다. 일주일 동안 뱃속에서 진을 치며 시위를 하던 변이 한순간에 밀려 나온다. 쾌변의 상쾌함에 빠진 소례는 잠시 고민에서 벗어난다. 인간이 마음대로 할 수 있는 일이 도대체 얼마나 될까? 순응하는 자세로 사는 것이 바로 행복이라는 평범한 진리를 소례는 변기에 앉아 깨닫는다.

한 손에 남자가 병상에서 사용할 일용품을 넣은 쇼핑백을, 다른 손에 한 달 동안 사례비로 받은 지폐가 든 여행용 가방을 들고 소례는 천천히 아주 천천히 실버타운을 빠져나온다. 그녀의 귀에 대고 저음의 아나운서가 속삭인다.

"당신은 지금 바람의 눈을 통해 어떤 세상을 만나고 있습니까?"

쉘 위 댄스

　여자가 춤을 춘다. 두 눈을 살며시 내리감고 팔랑팔랑 가볍게 스텝을 밟는다. 여자의 동작은 격정적이지 않으며 결코 서두르지 않는다. 격렬한 동작을 요구하는 댄스곡이 흘러나왔을 때나 발라드풍의 곡에도 여자의 춤동작은 비약이 없다. 그래서일까. 여자는 무도회장을 나르는 푸른 나비 같다.

　여자는 주변에 관심을 두지 않는다. 오로지 율동 자체에만 몰입한다. 언제나 여자의 시선은 스텝을 밟고 있는 자신의 발을 따라다닌다. 여자는 결코 자리에 와 앉는 법도 없다. 디스코에서 지르박으로 넘어갈 때도 트로트에서 룸바로 곡이 바뀔 때에도 여자의 춤사위는 멈추지 않는다. 리듬 속에 빠져 몸으로 표현하는, 마치 삶의 찌꺼기를 정화시키는 경건한 자세로 살풀이 하듯 춤을 춘다. 여자에게 잘못 다가섰다가 그만 살풀이가 끝나고 푸르르, 나비처럼 날아가 버릴 것 같은 우려 때문인지 사람들은 그녀에게 손을 내밀기를 두려워한다.

여자를 리드하고 싶은 열망에 빠진 남자들이 간혹 여자 앞에 다가와 손을 내밀면 자연스레 손을 잡고 돌기도 한다. 여자와 호흡을 맞춘 남자는 그녀의 자연스런 움직임에 놀란다. 남자가 리드도 하기 전에 여자가 먼저 날렵하게 몸을 돌리곤 하기 때문이다. 지치지도 않는지 곁눈질 없이 서너 시간을 쉬지 않고 춤을 춘다.

여자는 성인 나이트클럽 '맘모스' 의 단골손님이다. 드나들기 시작한 이래 여자는 하루도 빠진 적이 없다. 저녁 여섯시에 들어와 아홉시에 나간다. 어찌나 정확한지 다른 사람들에게 시계역할을 할 정도다. 여자에 대해 알려진 바는 거의 없다. 카바레에 오는 사람들은 대부분 자신의 노출을 꺼리며, 타인에게 무관심하기 일쑤다. 다만 그물망을 쳐놓고 걸리기를 기다리는 제비들은 제외하고.

여자를 유심히 관찰하고 있는 영태는 맘모스를 드나드는 제비 중 하나다. 백팔십 센티미터가 넘는 후리후리한 키, 군살 하나 없는 균형 잡힌 몸매, 준수한 얼굴엔 귀티가 흐른다. 그의 춤 솜씨는 제비 중 단연 돋보인다. 그가 이곳을 드나들게 된 것은 그리 오래 되지 않는다. 전에 둥지를 틀었던 나이트클럽이 문을 닫는 바람에 맘모스로 옮겨왔다. 맘모스는 이 도시의 강남이라는 불리는 곳에 자리 잡고 있다. 한쪽에는 넓은 평수의 아파트가 즐비하게 들어서있고, 다른 쪽엔 밤이면 형형색색의 네온사인이 불야성을 이루는 모텔들이 모여 있는 곳이다.

이곳으로 자리를 옮겨온 첫날, 제일 먼저 영태의 눈에 띤 사람이 여자였다. 영태는 눈에 띠었다고 해서 곧바로 부킹을 시도하지 않는다. 그것은 오랜 작업 중에 저절로 생긴 그 만의 비법이다. 익을 때까지 기다려라. 뜨거운 춤사위에 스스로 녹아내릴 때까지 기다리면 만사는 저절로 풀린다. 그렇게 기다리노라면 대부분 상대는 어렵지 않게 마음의 문을 연다.

그런데 여자는 다르다. 영태에게 시선조차 주지 않는다. 감미로운 음악에 맞춰 리드를 해도 그뿐, 달아오르거나 숨소리조차 변하지 않는다. 댄스 중 호흡은 매우 중요하다. 호흡은 매끄러워야하며 고르게 이어져야 한다. 따라서 숙달된 춤꾼이 되려면 복식호흡을 연습해야 한다. 그래야만 댄스의 지구력을 높일 수 있다. 그러고 보니 서너 시간 동안 쉬지 않고 스텝을 밟는 여자의 지구력은 대단하다. 영태는 여자에게 부쩍 관심이 높아진다.

영태가 부킹으로 새로 만난 의사부인과 왈츠스텝을 밟고 있는데, 여자가 들어온다. 오늘 여자의 옷차림은 다른 때와 다르다. 맘먹고 차려입은 모습이다. 까만 바탕에 흰무늬가 들어있는 투피스정장인데, 허리의 체인장식이 돋보인다. 특히 라틴화로 마감한 차림은 일단 주위를 압도한다. 가장 기초적이고 정직한 스텝을 밟는 초보자인 의사부인에게 싫증이 나고 있던 참이라 영태는 적당한 핑계를 대고 자리를 옮긴다. 영태는 여자의 옷차림에서 강한 예감을 받는다. 그녀는 오늘 아주 특별한 뭔가를 계획하고 있다는 것을.

닫힌 여자의 마음을 움직이게 만드는 중요한 열쇠가 바로 타이밍의 정확도이다. 가느다란 한줄기 빛이 스며들 정도의 틈만 보이면 그림자처럼 스며들어야 한다. 상대방이 미처 방어하기 전에 마음속에 파고들어 텅 빈 외로움을 어루만져 주어야만 효과가 크다. 대부분의 여자들은 한번 자리 잡은 그림자는 쉽게 쫓아내지 못한다는 사실을 영태는 경험으로 알고 있다.

영태가 정중하게 손을 내밀자, 여자는 선선히 손을 잡는다. 긴장하는지 손이 몹시 차다. 찬 느낌 때문에 영태의 손이 바르르 떨린다. 여자는 제 손의 차가움에 미안했던지 살짝 고개를 숙인다. 댄스 에티켓이 몸에 배어있다. 영태도 가볍게 예를 표한다.

삼십대 중반일거라는 소문의 여자는 나이에 걸맞지 않는 유연함으로 날렵하다. 디스코, 트로트, 룸바에 이어 탱고까지 어설픈 춤 솜씨는 아니다. 특히나 엇박자의 몸놀림에는 재치가 들어있다. 이런 상대를 만나면 상대방이 마치 연인인 것처럼 영태는 착각에 빠진다. 그럴 때는 얼른 심호흡을 하여 몸을 긴장시켜야만 한다. 그렇지 않으면 숨찬 호흡이 상대의 귀를 자극하여 불쾌하게 만들기 때문이다.

영태는 몸을 바짝 사려 긴장시키고 이어진 블루스 곡에 여자를 살포시 안는다. 여자에게서는 시큼한 땀 냄새가 난다. 웬일인지 그리 역겹지 않다. 차라리 땀 냄새를 없애려고 뿌린 향수냄새와 섞인 것보단 한결 편하다. 여자는 영태의 리드에 한 치의 오차도 없이 정확하게 움직인다. 삼각스텝에 리듬스텝을 가미한 블루스 리듬스텝을 자유자재로 구사하고 있다. 이 순간 오직 춤 속에서 살다 죽기를 바라는 사람 같다. 영태는 느린 춤곡을 출 때 상대와 귓속말을 금해야 한다는 법칙을 하마터면 깰 뻔했다. 여자와 무려 열두 곡이나 스텝을 밟은 영태는 이 바닥에서 몸을 굴린 자신보다 한결 윗길인 그녀에게 혀를 내두른다.

아홉시가 되자, 여자는 어김없이 자리를 털고 일어선다. 영태는 여자의 뒤를 따른다. 지금까지 해왔던 방법으로 영태는 여자에게 올가미를 씌울 참이다. 우선 남편의 존재를 확인하고, 품에 안겨있는 여자의 사진을 남편에게 보낸다고 협박하면 십중팔구 자진해서 돈을 찔러준다. 대부분의 여자들은 그랬다. 그들은 춤에서 얻는 황홀감으로 정신을 차리지 못하지만 그로 인해 가정이 파괴되는 것은 하나같이 두려워한다. 더군다나 춤바람이 나서 이혼을 당했다는 것을 수치로 여겨 비록 깊은 관계로 발전하지 않았을지라도 그들은 선불리 대항하려 들지 않는다.

빠른 걸음으로 빠져나가는 여자를 놓치지 않으려고 영태도 속도를 낸다. 여자는 그리 다급한 일이 없다는 몸짓으로 가로수 밑을 걷는다. 때때로 걸음을 멈추고 귀를 기울이는 모습이 따라오는 영태의 발걸음을 기다리는 것도 같다. 그렇다면? 오히려 내가 그녀의 유혹에 빠지고 있는 것이 아닌가. 그럴 리가……. 가로수 몸통 뒤로 재빠르게 몸을 숨기며 영태는 중얼거린다. 삼십분쯤 걸었을까? 여자가 건물 안으로 들어간다. 상가가 오밀조밀 들어찬 오층 복합건물이다.

올려다보니 상호들이 서로 경쟁이나 하듯 전면에 빽빽하다. 지하쪽으로 화살표가 길게 그려진 노래방 간판이 출입구 맞은편에 붙어있다. 일층에는 SK텔레콤, 통통 통닭, 24시 체인점 간판이 보인다. 다른 곳은 불이 다 꺼져있는데, 24시 체인점만 환한 불빛아래 점원이 카운터에 서서 무료하게 손님을 기다리고 있다. 이층은 산부인과다. 온통 이를 드러내며 환하게 웃고 있는 원장사진과 함께 한인숙 산부인과란 상호가 네온사인으로 감싸여 번득인다. 출입구로 빨려 들어간 여자의 모습이 보이지 않는다. 영태는 급히 엘리베이터 오름 단추를 누른다. 엘리베이터에 오른 영태는 잠깐 동안 갈등한다. 이대로 돌아갈까, 아니면 찾아볼 것인가. 그러는 사이 엘리베이터는 5층에 멈춰 선다.

영태는.5층에서 내린다. 어차피 맘모스로 다시 돌아갈 마음이 없으니 끝까지 가보는 수밖에 없다는 생각이다. 복도를 따라 안쪽으로 들어가니 아파트 출입문처럼 마주보며 여섯 개의 문이 있다. 문에는 어떤 표시도 붙어있지 않아 무엇을 하는 곳인지 언뜻 짐작할 수 없다. 감지장치가 붙어있는 절전용 전등은 영태가 지나갈 때마다 켜졌다 꺼지기를 반복한다. 몇 번 오락가락하며 살펴보았지만, 여자의 어떤 흔적이나 거취를 찾아내지 못한다.

영태는 다시 내려가는 엘리베이터를 탄다. 그리고 밖으로 나와 오층 건물을 올려다본다. 불이 켜진 곳이 바로 여자가 들어간 곳일 거라는 생각을 해낸 스스로에게 만족하여 영태의 얼굴에는 미소가 흐른다. 그런데 아무리 찾아도 체인점 외에는 불빛이 보이지 않는다. 마치 여우에게 홀린 것 같은 기분이 영태를 황당하게 만든다. 그러한 기분은 영태의 호기심을 더욱 강하게 유발시켰는데, 그것이 이대로 돌아갈 수 없다는 결심을 하게 만든다.

다시 건물 안으로 들어온 영태는 삼층과 사층을 마저 더듬어 볼 생각이다. 천천히 사층 복도를 걸어 들어가던 영태는 오른쪽 두 번째 문 안에서 새어나오는 소리를 감지한다. 춤이 바로 생활이기도 한 영태의 귀는 소리에 극도로 예민하게 길들여져 있다. 개의 후각이나 청각이 인간의 몇 십 배 발달되어 있다는 연구 결과가 있다. 만약 영태의 청각에 대해서도 그런 연구가 이루어진다면 음악이나 리듬에 관한 한 놀랄 만한 결과가 나올지도 모른다.

영태는 달그락거리는 소리가 들리는 출입문을 살며시 밀어본다. 문은 소리 없이 열린다. 그 바람에 영태는 자기도 모르게 놀란다. 그렇게 쉽게 열리리라고는 미처 생각을 못했기 때문이다. 열린 문 사이로 엷은 빛이 새어나온다. 어떻게 된 셈이지? 조금 전까지 건물에 불빛 하나 없었는데? 영태가 고개를 갸웃거리는데 칸막이로 막아놓은 안쪽에서 소리만 건너온다.

"여기까지 따라왔으면 들어오지 뭘 망설여요?"

여자는 이미 이럴 줄 짐작하고 있었단 말인가. 안쪽에서 밀려오는 서늘한 기운에 몸을 움츠리며 영태는 조심조심 발을 안으로 옮긴다. 교실처럼 확 트인 공간이 생각보다 넓다. 한쪽 벽면이 온통 거울로 장식되어있어 영태가 걸음을 옮기자, 마치 거울 속으로 빨려 들어가는 느낌이다. 휘둘러보았지만 여자는 보이지 않는다. 아! 영태는 이 방이 정육면체모양의 건물 뒤편에 위치하고 있다는 사실을 그제야 깨닫는다. 앞쪽에서 올려다본 건물에 불빛이 보이지 않았던 것이 단순히 위치 때문이었다는 것을 안 영태는 괜히 쑥스러워진다. 혹 여우에게 홀리지 않았는지 황당해했던 조금 전 자신의 모습이 떠올랐기 때문이다.

"그렇게 놀란 얼굴로 서 있지 말고, 의자에 앉아요."

칸막이 뒤에서 나오는 여자의 손에는 제법 큰 머그잔이 두개 들려있다. 엉거주춤 의자에 궁둥이를 붙이며 앉는 영태 앞에 여자가 불쑥잔을 내민다. 금방 탄 듯 모락모락 김을 올리고 있는 컵에서 진한 모카향이 풍겨온다. 이미 이렇게 되리라 예견한 사람처럼 여자는 영태에게 왜 왔느냐고 묻지 않는다. 마치 이 순간을 기다렸다는 얼굴 표정이다. 그렇다면 여자가 무엇인가 결행하려는 사람처럼 느꼈던 것이 괜한 의구심은 아니었나? 의구심으로 영태는 오싹 한기를 느낀다. 그 바람에 온몸에 두드러기가 솟는다.

영태는 커피를 한 모금 입에 물고 주위를 살핀다. 무슨 용도의 공간인지 언뜻 감이 잡히지 않는다. 거울로 장식된 벽면 반대쪽은 천정에서부터 바닥까지 커튼이 내리쳐져 있다. 출입구 한 쪽에 칸막이로 작은 공간을 분리해 놓았으며, 맞은편으로 세 쌍의 창문이 있다. 창 위쪽 유리창에 고딕체의 글씨가 붙어있을 뿐이다. 영태는 희미한 불빛으로 겨우 명암만 드러나는 글씨를 읽어보려고 애쓴다. 밖에서 읽을 수 있게 써 논 글씨는 안에서는 좌우가 바뀌어 읽기가 쉽지 않다. '습,교, 스,댄,룸,블' 겨우 떼어서 읽었는데 이번에는 무슨 뜻인지 알 수가 없다. 여자는 영태가 앞에 앉아있다는 사실을 잊은 것처럼 말없이 홀짝홀짝 커피만 마신다. 훌훌 소리 내어 마시던 영태가 숨은 글자를 찾아낸 기쁨에 들뜬 목소리로 불현듯 소리친다.

"블룸댄스 교습?"

여자의 얼굴에 살짝 미소가 스쳐 지나간다. 빈 머그잔을 들고 칸막이 뒤쪽으로 걸어가는 여자의 걸음이 유연하다. 슬로우, 슬로우, 퀵퀵. 마치 탱고 스텝을 밟듯 경쾌하다.

8분의 6박자의 탱고는 성적 매력을 가득담은 화려한 율동이다. 아르헨티나의 전통춤인 탱고를 영태는 2년여의 교습 끝에 프로댄서 자격증을 땄다. 얼마 전까지도 영태가 가지고 있는 사교댄서 자격증만으로도 카바레의 제비역할을 손쉽게 할 수 있었다. 그런데 최근에 춤의 종류가 부쩍 늘더니, 젊은 여성들의 춤에 대한 끝없는 도전은 영태의 댄서생활을 위협하고 있다. 차차차, 자이브, 룸바, 살사 등 그들은 보다 빠른 스텝에 열광한다. 그래서 이런 교습소가 잘되고 있다는 소문이 시중에 돌던데……. 자연스럽게 출입하는 것으로 보아 혹 원장? 아니면 강사? 그렇다면 여자는 왜 날마다 무도회장을 찾는 것일까? 복잡해지는 생각으로 영태는 혼란에 빠진다.

거울 속으로 보는 곡선이 드러난 여자의 엉덩이는 묘한 성적매력을 도발한다. 매끈하게 빠진 여자의 몸매가 거울 안에서 사라져 버리자, 영태는 잠시 시선을 어디에 두어야 할지 갈팡질팡한다. 불안한 마음이 솟자, 영태는 자기도 모르게 오른쪽 다리를 자발스럽게 떤다. 쉽게 고쳐지지 않는 고질적 습관이다. 덜덜 다리를 떨어대는 그 못된 습관은 어렸을 적부터 모든 이의 지탄거리가 되었다. 사내놈이 경망스럽기는……,아버지의 건조한 나무람. 그렇게 자발스럽게 다리를 떨면 오던 복도 달아난다. 찡그린 표정의 어머니의 꾸중. 제발 다리 좀 가만 둘 수 없어? 까다로운 누나의 질책까지. 식구들의 끊임없는 질책이 영태의 버릇을 없애기는커녕 더 심해지도록 만들었다.

꾸중과 질책 속에서 자란 영태에게 무도회장은 새로운 세계의 탈출구가 되었다. 춤을 출 때만은 모든 걱정이 한꺼번에 없어진다. 불안에 잠겨 다리를 떨어대지도 않고, 언제나 사람구실을 할꼬? 하는 우려 섞인 부모의 질책도 어느 순간 깨끗이 잊고 만다. 절망적이라고 생각되던 모든 걱정도 리듬에 온몸을 맡기다보면 자기도 모르게 긍정적으로 변한다. 춤으로 인한 신체가 느끼는 만족감은 불행하다는 생각을 한방에 날려버린다. 그것이 바로 끊을 수 없는 춤의 매력이라고. 미세한 감정절제는 댄스가 가진 미덕이 아니겠냐고. 그건 바로 댄서의 내면적 충일감이라고. 이렇게 춤의 마력에 힘껏 빨려든 영태는 지금은 굳이 자신을 제어하려고 하지 않는다.

어느새 나왔는지 생각에 빠져있는 영태 앞에 여자가 불쑥 손을 내민다.

"쉘 위 댄스?"

실내 곳곳에 걸려있는 스피커에서는 경쾌한 왈츠 곡이 흐른다. 여러 색으로 변하는 둥근 모양의 조명등이 점멸했다 켜지자 제법 분위기가 살아난다. 마치 콜라텍이나 성인텍에 온 것 같다. 영태는 여자의 손을 잡고 중앙으로 나선다. 정확한 스텝 핑 자세로 따라오는 여자를 이끌며, 영태는 왠지 조금 주눅이 든다. 그럴 필요가 없는데 춤 선생의 말이 다시 떠오른다. 모던의 대표적인 춤이라 할 수 있는 왈츠를 배울 때 춤 선생은 영태에게 언제나 강조했다.

― 앞으로 나갈 때 반드시 등을 이용해라. 배나 가슴을 앞으로 내밀고 나가서는 안 된다. 등이 몸 전체를 뒤에서 떠밀고 있다는 기분이 들도록 등으로 몸을 밀어라. 그것이 바로 스텝 핑의 첫 단계이다.

춤 선생의 엄격한 이런 교육이 영태에게 바른 몸놀림을 가지도록 만들었다. 그래서인지 손을 거쳐 간 여자들은 하나 같이 영태의 신사도가 베인 몸짓에 찬사를 아끼지 않는다. 그래서 서로 영태의 파트너가 되려고, 한번이라도 더 손을 잡아보려고 애를 쓴다. 지금 손을 잡고 있는 여자는 여러 번의 빠른 회전과 안겼다 떨어지는 춤사위를 자연스럽게 결합시키고 있다. 마치 영태와 파트너가 되어 멋지게 스테이지를 돌아보리라 작정하고 오랫동안 연습한 것은 아닌지 의심이 들 정도다. 여자의 몸짓에 영태는 순간적으로 강한 욕정이 솟아 몸을 부르르 떤다. 한 마리의 나비가 푸르르, 품 안으로 날아든 것 같은 착각에 빠진다. 영태는 자신을 다독이며 마무리 동작까지 흐트러짐 없이 끝마친다.

가쁜 숨을 내쉬며 여자가 의자에 앉는다. 영태도 빠르게 뛰는 심장의 가다듬으며 자리에 앉는다.

"당신, 제비 맞지요?"

여자가 영태를 정면으로 바라보며 당돌하게 묻는다. 제비라는 사실을 다 알고 있으니 다른 수작 부리지 말라는 경고인가?

"사모님, 아셨습니까?"

영태는 능청스럽게 대꾸한다. 이럴 땐 자폭해 버리는 것이 관계설정에 더 유리할 수 있다. 요즘 여자들은 대부분 솔직담백한 것을 좋아한다. 양파 속처럼 깔 때마다 속을 알 수 없는 사람을 이 바닥에서는 제일 재수 없어 한다. 비록 자신이 이용당했다는 사실이 밝혀지더라도 순순히 자백하면 통하는 게 또한 이곳의 불문율이다. 재수 좋으면 용기 있다. 남자답다. 라는 찬사와 함께 용서라는 선물도 받는다.

"체격이 톡톡히 한 몫 하겠는데요?"

영태의 몸매를 쭉 일별한 여자가 빙긋 웃으며 묻는다. 순간 영태의 얼굴에 불쾌한 표정이 뜬다. 고급 뚜쟁이인가. 내가 돈 많은 사모님들을 모실 남창의 표적이 된 것이 아닌가. 댄스교습 장으로 허가를 낸 다음, 뒤로 퇴폐영업을 하는 곳? 그렇다면 여자가 무도회장을 찾은 것은 영업의 한 수단이었겠군. 춤 솜씨와 멋진 몸매를 두루 갖춘 남자를 찾기 위한 방편으로 말이야. 그래서 오늘 나를 이곳까지 유인한 거야. 그렇게 생각하고 보니 길게 내려뜨려진 커튼 뒤가 영태의 눈에 비밀공간처럼 보인다.

"사람 잘못 찍었소."

"예?"

무슨 말인지 이해할 수 없다는 얼굴로 여자가 반문한다.

"나는 그런 사람이 아니란 말이요."

"당신이 어떤 사람인데요?"

"……"

여자의 물음에 영태는 선뜻 대답 할 말을 찾지 못한다. 영태가 무슨 생각을 하는지 여자가 모르듯이 영태도 여자에 관해 아는 것이 없지 않은가. 그렇다 해도 여자로 인해 떠오른 불쾌한 과거는 머릿속에서 쉽게 사라지지 않는다.

군대시절 김 병장은 영태의 숙적이었다.

—시벌. 좆같이. 일 센티미터만 더 작았더라면 저 새끼와 함께 있지 않았을 텐데. 일 센티미터가 문제야. 일 센티미터가.

김 병장은 자신의 작은 키에 좆같다는 욕설을 입에 달고 살았다. 일 센티미터만 작았더라면 군대에 오지 않았을 것이며, 그러면 영태와 만날 일이 없었을 거라는 통박이었다. 내무반에서 연병장에서 식당에서 영태와 부딪힐 때마다 부리부리한 눈동자를 굴리며 김 병장은 짜증을 냈다. 마치 늘씬하게 쭉 빠진 영태 때문에 자신의 키가 자라지 않은 것처럼 표시 나게 구박했다. 영태의 어깨 정도 닿은 김 병장은 키뿐만 아니라 체구 또한 볼품이 없었다. 가분수처럼 얹혀있는 큰 머리, 볼록 나온 배, 조선무처럼 탱글탱글한 작달만한 다리. 그래서 그에게 붙여진 별명은 '두꺼비' 였다.

영태는 되도록이면 김 병장과 부딪치는 것을 피하려고 애를 썼다. 이제 한 달만 참으면 되겠지. 그가 제대하고 자신도 한 계급 올라가면 군 생활이 조금 편해지려니 영태는 마음을 다독이고 있었다. 그런데 사건은 엉뚱한 곳에서 터졌다.

김 병장이 제대를 한 달 앞둔 어느 날이었다. 전날 저녁에 돼지고기

찌개가 배식되었다. 유난히 식탐이 많던 김 병장은 자기 몫의 두 배를 먹었다. 과식으로 인해 그는 배탈이 났고, 하루 종일 화장실을 들락거렸다. 그가 화장실 좌변기에 앉아 있다가, 일병 둘이 소변을 보며 주고받는 말을 우연히 듣게 된 것이다.

—두꺼비 말이야. 이 물건도 작겠지?

—짜식. 것도 말이라고 하냐? 당연하지. 히히.

낄낄거리며 일병들이 나갔다. 김 병장은 주먹을 불끈 쥐며 부르르 떨었다. 이 새끼들이! 어디 두고 보자.

그날 저녁, 내무반 공기는 된서리가 엉겨 붙듯 차게 얼어붙었다. 김 병장이 지시하는 얼차려는 오랫동안 계속되었다. 내무반 병사 거의 모두가 지칠 대로 지쳤을 때에야 김 병장이 영태를 불러냈다.

—너, 이 새끼 이리 나와!

—…….

—벗어! 새꺄. 대보자고!

혁대를 풀고 바지를 벗어던지며 김 병장이 소리쳤다. 무슨 까닭인지 알지 못한 영태가 머뭇대자, 김 병장은 영태의 뺨을 올려붙이며 윽박질렀다. 김 병장은 끝내 영태의 아랫도리를 벗겼고, 내무반 전원 앞에서 물건의 크기는 비교되었다. 크고 작고가 문제가 아니었다. 그때 느낀 수치심은 예상보다 오랫동안 영태를 괴롭혔다. 아직도 총각 딱지를 떼지 못했다고 한들 지금 세상에 누가 믿어줄 것인가.

영태는 더 이상 머물기 싫다는 불쾌한 표정을 감추지 않고 자리에서 벌떡 일어선다. 지금까지 작업할 여자를 고르는데 이렇게 빗나간 적이 없었는데, 생각할수록 화가 치민다. 이제 이 바닥에서 은퇴할 시기가 온 것인가. 갈수록 나이가 어려지고 있는 바닥에서 서른을 넘긴 영태가 버틸 수 있었던 것은 오로지 제비로서 보기 드문 산뜻한 자기관리 덕분이라고 자신했는데. 오늘 여자는 영태를 비참하게 만들고 있다. 구두를 신고 있는 영태의 등에 대고 여자가 말한다.

"춤에 대해 진지하게 이야기를 나눌 상대가 되리라 생각했는데,…… 제가 오해를 했군요. 안녕히 가세요."

실망스럽다는 어조가 담긴 여자의 말에 영태는 멈칫 그 자리에 선다. 지금까지 누구도 그와 춤에 대해 진지한 대화를 나누려하지 않았다. 부모나 형제까지도 고개를 흔들었다. 처음부터 제비가 될 마음은 없었다. 춤이 좋아서 그에게는 춤이 해방구여서 춤을 추었을 따름이었다. 아무도 이해해주지 않아서, 외로워서 춤에 더 몰입할 수밖에 없었다. 그런 그를 가족들은 마치 전염병을 옮기는 벌레 보듯 멀리했다.

"춤에 대해 이야기하자고요?"

"그래요. 괜찮다면요."

영태는 못이기는 척 다시 돌아와 의자에 걸터앉는다. 그리고 할 말이 있으면 해 보라는 표시로 여자에게 고개를 끄덕인다. 여자가 잠시 숨을 고르더니 영태에게 묻는다.

"당신은 왜 춤을 추나요?"

"춤을 출 때만은 나를 발견할 수 있으니까……. 제비가 아니라 오로지 나 영태로 돌아갈 수 있으니까……."

"맞아요. 춤은 자신이 원할 때, 자신의 기분에 도취되어 움직일 때 가장 아름답지요. 온몸에 끓어오르는 감정이 몸을 통해 드러날 때 그 춤은 감동을 주지요. 자신에게나 또는 보는 이에게나 말이죠. '쉘 위

댄스'라는 영화 보셨나요?"

"그럼요. 다섯 번이나 보았는걸요."

"역시……. 그럴 줄 알았어요."

여자는 자신의 예상이 맞은 것에 기분이 좋아졌는지 손뼉을 칠 것처럼 좋아한다. 댄스교사인 폴리나가 주인공 존에게 룸바 교습을 해주면서 말한 대사가 너무나 가슴에 와 닿아서 영태는 무려 다섯 번이나 보러 갔었다.

—룸바는 사랑의 춤이죠. 수평적인 삶을 수직으로 표현하는 것이라 할 수 있어요. 이렇게 여자를 자기 쪽으로 당길 때는 그 순간이 영원히 머물 것처럼 표현해야 하고, 여자를 밀 때는 당신 가슴이 찢어질 정도로 아프다는 느낌을 가지고 밀어내야 돼요. 그리고 더 중요한 것은 마무리지요. 여자로 인해 자신의 삶이 파멸된 것처럼 이렇게 힘차게 밀어버려야만 멋진 마무리가 되는 거지요.

주인공 폴리나의 이 대사는 영태가 춤을 출 때마다 한동안 머리에서 떠나지 않았다. 춤에 대한 교감으로 감정이 누그러진 영태가 이번에는 여자에게 묻는다.

"그 쪽은 춤을 출 땐 어떤 기분이 들지요?"

"일종의 소멸이요……. 전기가 흐르는 것처럼 춤을 출 때만은 나를 둘러싼 모든 것을 잊을 수 있어요. 나를 스쳐간 수많은 남자들의 체취도……."

그렇게 들어서 그런지 여자의 목소리가 잘게 떨린다. 그렇다면 정말로 여자는 자신의 과거에 대해 살풀이를 하려는 걸까? 영태는 문득 여자가 가엾어진다. 그런 감정 탓인지 영태의 입에서는 생각지도 않은 말이 튀어나온다.

"지금 내게서 뭘 원하죠?"

영태의 물음에 여자는 살짝 얼굴을 붉힌다.

"맘모스에 다닌 건 진정으로 춤을 몸으로 사랑하는 사람을 찾고 싶어서였지요. 그런데 지금까지 찾을 수 없었어요. 그들은 하나같이 육체의 욕망을 풀기 위하여 그곳을 드나들고 있어요. 행위하며, 움직이며, 살며, 기뻐하며 춤추는 욕망을 통 털어 댄스라 하지만 제 생각은 달라요. 〈무용이란 디오니소스적인 것의 아폴론적 완성〉이라고 정의한 독일의 철학자 니체의 말이 내겐 더 가슴에 와 닿아요. 디오니소스의 제전은 도취와 황홀경 속에서 신과의 완전합일을 갈구하는 열광적인 것이라면, 아폴론적이란 절제와 균형, 조화, 질서 등의 이성의 원리라고 할 수 있는데, 정말 춤은 정반대인 두 의미가 합쳐서 완성되는 것이라는 얘기지요.…… 다른 욕심은 없어요. 두 달 후에 있을 블룸댄스 경연대회에서 파트너가 되어 완전 합일의 춤을 추고 싶을 뿐이에요. 들어주시겠어요?"

여자의 얼굴에 간절함이 또렷하다. 그거였구나. 여자는 그런 부탁을 들어줄 사람을 찾느라 오랫동안 기회를 엿보았구나. 살풀이를 펼칠 마지막 파트너가 필요했구나. 그런 생각을 하면서도 영태는 선뜻 동의하지 않았다. 영태가 미처 대답도 하기 전에 여자가 칸막이 뒤로 몸을 숨긴다. 칸막이 뒤쪽에서 한동안 부스럭대는 소리가 난다. 그러더니 소리가 뚝 그치고 찰칵, 버튼을 누르는 소리가 들린다. 잔잔한 배경음악이 흐른다. 도대체 여자는 지금 무엇을 하는 것인가. 궁금증이 일어 영태가 일어나 칸막이 쪽으로 향하려는데 느닷없이 여자의 목소리가 들려온다. 부드러운 목소리로 시를 낭송하며 여자가 칸막이 안에서 나온다.

슬픈 노래가 너를 천국에 데려다 주지는 않는다/ 슬픈 노래 흐를 때 슬픈 노래 지긋이 밟고 빙글 멋지게 스테이지 한가운데로/ 이 세상과 우리 사이 발이 있다/ 하나님은 발이 없지/ 막달레나 마리아도 내 발을 닦아 주었다/ 미스터 J 춤을 추세요/ 당신의 발 너무 날렵해 날아다니는 것 같애/ 나는 날지 않았다/ 스텝을 밟으며 욕심 없이 발자국 지우며/ 슬픈 노래 가득 찬 세상 손을 내밀었지/ 한 번 추실까요, 아가씨?

영화 속 여주인공처럼 지그시 눈을 감고 시를 읊는 여자는 마치 딴 사람 같다. 검은 벨벳천의 드레스가 우아하다. 목둘레와 소매 끝 그리고 치마 끝에도 오색의 비즈가 반짝인다. 빨간 원 무늬가 박혀있는 겹겹이 폭이 넓은 풍성한 치마가 댄스 화를 덮고 있다. 여자가 영태에게 말한다.

"이윤택 시인이 지은 '춤꾼 이야기' 라는 시지요. 내 마음을 그대로 표현한 것만 같은 이 시를 나는 매일 낭송하곤 해요. 매일 매일 외우다시피 하는 시인데도 느낌은 날마다 달라요. 슬픈 날은 눈물이 날만큼 서럽게 가슴을 울리고, 기쁜 날은 희망이 가슴 가득 차곤 해요. 정말 이상하지요? …… 한 번 추실까요? 미스터 제이?"

앞에 다가선 여자가 시의 마지막 부분을 패러디하며 영태 앞에 손을 내민다. 영태는 여자의 손을 잡고 미끄러지듯이 스텝을 밟아 나간다. 삼바 리듬은 처음이다. 그런데도 연습한 것처럼 호흡이 척척 맞는다. 흠뻑 땀이 베일 정도로 영태와 여자는 춤에 빠져든다. 손으로 전달되는 여자의 체온이 뜨겁게 달아오른다. 영태는 무릎에서 골반으로, 이어서 전신으로 여자 쪽으로 힘을 보낸다. 뜨거운 춤사위에서 번지는 짜릿한 쾌감이 영태의 몸 안까지 퍼진다.

리듬이 갑자기 빠른 리듬으로 바뀐다. 스페인 집시풍의 기타, 노래, 손뼉소리가 한데 어울린 경쾌한 리듬이다. 플라멩코다. 스르르 영태의 품에서 빠져나간 여자는 이제 혼자서 춤을 춘다. 집시들의 방랑 문화에서 만들어진 독특한 형식의 음악은 진한 우수를 담고 있다. 리듬에 맞추어 손뼉을 치며 발을 구르고 있는 여자의 몸엔 점점 신기가 흐른다. 타란 타스가 빠르고 화려한 선율로 흘러나오자 갑자기 여자가 옷을 벗어 던진다. 검은 벨벳천의 드레스가 불빛에 흔들리며 발밑으로 빠져 나간다. 속살이 비치는 흰 시폰 홀더 탑에 검정 미니 랩 스커트로 감싼, 땀에 흠뻑 젖은 여자의 반라는 도발적이다. 영태는 구원을 염원하는 한 여자의 영혼을 훔쳐본다. 뱅뱅 돌아가는 서치라이트 불빛 아래 여자는 온 몸으로 붉은 춤을 표현하고 있다.

스테이지 한 가운데에서 여자는 계속 춤을 춘다. 두 눈을 살며시 내리감고 가볍게 스텝을 밟는다. 이제 여자의 의식 속은 오로지 춤 밖에 없는 것 같다. 차차차, 차이브, 룸바, 살사, 계속되는 춤곡에 여자의 동작은 자연스럽다. 마치 영태가 자신의 손을 잡고 리드해주는 양 여자의 춤동작은 끊어지지 않는다. 지금 여자는 어둠의 세상에서 밝고 걱정 없는 세상으로 빠져나온다. 마치 춤 속에서 살아가는 방법을 터득한 사람처럼.

간이 의자에 앉아 여자의 몸놀림을 감탄스럽게 바라보던 영태는 자기도 모르게 스르르 눈을 감는다. 어느 결에 댄스 복으로 갈아입은 두 사람. 가슴부분에 화려한 자수가 수놓아지고 프릴이 풍성한 검은색 상의에 금색의 스팽글로 화려하게 장식된 알라딘 팬츠를 입고 라틴 화를 신은 영태. 빨강색 짧은 비즈 탑에 검정색에 분홍색 줄무늬가 들어간 재즈 바지를 입고 은색반짝이가 든 살사댄스 화를 신은 여자. 쉘 위 댄스? 영태가 여자 앞에 당당하게 손을 내민다. 두 사람은 한 몸이 되어 스텝을 밟는다. 여자의 몸이 흔들릴 때마다 배꼽걸이가 영태에게 따뜻하게 말을 건다. 그 모습이 너무나 아름다워 숨통이 졸아드는 느낌에 아! 탄성을 지르며 영태가 눈을 번쩍 뜬다.

아직도 여자는 혼자서 스텝을 밟고 있다. 여자의 파트너가 되어 전국 블룸댄스 경연대회에 참가해서 받은 트로피를 높이 올리는 모습을 영태는 상상한다. 관중의 환호에 꽃다발 든 손을 번쩍 들어 답하는 모습이 눈앞에 떠올라 혼자서 빙긋이 웃는다.

영태는 춤에 흠뻑 빠져있는 여자를 방해하지 않으려고 살며시 현관문을 연다. 등 뒤로 현관문이 닫히자, 격정적으로 흐르던 살사춤곡이 뚝 끊긴다. 영태는 엘리베이터 속으로 가뭇없이 빨려 들어가 내려가기 버튼을 누른다. 밖으로 나온 영태는 주위를 살핀다. 여자를 위하여 뭔가를 준비하려는 자신이 영태는 못내 신기하다. 삼십 평생 처음으로. 불을 환하게 밝힌 24시 해장국집을 향해 영태는 가볍게 스텝을 밟는다.

슬로우 슬로우 퀵퀵.

쌍둥이바람꽃

현관문이 활짝 열려있다. 또 당신 짓이다. 당신은 보퉁이 한 개를 품에 안고 문을 나갔을 것이다. 빌어먹을! 나도 모르게 욕설이 터진다. 쿵 소리 나게 문을 닫는다. 죽던지 말든지! 중얼거리며 현관문 고리를 걸어버린다.

방안은 난장판이다. 농속 깊숙이 들어있던 철 지난 옷가지들이 나를 빤히 쳐다보고 있다. 흩어진 옷들을 농속에 아무렇게나 쑤셔 넣는다. 그러면서도 의식은 온통 밖을 향해 열려있다. 악연이야! 어금니를 꽉 깨물며 투덜댄다. 엊그제 사서 한번 입지도 않은 빨간색 물방울무늬 실크블라우스가 보이지 않는다.

— 도둑년! 내 옷 내놔. 이년아!

얼굴을 볼 때마다 당신은 내게 욕설을 퍼붓는다. 당신 앞에 나는 항상 도둑년이다. 한 이불속의 남편까지도 그렇게 믿고 있는 눈치다. 엄마는 무슨 옷 욕심이 그리 많수. 딸년까지 속 모르는 말로 질책한다.
설명을 해도 믿으려하지 않는 그들의 편협한 태도에 화가 난다. 그래
서 요즈음은 당신의 말을 아예 묵살한다. 날 잡아 잡수 하는 그런 내
태도가 당신 맘에 들지 않는지 또 트집이다.

— 자네 아는가? 저 도둑년이 이제 날 사람 취급도 하지 않는다네!

퇴근해 들어오는 남편을 향해 당신은 눈물을 글썽거린다. 남편은
사람 좋은 표정으로 마치 어린 자식을 돌보듯이 당신의 등을 감싸며
방으로 들어간다. 저녁 내내 그들은 방에서 나올 줄 모른다.

당신이 살림을 도맡은 무렵부터 나는 서서히 살림으로부터 멀어졌
다. 남편에 대한 수발마저도 당신 차지가 되었다. 맞벌이를 할 수 있다
는 조건에 나를 택했을까? 처음에 남편은 집안일에 전혀 소질이 없는
나에게 기대도 하지 않는 것 같았다. 반대급부로 얻을 수 있는 풍족한
씀씀이 덕분인지 모든 것을 이해하는 척했다. 그러나 살면서 충돌하는
사소한 일에도 으레 토를 달기 일쑤였다.

— 당신 말이야. 고모님 아니었음 어쩔 뻔 했어? 살림 잘 하겠다 애
들 잘 거두겠다. 저런 고모 둔 건 당신 복인 게야. 그 은공 잊으면 사람
도 아니지.

남편 말대로 걱정 없이 직장생활을 할 수 있도록 당신은 내게 큰 힘
이 되어주었다. 집안은 항상 반질반질 윤기가 흘렀으며, 친할머니이상
으로 두 아이를 돌보아주었다. 그 고마움에 나도 나름대로 최선을 다
했다. 비록 나는 시장 옷을 입을망정, 당신은 유명 메이커 옷을 사다드
렸다. 당신의 커다란 체구에 입혀진 메이커 옷은 남대문시장 냄새가
폴폴 풍겼지만 말이다.

처녀 적 한동안 당신 오빠 집에서 자취를 했었다. 워낙 작은 동네였기 때문에 당신에 대한 소문은 여과되지 않고 전해져왔다. 첫날밤도 치르지 못하고 소박맞았다네. 그려! 쯧쯧. 그러게 그게 어디 여자 몸이라 할 수 있어야제! 집채만 한 여자를 품에 안을 장사는 없을 것여. 그랑게 뭐시냐. 첨부터 그 새색시가 그랬던 건 아니잖여. 처녀 적엔 그려도 통통한 거시 보기 좋아단 말이시. 서로 죽고 못 사는 사람을 떼어논 게 병폐였던 것여. 좋아하는 남자를 못 만나게 헝게 사정없이 먹어댔고, 그게 다 살이 되고 만 거랑게. 그건 그렇고 인자 어쩐당가. 남편이란 사람이 겁에 질려 첫날밤에 달아나 버렸는디. 돌아 올리는 없고 말여. 그런 소문을 달고 당신은 친정에 와 있었다.

　남편의 퇴근시간 전에 당신을 찾아야 한다. 그런 생각이 들자 한결 초조해진다. 그러나 나는 느근하게 마음먹기로 작정한다. 당신의 가슴에 남편이 달아준 명찰이 있을 것이다. 마치 초등학교 입학식에 참석한 일학년 꼬마처럼. 주소와 연락번호가 또렷하게 새겨진 밑에 '연락 주시면 후사하겠습니다' 라는 문구덕분에 당신은 항상 제자리로 돌아온다. 곧 누구에게서든 연락이 올 것이다. 당신을 발견한 대부분의 사람들은 친절하게 집까지 모시고 온다. 그중에 데려가라고 연락하는 사람도 있기는 하지만, 대부분은 세상에는 마음 착한 사람이 더 많습니다. 하는 가장된 얼굴로 대문 앞에 서 있곤 했다. 그들은 남편이 내민 사례금을 겸연쩍은 표정으로 두어 번 사양하다 거의 모두 슬그머니 돈을 받는다. '이것을 바라고 한일은 절대 아니었는데' 라고 중얼거리며…… 그리곤 당신에게 안타깝다는 표정을 애써 지으며 떠난다.

　당신에 대한 걱정을 밀치며 청소기를 돌린다. 구석구석 쌓인 먼지가 흡입구로 빨려 들어간다. 당신은 기억을 모조리 어디로 날려버린 것일까? 아니 정말 당신은 모든 것을 깡그리 잊기는 한 것일까? 나를 골리려고 남편과 짜고 연극을 하고 있는지도 모른다는 생각이 문득 든다. 전화벨이 울리는 것 같다. 얼른 청소기 스위치를 내린다. 갑자기 밀려든 정적에 가슴이 섬뜩해진다.

청소를 마치고 저녁을 준비한다. 아직까지 아무데서도 연락이 없다. 점점 초조해진다. 정말 당신이 어디 가서 죽었는지도 모른다는 생각이 들자 갑자기 무서워진다. 남편에게 연락을 해야 하나? 허둥대고 있는데 초인종이 울린다. 도어비디오폰에 뜬 남편의 얼굴이 벌겋다.

"나야."

격앙된 남편의 목소리다. 얼른 문을 열지 못하고 있는데, 역정이 밴 남편의 고함소리가 들린다.

"빨리 문 열라고!"

남편 옆에 불안스럽게 눈동자를 굴리며 당신이 서있다. 보퉁이를 품에 꼭 안은 당신은 어린아이 같다. 남편은 취조관처럼 닦달한다.

"항상 살펴보라고 했잖아? 나가는 것도 모르고 도대체 집안에서 무엇을 하고 있었던 게야?"

애써 변명하지 않는다. 어차피 남편은 내 말을 이해하려 하지 않을 것이다. 더군다나 옆집에 갔었다고 하면 지청구만 들을 게 뻔했다.

"저년이 내 옷을 도둑질해 간다우—"

당신은 품안의 보퉁이를 빼앗기지 않으려고 더욱 꼭 안으며 남편에게 하소연한다. 그 보퉁이에는 빨간색 물방울무늬 실크블라우스가 들어있을 것이다. 순간적으로 그 보퉁이를 빼앗아 펼쳐보고 싶어진다.

내가 산 블라우스를 남편 눈앞에 들이대고 싶었으나 참는다. 당신과의 헛된 싸움에 나는 너무 지쳐있다.

밥상 앞에서도 당신은 보퉁이를 내려놓지 않는다. 행여 채어 갈까봐 전전긍긍한다. 잘 지키고 있을 테니 걱정 말고 밥을 드시라는 남편의 말에도 믿지 못하겠다는 듯이 눈알을 번득인다. 참지 못하고 밥그릇과 수저를 들고 나온다. 딸아이가 있을 때는 곁에서 같이 먹어 주었는데 이제 혼자서 먹어야 된다. 남편은 자상한 아들이 되어 당신의 수발을 들고 있을 것이다. 내가 치매에 걸려도 남편은 저렇게 자상하게 거둘까? 갑자기 밥알이 목에 걸린다. 왜 남편은 나를 믿지 못하는지 모른다. 고모보다는 아내가 더 살가우련만. 같이 근무했던 이선생의 말이 귓가를 맴돈다.

— 자기부부는 합이 들지 않았기 때문이래. 합이 들지 않은 관계는 사람 힘으론 어떻게 할 수 없대. 그러게 옛날엔 첫날밤에 소박맞는 사람이 좀 많았어? 그게 다 궁합이 맞지 않은 때문이래. 속는 셈치고 비방을 한번 써봐! 내가 잘 아는 점쟁이 집이 있어.

단골점쟁이에게 깜빡 빠져있던 그녀는 내가 속병을 토로할 때마다 권했지만 믿지 않았다. 사람끼리 교감하는 정이 부적을 지닌다고 생길 리가 없지 않은가? 꾸역꾸역 입안에 밀어 넣은 밥을 채 삼키기도 전에 남편이 밥상을 들고 나온다.

"미련스럽기는! 과일이나 내 와!"

커다란 체구에 어울리지 않은 작은 눈동자가 비웃음을 가득 담은 채 말한다. 남편에게 나는 누구일까? 내가 얻은 것은 과연 무엇인가? 직장 생활하랴 자식 키우랴 바쁘던 시절에는 들지 않던 생각들이 시도 때도 없이 머릿속에서 엉클어진다. 먹다 남은 밥을 밀쳐놓고 과일을 씻는다. 쟁반에 받쳐 들고 들어가니, 당신은 구석에 내려놓았던 보통이를 다시 끌어안는다. 남편 앞에 과일 접시를 밀어놓고 말없이 방을 나온다. 문틈사이로 당신의 욕설이 따라 나온다.

"도둑년! 내 옷을 모조리 훔쳐 간 나쁜 년!"

당신이 이상해 진 것이 그 사건 이후였다. 우리가 매달 준 돈을 당신은 통장에 차곡차곡 모으고 있었다. 노년에 다른 사람에게 추한 모습 보이지 않으려면 얼마간 돈이 있어야 한다면서 당신은 열심히 모았다. 같이 산지 이십년이 넘으니 꽤 많이 모아졌으리라. 그러던 어느날, 첫날밤에 당신을 버린 남편이 새 장가를 들어 낳은 아들부부가 찾아왔다. 이제부터 당신을 모시겠다는 것이었다. 당신은 감동의 눈물을 보였다. 마치 내가 그동안 당신을 무지하게 학대라도 한 냥, 모두들 보는 앞에서 결별의 말을 했다.

— 자식 가지고 유세부리는 자네 모습 정말 눈 뜨고 보아주기 힘들었어. 너만 자식 있더냐? 이제 나도 아들이 해주는 따뜻한 밥 먹고 살껴! 눈칫밥이 어찌 살로 간다더냐?

끙— 소리를 내며 커다란 체구를 일으키더니 당신은 뻐기면서 그들을 따라갔다. 그랬는데 반년도 채우지 못한 채 당신은 병을 안고 돌아왔다. 물론 당신은 그간의 사정을 설명해 주지 못했지만 우리는 짐작했다. 그들이 노린 것은 당신명의의 통장이었을 테니까.

당신의 그 펄펄하던 기세가 사뭇 죽어있었다. 다시 돌아왔을 때는 나도 직장을 그만 두었고 아이들도 다 자라 당신의 손을 빌리지 않아도 될 형편이었다. 그 사실을 언뜻 상기시키자 남편은 버럭 화를 냈다.

— 그걸 지금 말이라고 하는 거야? 달면 삼키고 쓰면 뱉는다더니 이제 병들어 우리에게 도움이 되지못하니 내치겠다고? 그런 맘보를 쓰면 천벌 받지. 암 천벌 받고말고.

마치 천벌이 내 머리에 쏟아지기를 간구라도 하듯 남편은 말했다. '천벌요? 왜 내가 받아야 하나요?' 목구멍까지 기어 나오는 대답을 꿀꺽 삼켰다. 노년을 위해 모았던 당신의 통장을 가로챈 당신의 아들도 퍼렇게 살아있는데 내가 왜?

일어나보니 남편자리가 비어있다. 당신이 기거하는 방문을 열어본다. 못내 안쓰러워서였던지 남편은 모로 구부린 채 당신 곁에서 잠들어있다. 남편은 가끔 당신 방에서 잔다. 그것은 나에 대한 항의표시다. 잠자리거부에 대한 불만을 남편은 그렇게 표현한다. 어디서 보았던가. 남편하고 잠자리가 죽도록 싫더라는 글을 읽으면서 많이 공감했던 기억이 떠오른다. 무엇이 남편과의 사이에 벽을 만든 것인가. 정말 이선생 말대로 합이 들지 않아서일까?

언젠가 동호회모임에서 섹스가 화제에 오른 적이 있었다. 언니! 언닌 일주일에 몇 번이나 하우? 대답을 하지 못하고 나는 얼굴이 발개졌다. 웬 일이니? 언니 저 얼굴 발개지는 것 좀 봐! 언니가 뭐 숫처녀우? 그런 말에 그렇게 부끄러워하면 말한 내가 쑥스럽지 않우? 그러자 다른 회원들이 동조를 하며 시시덕댔다. 난 말이야. 날마다 남편이 품어주지 않으면 잠이 안 오걸랑? 네 남편 끝내준다. 우리 껄작은 말이야. 한 달도 좋고 두 달이 가도 내가 대시하지 않으면 올라오려고 하지도 않는다고. 뭐 피곤하대나? 지가 세상 일 혼자 다 독차지한 것처럼 말이야. 그러면서 그들은 낄낄거렸다. 그러더니 그 중 하나가 내 귀에 대고 속삭였다. 언니도 애인하나 사귀어 봐요! 곰삭은 세상이 하루아침에 팔딱팔딱 뛰어오르는 싱싱한 생선 같은 생활로 변할 거니깐. 그들은 나와 다른 세상에서 살고 있었다.

"당신, 오늘 어디 나가지 않을 거지? 고모님 혼자 두지 말라고."

남편은 출근하면서 당부를 잊지 않는다. 행여 또 당신을 버려두고 들꽃모임에 가지 않을지 걱정이 되어서 일게다. 나는 대답하지 않는다. 직장을 그만둔다고 했을 때 처음으로 남편이 관심을 보였다.

— 일하던 사람이 갑자기 집에 들어앉으면 우울증이 온다고 하던데, 취미생활을 찾아 봐!

선뜻 나서지 못하고 있던 차 남편의 말에 용기를 내어 '들꽃사랑' 이라는 동호회에 가입했다. 주일에 한번 가까운 산이나 들로 나가 들꽃을 감상하거나, 한 달에 한번 조금 먼 산으로 탐사를 하는 모임이다. 이제야 사는 것 같았다. 취미생활에 폭 빠져들던 무렵 당신이 우리에게 돌아왔다. 둘이만 있을 때 이해심을 보이던 남편은 당신이 돌아온 후로 돌변했다. 당신이 우리를 돌보아 주었으니 이제부턴 우리가 당신을 돌보는 것이 순리라고, 취미생활은 뒤로 미루는 것이 좋겠다는 암묵적인 강압이었다. 당신이 바로 내 숨통을 조이고 나선 것이다.

당신이 있는 방문을 열어본다. 당신은 아직 자고 있다. 가슴에 꼭 끼고 잠들어있는 보퉁이가 눈에 띈다. 보퉁이에서 내 옷을 찾아내고 싶다. 당신의 품에서 조심스레 보퉁이를 빼낸다. 보퉁이를 빼앗긴 당신이 몸을 뒤척인다. 깜짝 놀라 손을 멈춘다. 다행히 당신은 눈을 뜨지 않는다.

살그머니 거실로 나온다. 보퉁이의 매듭을 푼다. 보퉁이 안에 묶여

있던 옷가지가 기지개를 펴듯 거실에 깔린다. 얼마 전 일박이일로 지리산 들꽃탐사에 갈 때 입으려고 샀던 분홍색 카디건이 보인다. 그 옷을 찾으려고 몇 번이나 농속을 뒤졌는지 모른다. 끝내 찾지 못하고 사파리를 걸치고 나간 그날 내내 기분이 나지 않았었다. 예상대로 실크 블라우스도 있다. 대부분 내가 아끼는 옷들이다. 호리호리한 내 몸에 맞는 옷은 육중한 당신 몸에 들어가지도 않는다. 그런데 당신은 왜 내 옷만을 감추는 것일까? 나는 보퉁이에서 분홍색 카디건과 실크 블라우스만 꺼낸다. 나머지 옷들을 주섬주섬 다시 챙긴다.

잠이 깨기 전에 얼른 제자리에 가져다두어야 한다. 손을 빨리 놀린다. 그때 옷가지사이에서 물체 하나가 도르르 마루로 구른다. 동그랗게 뭉친 손수건이다. 안에 뭔가 들어있다. 문득 당신이 나 모르게 모아두었을 값진 보석인지도 모른다는 생각을 한다. 얼마나 꼭꼭 여며두었는지 매듭이 쉽게 풀리지 않는다. 한참동안 애를 써서 풀었다. 예기치 못한 것이 눈앞에 펼쳐진다. 잠시 내 눈을 의심한다. 풀꽃이 손수건 가득 들어있다. 시든 것, 싱싱한 것들이 섞여있지만 낯익은 풀꽃이다. 자운영, 민들레, 냉이꽃, 패랭이꽃, 애기똥풀, 봄까치꽃, 그리고 개망초까지. 도대체 당신은 이것들을 어디서 가져온 것인가? 풀꽃은 당신을 처음 만난 때를 떠오르게 했다.

내가 처음 부임한 학교는 면소재지에 있었다. 지금처럼 교통이 발달된 때가 아니어서 학교 옆 동네에서 자취를 했다. 방과 후 또는 집에 가지 않은 휴일에 야산에 자주 오르곤 했다. 그것이 계기가 되어 논둑이나 산마루에 지천으로 깔려있는 풀꽃의 매력에 푹 빠지게 되었다. 이름도 모르면서 작고 앙증스런 자태에 감탄을 하던 그때 나처럼 풀꽃에 흠뻑 빠져있던 당신을 만났다. 그때 당신은 왜 들꽃에 미쳐 있었을까? 질긴 생명력을 가진 민초처럼 살고 싶었을까? 질박한 삶이 펼쳐질 앞날을 예견했기 때문일까? 아니면 들꽃과 연관이 있는 애절한 첫사랑에 관련된 무슨 사연이 있었던 것일까?

나는 문득 정신을 차린다. 당신이 깨어나기 전에 보퉁이를 가져다 놓아야 한다. 문 여닫는 소리에 깼는지 당신이 눈을 뜬다. 내 눈과 마주친다. 잔뜩 겁을 먹은 눈이 불안하게 보퉁이를 찾는다. 품에 꼭 안고서야 안심이 된 듯 중얼거린다.

"밥 줘. 이년아! 내가 어서 굶어 죽기를 바라는 독한 년! 에이 퉤 퉤."

당신이 나를 향하여 뱉은 침은 돌아서나오는 내 등에 정확하게 달라붙는다. 순간 나는 당신을 돌아본다. 내 눈에 번진 시퍼런 살의를 보았는지 당신이 눈길을 피한다.

당신만 죽어 없어진다면, 당신만 이 집에서 나가 준다면……, 어느 순간 악마처럼 내 심장을 붙들고 놓지 않는 숨어있는 속마음에 소스라치게 놀란다. 쿵, 밥상을 내려놓자 내 굳은 표정을 흘깃흘깃 훔쳐보던 당신이 순순히 밥을 먹는다. 그럴 때는 제정신이 돌아오는 것처럼 보인다.

주방으로 돌아온 나는 라디오볼륨을 높인다. 거실까지 쿵쿵 울리도록 소리를 키운다. 가슴속에서 뜨거운 불덩이가 치밀어 오른다. 개수대에 쌓인 그릇을 벅벅 문지른다. 그래도 금방 터질 듯 커진 불만은 해소되지 않는다. 내가 미쳐. 이러다간 정말 미치고 말 거야. 가슴이 뛰고 온몸이 후끈 달아오른다. 남편도 밉고 당신은 더욱 보기 싫고 견딜 수가 없다. 감옥 같은 이곳에서 탈출하고 싶다.

― 언니! 바람꽃을 본 적 있나요? 이번에 북방계 식물인 만주 바람꽃을 내장산에서 발견했대요. 함께 가서 바람꽃과 얘기 나누지 않을래요?

내장산에서 발견된 바람꽃탐사를 같이 가자는 총무의 전화를 며칠 전에 받았다. 내 사정을 전혀 모르는 총무는 동행하기를 적극 권했다. 집안일로 참가하지 못하겠다는 뜻을 이미 전했지만 정말 가고 싶었다.

혼자서 성깔을 부리던 나는 문득 떠나자고 마음먹는다. 지금 바람꽃을 보지 못하면 일 년을 기다려야 한다는 생각이 들자 그만 참을 수가 없다. 총무에게 내일 있는 참사에 참가하겠노라고 전화를 한다. 총무는 기다렸다는 듯이 좋아한다.

전화기를 내려놓고 당신 방으로 들어간다. 잠이 든 당신을 본다. 육중한 몸매를 가진 당신의 숨소리는 체구에 걸맞지 않게 가냘프다. 당신이 우리 집에 온 이후 명색이 처녀인 당신 앞에서 우리부부는 사랑 표현도 제대로 못했다. 어쩌면 당신의 우람한 그림자 속에 우리부부의 사랑이 성장을 멈추어 버렸는지 모른다. 당신만 없어지면 당신의 큰 그림자 속에서 벗어날 것만 같다는 생각을 한다. 당신과의 이별을 준비해야겠다. 당신과 내가 같이 살기 위해선 그길 밖에 없다는 생각을 시퍼런 날로 가슴에 새긴다. 모질어지기 위해 당신에 대해 남아있는 애증을 뚝뚝 끊어버린다.

욕조에 따끈한 물을 받는다. 로즈마리 허브를 탕 안에 푼다. 한숨 자고 난 당신의 육중한 몸을 끌어 탕에 밀어 넣는다. 코끼리처럼 거대한 당신의 몸을 씻기고 나면 파김치가 되고 만다. 당신은 내 뜻대로 몸을 움직여 주지 않는다. 옷을 갈아입히는 대도 흠뻑 땀에 젖는다. 오랜만에 머리까지 가뿐하게 빗어 올려준다. 그런 나를 당신이 빤히 쳐다본다. 감추어 둔 마음을 들킨 것처럼 그 시선에 흠칫 놀란다.

잠금 고리를 밖으로 걸고 집을 나선다. 최후의 만찬을 준비해기 위해 시장으로 향한다. 당신이 좋아하는 도미를 고른다. 없는 솜씨를 발휘해 도미찜을 만들 것이다. 남편이 좋아하는 홍어도 한 마리 산다. 매우 얼큰하게 탕을 끓이리라. 나를 위해선……. 찾는 것이 쉽게 눈에 띠지 않는다. 달래, 냉이, 돌미나리, 쑥 등은 보였지만 씀바귀는 없다. 먹고 나면 뒷맛이 씁쓸해서 입맛을 돋우어주는 씀바귀를 무쳐 한 입 먹어보리라. 시장 안을 뺑뺑 돈다. 주섬주섬 챙긴 양념거리가 든 시장바구니가 꽤 무겁다. 시간이 많이 지나지 않았는데 웬일이지 자꾸 불안해진다. 집으로 돌아오는 걸음을 재촉한다. 골목에 사람들이 모여 있다. 웬일이지? 불안한 마음에 심장이 터질 듯 방망이질을 한다. 급히 뛰다보니 장바구니에서 양념거리가 떨어져 땅바닥에 뒹군다.

"하마터면 큰일 날 뻔 했지 뭐예요."

나를 발견한 옆집 순이 엄마가 쪼르르 달려와 말한다.

"무슨 일인데요?"

"들어가 보세요. 글쎄 할머니가……."

집안으로 뛰어든다. 아직 빠지지 않은 매캐한 연기가 집안에 가득 차있다. 아침에 먹다 남긴 고등어조림을 담은 냄비가 까맣게 탄 채 바닥에 뒹굴고 있다.

"글쎄, 정신 나간 노인네를 그렇게 혼자 두고 나가면 어쩐대요? 이 사라도 가야지. 어디 불안해서 살 수가 있나 원.……"

따라 들어온 순이 엄마가 눈치를 살피며 중얼댄다. 그녀 아니었으면 불이 크게 번졌으리라. 그러나 항상 생색으로 말빚을 다 갚아버리는 그녀에게 고맙다는 말을 하지 않는다.

당신은 거실에 나와 해바라기를 하고 있다. 나를 보고도 욕설을 뱉지 않는다. 빤히 쳐다보는 당신의 동공이 동굴 속처럼 컴컴하고 깊다. 연민의 싹을 칼로 도려내듯 당신을 외면한 채 빠르게 말한다.

"저녁엔 좋아하는 도미찜 만들어 드릴게요."

반응이 없다. 부엌으로 들어가 사온 재료를 다듬기 시작한다. 거실에서는 아무런 소리가 들리지 않는다. 도미찜, 홍어탕, 봄나물이 맛깔스럽게 밥상에 놓인다. 남편이 돌아오는 소리가 들린다.

당신과 남편 앞에 상을 가져다놓는다. 남편이 놀란 표정을 짓는다. 말없이 당신 곁에 앉아 준비한 턱받침을 목에 둘러준다. 잠시 내 손을 거부하는 시늉을 하던 당신은 순순히 따른다. 당신이 뜬 밥 위에 색색으로 고명을 올린 도미찜 접시에서 가장 맛있는 쪽 살을 발라 올려준다. 당신이 순종하며 받아먹는다. 남편은 아직도 놀란 표정을 얼굴 가득히 담은 채 그런 나를 주시한다.

"어서 식사하세요. 당신이 좋아하는 홍어탕도 끓였어요."

남편은 어—하며 어색하게 대답을 하더니 수저를 든다. 당신의 밥 위에 다시 고기를 얹어준다. 남편의 다정스런 목소리를 오랜만에 듣는다.

"고모님 수발은 내가 할 테니 당신도 같이 먹지 그래."

나는 고집스레 하던 일을 멈추지 않는다. 가끔 물도 마시게 하고, 천천히 씹어 삼킬 것을 당부도 한다. 밥상을 물리고 과일까지 깎아 올린다. 남편은 어안이 벙벙한 표정을 감추지 못하고 있다. 당신과 나의 달라진 태도를 어떻게 해석해야 할지 난감한 듯. 내 자리를 찾고 말 거야. 나는 소리 없이 비수를 간다.

남편이 출근하자마자 당신을 채근한다. 좋은 곳에 데려가겠노라며 옷을 갈아입힌다. 남편이 정성스럽게 만들어 달아준 이름표는 떼어 장롱 위에 올려놓는다. 그런 나를 당신이 빤히 쳐다본다. 당신의 시선을 무시한 채 앞장설 것을 종용한다. 당신은 뭔가 미진한 듯 미적거린다. 현관까지 따라 나오던 당신이 방으로 다시 들어간다.

"빨리 나오지 않으면 혼자서 갈 거예요?"

당신이 들어간 방에 대고 소리친다. 당신이 보퉁이를 끌어안고 휘적휘적 나온다. 보퉁이는 놓고 가야 데리고 가겠노라고 윽박지른다. 그러나 당신은 행여 빼앗길세라 보퉁이를 품에 꼭 안는다. 당신의 고집에 그만 단념한다. 당신을 앞세우고 회원들이 기다리는 장소로 가기 위해 택시를 탄다.

회원들이 다 모여 기다리고 있다. 우리는 십오인 승 렌터카를 타고 목적지로 향한다. 내 처지를 한눈에 알아 챈 회원들은 각기 다른 표정들을 짓는다. 고생 많으시군요. 내색을 하지 않아 전혀 몰랐어요. 남의 일 같지 않네요. 우리도 언제 저렇게 될지 누가 알겠어요? 지금부터라도 건강한 노년을 위해 애써야겠다는 생각이 드네요. 드러내 놓고 말은 없었지만 그들은 그런 뜻의 표정으로 위로한다. 시퍼렇게 간 비수를 감추며 변명한다.

"젊었을 적 고모님이 야생화에 관심이 많았어요. 그래서 일부러 모시고 온 거예요. 혹시 제 정신을 찾지 않을까 해서……."

그들은 이해한다는 듯 고개를 끄덕인다. 당신은 보퉁이만 끌어안은 채 말이 없다. 회원 하나가 당신에게 귤 하나를 내민다. 당신은 보퉁이를 빼앗으려 하는 줄 알고 꽥 소리를 지른다.

"도둑년들! 하나같이 작당하여 내 옷을 빼앗아 가려는 싸가지 없는 년들!"

귤을 내밀던 회원이 자지러지게 놀란다. 차안이 어색해진다. 보퉁이를 끌어안은 채 어느새 당신은 잠이 든다. 총무가 의식적으로 분위기를 띄운다.

"오늘 탐사 예정인 바람꽃에 대하여 몇 가지 안내해 드릴게요. 다 아시겠지만 바람꽃은 토종식물이죠. 종류로는 변산바람꽃, 숲바람꽃, 홀아비바람꽃, 꿩의바람꽃, 쌍둥이바람꽃, 회리바람꽃 등이 있어요. 오늘 우리가 찾아가는 꽃은 만주바람꽃이죠. 바람꽃에 대하여 더 알고 있는 사람 있나요?"

회원들은 잠시 두런두런 하며 서로 눈치를 살핀다. 그중에 하나가 아는 척한다.

"꽃대가 하나 밖에 없어 너무 외롭게 보여 홀아비바람꽃이라 붙이지 않았나요?"

그 말이 뭐가 우스운지 모두들 까르르 웃는다. 당신 때문에 가라앉았던 분위기가 상큼 솟아오른다. 총무가 이어서 설명한다.

"맞아요. 바람꽃은 특이하게 꽃을 피우지요. 꽃대 하나에 꽃이 하나씩 달려요. 그래서 바람이 조금만 불어도 흔들리기 때문에 바람꽃이라 이름 붙였다고 해요. 그런데 꽃의 세계에도 예외가 있나 봐요. 꽃대 하나에 두개의 꽃이 피는 쌍둥이바람꽃도 있으니까요. 홀아비바람꽃은 강원도에 많이 분포되어있고, 영월동강에는 꿩의바람꽃, 변산에는 변산바람꽃이 있어요. 그리고 지리산대청봉은 바람꽃 군락지를 이루고 있는 곳으로 유명하지요."

총무는 책임을 다하기 위하여 미리 조사해 왔는지 막힘없이 설명한다. 그녀의 설명을 들으며 새로운 풀꽃과의 첫 만남을 상상하자, 자꾸 가슴이 설렌다. 차는 J시로 들어가는 인터체인지를 지난다. 이제 곧 목적지인 내장산에 도착할 것이다.

주차장에 도착한다. 모두들 상기된 표정으로 차를 내린다. 내가 걱정이 되는지 총무가 눈짓을 한다. 걱정 말라는 표정을 지으며 손사래를 쳤다.

"먼저들 올라가요. 나는 천천히 오를 터이니."

아직 잠에서 덜 깬 당신을 곧추세우며 말한다. 그들은 바람꽃이 있다는 계곡을 향하여 발길을 재촉한다. 휘적휘적 비탈길을 걷는 당신의 모습이 위태롭다. 기우뚱거리는 모습이 금방 쿵하는 큰소리를 내며 무너질 것만 같다. 당신을 오솔길 옆 자그마한 밭두렁에 앉힌다. 쇠뜨기풀, 좀씀바귀, 자운영이 보인다. 작고 앙증맞은 봄까치꽃에 잠시 정신을 판다.

"아가씨도 들꽃을 좋아하세요?"

깜짝 놀라 당신을 본다. 들판에서 처음 만난 날 당신이 내게 묻던 말이다. 당신은 노란 민들레꽃송이에 대고 말하고 있다.

"나는 이 꽃을 무척 좋아하는데 아가씨도 좋아하세요?"

당신은 풀꽃이름을 재미있게 가르쳐 주곤 했다. 도라지꽃을 가리키며 이 꽃은 허기진 사람들을 달래주던 꽃이라고 했다. 그런가하면 개망초를 보고는 쌀밥 같은 꽃이라 하고, 부추꽃을 가리키며 사십대의 속빈 허기를 채워주는 꽃이라고 당신은 의미 있는 말도 했다. 애기똥풀을 가리키며 코딱지같잖여? 하며 호호 웃었다. 신이 나서 설명하는 그 시절 당신은 들꽃박사였다. 아니 들꽃시인이었다. 어떻게 그처럼 알맞은 표현을 찾아하는지 속으로 감탄했었다. 자연히 집에 가지 않는 주말이 많았다. 당신과 들판을 쏘다니며 들꽃에 빠져들었다.

회원들이 올라간 반대쪽으로 당신을 재촉하여 산길을 오른다. 뒤뚱거리며 뒤를 따르는 당신이 열심히 중얼거린다.

그대 어느 산그늘에 붙잡힌/ 풀꽃같이 서 있는지/ 내 몸에 산그늘 내리면/ 당신이 더 그리운 줄을/ 당신은 아실랑가요// 대체 무슨 일이다요/ 저 꽃들 다 져불면 오실라요/ 찬바람 불어오고/ 강물 소리 시려오면/ 내 맘 어디 가 서 있으라고/ 이리 어둡도록 안 온다요/ 나 혼자 어쩌라고/……

중얼거리는 당신의 눈가가 촉촉해진다. 아직도 첫사랑을 잊는 못하는 당신의 마음이 짙게 베어난다. 언제부터인가 나는 들꽃에 관하여 쓴 시를 모으고 있었다. 모았을 뿐 한 편도 외우지 못하고 있는데 당신은 언제 외웠는지……. 어쩜 당신은 정신을 완전히 놓은 것은 아닐는지도 모른다는 생각을 한다.

한참을 오르니 펑퍼짐한 곳에 묏자리가 보였다. 당신을 그곳에 앉힌다. 한동안 당신은 여기에서 풀꽃과 대화할 것이다. 나는 회원들이 간 쪽으로 뛰다시피 걷는다. 막 내려오려는 회원들 사이에 끼어든다. 하얀색으로 봉실 벌어진 바람꽃이 나를 향해 웃는다. 그 바람꽃 송이에서 당신을 본다. 잠시나마 잊었던 아니 잊고 싶었던 당신인데.

이곳에 앉혀 두고 잠깐 올라갔다는 말에 걱정이 된 회원들은 뿔뿔이
헤어져 당신을 찾는다. 끝내 찾지 못하고 회원들이 하나 둘 모인다. 어
둠이 밀려들자 그들은 초조감을 감추지 못한다. 나는 회원들에게 먼저
들 가라고 말한다. 너무 걱정 마세요. 찾겠죠. 뭐. 위로의 말을 남긴
채 그들은 떠난다.

공원 입구에 앉아 어둠이 내리는 모습을 지켜본다. 산속의 공기가
꽤 서늘하다. 온몸에 소름이 돋는다. 막차가 끊기면 집에 가기도 힘들
것이다. 그러나 당신을 버려두고 온 것을 알면 남편은 가만있지 않을
것이다. 어찌해야 하나. 이제 곧 막차가 떠날 터인데……. 떨리는 손
으로 시집간 딸의 집 전화번호를 돌린다. 딸의 목소리가 들린다. 두려
움으로 울먹인다.

"애야. 어떡하면 좋으냐? 늬 고모할머니를 잃어버렸단다."

딸은 별로 놀라지 않는다.

"엄마, 할머니가 집을 나가도 다시 돌아오시잖아? 이름표가 있는데
무슨 걱정이야. 엄마. 막차 놓치지 말고 어서 집으로 들어가세요."

"그게……. 그게 말이다. 오늘은 이름표를 집에 떼어놓고 왔거든.
어쩌면 좋으냐?"

딸은 잠시 말이 없다.

집으로 들어서자 남편은 사나운 눈길로 쏘아본다. 남편의 눈길을
피하며 더듬대며 변명한다.

"고모님이 들꽃을 좋아하시니까……. 혹 들꽃을 보면 기억을 찾을
지도 모르겠다는 생각으로……"

"그래 좋아. 그랬다고 쳐. 그랬다면 고모님 곁을 떠나지 않았어야

지! 그 정신없는 분을 혼자 두고 간 이유가 뭐냐고? 그리고 이름표도 떼어놓고 갔다며? 당신 혹시 그렇게 잃어버린 척 고모님을 버릴 생각 아니었어?"

"그 진절머리 나는 소리. 고모님, 고모님. 이제 그만 부르라고요. 내가 살기 위해선 그 방법밖엔 없었다니까요. 알겠어요? 잃어버리고 산 나 자신을 찾고 싶었다고요."

순식간에 벌어진 일이었다. 남편은 내 뺨을 후려쳤고, 나는 쓰러졌다. 눈물은 나지 않았다. 웬일인지 마음이 편해졌다. 남편은 전화기 옆에서 안절부절못하며 어디선가 울려올 당신의 소재 확인을 기다린다.

'너 이년! 네 년이 날 버려? 천벌 받을 년!'

어디선지 환청처럼 들려오는 당신의 음성. 정나미 떨어지게 노려보는 남편의 시선을 피해 방으로 들어와 버린다. 딸이 따라 들어온다. 고모할머니로 인해 가정에 온기가 사라졌음을 딸도 느꼈을 것이다.

"당신 정말 고모님을 유기할 마음은 아니었겠지? 설마—."

방으로 따라 들어와 다시 확인하는 남편을 노려본다. 앞에 있는 그는 믿고 따를 사람이 아니었다. 우리의 관계가 왜 이렇게 어긋났을까? 불신으로 가득 찬 관계를 끝내버리고 싶다.

"그래, 맞아요. 내가 버렸다고! 그러니 이제 당신이 날 버리면 되지 않겠어요?"

얼굴이 발갛게 달아오르며 손발이 벌벌 떨린다. 극도의 증오로 머리가 하얗게 비는 것 같다. 몸이 공중으로 붕 뜨는 느낌이다.

"이제 정신이 드우?"

딸아이의 얼굴이 희미하게 보인다. 병실 창밖으로 보이는 벚꽃이 어느 새 흐드러지게 꽃송이를 매달고 있다. 소슬한 바람결에 첫눈이 오는 것처럼 꽃잎이 휘날린다. 몸속에 있는 진액을 몽땅 품어 올려 피워냈다는 저 꽃들. 정말 아름답다.

깊은 산 숲속그늘에 피었던 쌍둥이바람꽃. 밑동은 하나인데 두개의 꽃대에 나란히 올라와 웃고 있던 꽃송이. 당신과 나는 쌍둥이바람꽃일까? 당신이 나 일수도 있고 내가 당신일 수도 있는. 남편을 밑동으로 나란히 핀 쌍둥이바람꽃처럼 당신을 닮아갈 내 모습을 본다.

빈 가슴이 서서히 아려온다.

빨강지갑

* 여자의 첫 번째 이야기

오랜만에 빨강지갑이 손에 들어왔다. 맨드라미꽃색깔인 빨간색이다.

꽤나 도발적인 색감이 성욕을 돋웠다. 사타구니에서부터 정수리까지 쓰나미처럼 밀려오며 전신에 퍼지는 성감으로 나는 몸을 부르르 떨었다. 두 번째 남자가 떠난 후 처음 느끼는 감정이었다.

몇 개월씩 끊겼다가 잊을만하면 찾아오는 생리의 후유증 때문인가. 그러고 보니 벌써 석 달째 월경이 끊겨있었다. 매달 유난을 떨며 찾아오는 생리의 고통 때문에 어서 끝나기를 바랐던 바였지만, 성욕도 같이 없어지리라고는 예상치 못했다.

마흔이면 물오른 버들개지처럼 촉촉함으로 농익을 나이이지 않은

가. 두 번째 남자가 떠난 것이 바로 그 이유때문인지도 모른다는 생각이 들어 나는 미간을 찌푸린 채 잠시 우두망찰한다.

빨강지갑은 내 손에 들어온 세 번째 지갑이다. 지갑이 손에 들어올 때마다 이번에는 어떤 사랑이 내 앞에 펼쳐질까 하는 궁금증보다는 어떤 유형의 빨간색이 나를 환호하게 만들지 그것이 더 궁금해지곤 했다. 지금까지 빨간색 지갑은 내게 있어선 사랑의 시작이며 또한 종착점을 장식하는 역할을 충실하게 하고 있다.

대부분 여자들은 사랑의 깊이를 값비싼 다이아반지나 알이 굵은 산호 반지로 재곤 한다는데 아무래도 내가 유별나지 싶다. 누군가와 사랑하게 되면 빨간색 지갑을 선물해 줄 것을 고집했다. 이상한 고집임에도 불구하고 내가 만난 남자들은 별다른 토를 달지 않았다.

없는 시간을 만들어 큰 도시의 유명 백화점까지 가서 산 명품이라고 자랑하며 내밀던 첫 남자가 준 지갑은 짙은 다홍색이었다. 불빛에 비춰보니 유난스럽게 반짝이던 심홍색은 기대 이상의 색감으로 나를 자극했다. 진한 핏빛 탓이었는지 그에게 선물을 받던 날 밤, 난 지갑보다 더 진한 심홍색의 피를 하혈했다. 잠자리에 대한 설레는 기대가 컸던 남자는 실망의 낯빛을 애써 감추려들지 않았다.

한동안 그 색감에 미쳐 몸과 마음의 촉수는 온통 심홍색에 심취해 살았다. 비슷한 색감을 찾아 작은 읍내의 시가지를 헤맸다. 길거리를 가다가 우연히 발견한 간판 앞에서 한참동안 넋 놓고 서 있거나, 고속도로를 달리다보면 소음차단벽에 칠해진 심홍색을 발견하고 달리는 차에서 내려달라고 떼를 쓴 적도 있었다.

그때는 그렇게 많은 종류의 빨간색이 있다는 것을 알지 못했다. 빨강은 그가 준 심홍색이 전부인 줄 믿었다. 또한 그의 사랑이 세상의 전부인 줄 알았다. 그가 떠난 후 그가 준 핏빛지갑을 새로 둥지를 튼 남자의 아파트 주소로 보낼 즈음에야 나는 알았다. 세상에 똑같은 빨강은 존재하지 않으며, 남녀 간의 애정도 영원하지 않다는 사실을 동시에 깨달았다.

두 번째 남자는 4인승 전동식 하드탑 오픈카를 몰고 왔다. 사전에 내 취향을 간파하고 있었던지 그의 차는 스포티한 빨간색이었다. 차안에서 그가 동백꽃색깔의 지갑을 쑥 내밀었을 때 받은 강렬한 인상은 지금도 순간순간 떠오르곤 한다. 겉으로 화려했던 색감의 오픈카는 폐차 직전의 것을 구입한 것으로 나를 사로잡기 위한 이벤트였다는 사실은 그와 헤어질 때 알았다.

첫 번째와는 달리 두 번째 지갑을 손에 넣었을 때는 그리 가슴이 뛰지 않았고, 큰 기대도 갖지 않았다. 동백꽃 색깔을 그대로 빼다 박은 색감을 보면서 한동안 가슴이 설레기는 했다. 설레는 마음으로 그가 이끄는 대로 남쪽 끝에 위치한 여수 오동도까지 따라갔다. 동백꽃이 섬을 화려하게 수놓은 이월의 바람은 꽤나 매서웠다. 한 손은 남자의 코트 주머니 속에, 다른 손엔 동백꽃빛깔의 지갑을 꼭 쥐고 섬을 돌아다녔다. 놓으면 형체를 붙잡을 수 없는 사랑이 달아나기라도 할 것처럼 그렇게 붙잡고서.

내게서 거두어갈 것이 더는 없다는 사실을 깨달았는지 두 번째 남자가 내 곁을 떠났을 때 동백꽃 색깔의 지갑은 모서리가 여기저기 해어져 있었다. 그와 같이 했던 세월이 길어서가 아니었다. 동백꽃 색깔의 지갑은 모양만 그럴듯한 유명메이커의 모조품이었다. 주인에게 돌려

줄 마음도 미안한 마음도 들지 않았다. 나는 동백꽃빛깔의 지갑을 쓰레기처리장에 미련 없이 던져버렸다. 혹시 남아있을지도 모를 그 남자에 대한 미련도 함께 버렸다.

그리고서 한동안 혼자 지냈다. 이제 그런 지겨운 사랑은 하지 않으리라. 빨강지갑도 이제 원하지 않으리라 입술을 깨물었다. 운전면허증이나 카드, 그리고 몇 장의 할인카드는 백화점에서 물건을 샀을 때 서비스로 받은 간이지갑에 넣고 다녔다. 간이지갑에는 현금을 넣을 만한 공간이 없었다. 해서 임시변통으로 편지봉투에 현금을 가지고 다녔다. 보통 때는 그것이 별로 문제가 되지 않았다, 그렇지만 카드를 사용하지 못할 경우에는 불편했다. 노점상에서 물건을 구입해야 하거나, 또는 몇 천원에 불과한 적은 액수의 물건을 현금으로 사야할 때였다.

물건 값을 지불하려고 가방을 열고 봉투를 꺼내들면, 상인의 표정은 가지각색이었다. 봉투 속에서 지폐를 꺼내는 몇 초 동안 내 손을 바라보는 상인의 변하는 표정은 나를 꽤 불편하게 만들었다. 그 흔한 손지갑도 가질 형편이 못 되는 불쌍한 인간이라고 여겼는지 애잖아 하는 표정을 짓는가하면, 부적절한 의미로 받은 봉투일 게라는 의심의 눈초리를 보내는 이도 있었다. 그러거나 말거나 내 손으로 지갑을 사지는 않았다. 딱히 그럴만하게 내세울 이유가 있었던 것은 아니었지만 마음은 그랬다. 다소 억지스런 나만의 논리지만 지갑은, 특히 빨강지갑은 남자에게서 받아야만 한다는 것이었다.

세 번째는 맨드라미꽃색깔인 빨간색 장지갑이었는데, 다소 황당한 사건에 휘말려 든 다음 내 손안에 들어왔다 곧 바로 내 손을 떠났다.

국민의 대부분이 크리스천인 나라에서도 일 년에 딱 두 번 교회나

성당에 나가는 신자가 대부분이라고 했다. 그러니까 부활절하고 성탄절만 참석하다는 말이다. 그러면서 어떻게 신자라 할 수 있느냐고 광신적인 믿음을 가진 신자들은 믿지 않을 말이지만, 사실이 그렇다고 했다.

그해 크리스마스이브는 정말 멋졌다. 어스름이 내려앉을 때부터 내리기 시작한 눈은 끊임없이 내려쌓였다. 건물의 지붕을 덮고, 길에 내려앉고, 세상은 점점 눈 속에 파묻히고 있었다. 성탄절은 믿는 이나 그렇지 않은 이나 좀 들뜨게 만드는 날이다. 특히 눈이라도 내릴 양이면 더욱 그러했다. 신자가 아닌 나도 좀이 쑤셔 집에 가만히 앉아있을 수 없었다.

생각도 없이 무작정 집을 나섰다. 꽤 먼 거리를 걸은 다음에야 빈손이라는 것을 알았다. 거리의 상가에서는 캐럴이 울려나오고 환하게 밝힌 네온사인은 걷는 이들을 붙잡으려 쉬지 않고 반짝였다.

얇게 입고 나선 탓에 몸이 점점 얼어가고 있었다. 이럴 때는 손님을 왕으로 모시는 백화점으로 들어가는 것이 최선이었다. 온종일 따뜻한 히터가 돌고 있는 그곳은 추위로부터 벗어날 최적의 장소였다. 백화점 안은 사람들로 북적댔다. 선물을 사러온 연인들, 다정하게 손을 잡고 한가롭게 아이쇼핑을 즐기는 노부부, 세일 물건 중에서 마음에 드는 물건이 있지나 않을까 자판대의 옷을 뒤적이는 십대 소녀들, 모두들 한껏 상기된 표정으로 이리저리 몰려다니고 있었다.

나도 그들과 함께 쓸려 다녔다. 보석상에도 기웃거려보고 화장품코너도 들려 마치 마음에 들면 살 것처럼 굴었다. 그러다 나와서 다음 가게를 돌고, 한참을 그렇게 보냈다. 얼었던 몸이 어느새 녹아 이마에 땀이 송알송알 맺혔다. 물건을 사지 않았어도 마음은 흡족했다.

바로 그 순간 맨드라미꽃색깔을 똑 닮은 진한 빨강의 장지갑이 내 시선을 붙잡았다.

* 남자의 첫 번째 이야기

나는 여자를 백화점의 가방을 취급하는 매장에서 처음 보았다. 여자는 다른 가방에는 관심이 없어 보였다. 유독 빨간색 장지갑에 시선을 박고 자리를 뜰 줄 몰랐다. 한참 동안 눈여겨보았지만 여자는 내가 지켜보고 있다는 것도 모르는 듯했다. 여자가 그 지갑을 무척 가지고 싶어 한다는 것을 나는 눈치 챘다. 그렇지만 여자는 결코 사지 않을 것이라는 것도, 아니 살 수 없다는 것을 나는 알았다. 여자의 손에는 핸드백도, 하다못해 장바구니도 들려있지 않았다. 물론 호주머니에 돈을 지녔을지도 모른다. 그러나 그녀의 태도로 보아 그럴 가능성은 없어 보였다.

여자가 빨강지갑 앞에서 생각보다 오래 지체하자, 의심이 가는지 점원이 여자를 흘끔흘끔 살피기 시작했다. 그러나 여자는 자신이 의심받고 있다는 것을 전혀 의식하지 못하는 듯했다. 빨강지갑에만 온 신경을 집중하던 여자가 드디어 결심을 했는지 물건을 집어 들었다.

여자는 똑딱단추를 열고 안을 조심스럽게 살피기 시작했다. 칸을 나누어 신용카드를 넣도록 만든 곳에 카드를 넣는 시늉도 해보고, 현금을 넣고 사용하게 만든 칸에 손바닥을 펴서 넣기도 했다. 제법 세밀

하고 꼼꼼하게 살피는 품새는 금방이라도 이거 세일 안하나요? 하고 점원에게 물어볼 것만 같았다. 그러나 예상했던 대로 여자는 들었던 지갑을 제자리에 놓더니 슬며시 자리를 옮기는 것이었다. 여자는 누구나 알아챌 만큼 아쉬워하는 표정을 지었다. 그리곤 몇 번이고 뒤돌아보며 매장을 나오는 것이었다.

그 모습위에 죽은 어머니가 겹쳐졌다. 눈을 감으면서도 끝까지 내 걱정을 떨치지 못하던 어머니. 제발 남의 것은 탐내지 마라. 끝까지 지켜주지 못해 미안하구나. 아들아. 달싹이는 입모습으로 겨우 알아들은 어머니의 마지막 말이었다. 어머니가 남긴 말이 지금 이 사회에 회자되고 있었다.

'지못미' 세상에 커다란 변화를 꿈꾸던 한 이상주의적 정치가의 죽음 앞에 사람들은 오열하며 외친 말이었다. '지켜주지 못해 미안해' 그들이 마음 깊이 회한과 절망과 부끄러움을 느끼고 있을 때 나도 역시 가슴을 저미는 통증에 괴로워했다. 어머니를 향한 죄책감이 꽤 오랫동안 가슴을 짓눌렀다.

어렸을 적 소아마비를 앓은 어머니는 다리를 심하게 절었다. 나는 그녀가 내 어머니라는 사실이 무척 싫었다. 남들 앞에 서면 멋지고 당당한 그런 사람이 내 어머니였더라면 얼마나 좋을까? 밤마다 그런 허황된 꿈을 꾸며 어린 시절을 보냈다. 그것이 이루어질 수 없는 꿈이라는 것을 깨닫고 난 후에는 그 울타리에서 벗어나고자 끊임없이 탈출을 시도했다.

가출, 범죄, 마약, 도박 등 음지에서 벌어지는 일은 거의 다 섭렵했다. 곁길로 빠지는 나를 바로 잡아 세워주려고 어머니는 참 많이도 애를 썼다. 그러나 서른이 넘도록 속만 썩인 아들 때문에 결국 몸까지 내주고 떠나고 말았다.

다른 층으로 이동했는지 어머니를 닮은 여자는 눈에 띄지 않았다. 나는 잠시 망설였다. 오늘 내가 벌이고자 했던 거사가 떠올랐기 때문이었다. 여자를 뒤쫓는 일은 계획에 없던 일이었다. 목적했던 일을 성공리에 끝내려면 다른 일에 관심을 두어선 안 된다는 것을 잘 알았다. 그러나 생각과는 달리 여자의 모습이 자꾸 어른거리며 내 신경 줄을 건드렸다. 이럴 땐 얼른 신경 쓸 일을 끊어버리는 것이 상책이었다.

마침 기회가 왔다. 때마침 가방 매장에 손님이 밀려든 것이다. 갑자기 밀려드는 손님을 맞느라 상기된 얼굴로 점원은 손님들에게 맞장구를 치는 모습이 멀리서도 잘 보였다. 나는 매장으로 들어섰다.

"그게 이번에 회사에서 야심작으로 내어 놓은 신품이죠. 그럼요. 다른 매장엔 이런 물건 찾을 수 없을 거예요. 아! 그거요? 참 잘 고르셨어요. 안목이 수준급이시네요. 이런 색깔의 가방을 아무나 소화시키긴 어렵지요. 사모님에게 아주 잘 어울리는데요? 그걸로 하세요. 정말 후회하지 않을 겁니다."

들어온 손님은 누구도 그냥 나가게 하지 않으려는 듯 점원은 갖은 노력을 다하고 있었다. 그러다 들어서는 나와 눈이 마주쳤다. 점원은 내게 생긋 눈웃음을 보냈다. 점원으로 오랫동안 닳고 닳은 서비스이겠지만 웃는 얼굴엔 불만이 있을 리 없었다. 나도 슬쩍 눈가에 미소를 띠어 화답을 했다. 곁으로 다가온 점원이 무엇을 찾는지 물어왔다. 천천히 구경할 터이니 걱정 말고 다른 손님을 받으라고 하자, 점원은 다시 살포시 웃었다. 배려에 대한 감사의 미소였다.

자신이 배려를 받았다는 느낌이 들면 아무리 모르는 사람이지만 호감이 가기 마련이었다. 특히 나처럼 겉모습까지 준수하면 의심할 까닭이 없었다. 서너 명의 손님을 접대하느라 점원은 내게 시선도 주지 않았다.

빨강지갑이 순식간에 내 안주머니 속으로 빨려들었다. 묵직함이 제대로 전해진다. 반대편 안주머니에 이미 들어있던 물건의 묵직함과 비교하여 별 차이를 느끼지 못했다. 명품은 이래서 좋은 것인가? 문득 이치에 닿지도 않는 생각을 한다.

일을 마친 후 가장 중요한 것이 긴장을 푸는 것이다. 편안한 표정으로, 긴장하지 않은 자세로, 여유롭게 그 자리를 벗어나는 것이 이 일의 기본자세다.

나는 점원 앞까지 일부러 걸어가서 인사를 건넨다.

"다음에 또 들리지요."

"아? 마음에 드는 상품이 없나요? 그럼 다음에 꼭 들러주세요!"

아무런 의심도 품지 않은 점원은 통통 튕겨 오르는 목소리로 나를 배웅했다.

매장을 빠져나온 나는 빠르게 걸음을 옮겼다. 여자를 찾아야하기 때문이다. 하루 종일 너무 많은 손님들을 옮기느라 과로한 탓인가. 이층으로 오르는 에스컬레이터는 삑삑 신음소리를 토해내고 있었다.

이층은 이십, 삼십대 손님을 겨냥한 숙녀복 코너다. 한 바퀴를 빙 돌았다. 여자는 보이지 않는다. 역시 자신의 나이와 상충되지 못한 이유인 게지. 나름대로 추측을 하며 삼층으로 오른다. 헌데 여자의 나이에 어울리는 옷이 지천으로 널려있는 그곳에도 여자는 없었다. 벌써 집으로 돌아간 건가? 그런 생각을 하자, 전신에 맥이 탁 풀렸다. 내가 왜? 여자를 찾고 있는지, 이유 모를 집착이 갑자기 무서워진다.

유행처럼 번지고 있는 스포츠 의류품이 전시된 사층을 대강 훑는다. 여자를 찾지 못한다.

오층은 골프웨어 전시장이다. 귀족 운동이란 이미지에서 벗어나 이제 골프는 일반화되어가고 있다. 그러나 아직도 서민의 지갑을 열게 하지 못하는 제법 고가의 골프웨어가 화려한 색상을 자랑하고 있다. 예상대로 여자의 그림자도 보이지 않는다.

육층으로 오른다. 그곳에는 상설할인 물품이 고객을 유혹하고 있었다. 없는 자에게는 싼 값으로 기분을 업그레이드 시킬 수 있는 곳, 할인 받았지만 이 옷은 그래도 백화점에서 산거야. 하며 으쓱댈 수 있게 만드는 매장이다.

내가 활동할 때 나의 충실한 고객은 이곳에는 없었다. 위험을 감수해야하는 수고에 비해 수입이 너무 적어 이곳에는 눈길 한 번 준 적이 없다. 내 주 활동구역은 층을 하나 더 올라가야만 된다. VIP고객만 드나들 수 있는 그곳에서 오늘 나는 일을 벌일 참이다.

그러기 전에 여자를 찾아야만 한다. 어디로 꽁꽁 숨었는지 육층에서도 찾을 길이 없다. 마지막 칠층으로 오르는 에스컬레이터에 발을 올리려다 주춤 멈춰 섰다. 그래, 바로 그곳이야. 나는 엘리베이터를 향해 매장을 가로질렀다.

내가 살펴보지 못한 곳은 바로 지하였다. 지하 일층에 내리자, 손님을 호객하는 마이크 소리로 매장 안은 떠들썩했다.

"자, 앞으로 십분 간만 이 쇠고기를 세일가격에 드립니다. 미국산 쇠고기 백 그램에 천육백 원, 자, 어서들 오세요. 입에서 살살 녹는 쇠고기입니다. 이렇게 맛있는 쇠고기를 다른 곳에서 이 가격에 사오는 사람에게는 두 배의 배상금이 준비되어 있습니다. 저희를 믿고 사십시오. 자, 십 분이 지나면 본래의 가격으로 되돌아갑니다. 먼저 오는 사람이 돈을 벌어갈 수 있는 마지막 기회, 이 기회를 놓치면 후회할 것입니다. 자, 어서 오세요.”

맛있고 가격이 착한 미국산 쇠고기를 사가라고 매장 직원은 외치고 있었다. 저 직원은 정말 모르는 것인가. 아니면 알고도 모르는 척하는 것인가. 얼마 전까지도 건강에 유해하니 제 나라로 되돌려 보내라고 많은 국민들의 분노하는 소리가 높았는데, 말도 안 되는 소리로 외치고 있는 직원에게 항의하는 고객은 보이지 않았다. 나라를 책임진 이가 생각 없이 내뱉은 말대로 싫으면 사먹지 않으면 그만 아니냐는 생각들인가?

먹을거리가 있는 지하매장은 다른 곳보다 유난히 고객이 많았다. 사람들로 꽉 찬 매장에서 여자를 찾는 것은 쉽지 않았다. 고개를 쑥 내밀고 이리저리 훑어보았다. 제법 큰 키에 속한 여자의 모습은 눈에 쉽게 띄기도 하련만, 웬일인지 보이지 않았다.

계획된 시간이 자꾸 흘러가고 있었다. 이제 다른 일에 신경을 쓸 겨를이 없다. 오늘이 아니면 영영 기회가 없을 지도 모른다. 초조함 때문인지 갑자기 소변이 마려웠다. 나는 화장실로 향했다. 거사를 앞두고 그런 쓸데없는 데에 정신을 팔다니! 자신에게 문득 화가 치밀었다. 나를 지체하게 만든 빨강지갑은 화장실 쓰레기통에 던져버릴 참이었다.

볼일을 끝내고 허리춤을 여미고 있는데 남자화장실 출입구를 지나 여자화장실 쪽으로 걸어가는 여자를 보았다. 나는 부리나케 출구로 나왔다. 무슨 조화속인지는 모르겠지만 방금까지 치밀어 오르던 화는 가라앉고 기분이 이내 좋아졌다.

한참만에야 여자가 화장실에서 나왔다. 지갑을 건넬 적당한 장소와 구실이 필요했다. 무작정 들이밀 수는 없지 않겠는가.

* 여자의 두 번째 이야기

내가 마지막으로 들은 곳은 백화점 지하 문화 공간 안에 있는 갤러리였다. 마침 그곳에는 유명한 화백의 미술작품이 전시되어있었다. 내게 미술 작품을 감상할 만한 심미안은 없었지만, 토속적인 색채가 강한 작품 앞에서 발길을 돌리지 못하고 있던 참이었다.

언제 어디서 따라왔는지 모를 낯선 남자가 머뭇거리고 있는 내게 빨강지갑을 쑥 내밀었다. 좀 전 일층 매장에서 눈여겨보았던 맨드라미꽃 색깔인 빨간색이었다.

남자의 하얀 손 위에 놓인 빨강지갑은 꽤나 도발적으로 다가왔다. 핏빛을 닮은 색감이 성욕을 북돋웠다. 사타구니에서부터 정수리까지 쓰나미처럼 밀려오며 전신에 퍼지는 성감으로 나는 몸을 부르르 떨었다. 두 번째 남자가 떠난 후 처음 느끼는 감정이었다.

처음 보는 남자 앞에서 감정을 드러낸 나는 얼굴이 빨갛게 달아올랐다. 얼른 남자에게서 등을 돌렸다. 반대편 벽에 걸려있는 작가의 야심작이라고 소개한 '도원일출도'가 나를 향해 달려들었다. 간결한 윤곽

선과 단순화된 이미지를 표현한 그림에는 빨간색이 많은 공간을 차지하고 있었다.

많은 색 중에서 나는 왜 빨간색에만 집착하는 것인가? 전에 한 번도 고민해 본적이 없는 문제가 오늘은 심각하게 다가왔다. 거기에는 그럴 만한 이유가 분명 있을 터였다.

뒤돌아선 내 앞으로 다시 다가온 남자가 내 손을 끌어당겼다. 잡아당긴 손위에 빨강지갑을 살며시 올려놓는 남자의 손은 따뜻했다. 마치 눈앞에 있는 '도원일출도'에 나타난 토속적인 색채가 풍기는 그런 따뜻함이었다. 지갑을 건네준 남자는 아무 말 없이 자리를 떴다.

이름이 나있는 화가의 전시회이어서 그런지 다른 미술전시회와는 달리 작품을 해설해주는 이가 있었다. 많은 관람객들이 그가 이끄는 대로 따르며 순서대로 그림을 감상하는 중이었다. 그가 쥐어준 빨강지갑을 한손에 들고 나도 그 인파속에 끼어들었다.

"오늘 여러분이 감상할 이 전시회는 '휴머니즘 예찬'이라는 큰 명제를 단 작품전입니다. 특히 작가는 삭막한 세상에 온기 한 점이 됐으면 좋겠다는 희망사항도 말씀을 하셨지요."

'도원가족도' 그림 앞에서 해설자는 작가의 화풍을 이렇게 설명했다.

"이 작가의 작품에선 '인간'이 더없이 중요한 요소가 되지요. 그렇게 사람을 강조하다보니 원근법, 명암법은 무시되고 상대적으로 색이 강렬해지고 평면적이 된 것입니다."

다음 작품으로 발을 옮기고 있는 해설자와 관람객들을 나는 따라가지 않았다. '도원가족도' 앞에서 나는 어머니를 떠올리고 있었다.

내게 있어 어머니는 넘기 힘든 산 같은 존재였다. 그림에서처럼 고향에서 기다리고 있을 것 같은 그런 포근한 이미지는 찾을 수 없었다. 언제라도 찾아가면 힘든 일로 거칠어진 손을 잡아줄 것 같은 인간미를 지닌 그런 어머니도 결코 아니었다. 마지막까지도 나는 어머니의 본성을 이해하지 못했다.

다섯 살 무렵이었다. 낯선 사내와 나란히 들어온 어머니가 내게 말했다. 이제부터 아버지라 불러라. 뚫어지게 나를 바라보는 새아버지의 눈은 뱀눈을 닮아있었다. 소름끼치도록 징그러운 뱀눈으로 새아버지는 호시탐탐 나를 노렸다. 어린 나이임에도 나는 느낄 수 있었다. 집에 들어오는 것이 죽고 싶을 만큼 싫었다. 특히 새아버지와 단둘이 있게 되는 시간은 그야말로 생지옥이었다.

어머니에게는 말도 꺼낼 수 없었다. 엇비슷하게나마 속내를 말할라치면 단칼로 베어버리듯이 말을 끊곤 했다.

"그게 바로 아비의 정인 게야. 구구로 가만히 있어. 이년아."

그런 정은 정말 받고 싶지 않았다.

"싫어. 싫단 말이야."

"저 속창시 없는 년이 어디서 주둥이를 함부로 나불거리고 있는 겨? 배부르고 등 따뜻허니 별 베락맞을 소릴 허고 자빠졌네. 그려. 이년아. 저런 새아버지라도 없어봐라. 네년 주둥이에 밥이나 제대로 들어갈 것 같은가."

그까짓 밥을 위한 것이라면 차라리 일 년 열두 달 굶는 것이 더 나을 성 싶었다.

새아버지와 같이 산지 이년이 지났을까. 그날 어머니가 무슨 일로 집에 들어오지 않았는지는 나는 지금까지도 모른다. 먹물을 뿌린 것처럼 새까만 어둠 속에서 새아버지는 나를 짓이기고 있었다. 아무것도 움켜지지 않는 방바닥을 박박 긁고 있는 내 손안에 잡힌 끈끈한 액체는 내 여린 사타구니에서 쏟아지는 피였다.

아! 바로 그것인가. 나의 잠재의식 속에 뿌리내린 빨강이란 색의 근원이 바로 그 때문이었구나! 누군가에게 뒤통수를 얻어맞은 것처럼 나는 순식간에 깨달았다.

주위를 둘러보니 좀 전의 관람객들은 이미 다 빠져나가고 없었다. 새로 들어온 몇 명의 관람객만이 한가롭게 감상하고 있었는데, 그 중심에 휠체어를 탄 노신사가 보였다. 분위기로 보아 이 그림을 그린 작가인 듯했다. 작은 목소리로 전하는 말이 실내가 조용한 관계로 내 귀까지 들렸다.

"요즘은 사람들이 너무 살벌해요. 인간이 얼마나 소중한 존재인데 끔직한 일들을 아무렇지도 않게 보여주네요. 인체수술 장면이 수시로 텔레비전에 나오고, 토막살인 사건도 대수롭지 않게 거론되고 말이죠. 휴머니즘을 되찾아야 합니다. 휴머니즘은 '인생의 어려움을 감싸주는 외투'이니까요."

원로화가는 휴머니즘을 역설하고 있었다.

일층에서 가방을 파는 매장점원이 두 명의 사복 경찰과 함께 내 앞으로 다가선 것은 화가가 막 설명을 마쳤을 때였다. 영문을 모른 채 그들의 움직임을 주시하고 있던 나를 손가락으로 가리키며 점원이 소리쳤다.

"내가 그럴 줄 알았다고요. 아까부터 의심스러웠다니까요. 저기 저

손에 들고 있는 빨간색 지갑, 조금 전 저 여자가 저희 매장에서 훔쳐간 거란 말예요. 에이, 도둑년!"

점원이 던지는 욕설에 놀라 내려다보니 정말 내 손에 빨강지갑이 들려있었다. 아무 말도 못하고 서있는 내게 그중 한 명이 다가와 지갑을 빼갔다. 명품 회사의 표시와 내가 쉽게 마련할 수 없는 높은 가격이 적힌 표지가 같이 묶여 지갑에서 달랑거리고 있었다.

"당신을 현행범으로 체포합니다. 당신은 변호사를 선임할 수 있고, 묵비권을 행사할 권리가 있음을 고지합니다."

다른 경찰이 다가와 내 손에 수갑을 채우며 말했다.

난 훔치지 않았어요. 누가 준 거예요. 이렇게 말해보았자 소용없음을 알았다. 나는 입을 꾹 다물었다. 나를 낳은 어머니도 내 말을 믿지 않았는데 하물며 이 세상 누가 내 말을 믿을 것인가.

갤러리에 모여 있던 관람객들이 동물원의 원숭이를 구경하듯 나를 바라보며 묘한 표정을 지었다. 얼굴은 반반해가지고 그래 할 짓이 없어 겨우 도둑질이야? 경멸의 눈초리를 보내는 사람들 앞에서 나는 빳빳하게 고개를 쳐들었다.

* 남자의 두 번째 이야기

여자에게 지갑을 건네준 나는 엘리베이터에 올랐다. 이제 결행할 순간이 온 것이다. 삼십 년 생애를 마감하는 순간은 좀 더 극적이어야 한다는 생각으로 계획한 일이었다. 칠층이 표시되어있는 버튼을 누르는 엄지손가락이 나도 모르게 살짝 떨렸다.

엘리베이터는 천천히 위를 향해 오르기 시작했다. 소매치기할 대상자를 고르기 위해 이 승강기를 오를 때면 나는 매번 사정의 쾌감을 느끼곤 했다. 어느 날인가는 실제로 바지에 사정을 했던 적도 있었다. 팬티를 거쳐 다리를 타고 흘러내린 정액은 양말목에서 멈췄다. 다리를 감싸고 있던 양말목이 축축하게 번지는 느낌은 사실 그리 좋은 기분을 들게 하지 않았다. 다만 오르가즘은 여자와의 관계에서만 느낄 수 있는 것은 아니라는 명백한 사실이 증명되었을 뿐이었다.

이제 백화점의 폐점 시간을 앞둔 때라서 VIP손님만을 우대하는 칠층은 한적했다. 손님은 거의 다 빠져나가고 점원들만이 매장을 정리하느라 수선을 떨고 있었다. 정리를 서두르느라 나의 존재는 그들의 관심 밖이었다.

내 구두소리에 몇몇 매장 점원이 고개를 들고 시선을 일별했지만 자신들의 단골이 아님을 구분하곤 얼른 제 할일로 돌아갔다.

목적지에 도달한 나는 잠시 가슴 속 깊이 심호흡을 했다. 세계적인 디자이너가 만든 옷이라 한 벌에 천만원대가 넘는 가장 고급스런 상품을 파는 매장의 점원은 나를 쳐다보지도 않았다. 아니 어쩌면 이미 일별한 후였는지도 모르겠다.

나는 점원에게 큰 소리로 말했다.

"옷 한 벌 입어 봅시다."

점원은 힐끗 나를 보더니, 다른 매장 점원들에게 들릴 만큼 큰 소리로 대답하는 것이었다.

"손님! 폐점 시간이 다 되었는데요. 다음에 오시지요."

그 어간 사이에는 네 주제에 이런 옷을 사 입을 처지가 되지 못하다는 것을 뻔히 짐작하는데, 괜한 헛수고는 하지 않겠다는 마음이 들어 있었다.

나는 점원에게 다가가 오른손에 빼어든 권총을 슬쩍 보여주었다. 그리고 다시 말했다.

"내게 맞는 옷을 한 번 입어나 봅시다."

귀엽고 예쁘장한 얼굴인 점원은 파랗게 질려 금방이라도 쓰러질 듯 허둥댔다. 나는 점원 곁으로 가서 부축하듯 슬쩍 팔을 잡으며 귀에 대고 낮게 속삭였다.

"말만 잘 들으면 아무 일도 없을 거야."

내 말에 순순히 고개를 끄덕거리며 점원은 자랑스러워하는 포즈로 선 마네킹이 입고 있던 한 벌의 양복을 벗겼다. 점원이 내미는 셔츠를 입고 그 위에 양복을 걸쳤다. 그리고 탈의장 앞에 붙어있는 전신거울에 비춰보았다. 거울 속에는 의젓한 신사가 미소를 띠고 있었다.

이목구비가 뚜렷하며 헌칠한 키에 적당히 살이 오른 내 모습은 진흙탕에 구르며 함부로 몸을 놀리며 살아온 사람처럼 보이지 않았다. 그러기에 어머니는 나를 볼 때마다 안타까워했다.

"나 같은 병신을 어미로 두지만 않았어도 넌 귀하게 살아갈 관상을 타고났는데……. 내가 죄인이구나. 네 앞에서 내가 죄인이야."

그 말끝에 내가 퉁명스럽게 윽박지르듯 물었다. 내 아버지는 도대체 어떤 사람이냐고. 그 말에 무슨 까닭인지 어머니는 상을 찌푸렸다. 그리고 단정하듯 말했다.

"누가 뭐라고 해도 너는 내 자식이야."

걷는 것도 위태위태한 몸으로 어머니는 나를 위해 하루도 쉬지 않고 행상을 나갔다. 어머니가 집을 나서는 모습을 보면서 어린 시절에는 감사함보다는 미움이 앞섰다.

"나를 위해서 하는 일이라고 핑계는 대지 마."

밤늦게 들어와 저녁을 준비하는 어머니 앞에 이렇듯 어깃장을 놓았다.

어머니가 죽기 일 년 전에 집으로 들어온 나는 사사건건 트집을 잡았다. 당신을 위해 집에 들어왔음을 공치사로 삼으며 번번이 돈을 요구했다. 어머니가 어렵게 벌어온 돈은 노름판이나 도박판으로 들어갔다. 그런 상황 속에서도 내가 집에 들어온 것에 감사하며 어머니는 나에게 원망하는 어떤 기색도 보이지 않았다.

오늘 나는 보지 않았어야하는 것을 보고 말았다. 혹시 어머니가 적금통장이라도 남기지 않았을까 하는 속없는 기대감에 안방 경대 서랍을 뒤졌다. 서랍 안에는 그동안 어머니가 상용으로 먹던 여러 종류의 약들이 어지럽게 뒹굴고 있었다. 흩어져있는 약과 약봉투를 꺼내어 쓰레기통에 던지며 나는 혼자서 괜한 성질을 부렸다.

"시벌, 좆또. 그런 병신 몸으로 천년만년 살고 싶었는가 보네?"

성질이 나서 경대 서랍을 손으로 내려치는 바람에 빠져나온 서랍이 바닥에 내동댕이쳐졌다. 그와 동시에 서랍과 책상 사이에서 나풀거리며 떨어져 내린 두 장의 종이. 그건 내가 그동안 얼마나 개망나니로 살았는지를 여실하게 보여주는 증명서 같은 문서였다.

신체포기각서 한 장과 어머니가 마지막 말을 남긴 종이 한 장.

어머니와 같이 산 마지막 일 년 동안, 나는 돈을 주지 않으면 나가겠다고 끊임없이 어머니를 협박했다. 내가 요구하는 돈을 내주면서 어머니는 내가 마음을 잡고 건실하게 살 것을 간절하게 설득하곤 했다. 그러나 나는 그 돈이 어디서 나오는지는 관심조차 두지 않았다.

일 년 동안 나는 어머니의 살을 뜯어먹고 살아왔던 것이었다. 그래도 건강하게 움직이던 어머니가 하루 만에 초죽음이 된 모습으로 들어왔을 때 눈치 챘어야 했다. 돈이 없으니 병원에 입원시키지 말라던 어머니의 말을 무시했어야 했다. 하긴 이미 귀중한 장기를 떼어주고 돌아온 그때 내가 알았다한들 무슨 소용이 있었을 것인가.

벌벌 떨리는 손으로 어머니가 남긴 마지막 글을 펼쳤다. 초등학교도 제대로 다니지 못한 어머니의 글씨는 삐뚤삐뚤 알아보기도 어려웠다.

사랑스런 내 아들아!

네가 이글을 읽게 될 때면 어미는 이 세상에 없을 게다.

처음 네가 내 곁에 왔을 때, 이 어미는 천하를 얻은 것보다 더 기뻤단다.

집 대문 앞에서 너를 발견하고 어미는 펑펑 눈물을 쏟았었지.

하느님 감사합니다! 하느님 고맙습니다! 하면서 말이다.

어렸을 적, 넌 참으로 착하고 멋진 아이였어.

고이 잠든 너는 때 묻지 않은 천사였지.

네가 이 어미에게 준 행복은 내가 평생을 갚아도 모자라 지경이었단다.

내 사랑하는 아들아.

그런 아들에게 좋은 어미가 되어주지 못해 미안하다. 정말 미안하구나.

누구에게도 빠지지 않는 준수한 청년이 된 내 아들에게

멋진 양복 한 번 입혀주지 못하고 이렇게 떠나야하다니!

이 어미의 죄가 너무 크구나.

다음 세상에선 나같이 병신 어미가 아닌, 멋지고 예쁜 어미를 만나거라.

미안하다. 아들아.

편지는 미안하다는 사과의 말로 그렇게 끝났다. 망치로 머리를 얻어맞은 것처럼 나는 정신을 차릴 수가 없었다. 나를 낳은 어머니가 아니었다니! 이 무슨 날벼락 같은 소리인가. 눈물도 나오지 않았다. 아무런 생각도 들지 않았다. 내가 어머니에게 무슨 짓을 한 것인지, 도무지 갈피를 잡을 수가 없었다.

* 여자와 남자의 마지막 이야기

밖으로 나오니 눈은 계속 내리고 있었다. 오늘 밤은 정말 특별한 크리스마스이브가 될 것 같았다.

여자는 경찰관 뒤를 따라 정지해있는 순찰차 쪽으로 걸어가고 있었다. 그때 한발의 총성이 날카롭게 울렸다. 여자는 자기도 모르게 몸을 잔뜩 움츠렸다.

여자를 호위하여 끌고 가던 두 명의 경찰관은 총성소리가 들림과 동시에 백화점 안으로 뛰어 들어갔다. 순식간에 벌어진 일이어서 여자는 잠시 우두망찰한 채 서 있었다. 그러다가 퍼뜩 정신이 들었는지 여자도 경찰관이 들어간 쪽으로 뛰었다.

점원들이 거의 퇴근이 이루어져 매장에는 약간의 인원이 남아있었던 터라 그리 혼란스럽지는 않았다. 더군다나 총성이 들렸기 때문에 위험한 일에 뛰어들고 싶지 않은 마음인지 남아있던 직원들도 사고가 난 장소로 움직이려고 하지 않았다.

여자는 막 닫혀지려는 엘리베이터 출입문에 손을 들이밀었다. 닫혀지려다 다시 열려진 문을 통하여 들어서자, 경찰관이 놀란 눈으로 여자를 쏘아보았다. 이미 엘리베이터는 작동하기 시작하여 여자를 내보내기에는 이미 늦어버렸다고 생각한 경찰관은 더 이상 아무 말을 하지 않았다.

엘리베이터는 칠층에서 멈췄다. 사건현장은 참혹했다. 머리에 겨눈 총이 정확하게 발사되었는지 남자의 머리에서 검붉은 피가 콸콸 쏟아져 흘러내리고 있었다. 여자는 잠시 눈을 감았다. 속이 울렁거리며 메슥거렸기 때문이었다.

빨강지갑을 손 위에 올려놓아 주던 따뜻한 남자의 손이 차가운 점포 바닥을 후비는 모양새로 움켜쥔 채 부르르 잘게 떨고 있었다.

한 명의 경찰관은 119에 연락하느라 전화기를 붙잡고 씨름하느라 바쁘고, 다른 경찰관은 사고의 순간을 지켜보았을 점원 하나를 붙잡고 사고경위를 조사하느라 바쁘게 움직이고 있었다.

"그러니까 말려볼 시간도 없이 순식간에 벌어진 일이라니까요. 준비를 단단히 하고 온 모양이에요."

　남자는 이 백화점에서 가장 비싸다는 명품의 옷을 입은 채 숨을 몰아쉬고 있었다. 그러나 119가 도착했을 때는 이미 숨이 끊어진 듯, 들것에 옮겨진 남자는 얼굴에 흰 포가 씌워졌다.

　요란한 사이렌 소리를 뒤로 하고 119가 떠났다. 뒤이어 여자를 태운 순찰차도 사이렌 소리를 앞세우고 출발했다. 빨강지갑을 건네준 남자가 죽었으니 이제 여자를 변호해 줄 사람은 아무도 없었다.

　세 번째로 얻은 빨강지갑이 가져온 사랑은 허무였다. 하늘이 뚫어진 듯 끊임없이 내리는 눈발을 바라보며 여자는 헛헛한 웃음을 오랫동안 토해냈다.

거 울

거울속에도내게귀가있소
내말을못알아듣는딱한귀가두개나있소

   내가 한 말조차 알아듣지 못하는 귀를 나는 두 개나 갖고 있다. 내 말을 남들은 들을 수 있으나 거울 안의 사람처럼 나는 듣지 못한다. 내가 의미 없는 단어를 몇 분 동안 이나 계속 지껄여댔다는 친구의 말을 처음에는 농담으로 받아 웃어넘겼다. 그 순간을 전혀 기억하지 못하기에 정말 친구가 놀리는 줄로만 알았다. 무엇 때문에 알아들을 수 없는 말을 계속 중얼거렸다는 말인가. 믿지 않자, 친구는 녹음까지 하여 내게 들려주었다. 그렇다면? 아버지가 앓고 있던 지병이 퍼뜩 머리를 스치고 지나갔다. 그러나 그게 실제로 내가 중얼거린 소리였는지 믿을 수가 없었다. 그건 말이 아니라 소리였다. 한 소리가 간헐적으로 반복

되는 것도 같았고, 다른 소리가 무수하게 이어지는 신음소리 같기도 했다.

누군가 화장실로 들어오는 소리가 들린다. 그들이 쏟아내는 오줌줄 기가 변기를 때리며내는 소리가 부럽도록 시원하게 들린다. 칸닥이 좌변기에 앉아있던 나는 숨을 죽인다. 아! 구수한 담배냄새, 내가 있는 공간까지 밀려온다. 딱 한대만 피우고 싶은 욕망이 끓어오른다. 한동안 담배 태우는 일에만 열심인 듯 조용하더니 그들 중 하나가 말한다.

"어제 일 들었나?"

과장 목소리다.

"점장님 사건이요?"

대리다.

"그래. 자네만 알고 있게. 정 사장이 은행장에게 전화를 했다는군! 오늘 돈을 다 빼가겠노라고. 미친놈이 지점장으로 있는 곳에 돈을 넣어둘 수 없노라고 말이야."

"그럼 어떻게 되나요?"

"수는 한 가지 뿐이지 않겠나?"

"그럼?……"

과장은 손바닥을 칼 모양으로 펴서 자신의 목을 내리치는 시늉을 했을 것이다.

나는 다시 손거울을 들여다본다. 거울 속은 마치 어머니의 자궁 같다. 이제 막 사람의 모양을 갖추어가는 아기가 양수 속에서 안정을 취하듯 거울은 나를 진정시키곤 한다. 아무런 자국도 없었지만, 거울 면에 입김을 분 다음 손수건으로 정성껏 닦는다. 거울 면이 반질반질 윤

기를 띠며 말끔해진다. 손잡이를 잡고 얼굴 가까이 대어본다. 정면에
서 나를 쏘아보는 얼굴이 꽤나 낯설다. 광대뼈가 유난히 불거지고 홀
쭉한 입이 나를 비웃고 있다. 지친 표정, 핏발선 눈동자가 창백한 살결
속에 도드라져 마치 유령처럼 보인다. 거울 속 나에게 말을 건넨다. 그
곳 세상은 어떻소? 정말 그곳은 참으로 조용한 세상이오? 거울 저편
에선 앵무새처럼 내 말을 흉내 낸다. 들리지 않는 소리로 비웃는 표정,
난도질당한 사람처럼 가슴이 아리다.

간밤의 일이다. 내가 근무하는 지점의 일등 고객인 정 사장을 만났
다. 올 3월 이곳 지점장으로 부임한 이래 밤낮없이 고객을 만나러 다
녔다. 지점 개점 10주년 행사에 맞춰 실적을 높이라는 본사의 지시는
강경했다. 정 사장은 사업가답게 호탕했다.

—아무 걱정 마시오. 이지점장이 이곳을 떠날 때까지는 절대 뭉칫
돈을 빼가지 않을 것이니, 걱정 말고 술이나 듭시다 그려.

폭탄주가 한바탕 돌았다. 간드러진 여인들의 웃음 속에 분위기가
한껏 고조되었다. 독한 술 탓이었을까? 몸에 전조증상이 왔다. 자꾸
입맛을 다시게 하는 전조의 표징은 발작 전에 미리 온다. 나는 바짝 긴
장했다. 얼른 자리를 피하는 것이 상책이다 싶어 화장실에 가는 시늉
을 하며 자리에서 일어났다. 내가 몸을 사리는 것으로 여겼던지 정 사
장이 자리에 도로 앉혔다.

—젊은 사람이 이게 무슨 경우 없는 짓이요. 자, 그러지 말고 한잔
더 합시다. 원샷!

양주 한잔을 가득 따라주며 정 사장은 호기를 부렸다. 잔을 받긴 받
았는데 그 후에 어떻게 되었는지 기억나지 않는다. 정신을 차렸을 때

에는 식탁은 난장판으로 어지럽게 널려있었고, 진한 갈색바탕에 핏빛 장미무늬가 있는 긴 소파에 내가 아무렇게나 널브러져 있었다.

아침에 출근하니, 직장 분위기가 다른 때와 사뭇 다르다. 눈길을 마주치지 않으려는 행원들을 보면서 사태를 대강 짐작한다. 승진하기 위해선 다른 사람들보다 몇 십 배 더 노력해야 하는 은행원생활. 그런데 의사는 지킬 수없는 처방을 내게 주었다.

—스트레스에 민감한 병이니 되도록 마음을 편하게 가지십시오. 술이나 담배, 카페인이 든 음식을 절대 삼가세요.

의사의 말을 실행한다는 것은 절대 불가능한 일이다. 고객관리를 위한 접대는 지점장으로서 생활의 일부였으니까.

나는 좌변기에 앉아 손거울 안을 쏘아본다. 안절부절못하는 표정의 사내가 거울 속에서 도움을 청하듯 바라본다.

어머니는 아버지의 발작을 처음 목격한 후 동네고샅을 빠져나갔다. 두 살배기 나를 집에 남겨둔 채 끝내 돌아오지 않더라고, 어린 신부는 충격이 컸을 거라며 이웃집 이장아주머니는 혀를 찼다. 아버지는 내내 혼자 지내다가 내가 아홉 살 때 새장가를 갔다. 새어머니는 벙어리였다. 왜 하필이면 벙어리를 새엄마로 들여야 했는지 그 사실이 무척 싫었다. 그 이유 때문에 아이들은 놀이에 끼워주지 않았다. 그때 외로움을 견디게 해 준 것이 바로 손거울이었다. 우연히 발견한 렌즈의 비밀, 초점을 모아 검은색종이를 태우는 재미에 흠뻑 빠져있었는데, 새엄마의 손거울이 렌즈를 대신할 줄이야! 그 후로 손거울은 내 유일한 친구가 되었다. 기어가는 개미떼를 겨냥하여 햇빛을 모아비추면 개기의 몸은 한줄기연기를 피워 올리며 타들어갔다. 어느 때는 죽어있는 사슴벌

레의 몸을 태우기도 하고, 복숭아빛깔의 지렁이 몸에 햇볕을 모아 쪼이기도 했다. 몸을 비틀며 고통스러워하는 지렁이를 보면서 대리폭행의 희열에 빠지기도 했다. 교묘하게 숨어 놀이에 끼워주지 않는 친구들의 얼굴에 빛을 쏘아 놀라게 만들거나, 혼자서 좋아하던 여자아이의 옷에 구멍을 내는 심술을 부리기도 했다. 그때 유독 내 가슴을 설레게 만들었던 아이! 웃으면 양 볼에 옴폭 보조개가 패던 아이는 지금 어떻게 변해있을까?

지점장실로 돌아오자, 비서가 녹차를 놓으며 사장이 찾는다고 조심스럽게 전한다. 드디어 올 것이 왔군! 기다리고 있었던 것처럼 마음이 편안해진다. 고개를 끄덕이며 마지막 방울까지 천천히 마신 다음, 사장실이 아닌 하숙집으로 발길을 돌린다. 한밤중에 들어와 잠만 자던 방에 한낮에 들어오니 마치 남의 집을 찾아든 것처럼 낯설다. 옷도 벗지 않고 팔베개를 하고 누워 천장을 멀거니 쳐다본다. 얼마나 컸으며 어떻게 변했을지 모를 아들 녀석의 얼굴이 눈앞에 어른거린다.

어린 어머니가 아버지를 떠난 것처럼 아내도 내 곁을 떠났다. 시아버지로부터 남편에게 유전된 측두엽 간질이 아들에게까지 대물림이 되지 않을까 전전긍긍하던 아내. 멀리 떠나면 병이 따라오지 못할 것 같았는지 비행기를 탔다. 떠나면서도 오로지 아들의 장래를 위한다는 명목을 달고. 이제 송금되지 않는 통장을 열어보며 아내는 이혼을 생각할지도 모른다. 은행에 연락을 취하여 그만두었다는 사실을 알게 되고, 그것이 병 때문이라는 것도 눈치 챌 것이다.

─간질발작은 누구에게나 일어날 수 있는 병입니다. 수치스럽거나 숨길 병이 아니며, 집안을 망칠 유전병도 아닙니다. 현대의학을 믿으

십시오.

의사의 말을 끝없이 의심하며 아내는 아예 돌아올 생각을 접었을지도 모른다.

아들 녀석의 얼굴위에 얼굴 하나가 겹쳐 떠오른다. 벙어리 새엄마가 낳은 동생. 묵묵히 고향을 지키던, 존재마저 부정하고 싶은 동생이 문득 떠오르는 까닭은 무엇인가? 아버지 곁을 떠나지 않던 동생. 드문드문 소식을 전해오던 동생에게 나는 모질도록 냉정했다.

학교 다닐 때는 공부해야 한다고, 졸업 한 후에는 회사 일이 바쁘다고 핑계를 대며 부러 고향에 내려오지 않았다. 아버지는 그런 나를 나무라지 않았고, 내려오라고 강요하지도 않았다. 그런데 아내가 아들을 데리고 미국으로 건너가 버렸다는 소식을 들었던지 한번 다녀가라고 연락을 보냈다. 내가 내려왔을 때 집은 비어있었다. 아버지가 자주 올라가 단소를 불던 뒷동산으로 발걸음을 옮겼다. 바람결에 실려 들려오는 청아한 소리, 신비감을 가득 담은 아버지의 단소 연주. 번잡하기만 한 내 마음을 차분하게 가라앉게 만드는 그 묘한 힘은 어디서 오는 것인지. 연주가 끝나고도 한참을 그대로 서 있었는데, 어떻게 알았는지 아버지가 나를 불러 앉혔다. 그리고는 불고 있던 단소를 내밀며 말했다.

—네가 간직혀라. 언젠가는 꼭 필요할 때가 올 것잉게…….

아버지에 대한 증오로 가득 차있던 나는 그 단소를 받지 않았다. 발병한 내 병이 순전히 아버지로부터 유전된 것으로 단정하고 무조건 반발하던 내게 아버지의 단소는 필요한 물건이 아니었다. 그리고 석 달쯤 지났을까? 아버지의 부고가 날아들었다. 아끼던 단소를 내게 남기려고 했던 아버지는 자신의 죽음을 예견했었는지 모른다. 장례식을 치르고 황급히 상경한 후, 기억에서 고향이나 가족이란 단어를 완전히 지워버리고 살았다.

언젠가 아버지의 묘지를 이장해야 한다는 동생의 전화에도 가타부타 대답도 하지 않았다. 육지안의 섬이 된 산에 잠들어 있으면 어떻단 말인가. 어차피 성묘를 다닐 일도 없는데. 족쇄처럼 아버지와 옭아 묶여있는 끈을 모조리 끊어버릴 수만 있다면……. 그런 심정으로 살고 있을 때였다.

거울속에는소리가없소
저렇게까지조용한세상은참없을것이요

어딘가로 훌쩍 떠나고 싶다. 의식 깊숙이 잠재되어 있던 그곳, 육지안의 섬이 문득 떠올랐다. 한번 찾아볼까하는 결심이 서자, 잠시도 미룰 수가 없다. 세면도구와 몇 벌의 내의를 쑤셔 넣은 가방을 들고 집을 나섰다.

밖으로 나오자 추적추적 가을비가 내리고 있다. 승용차를 가지고 가는 것이 상경할 때도 편리할 것 같았지만, 비속에 서너 시간을 신경 쓰며 달려야한다는 생각을 하자 그만 심란한 마음이 든다. 그러나 큰 맘 먹고 나선 길인데 다시 집으로 들어가는 것도 달갑지 않다. 잠시 빗줄기를 건너다보다가 승용차에 있는 여분의 우산을 꺼내든다. 이왕 마음먹은 김에 여행다운 여행을 하자. 자신을 다독이며 역으로 향한다.

평일이어서 쉽게 표를 구했다. 네 시간이면 목적지에 도착할 수 있을 것이다. 오랜만에 기차여행을 하게 되어서인지 설레는 마음이 그리 나쁘지 않다. 일차 목적지인 ㅈ시까지 가장 편한 자세로 갈 속셈으로 의자의 등받이높이를 조절하고 눈을 감는다. 기차는 정시에 역을 출발한다. 한동안 속력을 높이기 위해 힘을 쓰는 것 같던 열차가 정규속도로 진입했는지 심한 요동도 없이 미끄러지듯 달린다. 레일과 기차바퀴가 부딪치면서 내는 삐걱거리는 소리가 마치 자장가처럼 잠속으로 끌어들인다. 오랫동안 불면증에 시달린 터라 그런지 서너 시간을 깨지도 않고 잤다. 그래도 용케 목적지인 ㅈ시에 거의 도착했을 무렵 눈이 떠진 것이 다행이다. 옛날 궁궐처럼 다시 세운 역사가 포근하게 맞아 준다.

서울에 비하면 역 부근의 거리는 참 한산하다. 먹구름은 완전히 가시지 않았지만 비는 잠시 그쳐 우산을 접어들고 역사를 다시 돌아본다. 말끔하게 고쳐지어진 건물은 ㅈ시의 이미지와 썩 잘 어울린다. 전통은 사람들의 숨구멍이라고 했었지. 예향의 도시라는 ㅈ시 역 광장에 서서 앞만 보고 바쁘게 달려온 과거를 반추해본다. 이렇게 한가한 마음을 가져 본 것이 도대체 얼마만인가. 곁눈질 한번 하지 않고 그 자리까지 올랐는데, 이제 스스로 물러나야 한다고 생각하니 인생이 참 덧없다는 생각이 든다. 고향을 버리고 혈육도 내치면서 무엇을 찾아 헤맸던가.

다행히 오래 기다리지 않고 고향으로 가는 버스를 탔다. 네댓 명의 승객을 싣고 출발한 버스는 26번 지방도로에 들어서 내쳐 달리더니 시원하게 뚫린 새로운 길로 들어선다. 나는 기사에게 이 길이 언제 뚫린 것이냐고 묻는다. 오십대로 보이는 기사는 지루하던 참인데 마침 말거리가 생겨 기쁜지 환한 표정으로 자세하게 설명한다.

"이 고장이 처음인가 보요. 긍게. 저 밑을 보시오. 꼬불꼬불 폭이 좁은 길이 보이지요? 저것이 곰티재라고 제일 먼저 생긴 길이고, 그 위쪽으로 보이는 좀 넓은 길이 모래재라고 허는디 그 다음에 뚫은 길이랑게요. 지금 지나고 있는 이 길은 동계 유니버시아드경기 때 새로 뚫은 길인디, 옛날에 무진장이라고 허면 호랭이도 산다는 첩첩산골이 아니었나벼. 그런디 이제 길이 뚫린 다음부텀 찾아가기도 힘들던 산골마을의 교통이 겁나게 좋아져 버렸당게요."

기사의 들뜬 목소리로 보아 고향에 대한 애정이 듬뿍 들어있음을 느낀다. 물론 나는 곰티재에 대해서는 잘 알고 있다. ㅈ시에서 학교를 다닐 때 모처럼 고향을 찾을 때면 굽이굽이 돌며, 아스라한 낭떠러지 고갯길을 끝도 없이 넘던 버스 안에서 얼마나 가슴을 졸였었던지. 그런데 지금 달리는 길은 아주 넓고 시원하게 뚫려 있다. 경사도 그리 심하지 않았고, 굽이굽이 재도 없는 길을 달려서인지 모처럼 찾는 고향 길이지만 마음을 차분히 가라앉게 만든다.

고갯길을 넘은 버스는 헉헉대는 엔진소리를 내며 795번 2차선 지방도로의 방향으로 접어든다. 주변은 몰라보게 변해있다. 방학을 맞아 모처럼 귀향하는 길은 비포장도로를 털털거리며 달려왔었다. 버스 꽁무니로부터 뿌옇게 피어오르는 먼지로 차에서 내릴 때쯤이면 검은색 교복이 온통 회색으로 변할 정도였으니까. 그런데 옛날 길은 새로 난 포장된 길로부터 두길 정도나 아래에서 사람들의 기억에서 잊힌 채 거대한 물을 몸으로 받아들일 준비를 하고 있다. 무심코 내려다 본 차창밖으로 삼삼오오 떼 지어 하교하는 아이들이 보인다. 그들 마냥 내 초등학교 시절 날마다 걸어 다녔던 그 길, 수시로 완행버스가 다니던 찻

길이 몹시 넓다고 느꼈는데 지금은 오솔길 마냥 좁아 보인다. 그 길 위에 동생을 따돌리고 친구 집으로 달려가던 내 모습이 보인다. 제 어미를 일찍 여의고 정에 굶주려 유난히 따르던 동생은 지금 어떻게 변해 있을까?

어디선지 환청처럼 단소소리가 들린다. 아— 청성곡이다. 끊어질듯 이어지는 아름다운 아버지의 단소소리. 두리번거리며 주위를 살펴본다. 군내버스의 승객들은 눈을 감고 있거나 무심하게 창밖을 내다보고 있을 뿐이었고, 기사는 차내의 라디오를 틀지 않았다. 따라오는 차들도 보이지 않는데 그렇다면 저 단소소리는 어디서 들려오는 것인가. 환청인가?

정신을 차리려고 눈을 감았다 떴다. 정말 묘하게도 그 음률 뒤편에 구부정한 자세로 대나무를 다듬고 있는 아버지의 모습이 떠오른다. 당신은 삼년 이상 묵은 오죽으로 쌍골죽단소를 주로 만들었다. 쌍골죽은 일종의 병죽으로 살이 두껍고 단단하여 잘 터지지 않기 때문에 오래 보존할 수 있다. 뿐만 아니라 그만큼 야무진 소리를 내기 때문에 연주자들이 선호했다. 하나의 쌍골죽단소를 만들기 위하여 들이는 당신의 노력은 정말 대단했다. 자신이 원하는 소리가 나지 않을 때에는 심혈을 기울여 만든 단소라 할지라도 미련 없이 불구덩이에 던져버리던 당신. 그러나 내가 대학교를 들어갈 무렵부터 금속으로 만든 단소가 퍼지더니 그에 비해 값이 비싼 수제품단소는 찾는 이가 드물게 되었다. 그런데도 당신은 팔리지도 않는 단소를 만드는 일을 멈추지 않았고, 단소는 주인을 만나지 못해 불속으로 던져지곤 했다.

고향을 포함하여 주변의 1읍 5면 68개 마을의 일부 또는 전부가 만

수 시 물에 잠기게 된다는 댐건설이 시작되었다는 사실은 동생으로부터 들었다. 말을 듣고도 나는 고향에 가지 않았다. 마을주민들이 보상금을 타 가지고 타지로 이주하거나 또는 산위 새로운 터전으로 거처를 옮겼다는 소식을 접하고도 내려가지 않았다. 어린 시절 아픔의 흔적만 남아있는 그곳을 꿈에 볼까 두려워했다.

집터 쪽으로 향한다. 이미 댐을 막고 물을 가두기 시작했는지, 낮은 땅의 일부가 물에 잠기고 있다. 집들도 거의 철거되어 살구나무가 없었다면 우리집터를 찾을 수도 없었으리라. 봄이면 가지에 주렁주렁 열매를 맺던 살구나무는 수장될 운명도 예감하지 못한 듯 덩실 혼자서서 집터임을 말해주고 있다. 나무를 기준으로 해서 안방, 건넌방, 그리고 부엌 터를 눈대중으로 그려본다. 안방 터쯤에 쭈그리고 앉아 눈을 감는다. 순간 아버지의 단소소리가 다시 들려오는 것이 아닌가? 가을밤에 날아가는 기러기를 연상케 하는 청아한 청성곡. 저 멀리 차오르는 물에서 번져오는 소리도 같고, 호수 저편 죽도에서 바람을 타고 실려오는 것도 같다. 눈을 감고 한동안 소리에 귀를 기울인다. 그러자 내가 앉아있는 바로 땅 밑에서 솟아오르는 소리처럼 들린다. 순간 미친 듯이 땅을 헤집기 시작한다. 집을 뜯어 없애면서 미처 다 치우지 못한 나뭇조각을 들춰내자 낯익은 물건이 눈에 띈다. 아버지의 손길에 닳아 윤기가 반질반질한 부러진 단소조각이다. 나는 그 부근을 정신없이 들추어 동강 난 단소의 다른 한쪽마저 찾아낸다. 두 조각의 단소를 맞붙이자 제짝으로 맞았다. 이것은 어찌하여 불구덩이에 들어가지 않고 살아남았을까?

친구들과 어울리지 못하고 거울을 동무삼아 지내고 있다는 것을 알게 된 아버지는 내 손에서 거울을 빼앗으려고 어르기도 하고 협박도 했다. 나는 유일한 친구인 거울을 빼앗기지 않으려고 얼마나 용을 썼는지 모른다. 거울을 빼앗기고 나면 죽을 것만 같았다. 아버지는 좋아하는 단소를 불면서 왜 내가 좋아하는 거울을 상관하는 것이냐고 앙앙거리며 달려들었다. 그러자 아버지는 자신이 가장 아끼던 단소를 내 앞에서 두말없이 부러뜨렸다. 그리고 나서 너도 버려라. 했다. 새엄마 경대에서 훔친 거울을 어쩔 수 없이 내놓았다. 거울은 당신의 손에 의해 산산조각이 났고, 나는 한동안 거울 없이 지내야했다.

부러진 단소조각을 맞춰 입에 가져간다. 한 번도 단소를 불어보려는 시도를 하지 않았던 터라 연주하는 방법을 알리가 없다. 취구에 입김을 불어 넣었으나 소리가 되지 않는다.

―단소나 대금과 같은 취주악기를 연주할 때는 무엇보다 마음의 평정이 중요허지. 먼저 마음을 차분히 가라앉히는 준비가 필요혀. 그려야 호흡도 고르고 김이 잘 들어가서 맑고 고운소리를 만들 수 있응게.

어디선가 아버지의 나지막한 소리가 들려온다. 당신은 무엇 때문에 단소를 불기 시작했을까? 자신이 간질이라는 병을 앓고 있다는 사실을 깨달았기 때문일까? 그렇다면 당신은 단소를 만들고, 연주함으로 자신의 마음을 다스리고 있었음이 분명하다. 그래서 내 발병 소식을 듣고 단소를 주려고 했던 것은 아니었을까? 문득 그런 생각이 든다. 그러자 당신이 물려주려고 했던 단소를 끝내 받지 않았던 것이 처음으로 후회가 되었다.

다시 집터를 둘러본다. 집 뒤편에 무성하던 대나무들은 다 어디로 갔는지. 주변의 나무들은 모두 그대로 있는데 대나무만이 감쪽같이 사라진 것이 이상하다. 집터에서 발견한 부러진 단소를 들고 호수를 조망할 수 있는 뒷산으로 오른다. 호수는 낙조로 발갛게 물들어가고 있다.

누가 이끈 것처럼 산중턱으로 오르던 나는 깜짝 놀라 발걸음을 멈춘다. 당신이 목숨처럼 귀하게 지키던 대나무 밭이 몽땅 그곳에 옮겨져 있는 것이 아닌가?

─아부지의 유언을 나가 지킨 것 뿐이여요. 형은 알제? 아부지의 뜻을 말여라.

어디선가 동생의 음성이 들린다. 결국은 내가 고향에 내려와 새로운 삶을 이어가리라는 것을 당신은 알고 있었던가? 산중턱으로 자리를 옮긴 대나무는 저희들끼리 잎을 부대끼며 서걱거리는 소리를 내고 있다. 바람이 잎을 건드리며 지나가자 휘─휘─ 휘파람 소리가 난다. 당신의 혼이 이곳에 부유하면서 못다 이룬 득음의 꿈을 꾸며 내는 소리 같다.

떠나지 못한 수몰민들이 중턱에 새로운 동네를 이루고 있다. 이장네를 찾는다. 이장은 낯설었다. 저편 섬에 가고 싶다고 하자, 이장은 난감한 표정을 짓는다.

"그곳은 일 년에 한 번, 그러니까 추석성묘 때나 가능헌디요?"

견우직녀도 만남도 아니고 그게 무슨 말이냐고 내가 불손한 목소리로 따진다.

"그렇게 이장허라고 몇 번이나 통지허지 안 혔소?"

이장도 딱딱거린다. 그러다 절박한 내 표정이 안쓰러웠는지 슬며시 꼬리를 내린다.

"면사무소에 한번 신청해 보더라고요."

이장 집을 나와 이미 담수가 시작된 현장을 한눈에 조망할 수 있는 망향의 광장으로 오른다. 제법 높은 언덕에 조성된 광장에는 수몰마을의 표지 석들이 열을 지어 나를 맞는다. 수십 년 아니 수백 년 동안 동네사람들에게 이정표노릇을 하던 세월의 부스러기가 덕지덕지 붙은 표지 석들! 자신이 섰던 자리에서 어쩔 수없이 떠나온 그 표지 석들이 자리를 잡지 못하고 엉거주춤 서있는 모습이 마치 내 모습 같다. 외로움이 서걱서걱 몰려온다. 초등학교의 사모비나 추모비, 그리고 동네를 상징하던 연자방아도 새 자리가 어색한 듯 을씨년스런 모습이다. 조금 더 위쪽에 있는 정자대라는 망루로 올라간다. 아스라하게 댐도 보이고 어느새 사방으로 물이 차오른 호수가 우람찬 모습으로 눈앞에 펼쳐진다.

망루에 앉아 눈을 감는다. 찰랑거리는 물소리가 이곳까지 들리는 것 같다. 물소리에 섞여 귀에 익은 소리 하나가 잡힌다. 아버지가 연주하던 청성곡이다. 얼마나 지났을까?

"여기 있었구만이라? 한참 찾았는디.……"

부르는 소리에 눈을 뜬다. 이장이다. 딱딱거리던 모습은 어디로 가고 곱살스럽게 잡아끈다. 이유도 모른 채 이장 뒤를 따른다.

이장이 이끈 곳은 배를 띄울 수 있도록 만든 임시선착장이다. 보트보다는 약간 큰 것으로 보아 어선을 개조한 것 같은 배 한척이 떠있다. 시동이 걸려있는 배에 이미 한사람이 승선해있다. 나처럼 선친의 묘를 찾고자 하는지. 배에 올라 여인을 무심히 건너다보고 있는데, 육지에 선채 이장이 소리친다.

"두 분이서 잘 다녀오시오. 잉— ."

"그게 무슨 말이요?"

내가 놀라서 소리치자, 정기적인 수송시기가 아니라서 배를 운전할 사람이 없다는 대답이다. 어처구니가 없다. 한 번도 배를 몰아본 적이 없는 나더러 길도 모르는 곳을 어떻게 가란 말인가. 나는 배에서 내리려고했다. 그때, 여인이 간절한 표정으로 말한다.

"오늘 꼭 가야 돼요. 제발 데려다주세요."

나는 잠시 머뭇댄다. 이장은 묘지가 많은 곳의 방향을 손으로 알려주며 당부한다.

"어둡기 전에 돌아와야 쓸 것잉게, 서두르쇼."

거울속의나는참나와는반대요마는
또꽤닮았소
나는거울속의나를근심하고진찰할수없으니퍽섭섭하오.

물결은 잔잔하다. 모터로 돌리는 물속의 프로펠러가 만드는 하얀 물보라가 꽁무니에서 퍼져 오른다. 나는 앞으로 나가는 배의 키를 두 손으로 꽉 잡는다. 그리고 가야할 방향을 눈으로 가늠하며 천천히 돌린다. 처음 잡는 것이라 긴장하여 등줄기에 땀이 주르르 흐른다. 얼굴이 벌겋게 달아오르며 숨이 찬다. 내 모습을 지켜보던 여자가 안타까웠던지 나를 향해 뭐라고 말을 한다. 그러나 그녀의 말은 모터소리에 섞여버린다. 내가 큰소리로 되묻자 미안해요. 라고 반복하여 소리 높여 대답한다. 이미 뭍을 떠나버렸는데 가는데 까지 갈 수밖에 없다는 심정으로 그녀를 향해 씩 웃어준다. 안심하라는 표현이다. 여인도 따라 웃는다. 웃을 때 생기는 보조개가 상큼하다. 어디서 봤더라? 순간 보조개의 낯익음에 나는 고개를 갸웃한다.

고향을 삼킨 호수의 이름을 '용을 담은 커다란 호수' 라는 뜻으로 용담호라 붙였다고 한다. 담수가 시작되면서 호수의 모양이 점점 용의 모습으로 변해간다니! 우연치고는 기막힌 우연이지 않은가? 어느새 우리는 용의 머리 쪽까지 올라와있다. 슬쩍 여인을 건너다본다. 그녀는 무심한 눈길로 목적지를 더듬고 있다. 매우 낯익어 보이는 까닭은 무엇인지? 궁금증을 참지 못하고 여인을 향해 소리친다.

"여기가 고향인가요?"

여인이 고개를 끄덕인다.

"집이 어디였나요?"

그러자 여인은 보트 바로 밑을 손가락으로 가리킨다.

"여기요. 바로 여기.……"

검푸른 물속에 잠긴 집터가 보이기라도 하는 것처럼, 여인은 몸을 구부려 물밑을 내려다보고 있다. 굽힌 여인의 등에 견갑골 뼈가 유난히 도드라져 보인다. 순간 나는 흑, 숨을 멈춘다. 그 아이다. 4학년 1반 김미려. 아스라한 기억 속에 남아있는 아이의 모습이 여인과 겹쳐진다. 물밑을 하염없이 바라보던 여인이 눈을 들어 하늘을 우러른다. 무엇으로 그리 힘들어하는가? 그녀에게서 밀려오는 공허감으로 나는 말을 잊는다. 이장이 지적해 준 방향으로 모터 배는 힘차게 돌진한다. 놓칠세라 키를 움켜잡고 그녀를 훔쳐본다. 그녀는 마치 혼자인 것처럼 초연한 자세다.

문득 주머니에 들어있는 거울이 보고 싶어진다. 여인이 나를 알아볼까? 그럴 리는 없을 것이다. 혼자 좋아 가슴앓이를 했을 뿐, 속마음을 내비치지 않았으니 그녀에게 나는 낯선 사람일 따름이다. 두근대던 가슴이 차츰 가라앉는다.

"이제 다 와 가네요."

가까이 다가서는 산봉우리를 가리키며 내가 말한다. 여인이 다소곳이 고개를 숙여 고맙다는 표현을 한다. 누굴 찾아가는 것일까?

급조하게 만든 것 같은 선착장에 배를 댄다. 시동이 꺼진 보트가 심하게 흔들린다. 여인이 겁에 질린 표정으로 나를 본다. 뭍으로 뛰어내려 손을 내민다. 잠시 망설이던 그녀가 내손을 잡는다. 차가운 손! 마치 죽은 이의 손을 잡은 것처럼 싸늘하다. 나는 움찔 몸을 떤다. 여인을 뭍에 바투 세워놓고, 보트와 연결된 끈을 말뚝에 잡아맨다.

일 년에 한번 또는 두 번, 성묘를 하기 위한 사람만 오는 육지 안의 섬! 사람의 발길이 뜸해서인가. 우거진 수풀이 길을 덮고 있다. 허적허적 앞장서서 걷는 내 뒤를 여인이 다소곳하게 따른다. 길은 한곳으로 뚫려 있다. 낯선 사람의 발걸음에 놀란 듯 새들이 퍼드덕 날아오른다. 돌아서며 여인에게 묻는다.

"어디로 누굴 찾아가지요?"

여인이 고개를 가로젓는다. 어디로 갈지 모른다는 표현인 듯하다. 사실 장례식 때 와보곤 처음인 나도 아버지 묘가 있는 곳의 방향을 가늠하지 못하고 있는데 난감하다.

"그냥 길을 따라 가보죠. 뭐."

결정하듯 내가 말하자, 여인이 다시 고개를 끄덕인다. 우리는 말없이 걷는다.

"그쪽은 누굴 찾아 가세요?"

모처럼 여인이 입을 연다. 반갑다.

"선친요"

말을 하고 쑥스러워 얼굴을 붉힌다. 혈육을 끈을 끊어버리고 싶어 그렇게 살았던 내가 아니던가. 아— 알겠다는 듯이 여인이 작게 감탄사를 끌더니, 효자시네요! 한다. 명절도 아닌데 이렇게 찾아가는 것을 보고 그런 생각을 했을 것으로 짐작이 되나, 부담스럽다. 아버지가 들으면 무덤을 박차고 뛰쳐나올 소리가 아닌가.

"그쪽은?……"

얼른 화제를 여인 쪽으로 돌려 묻는다. 그녀의 얼굴이 갑자기 어두워진다. 한참을 망설이던 그녀가 조그만 목소리로 중얼거린다.

"죄요. 이승에선 씻을 수 없는 커다란 죄요."

마지막 고백성사를 하듯 그녀가 두 손을 모은다.

갈림길에서 우리는 잠시 멈춘다. 조금 낯익은 길 쪽으로 방향을 잡는다. 수풀로 뒤덮여 숨어버린 길을 주운 막대로 휘저으며 앞으로 나간다. 제대로 찾아온 듯 낯익은 봉분이 보인다. 납작하게 엎드려 있는 봉분이 사람 키보다 큰 잡초에 묻혀있다. 벌초도 안하고 뭐야. 이게.…… 속으로 이복동생에게 역정을 낸다. 이곳이 맞느냐는 듯 내게 시선을 둔 여인이 봉분 앞으로 간다. 두 손으로 우적우적 잡초를 뜯던 그녀가 아— 짧게 비명을 지른다. 그녀의 손가락에서 피가 흐른다. 그녀의 손가락을 움켜쥐고 입으로 피를 빨아낸다. 그녀는 내 입으로부터 손가락을 빼내려 애를 쓴다. 고개를 들자 바로 앞에 발갛게 물든 그

녀의 얼굴이 보인다. 가슴이 사정없이 뛴다. 그녀의 손을 놓고 다시 잡
초를 쥐어뜯는다. 기술 없는 이발사가 쥐어뜯어 놓은 선머슴아 뒤통수
같은 봉분 앞에서 절을 한다. 두 번.

주위를 살피던 그녀가 한곳을 가리킨다. 커다란 미루나무가지 끝에
매달린 노란매듭이다. 비에 젖지 말라고 비밀주머니 속에 꽁꽁 묶어
둔 노란 편지. 펼치는 내손이 사뭇 떨린다. 낯익은 필체, 동생이다.

—형! 나 군대가우! 형이 여기까지 올리는 없겠지만……, 혹시나
온다면 혀서 자취를 남기오. 형은 내가 보고 잡지 않았지만, 내겐 형밖
에 없으니……. 형! 아버지 유언대로 머물 곳을 맨들었소. 대나무 숲
과 함께 있으니 찾긴 쉬울 거요. 그곳에 아버지의 유품이 형을 기다리
고 있을 것이오. ……

날짜를 보니 반년전이다. 있던 집 팔아 아내와 아들을 미국으로 보
내고, 방 하나 얻어 옮기면서 동생에게 알리지 않았다. 증발해 버린 형
을 애써 찾으려고 하지 않고 이런 방법을 택한 동생. 그에게 나는 어떤
존재인가.

정신을 차리고 보니 그녀가 막막한 표정으로 서 있다. 미안하다. 이
제 앞장서라는 눈짓을 한다. 그러나 여인은 미동도 하지 않는다. 잠시
기다린다. 곧 해가 질 터인데, 재촉하자 그녀가 입을 연다.

"날 여기에 놔두고 그만 가세요."

무슨 뜻인지 얼른 알아듣지 못하고 나는 그녀를 빤히 쳐다본다.

"상관하지 말고 그냥 가라고요."

이번에는 싸늘한 음색으로 돌변하여 말한다. 어쩌려고? 되묻던 나
는 머리에 스치는 생각에 전율한다. 죽은 사람의 무덤을 찾아온 것이

아니라, 묻힐 곳을 찾은 것은 아닌지.

어둠이 내리고 있다. 한사코 버티는 여인의 마음을 돌리는 방법을 몰라 허둥댄다. 그녀의 결심은 확고한 것 같다. 왜 이런 일에 끼어들고 말았는가. 한편으로 짜증이 나면서도 어떡하든 함께 이 섬을 빠져나가 야한다는 생각으로 그녀를 어른다.

"사는 것보다 목숨을 끊는 것이 훨씬 어려워요. 죽을 결심이라면 뭔 들 못하겠어요."

듣는 것 같지 않은 여인에게 이번에는 협박과 회유를 거듭한다.

"여기서 혼자 나가면 살인자가 돼요. 내가 왜 살인방조죄로 옥살이 를 해야 하나요?"

어떤 말에 마음이 움직였는지 모른다. 여인에게 진을 다 뺀 탓에 어 떻게 뭍으로 나왔는지 기억조차 없다. 죽든 어디로 가든 알게 뭐람! 잔뜩 화가 나서 뭍에 내리자마자 그녀에게 잘 가라는 인사도 하지 않 고 쌩쌩 걷는다. 종종대며 따라오는 그녀의 발소리를 듣고도 뒤도 돌 아보지 않는다. 나도 모르게 발걸음은 낮에 보았던 대나무 밭으로 향 한다. 그곳에 쉼터를 마련했다는 동생. 오늘은 별수 없이 그곳에서 묵 어야 할 것 같다. 희미한 가로등은 겨우 물체의 실루엣을 구분해주고 있을 뿐, 주위가 너무 어둡다. 무서웠는지 그녀가 내 등 뒤로 바짝 다 가서서 따른다. 가쁜 숨을 내쉬는 그녀가 안쓰러워진다. 걸음을 늦추 어 그녀와 나란히 걷는다. 그녀에게서 땀 냄새가 물씬 풍겨온다.

아버지의 유언에 따라 동생이 지었다는 집은 대나무밭 안쪽에 다소 곳이 자리 잡고 있다. 아직 송진 냄새가 배어 있는 일자형한옥으로 대 나무가 병풍처럼 감싸고 있다. 나를 기다리고 있었던 것 마냥 방문은 열려있다. 문지방을 넘어서자, 정면 벽에 아버지의 영정사진이 나를 보고 웃는다. 많이 기다렸노라고, 살아있다면 돌아온 탕자를 맞이한 아버지처럼 동네잔치를 해 줄 텐데……. 말하는 것만 같다. 얼른 당신에게서 시선을 돌려 방안을 둘러본다. 방안은 매우 간결하고 소박하게 꾸며져 있다. 이불장, 옷장, 그리고 작은 앉은뱅이책상이 전부다.

여인은 내가 하는 양을 말없이 지켜본다. 땀으로 흠뻑 젖은 옷이 마르며 몸의 열기를 빼앗아 가서인지 그녀가 몸을 떤다. 나는 주방 쪽으로 향한다. 다행히 주방 옆에 간이샤워장이 있다. 동생의 옷을 찾아 건네며 여인을 그곳으로 밀어 넣는다. 조심스럽게 떨어지는 물소리를 들으며 냉장고를 연다. 반년 전에 떠난 동생이 남기고 간 것은 소주 두병과 스낵과자 한 봉지뿐이다. 식탁에 소주와 과자를 챙긴다. 하루 종일 굶은 뱃속에서 들리는 아우성이 말이 아니다.

샤워를 마친 그녀와 식탁에 마주앉는다. 동생의 옷을 입은 여인은 분위기가 사뭇 달라져 보인다. 우리는 말없이 과자를 안주삼아 술잔을 기울인다. 주거니 받거니 술잔이 돌고 여인의 얼굴에 홍조가 번진다. 술 탓인가? 그녀가 입을 연다.

"나는 불행을 몰고 다니는 여자예요. 나로 인해 많은 사람들이 죽었지요. 아버지, 어머니, 그리고 하나뿐인 내 아이까지. 더 이상 살 수가 없어요. 살아선 내 죄를 용서받을 수 없어요."

흐느끼던 그녀가 식탁에 엎드려 잠이 든다. 안방에 자리를 펴고 그녀를 안고 가서 눕힌다. 잠결에 여인은 내 목을 껴안고 놓지 않는다. 아내가 떠난 뒤 잊고 살았던 남근이 불끈 일어선다. 그녀의 손을 살며시 떼어내 이불을 여며준 다음, 영정사진이 있는 방으로 돌아온다.

윗목에 있는 책상서랍을 연다. 아버지의 유품! 적당하게 묻은 손때로 반질거리는 단소 하나. 이 단소를 내게 물려주려는 까닭은 무엇인가요? 아버지 사진에 대고 묻는다. 당신을 닮은 이 아들을 근심하면서도 진찰할 수 없으니 섭섭하기 때문이요? 아버지는 말이 없다.

나는지금거울을안가졌소마는거울속에는늘거울속의내가있소
잘은모르지만외로운사업에골몰할께요

부엌 쪽에서 들리는 달그락거리는 소리에 눈을 뜬다. 어느새 환히 밝아온 방안이 제법 훈훈하다. 밖으로 나가자 그녀가 웃는 얼굴로 세숫물을 떠준다. 내가 잔 방에 군불을 지펴 데웠는지 물은 알맞게 덥혀져있다. 세수를 하고 주방으로 들자, 이미 밥상이 차려져있다. 어디서 구했는지 된장을 푼 아욱국이 입맛을 돋운다. 고맙다는 말도 없이 밥한 그릇을 순식간에 해치운다. 설거지를 하는 뒷모습을 보며 그녀를 붙잡고 싶은 생각에 시달린다. 발작하는 내 모습을 본다면 그녀도 아내처럼 떠나리라. 차라리 가슴속에 묻어둔 첫사랑으로 남겨두는 것이 좋을 것이라 생각하고 입을 다문다.

방으로 들어온 나는 아버지의 유품인 단소를 꺼낸다. 물려주려고 했을 때 단호하게 거절했던 단소. 입에 대고 취구에 입김을 불어넣는다. 아―, 미세한 떨림으로 맑은 음색이 울려 퍼진다. 이 한 개의 단소를 만들기 위해 얼마나 많은 당신의 손길이 닿았을지. 따뜻한 당신의 체온이 물씬 전해오는 것만 같다.

구부정한 자세로 앉아 쌍골죽단소를 만들던 당신. 해묵은 느란 대를 채취하여 알맞은 크기로 손질을 시작할 때부터 당신은 혼자가 된다. 입구에 붙일 얇은 갈대청을 구하기 위한 당신의 지성은 또 얼마나 극진했던가. 늪지에서 자라나는 갈대를 채취하기 위해 오월 단오를 전후로 당신은 항상 멀리 떠났다. 그 시기에 채취해야만 갈대 속에 수분이 잘 올라와 뽑아내기가 쉽다고 했다. 시기가 너무 이르면 물이 올라오지 않고, 너무 늦으면 청이 말라붙어 뽑혀지지 않아 때를 놓치지 않으려고 날밤을 꼬박 새우던 당신이다. 그는 정말 내가 자기와 같은 삶을 살아가리라 짐작했던 것일까? 그래서 그렇게 자신의 솜씨를 전해주려고 애썼을까?

청을 붙인 다음, 맑은 공명음을 내는 청공을 또 붙여야 한다. 그런 다음 뒤에 한 개, 앞에 네 개의 지공을 뚫는다. 그렇게 수십 번 손질하여 만들어진 단소는 당신이 부는 청성곡 한가락으로 좋고 나쁨이 가려진 후 팔려가곤 했다.

내가 당신처럼 장인의 손길을 다듬고 산다면, 그녀는 내 곁을 떠나지 않을까? 설거지를 마치고 툇마루에 앉아있는 그녀를 바라보며 꿈을 꾼다. 죽어야한다고 죽을 수밖에 없다고 난리를 치던 그녀가 하룻밤사이에 어쩜 저렇게 변할 수 있는지. 이해하지 못하는 내 시선을 느꼈는지 그녀가 말을 꺼낸다.

"어차피 죽을 목숨이니까요. 그 시기가 일찍, 아님 조금 늦게 오느냐 차이일 뿐이죠."

그녀가 해탈한 부처처럼 웃는다. 그녀의 얼굴에 나타난 보조개가 눈이 부시다. 주머니에서 꺼낸 하얀 알약을 펼치며 그녀가 담담하게 말을 잇는다.

"이게 뭔지 아세요? 진통제죠. 이게 없으면 하루도 견딜 수가 없어요. 내가 지은 죄에 대한 벌이죠. 목숨이 붙어있는 날까지 속죄하며 살아야하는 것은 잘 알지만 ……, 고통에서 얼른 벗어나려고 욕심을 부렸지요. 내 아이 곁에서 자진하려고요. 그런데 우습지요? 어쩜 당신이 이런 내 고통을 함께 해 줄 것이란 생각이 문득 들었어요. 과분한 욕심이겠지요?"

대답을 기다리지 않고 가슴에 뭉친 피멍울을 그녀가 토해낸다. 사생아를 친정에 맡기고 부자 집에 시집을 갔다. 과거를 숨기기 위하여 고향에 발을 끊었다. 화병이 든 친정아버지는 술로 지새다가 추운 겨울날 동사했다. 지병인 당뇨로 실명까지 한 어머니는 그날 불이 옮겨 붙은 줄을 몰랐다. 방안에는 여섯 살배기 아들이 자고 있었다. 형체도 알아볼 수없이 타버린 주검을 동네사람들이 섬이 되어버린 뭍에 묻었다. 소식을 전해 듣고도 내려오지 않았다.

말을 끝낸 뒤 한참동안 고개를 숙이고 있던 그녀가 물었다.

"신이 있다고 생각하세요? …… 지금까지 전 신을 믿지 않고 살았지요. 신이 있다면 만약 하느님이 있다면 그 많은 죄인들에게 왜 벌을 주지 않을까요? 그들은 벌을 받기는커녕 큰소리치며 더 잘 살고 있잖아요?"

어쩌면 나도 그녀처럼 신을 부정하며 살았던지 싶다. 등에 짊어진 십자가가 너무 무거워 하느님을 원망하며 살았으니까.

"그러나 신은 자신의 존재를 확인시켜 주기위해 내 삶 한가운데로 뛰어들었는지 몰라요. 아마 그럴 거예요. 너, 베드로처럼 나를 부정했지? 하면서요."

그녀는 간암말기라 한다. 마치 남의 이야기를 하듯 슬픔도 억울함도 깃들지 않은 목소리로 말한다. 아! 내가 놀란다. 간암 말기. 그녀에게 어떤 위로의 말이 필요할까? 언제 죽을지 모르는 시간과의 싸움 밖에 남지 않은 그녀! 도대체 내가 줄 수 있는 것은 무엇인가?

툇마루로 다가가 그녀 옆에 앉는다. 멀리 댐이 보이고, 조금씩 차오르는 호수가 우람하다. 찰랑거리는 물소리가 이곳까지 들려오는 것 같다. 물소리에 섞여 귀에 익은 소리가 잡힌다. 청성곡이다. 나는 호주머니에 들어있던 거울을 꺼내어 그녀의 손에 꼭 쥐어준다.

거울 속에는 늘 거울속의 내가 있소.

그녀가 거울 속을 빤히 들여다본다. 그녀의 손으로 넘어간 거울은 이미 내 것이 아니다. 그녀가 거울 속에서 자신을 찾을 수만 있다면 그것으로 만족하리라.

어쩌면 아버지의 거울 속에 내가 들어있듯이 동생의 거울 안에는 내가 들어 있을지도 모른다는 생각이 뇌리를 스쳐간다. 우리는 서로 닮은 그러나 서로 만져보지도 못하고 악수를 주고받을 줄 모르는 거울 속 그림자의 관계로 살아갈 것이다.

꿈꾸는 손

문이 열린다. 딸라아—ㅇ. 오른쪽위에 매단 실버종이 긴 여운을 남기며 울린다. 길게퍼지는 소리는 한줌 남은 떨림으로 주위의 공기를 밀어낸다. 수틀에서 고개를 드는 그녀의 얼굴위로 여운은 낯설게 부딪친다. 파르스름한 그녀의 입술이 열린다.

"어서 오십……."

그녀는 말을 끝맺지 못하고 입술을 파르르 떤다.

'너무 추워!'

그녀는 속으로 중얼거린다.

황실로 들어온 나는 이미 그녀 바로 앞에 서 있다.

무릎위에 있던 수틀을 탁자에 놓으며 그녀는 느릿느릿 일어선다. 그녀의 움직임이 비현실적으로 느껴진다. 나는 잠시 주춤한다.

"무얼 찾으시는지."

그녀가 갑자기 저돌적인 목소리로 다그친다.

"사려는 게 아니고……."

순간 나는 당황한다. 자신이 이곳에 들어온 이유를 잊은 듯 더듬거린다. 그러자 그녀는 들어온 나를 무시해버리듯 다시 수틀을 무릎위에 얹고 천 사이에 끼워진 바늘을 뽑아든다. 나는 이대로 돌아 갈 수 없다는 몸짓으로 그녀의 맞은편에 앉는다.

그녀의 손놀림은 비범하다. 온몸의 정기를 수틀에 다 쏟아 부으려는 자세는 신선하다. 그런데 능숙하게 작업하는 그녀의 모습을 보면서 나는 뭔가 부자연스럽다고 생각한다. 왜일까? 음―. 나는 작게 신음 소리를 낸다. 왼손잡이구나. 그런데 왜 쉽게 눈치 채지 못했을까? 그녀의 오른손 검지엔 예쁜 골무가 끼워져 있다.

"저 ― 쇼윈도에 부착된 구직 내용을 보고 들어왔는데요."

그녀는 수틀에 박혀 있던 고개를 천천히 들더니 의아하다는 표정으로 나를 응시한다.

"수예에 기능이 탁월한 여자를 구한다고 쓰여 있을 텐데요?"

여자라는 단어에 힘을 주어 또박또박 말하며 그녀는 희미한 미소를 띤다.

"물론 보았습니다. 하지만 그건 성차별이라고 생각지 않으세요?"

그녀는 잠시 생각에 잠기는 듯했다. 잠시 후 되묻는다.

"그럼 수예는 해 보셨단 말씀인가요?"

"어렸을 때에 잠깐 해 보았습니다. 손재주에 대해선 그리 염려하지 않아도 될 겁니다."

그녀는 어처구니없다는 듯 어깨를 으쓱했다. 그러더니 더 이상 대꾸할 필요가 없다는 의지를 나타내 보이며 다시 수틀을 잡는다.

그녀는 지금 아이다에 십자수를 놓고 있다. 언뜻 보니 아기천사의 모습인 듯했다. 피리를 부는 모습이 슬며시 나타나 보인다. 지상을 내려다보는 동그란 눈동자가 사뭇 처연하다. 그녀는 한쪽 날개를 다무리하고 있다.

왼쪽아래 구멍의 뒤에서 앞으로 바늘을 넣는다. 대각선 방향에 있는 위쪽구멍으로 바늘을 넣었다가 수평방향의 왼쪽구멍으로 뺀다. 다시 대각선 위쪽으로 바늘을 넣었다가 수평이 되는 구멍으로 뺀다. 그녀는 그렇게 위에서부터 십자모양을 만들며 내려온다. 처음에 사선으로 수를 놓았던 부분의 시작점까지 와 드디어 십자모양을 완성시킨다. 앙증맞은 날개가 천사의 등위에 피어난다. 그녀는 아이다를 수평으로 반복되어 있는 뒷면으로 뒤집는다. 마무리를 하기위하여 수평으로 놓아진 실의 서너 칸 정도를 떠서 바늘을 통과시킨다. 남은 실을 가위로 잘라 마무리한다.

그동안 그녀는 곁에 있는 나를 전혀 의식조차 하지 않는다. 나 또한 소리 없이 그녀의 작업을 주시한다. 방금 끝낸 아기천사의 날개를 내려다보던 그녀는 생각난 듯 나에게 시선을 돌린다. 터널처럼 검게 빈 눈동자를 보며 나는 진저리를 친다.

"무엇을 찾으세요?"

좀 전의 대화를 모조리 잊은 것처럼 그녀가 내게 다시 묻는다.

"일자리가 필요해서요."

나도 똑같은 대답을 한다.

"제가 필요한 사람은 수예기능이 탁월해야 한다니까요."

"몇 시간만 배우면 할 수 있겠는데요?"

"물론 이 십자수야 한 번만 해보면 금방 따라 할 수 있지요. 허나 제가 원하는 것은 이런 서양자수가 아닌 걸요."

"그럼? 어떤 일을?……"

"당신은 할 수 없을 거예요."

그녀는 단언하듯 말한다. 그리고 그만 나가달라는 표정을 짓는다.

그때 실버벨 종소리가 울린다. 단발머리 여학생 두 명이 머리만 문 안으로 디밀고 묻는다.

"과제로 낼 십자수를 대신 놓아 줄 수 있어요?"

그녀는 고개를 끄덕인다. 여학생 둘은 활짝 웃으며 가게로 뛰어든다.

"이제 살았네. 언니, 이거 모레까지 제출해야 하거든요."

둘은 동시에 반쯤이나 수놓은 아이다를 가방에서 꺼내어 그녀에게 준다. 이미 놓아져있는 수는 엉망으로 뒤엉켜있다. 그것을 보며 그녀는 쯔쯔, 혀를 찬다.

내일 찾으러 온다는 말을 남기고 여학생들이 돌아가자, 그녀는 작업을 시작한다. 우선 한 학생의 아이다를 펼치고 작고 끝이 날카로운 자수용 가위를 이용하여 뜯어내기 시작한다. 천이 상하지 않도록 세심하게 손을 놀린다.

나도 나머지 한 개의 아이다를 잡아든다. 그리고 그녀처럼 섬세하게 손을 놀려 한 코 한 코 뜯어낸다. 그녀는 체념한 듯 나를 만류하지 않는다. 아니 나의 예사롭지 않은 손길에 이내 안심하는 표정을 짓는다.

둘은 마치 내기라도 하는 듯 빠르게 손을 놀린다. 자수용 가위를 이용하여 매듭을 자른 다음 24번 바늘을 이용하여 사선으로 연결되어 있는 수실을 뽑아낸다. 일본소녀가 신고 있던 게다 한 짝이 벗겨진다. 나머지 한 짝도 스르르 벗겨지고 두 발도 이내 모습을 감춘다.

'그 많은 도안 중에 왜 하필 일본 여자란 말인가?'

341번 파르스름한 파스텔 바탕색에 552번 분홍색의 꽃무늬가 화사하게 피어오른 기모노를 벗기며 그녀가 중얼거린다. 나는 열심히 뜯어내며 그녀를 쳐다보지도 않고 혼잣말로 대답한다.

"저 애들은 자라면서 그쪽 문화에 자연스럽게 물들었기 때문일 거요."

그녀가 흘낏 나에게 눈길을 준다. 그들과 얼마나 세대차이가 난다고 그렇게 단언하느냐 하는 힐난의 눈초리다.

어느 새 나는 하반신을 다 벗기고 있다. 내가 잡고 있는 아이다가 텅 비어가며 태초의 모습을 찾고 있다. 그녀는 정확하고도 빠른 나의 손길에 내심 감탄하는 표정이다. 나는 깨끗하게 뜯어진 아이다를 그녀에게 밀어보이며 이만하면 믿어줄 수 있지 않느냐고 눈으로 묻는다. 그것만으로 내 솜씨를 가름하기는 빠르다는 생각인 듯, 그녀는 말없이 자신이 들고 있는 아이다에 자투리로 남아있는 기모노조각을 뜯는다.

실내에는 한동안 적막이 흐른다. 나는 사방 벽에 걸려있는 견본작품들을 하나하나 살핀다. 벽에 걸려있는 액자주제는 대부분 잊혀가고 있는 우리의 생활정서를 담고 있다. 사모관대를 한 꼬마신랑이 원삼혼례복에 족두리까지 쓴 새색시의 볼에 살며시 입술을 대고 있는 배경으로 한 시계가 째깍째깍 움직이고 있다. 그 옆에는 호탕한 모습의 달마

대사가 불룩 나온 배통을 내밀며 왕방울만한 눈동자를 부릅뜨고 나를 노려본다. 나는 속마음을 달마대사에게 들키기라도 한 것처럼 화들짝 놀라 얼른 시선을 돌린다. 연꽃 한 송이를 들고 그 향기에 취해 두 눈을 살포시 감고 있는 동자승이 보인다. 발밑에 얌전하게 벗어 놓은 동자승의 검정고무신을 보며 불현듯 나는 아버지를 기억한다.

농사꾼 아버지는 항상 검정고무신을 신었다. 운동화보다 값은 절반이나 싸고 신기는 갑절이나 길다는 고무신에 대한 예찬을 그에게서 수없이 들었다. 아버지의 몸에 베인 검소함임을 나는 잘 안다. 그런 아버지를 생각할 때마다 나는 연어를 연상하곤 한다. 새끼들을 위하여 속이 텅 빈 채 죽어가는 연어를.

마침내 뜯어내는 작업이 끝났는지 그녀가 자리에서 일어선다. 책꽂이에 꽂힌 도안집을 뽑는다. 두툼한 견본 집에는 가지가지 화려한 도안들이 자태를 뽐내고 있다. 그녀는 넘기던 손을 잠시 멈춘다. 나는 그녀를 건너다본다. '오줌싸개'라는 제목의 도안이다. 색의 배색이 그 여학생들이 좋아할 것 같다. 요즘 유행하는 포도주 색깔의 머리를 한 젊은 어머니, 그 옆에 엄마의 치마꼬리를 붙들고 웃음을 참지 못하는 어린 동생과 금방 후드득 눈물을 쏟을 것만 같은 표정의 '오줌싸개'가 키를 뒤집어쓰고 있다.

그녀는 결정했다는 듯이 도안을 따로 빼낸다. 그리고 의미가 담기지 않은 눈으로 나를 쳐다본다. 나는 펼쳐진 도안집을 넘겨 한 장의 도안을 선택한다. '징검다리'이다. 구름, 잠자리, 그리고 물위로 뛰어오르는 물고기 세 마리가 배경이다. 남자아이가 여자아이를 업고 조심스레 돌다리를 건넌다. 배경이 참으로 아늑하다. 힘에 부치는지 앙증스럽게 꽉 다문 남자아이의 입모습이 웃음을 자아내게 만든다. 그녀처럼 도안을 빼내며 내가 묻는다.

"우리 마음대로 도안을 바꾸어도 되나요?"

"점수만 잘 나오면 상관하지 않으니까요."

그녀는 심드렁한 목소리로 대꾸한다. 으레 그리해왔으니 걱정하지 말라는 표정이다. 말하는 그녀의 얼굴에서 나는 절망감을 감지한다. 몹시 힘들어하는 이유는 도대체 무엇인가.

그녀는 실을 담은 상자에서 '오줌싸개'에 필요한 색실을 번호대로 고른다. 십자수용 실패인 보빈에 감겨져있는 색실을 번호대로 찾은 다음, 없는 번호의 색실을 색실상자에서 고른다. 그녀가 골라놓은 색실은 모두 28종 그리고 금사가 하나 추가한다. 그녀가 하는 양을 보면서 나도 선택한 '징검다리'에 필요한 색실을 고른다. 내가 고른 색은 모두 40종이었고, BLANC가 하나 더 들어가 있다.

그녀는 옅은 하늘색인 아이다를 가로 세로로 접어 중심점을 표시한 다음 플라스틱 수틀에 팽팽하게 당겨 고정시킨다. 도안에도 중심점을 찾아 표시를 한다.

그녀는 자기가 하는 대로 따라하는 나에게 그렇게 해야 하는 이유를 설명한다.

"이 중심점부터 시작해야 좋아요. 괜히 위에서부터 시작했다간 아래 천이 모자라든가 혹은 남는 불상사가 생기거든요."

나는 고개를 끄덕인다. 그녀는 오줌싸개 어머니의 치마부분부터 시작할 요량인지 24번 바늘에 겨자색 색실을 꿴다. 나는 여자아이의 궁둥이를 받치고 있는 남자아이의 팔뚝을 수놓기 위해 진회색을 바늘에

펜다. 자신의 수틀에 머리를 수그린 채 둘은 열심히 손을 놀린다. 나는 가끔 왼손으로도 능숙하게 바늘귀를 꿰는 그녀를 놀랜 눈으로 본다. 어머니의 치마가 풍성한 모습을 드러낸다. 나도 질세라 빠르게 손을 놀린다. 남자아이의 상의가 드러난다. 남자아이의 팔 사이에 낀 여자아이의 빨간 치마로 가린 궁둥이를 표현하기위하여 나는 실을 바꾸려 한다. 그러자 그녀가 제지한다.

"되도록 같은 색을 이어서 놓으세요. 그래야 뒷부분이 깨끗하게 마무리되니까요."

뒷부분에도 신경을 써야한다는 그녀의 말에 나는 군말 없이 다시 실을 바꾸며 생각한다. 이 세상도 십자수처럼 감춰진 부분도 깨끗하면 얼마나 좋을까?

얼마나 지났을까? 쇼윈도를 통해 보이는 거리에 어둠이 내린다. 자율학습이 끝났는지 무겁게 흘러내리는 가방을 등에 걸머진 채 학생들이 종종 걸음을 친다. 그들의 얼굴 표정은 어둠에 가려 볼 수 없었지만 나는 안다. 그들이 어떤 생각으로 나날을 고달프게 지내는지 경험으로 나는 충분히 이해한다. 아버지와의 오랜 줄다리기에 지쳐 아버지가 원하는 대로 고등학교 3년 동안 죽을힘으로 책과 씨름했다. 내가 원하지도 않은 과에 들어가기 위해서.

나의 아이다에 두 아이가 깜찍하게 살아나고 있다. 슬쩍 건너다 본 그녀의 아이다에도 어머니의 모습이 예쁘게 피어나 있다. 둘은 잠시 상대방의 수틀을 건너다보며 마치 내기라도 걸어 논 사람들처럼 눈대중을 해본다.

그 순간 밤하늘에 불꽃이 활짝 피어난다. 이삼초 사이를 두고 뻥뻥

하늘이 울린다. 나는 놀란 눈으로 그녀를 본다. 피어오르는 불꽃으로 황실 안이 잠시 동안 휘황찬란해진다. 어디선지 우우 하는 탄성이 터진다. 부산스럽게 오고가는 아이들의 발소리도 들린다.

"오늘 마침 홈팀의 경기가 있나 보네요. 결승전을 자축하는 불꽃놀이 일 거예요."

그리고 보니 하늘 저편이 대낮처럼 환하다. 황실의 맞은편이 종합경기장이고 왼쪽으로 45도 각도에 야구장이 있다. 낮에는 야구장의 모습을 볼 수 없었는데, 경기를 위하여 대낮처럼 밝힌 불빛으로 야구장의 위치를 지금은 확연하게 알 수 있다. 황실안보다 더 밝은 그곳은 축제의 열기가 뜨겁게 달궈지고 있다. 상점 안까지 들려오는 관중들의 응원 소리, 연이어 터지는 폭죽소리가 황실의 분위기를 상기시킨다.

"야구선수가 되고 싶다는 꿈을 가진 적이 있었지요. 볼이 배트에 정확하게 맞았을 때, 그 짜릿한 기분 알아요?"

내가 흥분하여 말한다. 어머니가 죽은 후 나는 아버지에게 반발했다. 계집애 같다며 놀리는 친구들. 사내가 할 일 없어 여자들이 하는 수놓는 일을 좋아하느냐는 놀림을 당하지 않으려고 중학교 시절 내내 야구, 축구, 농구…… 운동이란 운동을 다 섭렵했다. 아버지는 그런 그의 고집에 머리를 설레설레 흔들었다. 어머니를 죽인 사람이 바로 아버지라고 굳게 믿고 있던 시절, 나는 아버지를 이해하려고 하지 않았다.

그녀는 내가 말하는 뜻을 안다는 듯이 고개를 끄덕이며 예쁜 골무가 끼워진 오른쪽 검지를 만지작거린다. 나는 새삼 그 손가락이 궁금해진다. 왼손잡이인 그녀는 바늘을 쥐지도 않는 오른손가락에 왜 골무를 끼고 있는가.

그녀가 슬며시 일어나더니 수화기를 든다. 누구와 통화를 하려는 것 같다. 나는 통화가 끝나기를 기다리며 수틀을 잡는다. 남자아이의 통통한 팔이 떠받치고 있는 여자아이의 궁둥이를 표현하기 위하여 빨간 색실을 바늘에 꿴다.

그녀가 수화기에 대고 소리친다.

"도대체 왜 이러는 거니? 나를 좀 가만히 내버려두라고. 잊힐 만하면 전화를 거는 네 의도를 이해할 수 없구나. 제발 ……, 제발 이제 더 이상 전화하지 마."

나는 바늘을 든 채 그녀를 본다. 언제 전화벨이 울렸나? 고개를 갸웃거리며 생각에 잠긴다. 그녀는 힘없이 수화기를 내려놓는다. 그리고 넋이 나간 모습으로 앉아있다. 가끔 그녀의 모습을 흘깃거리며 나는 돌다리를 밟고 있는 발을 표현해간다. 잠깐 한눈이라도 팔면 흐르는 시냇물에 왼발을 빠트릴 것만 같은 아슬아슬한 아이의 발이다.

어려서부터 얼마나 해보고 싶었던 일인가. 아버지 눈을 피해 나는 어머니가 놓다만 수예며, 뜨개질을 몰래 해보곤 했다. 일러주지 않아도 손에 잡기만 하면 새로운 무늬가 피어나는 것을 보며 어머니는 말했다.

—여자로 태어났으면 좋았을 걸. 너무 아까운 솜씨야.

어머니는 한복집에서 보내오는 옷감에 수복과 부귀영화를 상징하는 문양의 수를 놓아주는 일을 했다. 공단이나 명주 등에 견사로 놓아주는 어머니의 수는 섬세하며 화려하고 우아했다. 어린 시절 나는 어머니가 수놓은 옷감의 아름다움에 취해서 살았다.

문득 회상에서 벗어나며 나는 고개를 들어 그녀를 본다. 어느 새 그녀도 자신의 수틀 속에 깊이 침잠해 있다. 그녀의 아이다에는 주인공들이 거의 다 등장한 모습이다. 나는 그녀의 수틀을 건너다보며 마음이 조급해진다. 나는 아직 배경인 구름, 잠자리, 물고기를 수놓지 못했는데……. 나는 빠르게 손을 놀린다. 그녀는 '오줌싸개'가 머리에 쓰고 있는 키의 뒷부분을 마무리하고 고개를 든다.

그녀의 시선을 온몸으로 받으며 나는 재게 손을 놀린다. 잠자리 네 마리가 제자리에서 날아오른다. 이어서 물고기 세 마리도 물위로 솟구친다. 그 모습을 물끄러미 쳐다보고 있던 그녀가 무엇에 이끌린 듯 일어선다. 그리고는 상점 뒤쪽으로 붙어있는 침실 겸 주방으로 들어간다. 나는 두둥실 떠 흐르는 두덩어리의 구름을 잰 손으로 끝마친다. 내가 수틀에서 손을 떼고서 한참 지났는데도 그녀는 나타나지 않는다.

무료하게 그녀를 기다리던 나는 기지개를 켜며 일어선다. 그리고 상점 앞쪽 진열장 속을 천천히 눈으로 훑는다. 열쇠고리, 잠시 주차를 위해 만든 미니쿠션, 핸드폰주머니, 컵받침 등이 앙증스러운 모습으로 진열되어 있다. 건성으로 살펴보던 나는 열쇠고리 모음에 눈길을 준다. 자세히 살펴보니 십이 간지 띠를 상징하는 도안들이다. 나는 잠시 자신이 태어난 해인 말띠 열쇠고리를 꺼내어본다. 캐릭터 모양의 말이 사팔뜨기 눈으로 나를 쳐다본다.

수를 놓던 자리로 돌아온 나는 층층이 먼지를 뒤집어 쓴 TV의 스위치를 넣는다. 번쩍 화면이 눈을 뜨고, 푸르스름한 빛 사이로 퍼지는 먼지입자 사이로 벌거벗은 두 명의 여자가 서로의 몸을 탐닉하고 있는 장면이 화면을 가득 채운다. 저런 영화도 이런 시간에 방영되나? 나는 욕지기를 느끼며 눈살을 찌푸린다. 나는 문득 깨닫는다. 이미 삽입되어 있던 비디오의 한 장면이라는 것을.

겁에 질린 그녀의 비명소리가 들린 것이 바로 그때였다. 나는 빠르게 달려가 문을 연다. 방으로 뛰어들려던 나는 주춤한다. 그녀의 손에 들린 단도 날이 때마침 꽃처럼 피어나는 불꽃놀이의 불빛에 반사되어 파르스름한 요기를 뿜어낸다. 하얗게 비어버린 그녀의 눈동자를 보면서 나는 부르르 한기를 느낀다. 방으로 들어간 나는 그녀의 손에서 칼을 빼낸다. 그녀는 스르르 방바닥에 주저앉고 만다.

그녀가 무엇에 쫓기고 있는지 나는 모른다. 그러나 터널처럼 어두운, 한줄기의 빛도 마주볼 수 없었던, 절망감으로 햇빛마저 거부했던 순간은 나에게도 있었다. 아버지가 자신을 위해 목숨처럼 귀하게 여기던 농토를 팔고 어디론가 잠적해 버렸을 때 나는 무력감에서 헤어나지 못했다. 내 학비를 위해 그리했다는 말은 가슴에 비수가 꽂히듯 아팠다.

나는 냉장고에 있는 보리차를 따뜻하게 데워 그녀에게 내민다. 그녀는 순순히 한 잔의 물을 다 마신다. 그리고는 아무 일 없었다는 듯이 상점으로 나가 내가 끝낸 '징검다리'를 눈여겨보더니 결심이 섰는지 말한다.

"저와 일해 보시겠어요?"

나는 고개를 끄덕인다. 그러자 그녀는 세 가지의 조건을 제시한다.

"첫째, 제가 의뢰하는 작품을 3개월 안에 끝내 주어야만 해요. 둘째, 작업을 하는 동안 그 어떤 상황도 알려고 하지 마세요. 셋째, 작업을 마친 다음 우리는 몰랐던 상태로 돌아가는 거예요. 만나지 않았던 어제의 관계로 말이죠."

"세 가지만 지킨다면, 저 쇼윈도에 부착된 구직 광고에 쓰인 대로 보수를 준다는 말입니까?"

"물론이죠. 약속을 지켰을 때에 한해서……."

나는 잠시 생각한다. 그녀가 어떤 일을 맡길지 그 일을 자신이 해낼 수 있을지 모르기 때문에 망설인다. 나는 돈이 필요했다. 어렵게 시작한 학교를 마쳐야하고, 증발해버린 아버지도 찾아야한다. 비록 북향이어서 일 년 내내 추위에 떨어야 하는 가게이지만, 번화가에 위치하여 월세를 놓거나 또는 매매할 경우 목돈이 될 수 있으리라 생각하니 왈칵 욕심이 생겼다. 가게를 담보로 그녀가 얻고자 하는 것은 도더체 무엇일까? 짐작조차 할 수 없다.

초등학교 때 나는 친구가 없었다. 유난히 내성적이고 말수마저 적은 나에게 친구들은 치마입고 계집애들하고나 놀라며 따돌리곤 했다. 그날도 친구들은 편을 짜서 야구시합을 하면서 나를 끼워주지 않았다. 시무룩한 기분으로 집에 오니 어머니는 여니 때와 다름없이 수를 놓고 있었다. 그날 어머니가 놓고 있는 옷감에는 모란꽃이 화사하게 피어나고 있었다. 곁에서 지켜보던 나는 한번 놓아보겠노라고 어머니를 졸랐다.

— 아버지한테 들키면 꾸중 들을 터인데…….

걱정을 하면서도 어머니는 놓고 있던 감을 내밀었다. 아들의 손놀림을 보면서 어머니가 말했다.

— 아들아. 내꿈이 무엇인지 아니? …… 죽기 전에 내가 수놓은 활옷을 한번 입어보는 거란다.

연, 모란, 봉황, 원앙, 나비, 십장생 등 길상문을 수놓고, 이성지합 二姓之合 백복지원百福之源 등 길상 문자를 수놓은 활옷을 한번 입어보는 것이 꿈이라는 어머니의 말이 채 끝나기도 전에 목침하나가 날아왔다.

— 계집애들이나 하는 일을 좋아하는 쓸개 빠진 놈! 사내놈이 저렇게 물러 터져서 어디다 쓸꼬! 쯧쯧.

날아오던 목침은 두팔을 벌리고 나를 등 뒤로 보호하던 어머니의 가슴에 명중했다. 가슴을 부여안고 끙끙대며 일어나지도 못하는 어머니에게 곁눈질도 주지 않고 아버지는 나가버렸다. 그때부터 어머니의 가슴앓이는 시작되었다. 수를 놓다가도 자주 가슴을 붙잡고 괴로워하는 어머니를 보면서 나는 아버지를 증오했다.

— 얘야, 아버지를 너무 미워하지 마라.

나를 다독이던 어머니는 자신이 수놓은 활옷을 끝내 입어보지 못하고 죽었다.

"이것이 무슨 옷인지는 아시죠? 이 옷에 수를 놓아주세요."

그녀는 붉은색 겉 길에 청색 안을 넣어 만든 옷을 나에게 내민다. 옷을 펼친다. 명나라에서 들어온 장배자가 변화한 옷이라는 활옷이다.

기이하다면 기이한 인연이다. 삼 개월 동안 예정된 그녀와의 동거는 그렇게 시작되었다. 처음에는 약속한 대로 그녀에게 수를 놓아주고 대가를 받아 가지고 떠나면 그만이다는 생각으로 일을 시작하였다. 그러나 시시때때로 돌출하는 이해할 수없는 그녀의 행동은 시간이 지날수록 나를 괴롭힌다. 그녀의 생활은 이해할 수없는 부분이 참 많았다. 그녀의 잠든 모습을 볼 수 없다는 것, 그녀의 건망증은 너무 심하다. 하루에도 몇 번씩 자신이 쓰던 가위, 실, 수틀 등을 찾느라 난리를 친다. 그런가 하면 내가 있다는 사실마저도 자주 잊어버리는 것 같다. 매번 한 번도 만난 적이 없는 사람을 쳐다보는 눈빛으로 나를 건너다보는 그녀를 볼 때면 으스스 한기를 느끼곤 한다. 그러나 무엇보다 내가 참을 수 없는 것은 누군가에게 끊임없이 전화를 해대는 것이다. 대화 내용도 요령부득이었지만 그보다는 마치 누구에게 쫓기는 듯한, 피해망상증을 가진 환자처럼 행동을 하는 그녀를 보면서 미칠 것만 같았다.

홍색 비단의 활옷의 가슴부분에 화려한 수를 마무리하고 있는 나를 유심히 바라보던 그녀가 모처럼 이야기를 꺼낸다.

"이 활옷은 조선왕조 때에는 공주나 옹주의 대례복으로 입던 옷이지요. 그러나 후에는 서민들도 혼례 때에 한해서 입도록 했다더군요. 겉의 붉은색은 양을 상징하고, 안의 청색은 음을 상징하여 남과 여, 음양의 조화를 상징하고 있대요."

"그런데 이 옷을 어디에 쓸 거죠?"

이미 어렸을 적 어머니로부터 들어 알고 있던 내용이어서 새롭지도 않았거니와 그보다는 모처럼 만난 호재를 그냥 넘길 수 없다는 듯 내가 급히 묻는다.

"잃어버린 꿈을 찾고 싶어서……. 이해하지 못하겠지만 꿈만 찾을 수 있다면……."

정말 이해할 수 없다. 잃어버린 꿈과 활옷이 어떤 관계가 있는지 아무리 연관을 지어보려고 해도 요령부득이다.

후드득 빗방울이 떨어진다. 가뭄이 심하여 사람들이 걱정을 많이 하고 있는데 모처럼 내리는 반가운 비다. 옅게 퍼지던 검은 구름이 점점 짙어지더니 제법 빗줄기가 굵어진다. 쇼윈도에 부딪치며 흘러내린 빗방울이 고랑을 이루며 인도블록 앞쪽 도랑으로 빠져나간다. 나와 그녀는 무심한 표정으로 빗줄기를 바라본다.

전화벨이 울린다. 그녀는 움칠하며 전화기를 건너다볼 뿐 수화기를 들 생각을 하지 않는다. 벨소리는 오랫동안 혼자 운다. 어쩔 수 없이 내가 수화기를 든다. 젊은 여자 목소리다. 비 소리 때문에 감이 멀어 잘 들리지 않는다. 나는 그녀에게 수화기를 건넨다. 그녀는 수화기를 귀에 댄 채 말이 없다. 한동안 못 박힌 자세로 있던 그녀가 수화기를 든 채로 스르르 무너진다. 끊겨지지 않은 수화기에서 당황한 목소리가 흘러나온다. 내가 대신 수화기를 들었다.

"무슨 일이죠? 승희에게 무슨 일이 있는 거죠?"

지금 그녀가 쓰러졌으니 다음에 연락하라는 말과 함께 나는 전화를 끊는다. 쓰러진 그녀를 방에 옮긴다. 승희? 예쁜 이름이다. 그런데 도대체 어떤 관계이기에 소리만 듣고서 혼절한단 말인가. 찬물수건을 번갈아 이마에 대주던 내 눈에 골무가 씌워진 그녀의 검지가 들어온다. 나는 무엇에 홀린 듯 와락 골무를 빼낸다. 아― 예쁜 골무 속에 숨겨진 그녀의 검지는 한마디가 달아나고 없다. 뭉텅하게 잘려나간 모습이 몹시 흉하다. 못 볼 것을 본 듯 나는 얼른 골무를 다시 제자리에 끼운다.

그녀가 깨어나기를 기다리며 곁에 앉아 한쪽 소매 끝에 모란꽃을 놓기 시작한다. 수를 놓으면서도 나는 그녀에게 자주 눈길을 준다. 아니 뭉텅 잘려나간 검지를 싸고 있는 골무에 더 자주 눈길이 간다. 무슨 이유였을까? 그녀가 잃었다던 꿈이라는 것이 바로 손가락과 관계가 있는

가? 그렇다면 그녀의 꿈은? 이런저런 생각 때문에 자꾸 헛손질이 되어 자수가 매끄럽게 놓아지지 않는다. 몇 번이나 뜯어냈다. 이런 기분으로 수를 계속 놓는 것이 무리이겠다는 생각이 들어 수틀을 밀어놓는다.

그녀가 눈을 뜬다. 바로 쳐다볼 수 없을 정도로 그녀의 눈은 슬픔으로 가득 차있다. 적당하게 우려낸 녹차를 그녀에게 권한다. 그녀가 얌전하게 받아 마시고는 묻지도 않았는데 입을 연다.

"그날 우리는 졸업 작품을 마무리하고 있었어요. 복식자수를 배우면서 활옷의 아름다움에 반한 순애와 나는 활옷을 졸업 작품으로 내놓자고 약속했어요. 최고의 수를 놓은 작품으로 뽑힌 졸업생 한명이 대학에 남기로 했기 때문에, 우리는 라이벌 감정을 떨칠 수가 없었지요. 우리는 취한 채 상대방의 작품에 대하여 신랄하게 비판했고, 그러다 다툼이 벌어졌어요. 순애는 떠나겠다고 했고, 그리고서 기억이 끊긴 거예요. 깨어보니……."

전화를 한 친구에 대해서 말하는 것 같았다. 그렇다면 그녀와 친구 사이에는 무슨 일이 있었을까? 내심 궁금해졌다. 그러나 내가 앞질러 묻는다면 그녀는 이내 입을 다물어 버릴 것이다. 모처럼 말문을 연 기회를 놓치기 싫다.

비가 아직 끝이지 않았는지 물받이에서 떨어지는 낙숫물 소리가 규칙적으로 들렸다. 똑똑. 마치 누군가가 문을 두드리는 것처럼. 그 소리 때문이었을까? 그녀가 북쪽으로 난 창문을 뚫어져라 쳐다본다. 그러더니 한숨을 쉬며 말을 잇는 것이었다.

"나는 순애를 마음으로 이미 용서했어요. 그런데 그 애는 아직 날 용서하지 못하나 봐요. 그러기에 자꾸 저 문을 통해 나타나는 것이겠지요? 차라리 욕을 하고 달려들었으면 좋을 텐데……, 그 애는 가엾다는 표정으로 말없이 나를 쳐다보기만 해요. 그러니 더 견딜 수가 없는 거죠. 그러다 정신을 차려보면 나도 모르게 닥치는 대로 물건을 들고 그 애에게 던지고 있는 거예요. 그러면 그 애는 저 창문을 통해 슬그머니 빠져 달아나구요. 정말 내가 왜 이러는지 ……. 더 이상 참기 힘들어요. …… 정말 미치겠어요."

그녀의 고통이 나에게 전해온다. 말하고 있는 그녀의 눈동자에 모처럼 생기가 돌아난다. 그녀가 말을 막 이으려는 순간 다시 전화벨이 울린다. 둘은 잠시 주춤한다. 내가 얼른 수화기를 든다.

"미안하지만 저 좀 만나주시겠어요?"

순애는 초조한 억양으로 일방적으로 나에게 약속을 강요하더니 내 대답을 듣고서야 전화를 끊는다. 나는 그녀를 돌아본다. 모처럼 긴 이야기를 한 후라 그런지 그녀는 기진맥진한 모습으로 눈을 감고 있다. 나는 이불깃을 잘 여며 준 다음 가게로 나온다. 전화로 나눈 대화 내용이나 억양으로 보아 순애라는 친구는 그리 나쁜 사람 같지는 않다. 그렇다면 그녀가 보는 환청이나 환상은 무슨 연유인가.

이틀 후 나는 순애를 만나기 위해 그녀에게 거짓을 둘러대고 조금 일찍 약속장소에 나갔다. 나의 앞자리에 와서 앉는 여인은 임신 중이었다. 거의 산월이 가까운 듯 몸의 움직임이 몹시 둔해 보인다. 여인은 앞에 있는 물 컵을 들어 단숨에 마시더니 빠르게 말한다.

"이번에는 어떤 사람인지 무척 궁금했어요. 사실 그쪽…… 이름이 민혁씨라 했죠? 내가 연상이니 지금부터 말 놓고 편하게 이야기했으면 좋을 것 같은데……, 어때?"

내가 대답도 하기 전에 순애는 이야기를 쏟아 놓는다. 내가 황실에 오기 전에 이미 다섯 번이나 사람이 갈렸다고 한다. 모두 그 가게를 담보로 한 파격적인 제안에 끌려 활옷 수에 매달렸지만 지금까지 아무도 통과하지 못했다고 한다. 이유를 묻자 순애는 말한다.

"이유는 민혁이가 더 잘 알 것 같은데? 한 달 이상 겪어 보았으니 말이지."

"하나만 물어 볼게요. 승희씨의 검지는 어떻게 된 거지요?"

순간 순애는 당황하는 듯 했으나, 얼른 표정을 바꾸며 말했다.

"거기에 대해선 나도 몰라. 정말 나는 그런 일을 하지 않았어. 우리는 너무 취했고, 깨어났을 때 나는 너무 무서웠어. 어떻게 해야 할지 도무지 생각이 나지 않았어. 자꾸 나에게 집착하는 승희가 너무나 무섭고 싫었어. 그래서 그냥 뛰쳐나와 버렸지. 그런데……."

그때의 순간을 기억하는지 순애는 온통 얼굴을 찌푸리고 괴로운 표정을 짓는다. 임산부에게 더 이상 충격을 주어서는 안 되겠다는 생각이 들어 나는 손을 흔들어 만류하고 황실로 돌아오니 가게가 텅 비어 있다.

가게의 잠금장치도 하지 않은 채 그녀는 어디로 갔을까. 곰곰이 생각하다 나는 둘러댔던 말이 떠오른다. 야구장에 잠깐 다녀온다고 하자 의심을 가득 담은 그녀의 눈매가 생각난 것이다. 나는 황실의 문을 잠그고 야구장으로 간다. 그녀는 일루 뒤편 관중석 의자에 고양이처럼 몸을 움츠리고 울고 있다.

"미안해요. 일부러 거짓말하려고 한 것은 아닌데……."

내가 더듬거리며 사과를 하자, 그녀가 울음을 그친다.

"당신도 그렇게 떠나버린 줄 알았어요. 지금까지 모두 그렇게 훌쩍 떠나버린 걸요. 믿지 못할 이유를 대고서⋯⋯."

다시 일상으로 돌아와, 나는 활옷에 무늬를 입히고 그녀는 주문 받은 십자수를 놓고 있다. 이번의 작품은 소품이 아니다. 쿠션, 이불, 방석, 커튼 등을 세트제품으로 만들어 달라는 예비신부의 주문이다. 주문가격이 꽤 높았으나 손님은 주저하지 않고 원했다. 아마 집으로 온 친척들에게 자신의 솜씨를 뽐내보려는 마음이 크게 작용한 듯 보인다. 어찌 되었든 목돈을 마련할 좋은 기회다.

이제 약속한 기간도 한 달 여밖에 남지 않았기 때문에 나는 수놓는 일에 하루 종일 매달려있어야 한다. 그녀가 제안한 석 달은 활옷의 자수를 끝내기에 그리 넉넉한 날수는 아니다. 그날도 아침부터 수틀에 폭 빠져 시간가는 줄도 모르고 있었다. 아니 활옷에 나타난 원앙 한 쌍을 보면서 부모생각에 잠겨있었던가. 그녀가 부르는 소리를 듣지 못했다. 곁에까지 다가와 어깨를 흔들어서야 나는 고개를 든다.

"언젠가 당신의 부모에 대하여 말한 적이 있지요? 불쌍하게 어머니가 돌아가시고, 아버지는 행방불명이 되었고, 그래서 돈이 필요하다구요."

그녀의 입을 열게 하기위해서 많은 말을 했으니 아마 부모에 대하여 이야기한 것도 같다. 새삼스럽게 왜 그 이야기를 꺼내는지 알 수가 없어 나는 말없이 그녀를 본다.

"돈이 생기면 무얼 하실 건데요?"

그녀의 물음에 나는 잠시 생각해본다. 원하던 돈이 생기면 무엇부터 할 것인지. 학교에 등록부터 할까. 아님 아버지부터 찾아야할까.

그러자 가슴 한복판에서 뜨거운 기운이 올라오며 눈시울이 붉어졌다. 아버지, 오로지 나만을 위해 자신의 삶을 몽땅 버린 아버지를 어디에서 찾아야하나. 내 마음을 읽었는지 그녀가 누나처럼 등을 다독여준다.

"승희씨의 부모님은 어디 계시는가요?"

어떤 것도 알려고 하지 말라는 그녀와의 약속을 잊은 채 내가 묻는다. 순간 대답을 하지 않을 것이라는 생각이 들었지만, 예상과는 다르게 그녀는 대답한다.

"아버지는 심한 알코올중독자였어요. 평소에는 인자하던 아버지는 술만 마시면 폭군이 되었지요. 어머니와 나는 줄곧 맞고 살았지요. 내가 철이 들었을 때 어머니에게 아버지와 이혼하고 둘이 살자고 애원했어요. 어머니는 아버지가 불쌍하여 그럴 수 없다고 하더군요. 그래서 나 혼자 뛰쳐나왔지요."

말을 하는 그녀의 눈이 이글이글 타오른다. 아버지에 대한 증오심이 눈으로 터져 나오는 것 같다. 집에서 나와 온갖 궂은일을 하면서 학교를 다니는 동안 들었다고 한다. 어느 날 만취한 아버지의 난폭한 매질에 어머니는 숨이 끊어졌고, 그로 인해 감옥에 들어간 아버지는 알코올중독증으로 나타난 착란 현상을 이기지 못하고, 감방 벽에 머리를 찧어 대다 그대로 죽었다는 소식을.

"대학에 들어가 순애를 만났어요. 세상에 태어나 처음으로 따뜻한 애정을 받았지요. 순애와 나는 가지고 있는 돈을 모아 이 가게를 인수했어요. 그리고 대학교 4년 동안 여기서 학비를 벌며 같이 살았지요. 그런데 뜻하지 않은 사고가 난 거예요."

그녀가 갑자기 입을 다물었다. 더 이상 말을 하지 않겠다는 듯이 그녀는 조용히 수틀을 잡는다. 부모와의 관계가 그녀에게 정신적인 압박을 가져왔을 것이라는 예상은 쉽게 할 수 있다. 그러나 그녀가 지금 겪고 있는 환청이나 환상은 그런 이유만은 아닌 듯. 그녀의 친구 순애를 다시 한 번 만나 알아보아야겠다는 생각을 했는데, 생각보다 빠르게 그녀를 만나는 일이 생겼다.

그날은 하루 종일 비가 왔다. 날씨가 좋은 날도 북향이어서 춥기는 마찬가지였지만 비가 오는 날은 실내가 더욱 으스스했다. 이런 날은 그녀의 기분이 더욱 가라앉곤 해서 신경을 건드리지 않으려고 노력을 하는 참이다. 계약기간이 며칠 남기는 했지만 예상보다 일찍 수를 끝마치고 마무리 작업을 하면서 그녀를 살펴보았지만 이상 징후는 보이지 않는다.

서양자수와는 달리 동양자수는 뒤처리에 여러 가지 작업이 뒤따른다. 먼지떨기, 김쐬기, 풀칠하기, 말리기, 수틀에서 떼어내기 등 꼼꼼하게 처리를 하는 참인데 오후가 되자 그녀의 의식이 붕 뜨는 것처럼 보인다. 석 달여를 같이 있다 보니 그녀의 기분상태를 감지할 수 있게끔 되었다. 모든 사람들에게도 바이오리듬이라는 것이 있어 하루 중에도 감정의 기복이 있다는데, 그녀의 변화는 폭이 매우 크다.

갑자기 그녀가 무엇인가 찾는 것 같다. 자신이 만지고 있던 모든 물건들을 헤집어 방안 가득히 펼쳐놓으며 끊임없이 중얼댄다. 뜻도 모를 소리가 온 방안에 퍼진다. 그런 그녀의 모습을 보며 나는 자꾸 마음이 아파온다. 그래서 그녀를 도와주려고 방안으로 들어가 무엇을 찾느냐고 묻는다. 그녀는 대답하지 않았지만 가위를 찾는 것이 아닌가 지레 짐작하고 창가에 있는 책상 서랍을 연다. 순간 나는 아—하고 비명을 질렀다. 서랍에는 열 자루가 넘는 칼이 똑바르게 진열되어있다. 크기가 각각 다른 칼들은 빛을 받아 번뜩이고 있다. 나는 얼른 서랍을 닫고 그녀를 본다. 그녀가 나를 쏘아보고 있다. 소름이 온몸에 쪽 끼친다. 그녀는 천천히 일어나더니 내가 닫았던 서랍을 다시 연다. 그리고 투명한 약병하나를 꺼내어 내 앞에 쑥 내민다. 나는 엉겁결에 병을 받는다. 포르말린에 잠긴 물체 끝부분에 분홍색 매니큐어를 바른 손톱이 보인다.

"이것이 내 꿈을 산산조각내고 말았지요. 나는 최고의 자수 기능자가 되고 싶었어요. 주위에서도 모두 그럴 수 있다고 했지요. 그런데 졸업 작품을 끝낸 날, 나는 이 손가락을 잘리고 말았어요."

분노와 허탈과 간절한 염원이 뒤범벅이 되어 그녀는 말한다. 그렇다면 그처럼 순하게 보이던 순애가 벌인 끔찍한 일이란 말인가. 도무지 믿을 수가 없다. 순간 나는 순애에 대한 맹렬한 적개심이 끓어오른다. 참지 못하고 순애에게 전화를 건다. 그녀는 무거운 몸을 이끈 채 걱정스런 낯빛으로 한달음에 달려왔다. 도대체 왜 그런 무서운 일을 저질렀느냐고 내가 추궁하자, 순애의 얼굴에 씁쓸한 미소가 번진다.

"승희가 점점 나에게 집착하는 이상 현상에 솔직히 겁이 났어. 그래서 떠나겠다고 했지. 그 말에 그처럼 큰 쇼크를 받고 자해할 줄은 미처 헤아리지 못했어."

죄책감에 쌓인 순애의 대답에 나는 한동안 아무런 말도 하지 못한다. 석 달여 동안 젊은 남자인 나와 한 집에 살면서 전혀 거리낌 없이 행동하던 그녀의 이해할 수 없던 태도가 순간 명확해진다.

순애가 돌아간 후 나는 내일하려고 미루었던 다리미질을 시작한다. 홍색비단에 가득한 연꽃, 모란꽃, 불로초, 당초 등이 한꺼번에 쏟아져 나와 노래를 하고, 봉황새, 원앙새, 십장생 등이 짝을 짓더니 노랫소리에 맞추어 훨훨 춤을 춘다. 그 모양에 잠시 취하던 나는 가게구석에 방치되어 있던 마네킹을 세우고 활옷을 정성스레 입힌다. 그리고 예비 신부가 건네었던 목돈을 금고에서 꺼내 주머니에 넣는다. 그녀가 모처럼 깊이 잠든 방안에 대고 나는 중얼거린다.

"이제 그만 잃어버린 꿈일랑 미련 두지 말고 훨훨 날려 보내버려요."

등 뒤로 황실 문이 닫힌다. 딸라아—ㅇ. 오른쪽 위에 매단 실버종의 긴 여운이 부옇게 밝아오는 미명 속으로 휘적휘적 걸어가는 내 뒤를 겁도 없이 따라온다.

쇼팽 발라드 작품 1번

피아노소리가 들린다. 맞은편 상가 이층 피아노학원에서 누군가가 연주하는 소리다. 바이엘을 마치고 이제 막 체르니로 넘어갔는지 어려운 부분을 셀 수 없이 반복한다. 지은 지 오래된 연립주택이어서 방음장치가 제대로 되지 않아 발판 누르는 소리까지도 고스란히 전해져 온다. 피아노소리에 대한 예민한 감정도 문제지만 그보다도 박자도 맞지 않는 반복된 연주에 짜증이 난다.

들고 있던 닥종이를 내려놓고 자리에서 막 일어나려는 순간 곡이 바뀐다. 쇼팽 발라드 작품 1번. 당신이 젊어서부터 즐겨 연주하던 곡이다. 언제부터인지 이 시간대에 자주 들려오는 작품으로 제법 기교까지 곁들인 연주솜씨다.

돌아보니 당신의 열손가락이 쉴 새 없이 움직인다. 악보 없이도, 건반이 없어도 당신의 연주는 계속된다. 학원에서 들려오는 피아노 소리와 마치 이중주라도 하듯 허벅지 위에서 움직이는 열손가락의 현란한 움직임이 내 신경 줄을 건드린다. 쏘아보는 내 시선을 느꼈는지 당신의 눈길이 잠시 흔들린다. 시선이 마주친 아주 짧은 순간 연주를 멈추었을 뿐, 이내 소리 없는 연주는 계속된다.

"제발 그만 좀 하세요."

당신은 가타부타 말이 없다. 연신 손을 놀리면서 철사 줄로 겨우 인체의 형태만 갖추고 있는 인형의 몸을 뚫어져라 쳐다본다. 지난번처럼 만들어놓은 인형몸체를 망가뜨릴까봐 불안하다. 며칠 남지 않은 공예대전에 출품하기 위한 작품인데 지금 부서지면 낭패다. 내가 주의하는 수밖에 없다는 생각으로 작품을 한쪽으로 치워둔다.

그러자, 시선 둘 곳을 빼앗긴 아쉬움 때문인지 당신의 눈길이 축축해진다. 그 눈동자에선 일 년 내내 습기를 머금기만 하고 내뱉지 못하는 동굴 속처럼 쥐어짜면 주르르 물기가 쏟아질 것만 같다. 누가 그렇게 살라고 했나? 대놓고 퍼붓지 못해 부아가 부글부글 끓어오른다. 신경질적인 내 몸짓에 아무런 반응도 보이지 않는 당신을 건너다보며 은근히 불안해진다. 저러다 치매노인이 되지 않을까 두렵기도 하다.

점점 귀가시간이 늦어지는 아들 녀석도 걱정이다. 늦어지는 이유가 하나 둘 늘어나며 순간순간 얼버무리기는 하지만 의심스런 구석이 많다. 초등학교 때 아들은 피아니스트가 되겠노라고 그러니 피아노를 배우게 해 달라고 떼를 썼다. 그 아들의 소망을 비정하게 잘라버린 기억이 떠올라 불안이 솟는다. 피는 속일 수 없다는 말이 자꾸 머릿속에 맴돈다. 요즘 들어 나를 쳐다보는 불만이 가득 찬 아들 녀석의 얼굴을 보면서 더욱 그런 생각에 시달린다.

내 뜻대로 녀석은 피아니스트가 되겠다는 꿈을 정말 포기했을까? 당신은 연주생활을 정말 단념한 것인가? 어머니의 인생을 가엾게 토막 내 버리고, 내 삶을 엉망으로 만들어버린 피아니스트인 당신은 생각조차 하기 싫다. 또 그런 예술가 기질을 물려받는 아들 모습도 기대하지 않는다.

당신을 건너다본다. 구부정한 어깨를 더욱 구부리고 손에 쥔 것을 골똘히 바라보고 있다. 내가 다가가자, 얼른 주머니 속에 넣어버린다. 윗주머니가 불룩하다. 궁금했지만 굳이 묻지 않는다. 보름 앞으로 다가온 공예전 마감으로 머릿속이 온통 그쪽으로만 향해 있어서이다.

머리로 생각하고 가슴으로 느끼며 손으로 만들어내는 '손으로 만드는 세상' 이 이번 공예전 슬로건이다. 아들과 살기 위해 배운 아트기술이었다. 그런데 당신의 예술적 기질을 이어받아서인지 내가 만든 작품이 사람들로부터 사랑을 받았다. 언제부터인지 돈을 벌기 위한 수단이 아니라 내 마음을 담는 작품을 만들고 싶어졌다. 그래서 틈틈이 배우기 시작한 것이 닥종이인형이다. 닥종이로 만든 한지를 이용하여 공들여 한 장 한 장 붙여갈 때, 나를 휘감고 있는 과거의 불안에서 벗어날 수 있었다.

출품할 테마를 '추억의 어린 시절' 로 잡고 지금까지 서너 개를 만들었으나 아직 마음에 드는 작품이 없다. 만들어 놓은 인형들을 다시 한번 살펴본다.

'세 식구' 라는 제목의 작품은 머리에 수건을 쓴 어머니가 동생을 품에 안고 누나 손을 잡고 나들이 가는 모습이다. 옛 정취는 보이나 너무 단조로워 느낌이 적다. '감 따기' 제목이 붙은 작품은 긴 장대를 들고 열심히 감을 따는 어머니, 감나무 밑에서 감을 주워 담는 누나와 동생의 모습이다. 그러나 자꾸 뭔가 빠졌다는 생각이 든다. '내 손은 약손'이란 제목의 작품엔 어머니가 근심스런 표정으로 동생의 배를 쓰다듬고 있다. 다듬잇돌 위에 하얀 옥양목천이 놓여있고, 양은세수대야에는 빨랫감이 들어있다. 죽고 싶지 않아! 동생의 간절한 목소리가 그 속에서 들려나와 얼른 시선을 돌리다 당신 눈과 마주친다.

작품을 감상하고 있었던지 당신 눈 속에 표정이 살아나 보인다. 내 눈과 마주친 당신은 얼른 '행복한 순간'이란 제목으로 만든 소품 쪽으로 시선을 바꾼다. 검게 퇴색한 쪽마루 위에 엎드린 누나 등위를 올라탄 동생이 까르르 웃고 있다. 이랴 끌끌! 목마 탄 왕자 기분이겠지. 밑에 엎드린 누나 표정도 행복에 겨워 보인다. 작품을 뜯어보다가 그 시절 당신의 부재를 문득 깨닫는다. 우리에게 당신이 필요했을 때 당신은 어디에 있었던가요? 질책의 눈초리로 당신을 쏘아본다. 시선을 피한 당신이 중얼거리듯 말한다.

"네 작품 속엔 정이 흐르지 않는구나."

"……."

"작품 속에 사심이 깃들면 모르는 사이에 기형이 되지. 그런 작품은 누구에게도 감동을 주지 못하는 죽은 작품이 되고 말아. 미움이나 욕심을 마음에서 놓아버리면 지금보다 훨씬 좋아질 텐데……."

모두 누구 때문인데요? 터져 나오려는 볼멘소리를 나는 꿀꺽 삼킨다. 아무리 탓해보아야 죽은 어머니와 남동생이 살아올 리 없고, 세월을 되돌릴 수도 없다. 그런데도 터지는 감정을 억제하지 못하고 끝내 한마디 하고 만다.

"받고 산 사람이 베풀 줄 안다고 하는데, 정이란 것을 받아봤어야 말이지요."

말을 꺼내놓고 보니 가슴속이 찡해지면서 목이 멘다. 우직스럽기만 하던 어머니의 삶이 떠오른다. 그날, 어머니와 동생은 왜 그곳에 있었는지. 지금도 이해되지 않는 장면 중에 하나다. 초대받지도 않은 당신의 독주회에 무엇 하러 갔을까? 아기 때문에 들어가지도 못한 채 두 시간이나 밖에서 벌벌 떨며 기다리다가 어머니가 당한 일은 무엇이었을까? 사람들은 자살이라고 했지만 믿을 수가 없다. 당신이 돌아오리라는 희망으로 살던 어머니가 그렇게 쉽게 목숨을 버릴 수 있다는 사실을. 더군다나 자신의 목숨보다 더 귀하게 여기던 동생까지 동반하여 자살을 꾀했다는 것을 어떻게 받아들여야할지 당혹스럽기만 했다. 물 속에서 건진 어머니와 동생은 어떤 사실도 이야기하지 못했고, 경찰은 비관자살이라는 결론을 내렸다.

장례식이 끝나자, 당신은 나를 동거녀가 있는 집으로 데려갔다. 모든 면에서 어머니와 대조되는 여자였다. 우직한 성격의 어머니와 변덕이 심한 성격의 여자. 골격이 우람한 어머니와 코스모스처럼 가녀린 여자. 된장 뚝배기를 잘 끓여내는 어머니와 토스트를 잘 구워내는 여자. 퉁한 표정으로 입이 무거운 어머니와 생글생글 웃으며 거침없이 의견을 내세우는 여자. 그 여자와 살던 십년 동안 나는 한 번도 그 여자를 어머니라고 부르지 않았다.

당신의 손가락이 쉴 새 없이 움직인다. 거실 마룻바닥을 건반 삼아 놀리는 손놀림이 예사롭지 않다. 자기도취에 빠져 두 눈을 지그시 감고, 연주하는 폼이 금방 끝날 것 같지 않다. 쇼팽 발라드 작품 1번. 당신이 젊어서부터 즐겨 연주하던 곡이다.

당신이 그 곡에 왜 그처럼 집착하는지 나는 이해할 수 없다. 그 많은 쇼팽 곡 중에 왜 하필 그 곡이어야 하는지. 궁금하여 내가 지나가는 말처럼 물었을 때에 당신은 속 시원히 대답하지 않았다. 나와 대화하기를 피하는 당신은 손자와는 가끔 수군댄다. 모종의 일을 꾸미는 것처럼 보인다.

언젠가 당신이 아들 녀석과 주고받는 대화를 우연히 들은 적이 있었다.

— 할아버지는 왜 쇼팽 곡만 연주하세요?

— 쇼팽의 독창성은 누구도 따라올 수 없지. 더군다나 쇼팽은 피아노곡의 아름다움을 몸소 개척한 피아노 연주가이자 작곡가였음을 너도 알지? 피아노곡에 한해서는 어느 작곡가보다도 감동을 주는 곡을 많이 남긴 작곡가야.

고1인 아들 녀석과 언제부터 저렇게 음악에 대해 깊이 있는 대화를 한 것인가? 의문이 들었다. 그동안 둘이 음악에 관해 또는 진로에 대해 공모라도 하지 않았나 하는 의구심이 일었다. 그래서 나도 모르게 그들의 대화에 귀를 쫑긋 세웠다.

— 아하. 그랬군요. 궁금했어요.

— 처음에 연습할 때는 선율의 아름다움에 한없이 취했었지. 그런데……, 그 곡이 이젠 잊을 수 없는 추억의 곡으로 남은 거야. 처음으로 사랑이란 애틋한 감정을 느끼게 해 준 곡으로 말이지.

이건 또 무슨 소린가. 그렇다면 쇼팽 발라드 작품 1번이 바로 그 여자와 추억이 어린 곡이란 말인가. 젊음과 사랑을 송두리째 바치고도 결국은 버림을 받은 처지로 딸에게 얹혀사는 신세에, 아직도 그녀와 추억 속에서 헤어나지 못하고 있는 당신을 보자 나는 화가 치밀어 오른다. 그러나 엿들은 내용을 가지고 당신께 따질 수는 없다.

당신의 소리 없는 연주는 마음에 들 때까지 반복될 것이다. 그런 모습을 목격할 때마다 아들 녀석은 내게 조른다. 제발, 할아버지가 전처럼 연주할 수 있게 해 달라고. 당신에게 피아노 연주를 하게 놔두는 일은 내가 죽기 전에 절대 일어나지 않을 것이라는 사실을 아들 녀석은 아직 모르고 있다.

남편에게서 전화가 왔다. 별거하고 있는 상황을 매번 잊고 있는 것처럼, 수화기에서 빠져나오는 그의 목소리는 활기차다.

"나와. 기다릴게."

남편이 목적하는 바는 딱 한 가지, 섹스다. 그가 자랑할 만한 무기는 그것뿐이니까. 그의 사고는 단순하다. 모든 갈등은 섹스 한 번이면 깨끗이 해소된다고 믿고 있다.

"지금 바빠!"

한마디로 전화를 끊으려고 하자,

"좋아, 그러면 내가 그쪽으로 가지."

수화기가 깨질 것처럼 큰 소리를 친다.

"알았어!"

아들 녀석과 마주치게 할 수 없다는 생각에 어쩔 수 없이 대답하고 만다.

헤어진 지 육 개월 만이다. 검게 그을린 얼굴이 한결 씩씩해 보이고,

걱정 근심 하나 없는 표정이다. 남편과 함께 있으면 세상이 참 단순해진다. 먹고 싸고 즐기면 그만이다. 처음 그를 만났을 때 답답한 가슴이 확 터지는 자유로움을 느꼈다. 서글서글한 성격에 호탕한 태도. 당신 곁을 떠나고 싶은 욕망 하나에 시달리고 있던 스무 살 어린 나이에 그는 해방구였다. 망설이지 않고 그를 택했다. 가족의 피와 살을 말리는 예술가와는 절대 결혼하지 않겠다던 생각이 결심을 쉽게 하게 만들었는지 모른다.

"잘 있었어? 선도 잘 있고?"

얼마동안 외국여행을 다녀온 사람처럼 스스럼없이 말하는 남편을 보니 기가 막힌다. 이왕 헤어질 터인데 모진 소리는 하지 말아야지 결심했는데도 마음과 달리 말이 빗나간다.

"이번에는 좀 길었네? 6개월씩이나 데리고 살았으니……."

결혼생활 내내 남편은 시도 때도 없이 집을 나갔다. 그러다가 싫증이 나면 아무 때나 들어와 다시는 그러지 않겠노라며 싹싹 빈다. 그러다가 추궁이라도 하면 가만히 있어도 여자들이 따르는 걸 어떡하느냐고 볼멘소리로 되레 화를 내기 일쑤다. 남편을 처음 본 여자들은 하나같이 놀란다. 당당한 체격, 균형 잡힌 얼굴에 우선 압도되고 만다. 호감을 갖고 만나다보면 푼푼히 쓰는 재벌 2세의 호탕함에 빠져든다. 부를 좇아다니는 부류의 여자들에게 남편은 멋있는 백수다.

한낮이라서 그런지 커피숍에 손님이 없다. 대각선으로 마주보이는 의자에 10대로 보이는 아가씨 둘이 수다를 떨고 있다. 티켓 주문을 기다리는 아가씨인 듯. 빨간색과 초록색으로 머리를 물들인 모습은 꼭 외국 인형들 같다. 빨간색 머리는 등을 거의 다 드러낸 톱에 초미니 반

바지를 입었고, 초록색 머리는 힙합풍인 상의에 찢어진 청바지를 입고 있다. 남편과 나를 힐끔대며 속닥이는 소리가 귀에 잡힌다.

"저 사람, 몸 죽이지 않냐?"

"예술이네!"

뭐가 그리 좋은지 키들키들 웃어댄다. 남편의 눈짓 하나면 그녀들은 그물망에 걸린 물고기처럼 주르르 끌려올 것이 뻔하다. 속이 훤히 보이는 그녀들의 수작에 마음이 불편하여 어서 자리를 뜨고 싶다.

"빨리 용건이나 말해!"

내가 채근하자, 남편은 무슨 까닭인지 얼른 말을 꺼내지 않는다. 작품 구상만으로도 머리가 지끈거리는데 그의 문제까지 고민하고 싶지 않다. 자리에서 발딱 일어선다.

"나 바빠! 할 말 없으면 갈 거야."

"잠깐만! 우리 합치자.

"싫어."

단호하게 거절하자, 남편의 눈초리 끝이 올라간다. 돌아서 나오려는 어깨를 억센 손아귀로 잡아챈다. 뿌드득, 그의 주먹에서 뼈가 마주치는 소리가 난다. 힘에 밀려 그가 앉아 있던 옆자리에 곤두박질쳐진다. 내려다보는 그의 표정이 사나워진다.

붉은색 융단이 깔린 계단을 오른다. 구름을 밟는 듯 융단 길은 한없이 부드럽다. 까마득하던 계단을 다 오르자, 거대한 문이 활짝 열려있다. 문 앞에 선다. 방 안에 가득 퍼지는 하얀 빛, 눈을 뜰 수가 없다. 아! 서치라이트다. 세 가지 색의 불빛이 돌아가며 교차하더니 한곳에 멈춘 곳, 그곳에 스타인웨이 그랜드 피아노가 놓여있다. 물결치는 박수소리에 맞춰 등장하는 이, 바로 당신이다. 그런데 독주용 예복을 입은 모습이 너무나 젊다. 예절 바르게 인사하고 의자에 앉는다. 숨소리조차 없이 고요하다. 이윽고 잔잔하게 시작되는 멜로디, 귀에 익다. 쇼팽 발라드 작품 1번. 단조롭게 시작하던 음이 힘을 받아 튀어 오르기 시작한다. 흰 건반, 검은 건반을 오르내리는 당신의 열 손가락이 리듬을 타기 시작한다. 앞뒤로 몸을 흔들며 두 눈을 꼭 감고 이마에는 굵은 주름을 만들며 그는 자신의 세계로 빠져든다. 아무도 함께할 수 없는 자신만의 세상으로.

숨을 쉴 수조차 없다. 끓어오르던 격정적인 음이 뚝 끊긴다. 호들갑스런 아가씨들의 비명소리에 눈을 뜬다. 한껏 넓혀진 동공으로 걱정스레 내려다보고 있는 빨간 머리 아가씨 얼굴이 보인다. 미소를 보내주고 싶어 얼굴에 표정을 잡는다. 얼굴에 느껴지는 얼얼한 기운이 마취에서 덜 깬 기분이다.

"병원에 가 봐야죠!"

찢어진 청바지 아가씨가 부축이며 말한다. 그 말 한마디로 내 모습이 얼마나 엉망이 되었는지 짐작한다. 남편의 모습은 이미 찾을 수 없다.

아가씨들이 보내는 연민의 눈초리를 뒤로 하고 나는 커피숍을 나온다. 이대로 집에 들어가면 아들 녀석이 놀라겠지. 제 아버지에 대한 원망과 미움을 아들에게까지 전해주고 싶지 않다. 미움은 마음까지 피폐하게 만든다. 미워하는 사람이 더 괴롭다는 것을 절실하게 깨닫는 지금, 아들의 마음에는 그리운 아버지 모습으로 기억시키고 싶다.

집이 가까워질수록 나는 마음이 무거워진다. 세월의 더께만큼 가슴에 한 켜 한 켜 쌓인 당신에 대한 미움도 애정을 바라는 집착에서 오는 것일 게다. 그렇다면 이제 새삼스럽게 서로의 가슴을 후벼대는 일은 하지 말자며 자신을 다독인다.

현관문에 열쇠를 집어넣는다. 웬일인가, 열쇠가 헛돈다. 손잡이를 잡고 돌리니 스르르 열린다. 문틈으로 새어나오는 음율! 쇼팽 발라드 작품 1번. 눈앞에 펼쳐진 상황에 잠시 당황한다. 믿을 수 없는 광경에 눈을 감았다 뜬다. 거실 중앙에 버티고 들어앉은 피아노 앞에서 행복한 표정으로 연주하고 있는 아들 녀석이 보인다. 피아노 한 쪽에 몸을 기대고 두 눈을 지그시 감은 채 감상하고 있는 당신. 순간 내 눈에선 불꽃이 튄다. 그 동안 나 몰래 수군대며 꾸민 모종의 일을 바로 이것이었던가. 번개처럼 뛰어들어 나는 피아노를 치고 있는 아들을 끌어내린다. 녀석의 뺨을 연거푸 몇 대 후려친다.

아들 녀석의 배신에 할 말을 잊는다. 그렇게 우려했던 것이 사실로 밝혀지고 나니 차라리 허탈해진다. 나는 제풀에 꺾여 풀썩 주저앉는다. 아들 녀석이 오랫동안 피아노를 쳐왔다는 사실을 당신은 알고 있었을 것이다. 아니 곁에서 부추긴 사람이 당신일 것이다. 이 모든 것이 당신 때문이야. 나는 질책의 눈초리로 당신을 쏘아본다.

방금까지 아들 녀석이 연주 한 피아노는 당신이 반평생을 애지중지하던 야마하다. 그렇지 않아도 좁아터진 거실을 온전히 차지하고 거만하게 앉아 있는 모습에 다시 부글부글 속이 끓어오른다. 당신이 그렇게 원하던 때엔 내놓지 않던 피아노. 그 여자는 무슨 속셈으로 이제야 이걸 보낸 것인가.

어머니에게서 **빼앗아간** 당신을 버리지만 않았어도 그 여자를 용서할 수 있었을지 모른다. 당신이 한창 이름을 날리고 있었을 적 어린 제자였던 여자. 당신의 후광을 입어 피아니스트로 이름을 얻은 여자는 기다렸다는 듯 당신에게서 등을 돌렸다. 분신 같은 피아노만이라도 돌려달라는 당신의 소원도 모르는 척 외면했다. 그게 당신 마음에 큰 상처로 남았던지. 당신은 눈에 띄게 말수가 적어지고 시도 때도 없이 소리 없는 연주만 했다. 거실의 마룻바닥에서, 주방의 식탁에서, 아들의 책상에서, 하다못해 잠자리 이불 위까지 피아노 삼아 두드렸다.

괴물처럼 버티고 있는 피아노를 노려보며 주먹을 불끈 쥔다. 생각 같아서는 당신이 보는 앞에서 박살을 내버리고 싶지만, 아들 녀석 앞이라 차마 성질대로 하지 못한다. 온몸으로 번지는 불꽃같은 분노를 죽이느라 안간힘을 쓴다.

내 분노도 아랑곳하지 않고 당신의 관심은 거실 한쪽에 쌓인 두개의 박스에 가있다. 당신의 의중을 짐작한 아들 녀석이 그중 하나를 뜯는다. 노란 테이프로 겹겹이 싸매어진 박스를 뜯느라 녀석은 애를 쓴다. 뜻대로 잘 풀어지지 않자 자기 방으로 들어가 커트 칼을 찾아온다. 가로 세로 이음새를 칼로 찢으니 박스 안의 물건이 모습을 드러낸다. 신기한 듯 하나하나 살피며 조심스럽게 꺼내는 아들. 당신의 영광의 자취인 트로피들이 녀석 손에 이끌려나온다. 전국 피아노 콩쿠르 1등, 제10회 대한민국 피아노 경연대회 특별상, 00일보 주최 대한민국 음악제 피아노 독주 부문 최우수상. 바르샤바의 쇼팽 콩쿠르 입상.

당신은 그중 쇼팽 콩쿠르에 입상한 트로피를 집어 들고 뚫어지게 바라본다. 삼십년도 더 지난 그 시절의 영광을 회상하는지 입가에 미소가 번진다. 이렇게 흔적으로 남아있는 당신의 영광 속엔 어머니의 희생을 고스란히 담고 있다. 밤마다 하얀색 구정 뜨개실로 한 코 한 코 무늬를 뜨던 어머니의 모습이 떠오른다. 그 곁에서 돌아오지 않는 당신을 원망하는 나를 어머니는 이렇게 달래곤 했다.

— 니 애비는 훌륭한 예술가여. 예술가란 보통 사람과 다르단 말이시. 긍게 뭐시냐. 지금은 열심히 연습해야 쓴게 우리랑 같이 살지 못하지만, 피아니스트로 성공허면 틀림없이 돌아올 것여. 니 애비는 참으로 훌륭한 예술가잉게 니도 본받아야 혀. 알것냐?

꽤 오랜 시간이 걸려 뜨던 피아노덮개가 완성되었어도 당신은 돌아오지 않았다. 긴 밤을 자신이 뜬 덮개를 펼쳐보며 외로움을 안으로 삼켰을 어머니. 예술가가 아니라 농사꾼하고 결혼했으면 어땠을까? 겨우 5년 남짓 산 당신과의 결혼생활을 꿈처럼 간직하고 살다간 어머니는 진정 행복했을까? 예술가의 삶은 보통 사람과 다르다는 경외심을 가지고 살던 어머니는 당신의 외도까지도 순순히 받아들였다. 소처럼 묵묵히 지은 농사로 번 돈을 학비로 아낌없이 부쳐주던 순박한 어머니.

나는 녀석이 들고 있는 상패들을 빼앗아 박스 안에 아무렇게나 구겨 넣는다. 못마땅한 표정으로 나를 바라보며 아들 녀석이 따지고 든다.

"할아버지에게서 연주하는 즐거움을 빼앗는 것은 바로 죽으라는 거잖아?"

"연주 안한다고 죽진 않아."

"엄마도 닥종이 공예에 미치도록 빠져들면서……. 예술가의 삶을 그렇게 이해 못해?"

"나는……, 다른 사람을 희생시키진 않았어!"

"그럼 내 아버지를……"

창백하게 변하는 내 표정에 미처 말을 끝내지 못하고 녀석은 쪼르르 제방으로 들어가 버린다. 아들 녀석은 내가 제 아버지를 버린 것이라고 생각하고 있는 모양이다.

거실에 침묵이 무겁게 깔린다. 당신은 들고 있는 상패에 시선을 고정한 채 꼼짝도 하지 않고, 나는 벽에 비친 크고 검은 피아노 그림자를 노려본다. 온몸이 욱신거린다.

남편이 밖으로 돌게 된 것이나, 내가 이혼을 결심한데에는 얼마간 당신의 책임도 있다. 그 여자에게서 내쫓기다시피 된 당신이 찾아왔을 때, 나는 도저히 같이 살 수 없다고 딱 잘라 거절했다. 예술가 성향이 뚜렷한 당신과 단순무식한 남편은 도저히 융화할 수 없는 관계임을 잘 알았기 때문이었다. 그런 내 마음을 이해하지 못한 남편은 자신을 무시한다고 화를 냈다.

— 사위도 자식이야. 아무 걱정 말고 계시라고 해!

한치 앞도 내다보지 않는 남편은 단순한 사고로 모든 일을 쉽게 결정했다. 그래도 처음에는 당신과 남편사이에 서로 양보도 하고 이해도 하려는 노력은 보였다. 그러나 시간이 갈수록 둘 사이에 불만은 쌓여 갔다.

— 야야! 김서방 왜 그런다냐? 그렇게 아무 생각 없이 사는 사람 처음 봤다. 개, 돼지도 아니고, 사람이 그렇게 살아서 되겠냐?

— 너도 벌써 사십이 내일 모레인데, 사는 꼴이 이게 뭐냐? 남자 보는 눈이 없어도 그렇지. 그런 사람을 남편이라고 택한 네가 참 한심스럽다.

— 사람이 어떻게 밥만 먹고 산다던! 그것도 지가 벌어서 주면 말도 안하겠다. 그 나이에 부모한테 아직도 손 벌리고 있으니 원!

남편에 대한 당신의 불만은 점점 도를 더해갔다. 그러더니 아예 짐승취급을 했다. 아무리 단순한 사람이래도 그런 눈치를 모를 리 없었다. 남편은 남편대로 불만을 터뜨렸다.

— 장인어른 도대체 사람을 뭐로 보는 거야. 기분 나쁘단 말이야. 내가 개, 돼지여? 자기가 피아니스트면 다여? 예술가입네 처자식 고생시킬 때는 언제고, 그렇게 폼 재고 앉아 있으면 밥이 나와, 죽이 나와. 내 참 더러워서. 저런 사람 정말 밥맛없다니까.

그러더니 그걸 핑계 삼아 남편은 며칠씩 집에 들어오지 않았다. 어느 쪽도 편들지 못하고 나는 수수방관할 수밖에 없었다. 남편의 이어지는 가출과 다시 들어오는 반복 속에서 나는 점점 지쳐갔다. 차라리 이렇게 사느니 갈라서겠다고 선언했다. 그러자 그 순간부터 당신은 입을 다물었고, 이혼은 절대 안 된다며 남편은 폭력을 휘둘렀다.

몸을 일으키려니 찌르르 허리에 통증이 온다. 나도 모르게 신음소리를 낸다. 당신이 나를 건너다본다. 천하에 개만도 못한 놈! 남편에 대한 증오의 표정이 역력하다. 나는 모른 척하며 피아노가 차지한 자리에 진열되어있던 닥종이 작품을 눈으로 찾는다. 하나도 없다! 부리나케 방으로 들어간다. 인형들은 방 한구석에 아무렇게나 패대기쳐져 있다. 넘어지고 겹쳐진 채 짓눌린 모습으로. 몇 개월 동안 심혈을 기울인 인형들의 잔해가 패잔병처럼 쌓여있다. 부서진 닥종이인형을 모아 들고 달려가 당신 앞에 쏟아 붓는다.

"당신이 하는 예술만 소중하다고 생각하세요? 어떻게 만든 것인데 이걸 ……. 이렇게 부서놓아야 당신속이 후련하던가요? 이게 그렇게 소중했어요? 당신의 피아노만 그렇게 소중했느냐고요?"

거실을 차지하고 있는 피아노를 주먹으로 쿵쿵 치며 당신께 대든다. 부서지고 망가진 닥종이 공예품을 건너다보는 당신의 눈길이 흔들린다. 분신 같은 피아노가 돌아온 꿈같은 상황에 다른 것은 생각할 여유도 없었을 것이다. 그러나 당신에 대한 서운함이 울컥 밀려와 나는 그만 울먹인다. 쏟아지는 눈물이 좀처럼 멈추어지지 않는다.

서러움에 겨워 훌쩍이던 내 눈빛이 빛난다. 오랫동안 머릿속에 떠다니던 소재가 반짝 떠오른 것이다. 어머니와 이웃 동네에 나들이를 가다가 얻어 탔던 소달구지. 비록 안에서는 거름냄새가 폴폴 풍겼지만, 덜그럭거리며 흔들리는 달구지 타는 재미가 얼마나 고소했던지, 그때 세 살배기 동생은 무엇이 그리 좋은지 까르르까르르 숨넘어가게 웃었다. 그래, 제목을 '소달구지'로 하자. 떠오른 소재가 달아나기라도 할 것처럼 쏜살같이 방으로 들어와 주섬주섬 준비물을 챙긴다.

먼저 소달구지에 탈 동생부터 만들어야지. 철사 두 개를 반으로 접는다. 하나의 철사로 1/3 만큼 3번 꼬아서 머리를 만든 후 양옆으로 벌려놓는다. 나머지 하나로 중간을 잡아 앞의 철사의 꼬인 부분에 걸고, 양옆으로 벌려준 철사에 두 번씩 감는다. 그런 다음 밑으로 내려 남은 철사를 반으로 두 번 꼬아 뼈대를 완성한다.

한지를 적당한 크기로 손으로 잘라 둥글게 뭉쳐 뼈대의 머리 부분에 넣는다. 한지에 고르게 풀칠을 한 다음 길게 찢어 머리에 감는다. 둥글게 감은 후 머리모양을 손으로 잘 매만진다. 머리에 풀이 다 마르도록 한쪽에 잘 세워 놓고, 어머니 모습의 뼈대를 만들려고 철사를 들었을 때다. 거실에서 무엇인가 발로 걷어차이는 소리와 함께 넘어지는 소리가 들려온다. 무의식중에 철사를 손에 든 채 거실로 나온다. 캄캄한 속에서 그림자는 웅크린 자세로 움직이지 않는다. 나는 차마 전등 스위치를 올리지 못한다.

한동안 꿈쩍도 하지 않던 그림자가 서서히 움직인다. 더듬더듬 피아노 쪽으로 다가간 그림자는 조심스럽게 의자를 꺼내 앉는다. 한참동안 소리 없이 앉아있더니 결심한 듯 피아노 뚜껑을 들어올린다. 이 한 밤중에……, 저 노인네가 정신이 나갔나? 하는 생각이 들었지만 선뜻 나설 수없는 분위기에 눌려 소리 없이 지켜본다.

때마침 구름에 가렸던 달이 모습을 드러내 어스름한 달빛에 흰건반이 또렷이 보인다. 잠시 숨을 고르던 당신이 마침내 건반위에 손을 올린다. 소리 없는 연주에 골몰하던 그 손가락이 이제 물 찬 제비처럼 건반 위를 날아다니겠지. 나도 모르게 연주를 기다리며 눈을 감는다.

쇼팽 발라드 작품 1번. 로만 폴란스키 감독의 '피아니스트'에서 연주되었던 곡이 흐른다. 폐허가 된 건물에서 배고픔과 추위에 떨던 스필만, 그에게 독일장교는 연주를 명령한다. 어쩌면 지상에서 마지막 연주가 될지 모르는 그 순간, 온 영혼을 손끝에 실어 연주를 시작한다. 폐허가 된 바르샤바 게토에서 울려 퍼진 음률이 강한 여운을 남기며 거실에 가득 찬다.

문득 정신을 차려보니 주위가 적막하다. 깜짝 놀라 눈을 뜬다. 피아노앞에 앉은 당신은 건반위에 손을 올린 채 꼼짝도 하지 않고 있다. 그렇다면 지금까지 들었던 소리는 환청이었단 말인가. 제발, 제발 연주를 하라고요. 그렇게 앉아만 있지 말고 건반을 누르란 말이에요. 나는 속으로 외친다.

　마치 방금 연주를 끝낸 자세로 의자에서 일어난 당신은 천천히 피아노뚜껑을 덮는다. 피아니스트의 주인공처럼 죽음 앞에서도 굴하지 않고 버틸 수 있는 것이 바로 예술가의 고집일 터인데, 당신은 이미 예술가로서 인생을 버린 것인가. 자리에서 일어난 당신은 손으로 피아노의 몸체를 닦는다. 부드럽게 어린 아이를 만지듯이 누구엔가 용서를 비는 자세로. 그러더니 주머니에서 무엇인가를 꺼내어 펼치더니 조심스럽게 피아노 몸체를 덮는다.

　'아니? 저것은?'

　희미한 달빛 속에 하늘대는 레이스, 죽기 전 어머니가 코바늘로 한 코 한 코 뜬 피아노 덮개이다. 검은 몸통을 감싼 레이스가 유난히 희게 빛난다. 엉거주춤 방으로 들어가는 당신의 뒷모습이 꽤나 낯설다. 당당하던 당신에게도 저런 모습이 있다니 너무 놀랍다.

　소리 없는 연주에 골몰하던 당신의 손가락이 눈앞에 떠올라 나는 한동안 방안을 뱅뱅 맴돈다.

　이윽고 손에 들고 있던 철사를 구부려 뼈대를 만들기 시작한다. '소달구지'에 탈 어머니와 내 모습의 틀을 잡아 동생 곁에 놓는다. 잠시 주저하던 내 손은 어느새 '소달구지'를 끌고 가는 당신의 모습을 만들고 있다.

달항아리

　남자가 나를 찾아온 시간은 마당에 서있는 미루나무의 그림자가 토방을 넘어 기다란 쪽마루를 거의 다 침범하고 있을 무렵이었다. 초벌 염색으로 옅은 구름에 가린 것처럼 보일 듯 말듯 하늘빛을 품고 있는 천을 빨랫줄에서 막 걷으려는 참이었다. 언제 다가왔는지 남자가 천 바로 건너편에 서있었다. 나는 천 잡은 손을 그대로 멈춘 채 그를 올려다보았다. 남자는 일 미터 팔십 센티가 넘는 헌칠한 키로 천이 잔뜩 걸려있는 줄 위로 불쑥 고개를 디밀고, 안녕하세요? 하며 웃었다. 벌린 입 사이로 석류 알처럼 고르게 박힌 하얀 이가 햇빛에 투명하게 반사되어 눈이 부셨다.

　"누— 누구시—인지?"

　또 그 버릇이 나온다. 새로운 만남에 항상 이렇다. 익숙하지 못한 상황에선 노력해도 소용이 없다. 제대로 의사전달이 힘들 정도로 말을 더듬게 되는 자신에 대해 화가 솟구친다.

"아— 저요? 연락 받지 않았나요? 지선배에게서?……"

피부가 유난히 투명한 남자는 말과 동시에 둘 사이를 막고 있던 천 한쪽을 걷어 올리며 내 쪽으로 건너온다.

"아—! 저— 전통 처—천—연 여—염색을 배—배우고 싶다는 부— 운?……"

나는 놀라서 다른 때보다 더 심하게 더듬는다.

—너에게 꼭 배우고 싶다는 후배가 있어서 말이야. 손끝도 야무지고 창의성도 있는 데다 꾀를 부리지 않는 아이니, 조수로 곁에 두고 키우면 좋은 재목으로 자랄 것 같기도 하고……. 말벗을 삼아지내면 네게도 좋을 거야.…… 마을에서 한참 동떨어진 곳이라, 생활하기가 그리 쉽지 않을 거라고 미리 귀띔해 주었는데도 그곳에 가서 살고 싶대.…… 오늘 중으로 찾아 갈 거야.

아침에 경숙이 전화로 알려왔을 때, 나는 아무런 의심도 없이 선선히 알았다고 했다. 그런데 그게 남자라니! 외진 이곳까지 찾아온 열의를 어떻게 거절해야 하나. 나는 빠르게 머리를 굴린다. 남자는 내 생각을 아는지 모르는지 줄에 즐비하게 널려진 천들을 걷어 들여 품안에 잔뜩 안고서 쪽마루로 성큼성큼 걸어가고 있다. 나는 남은 천을 걷어 가슴에 안고 남자 뒤를 따르는 수밖에 없다. 천을 개어놓는 남자의 손놀림은 제법 섬세하다. 천을 다 개는 동안 침묵이 흐른다. 아무래도 안 되겠어요. 저 혼자 사는 집이고……, 또 남을 가르칠 만큼 특별한 재주가 있는 것도 아니고……, 거절해야만 할 마땅한 이유를 머릿속에 열거해 보지만, 입안에서 맴돌 뿐이다.

"아— 여기서 보는 하늘은 정말 쪽빛깔인데요?"

가지런히 갠 천을 한쪽에 밀쳐놓으며 막 노을이 지려는 하늘로 시선을 보낸 남자가 새로운 발견에 놀란 냥 감탄의 소리를 터트린다.

"그곳에 가면 하늘빛에, 그리고 쪽이 만들어내는 빛깔에, 두 번 놀랄 것이라고 지선배가 말하더니 거짓이 아니었군요. 저런 빛깔을 낼 수만 있다면……."

그럴 수만 있다면 지금 죽어도 원이 없다는 눈빛이다. 내가 그만한 나이에 그렇게 쪽빛에 미친 것처럼. 그런 눈빛의 남자에게 그냥 돌아가란 말은 차마 할 수가 없다.

"그—그럼, 가—같이 있어 보—볼까요?"

파르르 떨며 말하는 내 입술을 가만히 쳐다보던 남자는 무척이나 기쁜 표정으로 미소를 함박 짓는다.

"정말 허락하는 거죠? 고맙습니다. 그런데…… 뭐라고 불러야 하나? 선생님? 선배님?…… 스승으로 모셔야 하니까 선생님이라 불러야겠지만 그건 너무 딱딱해서 싫고…… 선배님이라 부를까요? 이 선배님? 어째 어감이 별로다. 누님! 누님 어때요?"

소풍가기 전날 밤 어린아이처럼 상기된 얼굴로 남자는 혼자 말하고 그렇게 결정해 버린다. 누님! 정감 어린 그 소리에 나는 아무 말도 못하고 고개만 끄덕인다. 순식간에 둘 사이에 피어오르던 어색한 공기가 말끔히 가신다. 어쩌면 폐쇄적인 내 생활에 변화의 바람이 불 것 같은 예감마저 든다.

이름은 진준, 나이는 스물여덟, 군대는 필했고, 애인은 아직 없노라고 남자는 자신을 소개한다. 그러더니 누님, 애인은 있수? 하며 한쪽 눈을 장난스럽게 찡긋 감는다. 나는 무의식적으로 움찔한다. 잊었다고, 잊기 위해서 이곳에 내려왔기에 완전하게 감정이 정리되었다고 생각했는데 준의 물음에 찌르르 가슴이 저려온다.

당황한 감정을 드러내고 싶지 않아 방을 치워 주겠노라며 자리에서 일어난다. 그러자 그런 일은 자기에게 맡기라며 준이 먼저 채차고 나선다. 일자형 한옥인 집에 방은 세 개다. 그중 한방은 내가 쓰고, 다른 방에는 허섭스레기 물건들을 잔뜩 집어넣어 놓았기 때문에 별수 없이 예전에 어머니가 사용하던 방문을 열어준다. 어머니가 돌아가신 후, 그 방에 들 때마다 무섬증이 일어 한동안 들어가 보지 않은 방이다.

"오—오래 비—비워 놔서 내—냄새가 나—날 텐데?……."

방문을 열며 나는 애써 변명을 한다. 준은 내가 손대기도 전에 뒷마당으로 난 들창문을 열고 방비를 찾아 쓸더니 걸레질까지 말끔히 한다. 준이 하는 양을 나는 망연히 바라본다. 그에게서는 젊음이 가진 순수한 열정이 물씬 풍겨난다. 웅덩이의 물이 괴어있는 것 같은 이곳생활에 쉽게 적응할지 좀 걱정스럽다.

오랫동안 비워둔 방의 퀴퀴한 습기를 없애려고 부엌으로 가서 군불을 지핀다. 탁탁 제 몸을 터트리며 불꽃을 올리는 참나무토막이 내는 소리에 나는 잠시 취한다. 언제부터인지 이렇게 아궁이 앞에 앉아있을 때가 가장 편안한 마음이 된다. 일렁이는 불길 속에서 만날 수 있는 어머니의 환영 때문인 것도 같고, 그이에 대해 관대해지는 마음 때문인 것도 같다. 등 뒤에서 준의 목소리가 들린다.

"타임머신을 타고 30년 전으로 되돌아온 것만 같네요. 아직도 이런 부엌이 남아있다니?……"

준은 호기심어린 눈으로 부엌의 이곳저곳을 살펴보고 있다. 준의 말과 동시에 정지시킨 활동사진의 장면처럼 선명한 한 순간이 떠오른다.

80년 봄, 나는 그때 다섯 살이었다. 어머니는 쪽물작업을 하기위해 이 시골집에 자주 내려오곤 했다. 그 일이 벌어진 때에도 어머니와 나는 시골집에 내려와 있었다. 이미 길이 막혀버린 상황에서 경찰관인 아버지의 안위는 알 길이 없었다. 광주에서 한참 떨어진 남평까지 날아든 소문은 흉흉하기만 했다. 어머니는 안절부절못했다. 지금 나처럼 아궁이에 장작을 집어넣으며, 호랭이에게 물려가 육시를 당할 놈들! 이라고 중얼거리며 어머니는 눈가를 훔쳤다. 분노에 찬 욕설이 누구를 향한 것인지 어린 나는 알지 못했다.

나도 모르게 한숨이 흘러나왔던가. 준이 무슨 일인지 알고 싶은 얼굴로 그런 나를 빤히 쳐다본다. 떠오르는 화면을 지우듯 고개를 내저으며 나는 준에게 왜 쪽염을 배울 생각을 했는지 묻는다. 잠시 망설이던 준은 상기된 어조로 회상하듯 말한다.

"초등학교 4학년 여름방학이었어요. 그 애를 만난 것이.……"

서울 토박이로 태어난 준은 그해 처음으로 시골에 내려갈 기회가 생겼다. 가까운 친지의 초대로 명희가 살던 농촌으로 내려간 준은 모든 것이 신기하기만 했다. 특히나 같은 또래의 명희를 만나게 된 것을 준은 잊을 수 없었다. 마을 곳곳을 따라다니며, 시간가는 줄을 몰랐다. 명희는 풀 박사였다. 풀에 관한한 모르는 것이 없었다. 그때만 해도 준은 쌀이 나무에서 열리는 줄 알 정도로 농촌풍경이나 생활에 대해선 백지에 가까웠다. 그러했기에 명희의 뒤꽁무니를 졸졸 따라다니며 귀찮아할 정도로 물어댔다.

— 이건 무슨 풀이야?

— 응, 그건 닭의장풀이여.

— 닭의장풀? 이름 참 웃긴다.

— 그렇제? 이 풀이름도 지역에 따라 다르게 부른대여. 달개비, 또
는 닭개비라 부르기도 하고 닭의 밑씻개라고 부르는 곳도 있대.

명희의 설명에 준이 마구 웃어대자, 덩달아 신이 난 명희가 부근에
피어있는 풀꽃 이름을 열심히 알려주었다. 돼지풀, 토끼풀, 장구채,
노루오줌, 술파랭이 등. 그 중에서 준이 알고 있는 것은 겨우 토끼풀
정도였다.

"방학 내내 우리는 풀밭에서 살다시피 했어요. 잠자리를 쉽게 잡는
방법도 그 애가 알려주었고, 수박, 참외 등 과일서리도 해보았지요.
그 애는 못하는 것이 하나도 없었어요. 정말 시간이 화살처럼 빠르게
지나갔어요. 헤어지기 전날 밤, 명희가 나를 찾아왔어요. 마땅히 줄
것이 없던 나는 방학 숙제를 하기위해 가지고 갔던 스케치북을 그 애
에게 건넸어요. 그 애는 손수건 하나를 내손에 꼭 쥐어주더군요. 헤어
지는 것이 아쉬워서 나는 울먹이며 약속했지요. 내년 여름방학에 꼭
다시 내려오겠다고.……"

그때를 기억하는지 준의 어조가 떨린다. 무슨 일이 있어 저리 힘들
까? 궁금했지만 나는 더 묻지 않는다. 가슴에 남은 상처를 치유하는
방법은 사람마다 다르고 또한 그건 남이 대신 해 줄 수 없는 것. 스스
로 딛고 일어나야 됨을 너무나 잘 알기 때문이다.

내일은 꼭두새벽에 일어나 쪽을 베어야 하니 일찍 자는 게 좋겠다고
내가 더듬더듬 말한다. 더듬대는 내말을 알아듣자면 상당한 인내심이

필요할 텐데 준은 별로 개의치 않는 눈치다.

"누님! 그럼 내일 안개가 많이 끼어야 할 텐데요?"

말하는 것으로 보아 어쩌면 준은 염색에 관하여 내가 생각하는 것보다 더 많이 알고 있는 것 같아 보인다. 내가 긍정의 몸짓을 하자, 그럼 일찍 자겠습니다. 누님! 하며 꾸벅 고개를 숙인다. 장난기가 가득 담긴 준의 얼굴을 보자, 나도 모르게 미소가 흐른다.

다음날, 아직 동이 트려면 한참 있어야 할 시각에 준과 나는 들판으로 나선다. 먼 옛날부터 남평은 들판이 넓어 여름 한철엔 홍자색으로 물결치는 쪽이 장관을 이루었노라고, 비몽사몽으로 걷고 있는 나를 앞장세우고 들판으로 나서며 어머니는 아쉬운 듯 말하곤 했다. 그 시절 나는 그런 어머니가 못마땅하기만 했다. 왜 남들이 다 자고 있는 시간에 쪽을 베어야 하느냐, 낮에 베면 되지 않느냐고 볼멘소리로 불평을 했다.

— 모르는 소리 허들 말어. 안개가 자욱한 꼭두새벽에 베어내야만 제 색깔을 얻을 수 있응게 그러제. 무담씨 잠만 축내려고 허것냐?

그럴 때마다 어머니는 꿈꾸는 눈빛으로 말하곤 했다.

"이렇게 이슬을 흠뻑 먹은 쪽이 내는 색깔은 정말 죽이겠지요? 누님!"

내 생각을 읽었는지 준은 낫질을 하다가 일부러 불량스러운 어조로 말한다. 그랬다. 어머니는 가슴시린 하늘빛을 천에다 새기려고 했다. 그것은 어머니의 평생 이루고자 한 꿈이기도 했지만, 어쩌면 아버지를 대신한 속죄의 몸짓이었는지도 모른다.

사태가 진정되고 한참이 지난 뒤에야 아버지는 집으로 돌아왔다.

돌아온 아버지는 너무나 달라져있었다. 인정 많고 달변이던 아버지의 옛날 모습은 어디에도 남아있지 않았다. 식구와 시선조차 마주치지 않으려했다. 말수도 점점 줄어들었다. 온종일 방안에 틀어박혀 나올 줄 몰랐다. 아버지의 증세를 보는 것만으로도 견디기 힘든 상황인 우리에게 이웃은 모질도록 냉정했다. 수시로 날아온 돌멩이는 유리창을 깨트리고, 장독을 부셨다. 우리는 광주를 떠나 쫓기듯이 남평으로 내려왔다.

그로부터 이년 후, 두문불출하던 아버지는 목을 맸다. 어머니가 열 번이나 정성스레 물들인, 시리도록 푸른 쪽빛 천으로 아버지는 온몸을 감싼 채 죽었다. 아버지의 시신 앞에서 나는 왠지 눈물이 나지 않았다. 아버지의 죽음을 이미 예견했노라고, 동족에게 총부리를 겨눈 자신을 도저히 용서할 수 없었을 것이라고, 어린 나를 붙들고 어머니는 오랫동안 흐느꼈다.

— 호랭이가 물어갈 놈의 시상! 긍게 니 애비가 무슨 죄여. 명령을 따르지 않으면 죽으니께 높은 양반들이 허라는 대로 혔을 뿐인디.…… 그려도 인자 편히 눈감을 수 있응게 다행이제.…… 죽은 망령들이 자꼬 나타나서 눈감고 편히 잘 수 없다고 그랬쌌더니.……

경숙이 말대로 준이는 날렵했고, 믿음직스럽게 내 옆에서 작업을 도왔다. 혼자 하던 때보다 팍팍하지 않고, 무료함도 적다. 그런 준이의 도움을 받으면서 어린 딸이었지만 곁에 두고 일을 하려고 했던 어머니의 심정을 조금 알 것 같다.

우리의 정서를 가장 듬뿍 담고 있다는 빛깔, 쪽 염색은 전통염색 중에서 가장 까다로운 작업을 거쳐야만 한다. 또한 정해진 비율과 같은 방법으로 염색을 해도 색상은 매번 다르다. 그래서인지 옛날부터 쪽물은 귀하게 대접을 받았고, 그 일을 하는 염장의 대우도 좋았다고 했다.

베어낸 쪽을 어깨에 메고 성큼성큼 걷고 있는 준에게 말한다. 내가 지금 시도하고 있는 것은 학교에서 배웠던 염색 방법이 아니다. 수백 년 동안 이 지방에 내려온 전통 방법으로 쪽물 염을 재현하는데 있다. 그러니 정말 배우고 싶다면 학교에서 과학적인 지식으로 배운 방법은 깡그리 잊어버려야만 될 것이라고 다짐을 한다. 알아들었다는 준을 채근하여 거두어들인 쪽잎을 줄지어 늘어서있는 항아리에 꼭꼭 정여 넣는다. 그리고 지하수를 퍼다 부은 다음 떠오르지 않게 큰 돌을 눌러놓으며 말한다.

"내가 어렸을 적에는 저 마을 앞을 휘돌아 흐르는 냇물을 썼는데, 지금은 오염이 되어 사용할 수 없어."

더듬거리며 설명하는 도중에 어머니가 내던 그 쪽빛을 아직도 내지 못하는 이유가 바로 물의 오염이 아닐까 하는 생각이 퍼뜩 떠오른다. 냇물의 산성도가 쪽물을 우려내는데 가장 알맞다는 과학적인 상식조차 몰랐을 옛 어른들이 냇물을 이용할 생각을 어떻게 했는지.

손으로만 익힌 어머니의 염색기술은 부근에서는 정평이 나 있었다. 대학교에서 전통 염색 공예를 공부할 때만해도 나는 어머니의 기술을 믿지 못했다. 모든 기준이 적당량이라는 대목은 신뢰가 가지 않았다. 그러나 막상 남평에 내려와 쪽염을 시도하려고 했을 때, 그런 내 생각이 크게 잘못되었다는 것을 깨달았다. 그러자 쪽염 기술을 딸에게 전수하려고 애쓰던 어머니의 소원을 끝내 무시해버렸던 것이 못내 후회스러웠다.

쪽물색소에 양조식초를 알맞게 섞어, 어제 초벌들인 천에 다시 물을 들이도록 준에게 작업지시를 한 다음 나는 방에 들어와 컴퓨터를 켠다. 온라인주문을 받은 물품을 택배 회사에 부치는 일, 결재와 잔고 정리까지 컴퓨터로 한꺼번에 할 수 있어 한결 편하다. 교통이 불편한 이곳에서 컴퓨터가 아니면 도저히 감당할 수 없는 일이다. 더군다나 전통염색을 사랑하는 사람들의 성화에 어쩔 수없이 인터넷강의까지 맡게 된 요즈음은 매일 한 시간 이상씩 컴퓨터에 매달려야 한다.

오늘의 주제인 '쪽물을 예쁘게 들이는 법'에 대해서 정리하고 있는데, 새로운 메일이 도착했음을 알리는 벨소리가 울린다. 나는 작업을 멈추고 메일을 연다. 순간 나는 숨이 멎을 것만 같은 긴장으로 몸이 떨린다.

잘 있었소?

지금 이곳 인도는 우기에 속한다오. 습기로 인하여 소금에 절여진 배추처럼 온몸이 땀에 폭 절어버린 그런 더위요.

그곳 팔월의 더위는 어떠하오? 지금쯤 남평에는 쪽들이 붉은 색의 꽃잎에 이슬을 함빡 머금고 당신의 손길을 기다리고 있을 테지요? 무성하게 우거진 쪽이 물결치고 있는 장관을 상상하다보니 정말 당신이 그리워지는구려. 운명의 신이 눈앞에 있다면 멱살이라도 잡아 흔들고 싶소. 그것이 우리를 갈라놓아야 할 그렇게 큰 문제였는지……

가당치도 않은 일이었다고 후회를 하고 있소. 좀 더 적극적으로 문제를 풀어갈 수도 있었을 텐데 아쉬운 마음이오. 이곳에 온지 벌써 삼년 째 접어들고 있으니 꽤 오랜 시간 당신을 잊으려 나름대로 애를 많이 썼소. 그러나…….

　오늘은 모처럼 시간을 내어 뭄바이를 한 바퀴 돌아보았소. 뭄바이
가 어디냐고? 참 아직 모르고 있었소? 봄베이라고 불렸던 인도 최대
의 도시이며, 국제무역항을 95년도에 뭄바이로 개칭했다오. 비르 나
리만 로드를 따라 걷다보니 중고 책을 파는 난전이 열려 있어, 시간의
여유를 가지고 뒤적이다보니 당신에게 꼭 필요할 것 같은 책을 발견할
수 있었소. 기쁜 마음을 혼자 삭이지 못하여 이렇게 메일을 보내오. 유
난히 아름다운 빛깔의 옷을 입고 다니는 이곳사람들의 전통염색법에
대하여 자세하게 설명해 놓은 책이오. 친절한 주인아저씨와 값싼 사용
료를 받는 이 피시방을 자주 이용할 생각이라오.

　그럼 이만. 아무쪼록 건강하기만 바라겠소.

　한동안 컴퓨터 앞에 정신없이 앉아 있다가 누님! 누구죠? 하는 준
의 물음에 나는 놀라 정신을 차린다. 응— 아냐.……. 잊으려고 무던
히 애를 썼는데, 몇 줄 소식에 쿵쿵 뛰는 심장소리를 준에게 들킬까봐
도망치듯 밖으로 나온다.

　지금 준의 나이에 나는 그를 만났다. 대학원을 마치고, 전통천연염
색에 관한 강의로 제법 이름이 알려질 즈음이었다. 그는 여성잡지의
기자였고, 전통염색에 관한 기사를 연재하고 싶다고 했다. 그렇게 만
난 인연으로 우리는 연재를 마치고도 계속해서 자연스럽게 만남을 이
어갔다. 그런데 무슨 연유인지 그는 나에게 청혼을 하지 않았다. 그즈
음 건강에 자신을 잃어서인지 어머니는 내 결혼을 부쩍 서둘렀다.

　— 효도하는 셈 치고 내말 들어야. 나가 앞으로 얼매나 살란지 모릉

게 눈감기 전에 식 올리드라고.

— 엄마는 무슨 그런 말을 …….

곧 죽을 것처럼 말하는 어머니에게 나는 부르르 화를 냈다. 그러자, 꼭 집고 넘어가야겠다는 의지를 내보이며 어머니가 따지듯 물었다.

— 느그들 사이에 무슨 문제라도 있는 것여?

— 그게……. 엄마는 사위될 사람의 고향이 어디이건 상관없어?

— 그야 사람을 봐야지, 뭣헐라고 고향을 본다냐?

그가 쉽게 결정하지 못하는 있는 이유를 말하자, 어머니는 아주 슬픈 표정을 지었다. 그러더니 어렵게 말하는 것이었다.

— 고향을 속이면서까지 헌다는 것은 좀……. 내는 아무려도 그것은 안 된다 싶은디, 그려도 어쩌것냐. 니 맴이 정히 그리로 쏠린다면 어쩔 수 없제. 그려도 속마음까지 고향을 잊진 말그라.

미루나무 밑 평상에 앉아 바람 따라 춤을 추는 이제 막 쪽물의 초입에 들어선 천을 나는 무심하게 바라본다. 두 번째로 들인 물은 어제보다 한결 짙어져있다. 쪽물을 제대로 내려면 손이 칠백 번이나 가야한다고 어머니는 내게 설명했다.

— 온갖 정성을 들여 맨들어 낸 이 쪽빛에 대해서 니는 뭘 알고나 있는겨? 쪽이 만들어낸 청색은 음양오행으로 목木이며, 동東쪽을 가리키고 봄을 상징헌다고 안허네. 그랑게 태어남을 의미한다고 보아야것제. 쪽빛에는 자연의 생명력이 깃들여 있응게. 옛 어른들은 만물이 소생하는 색이라 하여 쪽을 무척이나 귀하게 대우혔다드만! 긍게 왕비나 궁녀들의 예복, 또 조신들의 관복 등에 남색을 그리 많이 썼겠제.

평화와 신뢰감을 느끼게 해준다는 쪽빛을 만들어내면서, 어머니는 어떤 생각을 했을까? 삼킨 쪽물을 바람 속으로 조금씩 내뱉고 있는 저 쪽빛 천처럼 가슴속의 분노를 하염없이 뱉어내고 있을까? 어머니는 이 인고의 과정에서 자연스럽게 용서하는 법을 터득했을지도 모른다.

내 곁으로 온 준은 평상에 걸터앉으며 묻는다.

"누님! 쪽빛이 시리도록 푸른 이유가 뭐라고 생각하세요?"

푸를 대로 푸르러 시리게 물빛으로 떠오르는 남색. 정말 시리도록 푸른 이유가 뭘까? 나는 고개를 흔든다.

"그건 얼음 때문이지요."

준이 대답한다. 농담처럼 들려 내가 웃자 준은 노래하듯이 줄줄 왼다.

연 쪽빛은 물을 조금 섞고/ 얼음을 많이 꽂아/ 손을 재게 재게 놀려 너비를 앗아야/쉬지 않는다./ 짙은 쪽빛은 물을 타지 말고/ 전국을 밭 여 들여/ 냉수에 얼음을 넣어 여러 번 급히 헤워/ 빙수에 한동안 담가 부면/ 빛이 산뜻할 것이다.

규합총서閨閤叢書에 나오는 쪽물염색에 관한 구절이라 한다. 정말 그럴까? 정말 눈이 부시도록 푸른 이유가 빙수에 담갔기 때문일까? 나는 준을 향하여 가볍게 고개를 끄덕인다. 내가 옛 염장들이 내던 빛깔을 아직도 내지 못하는 것이, 어쩌면 색깔을 내기 위한 온도를 적당히 맞추지 못하기 때문은 아닐까? 염색을 할 때마다 단 한 번도 똑같은 빛이 나오지 않던 신비로운 비밀이 그 까닭인 것만 같다. 앞으로 깊이 연구해 볼 만한 점이라는 생각을 하면서 뒷마당에 있는 헛간 한쪽에 만들어진 가마 곁으로 준을 끈다.

물에 녹아있는 쪽빛 색소를 끌어낼 때에 필요한 석회가루를 만들기 위한 작업을 준에게 시켜볼 요량이다. 굴 껍질을 옹기에 넣고 1,800도 이상의 가마불로 구워 만든 석회가루는 쪽의 색소를 머금는 일에 아주 중요한 매질이다. 그래서 나는 이 석회가루를 만들 때 정성을 다하곤 한다. 준도 석회가루를 만드는 과정에 이미 익숙한 듯 묻지도 않고 가마에 불을 붙이기 시작한다. 불길이 타오르기 시작하면서 가마주위의 온도가 상승하며, 뜨거운 팔월의 기온과 합세하여 준과 나는 금세 온몸이 땀으로 범벅이 된다. 소금에 절인 배추처럼 온몸이 땀에 폭 절어 산다는 소식을 보낸 인도에 있는 그이 마냥.

"쪽빛에 한참 미쳐있을 때였지요. 그때는 잠자는 시간만 빼고 온종일 쪽에 관한 생각만 했어요. 그래서인지 전에 읽었던 '혼불' 한대목이 머리에서 사라지지 않는 거예요. 〈그 광활한 들판에 홍자색으로 물결치고 있는 풀이 뜻밖에 '쪽' 인 것을 알고는 "아하." 가슴속에 군청빛 쪽물이 얼음같이 선명하게 끼치며 탄식이 저절로 나왔다. 깊은 신음 소리 같은 감탄은 오래 지워지지 않고 속에 남아, 그 이후에도 언제나 마음이 답답해지면 걸릴 것 없이 아득하게 트여 넘실거리던 쪽의 평원, 남평을 머리에 떠올렸다.〉 그 때 쪽의 평원이라는 남평이란 곳이 내 머리에 깊이 각인되었죠. 거기에 가서 살고 싶다는 생각이 절실할 무렵 우연히 누님을 소개한 기사를 보게 되었지요. 옛날과는 많이 다르겠지만, 바람에 파도처럼 쓸리는 쪽의 벌판에 마치 쪽과 하나인 것처럼 서있는 누님을 본 순간 아! 저곳이다. 하는 생각이 들자 도저히 참을 수가 없더군요. 어쩌면 누님의 모습에서 그 애를 보았다는 것이 더 솔직한 심정일 거예요. 그 애가 내게 남겨준 손수건은 그냥 손수건이 아니었어요. 그 애는 자신의 마음을 그 천 조각에 새긴 겁니다. 쪽빛바탕에 붉은 꽃무늬. 초등학교 사학년 아이가 만들었다고 할 수 없을 만큼 염색된 색깔이 무척이나 독특했었지요."

불꽃에 취한 듯 벌건 얼굴로 준이 말했다. 준은 다음해에 꼭 찾아간 다던 약속을 지키지 못했다. 중학교에 들어가고 나서야 준이 찾아갔을 때 명희는 이미 죽고 없었다. 동네사람들의 말에 의하면, 준이 간다고 약속했던 그해에 태풍과 함께 몰려온 큰 물난리 때문이었다고 했다.

— 긍게 말이시. 뭣땀새 고걸 따라갔는지 도시 모를 일이랑게.

떠내려가는 스케치북을 잡으려다 불어난 물에 휩쓸려 버렸다는 말을 하며 동네사람은 고개를 갸웃거렸다. 자식을 잃은 명희의 부모는 홀연히 어디론가 떠났다고 했다. 손수건에 담긴 사연. 그것이 인생의 전환점이 되었노라고 준은 쪽빛에 미친 사연을 담담하게 털어놓는다.

"아름아름 선배들 소개로 누님과 절친하다는 지선배에게 운을 떼었고, 그래서 여기에 이렇게 앉아있게 된 거죠."

쪽을 찾아서 남평으로 내려왔다는 준의 말에 고향을 버리고 사랑에 매달리고자 했던 지난 세월이 부끄러워 내 얼굴은 발개진다. 어차피 준이 알아버릴, 아니 준에게 말해야 할 의무 같은 것이 가슴에 차올라 나는 더듬거리며 말한다.

"한동안 고향을 찾지 않다가 갑자기 어머니의 죽음을 전해 듣고 놀란 가슴으로 뛰어 왔었지. 어머니는 다음날 찾아올 자신의 죽음도 예상하지 못했는지, 마당의 달항아리엔 여느 때처럼 고무래로 팔뚝이 시도록 저어 만든 꽃거품이 인 쪽물이 그득하더군. 방에는 색색으로 물든 쪽빛 천들이 차곡차곡 개어져있었고……. 내가 당도하자, 아랫마을에 사는 어머니 친구 분이 말하는 거야. 야야, 이런 날벼락도 있다냐? 긍게 뭐시냐. 이번의 쪽물은 정말 마음에 든담서 좋은 값으로 팔아 니 결혼 밑천 해야 쓰겄다고 좋아혔는디, 밤새 안녕이라등만 이게 뭔 난리라냐. 그려도 오늘이 장날인 것이 천만다행이랑게! 그랗게 요즘 심심찮게 방송에 나오지 않더라고? 노인네 혼자서 살다가 죽었는디, 아무도 모르고 있다가 썩는 냄새가 진동해서야 발견됐다는 그런 소식 말여. 장날이라 나가 이곳에 와 봤응게 망정이지, 이 외딴곳에 사람이 죽었는지 살았는지 누가 알껴? 계속되는 노인네의 사설을 끊고 나는 울면서 소리쳤지. 호랭이에게 물려가 육시를 당해도 시원치 않을 놈들도 눈 벌겋게 뜨고 큰소리침서 살고 있는디, 생판 잘못도 없는 당신이 호랭이에게 물려가듯 이렇게 가버리면 나는 어떡허냐고."

사인은 심장마비였다. 장례를 치르고 어머니의 유품을 정리하던 나는 삼십년이 넘게 어머니의 손길로 반질거리는 달항아리를 껴안고 엉엉 소리 내어 울었다. 단순함과 기교를 부리지 않는 묵묵한 모습이 너무 좋다며 어머니가 아끼던 항아리였다. 물론 어떻게 얻게 되었는지 어떤 사연이 깃들어있는지 직접 듣지 못했지만 아끼는 모습이 보기에 유난스럽기는 했다.

보고만 있어도 너그럽고 따뜻한 마음을 불러일으킨다는 달 항아리, 거짓이 없는 순박한 모습이 너무 좋아 꼭 이 항아리에 꽃거품을 만들어야 가을하늘보다 더 푸른 쪽빛을 얻는다고 고집 피우던 어머니였다. 사랑이란 명목으로 어머니의 가슴에 두 번이나 못질을 해댔던 잘못을 이제라도 비는 마음에서, 모든 것을 정리하고 내려와 이렇게 살고 있다는 내 설명에 준이 신기하다는 듯이 말한다.

"누님! 알아요? 누님이 지금 말하는 도중에 사투리를 사용할 땐 전혀 더듬지 않았다는 사실을…… 알고 있어요?"

순간 머리에서 발끝까지 찌르르 관통하듯 지나가는 통증으로 몸이 흔들린다. 서서히 사그라지기 시작하는 가마의 숯에서 발하는 빛이 눈앞에서 흔들리고 있다. 내가 말을 더듬기 시작한 원인이 바로 그것이었구나. 체증처럼 가로막고 있던 무언가가 목을 타고 넘어오는 듯. 그러자 거짓말처럼 가슴이 후련해진다.

그날, 그이의 부모를 만나는 날 결과는 최악이었다. 그와의 약속에 따라 난 거짓말을 했고, 거짓을 진실처럼 포장하기 위하여 자꾸 꾸며대야만 했다. 서울말 흉내는 냈지만 내 억양에 미심쩍어하던 그의 부모는 강하게 고개를 흔들었다.

나에 대한 소문을 알고서 하는 소리인지 무심코 하는 말인지 느닷없이 준이 말한다.

"누님! 선배 하나가 어느 날 소리 소문 없이 사라져버린 거예요. 놀란 부모가 여기저기 수소문했지요. 그랬더니……"

"그랬더니?……"

"글쎄! 미국으로 날아가 있더라니까요."

"왜?"

"그게……. 여자의 부모는 자식을 위해 슬그머니 용인을 해 주었는데, 선배의 부모가 목에 칼이 들어와도 안 된다고 했대요. 그래서 선배가 여자를 끌고 비행기를 타버린 거지요."

나는 준에게 고향이 어디냐고 묻는다. 준이 웃으며 두 손을 번쩍 치켜들며 대~한민국! 하고 외친다. 한 덩어리로 뭉쳤던 그날의 함성이 떠올라 우리는 마주보고 깔깔대며 웃는다. 외국으로 나가면 우리의 고향은 대한민국인데, 그래 우리의 고향을 이제부터 한국이라 해두자.

약속대로 그가 어렵게 구한 책을 보내왔다. 딸리는 영어실력으로 준의 도움을 받아가며 인도와 우리나라의 전통염색방법을 비교해보던 중 인도에 가서 전문적인 염색 공부를 하고 싶은 열망에 휩싸였다. 급기야 그런 내 생각을 메일로 띄웠고, 그는 반색을 하며 곧바로 비행기표를 끊어 보내왔다. 한동안 고민을 했으나, 결국 준의 권유를 받아들이기로 맘을 정했다. 그렇게 맘을 정하고 나니 남아있는 준에게 여러 가지 알려줄 것이 많아졌다.

고무래질이 일정치 않으면 색깔이 베어나지 않게 되니 조심해야 할 것이며, 쪽대와 콩대를 태워 만든 잿물을 정확한 비율로 섞어 두 달가량 가끔 저어주어야 한다고, 내가 떠난 뒤 해야 할 작업에 대하여 자세하게 설명을 한다. 그래도 못미더워 더 설명을 하려고하자 준이 내 말을 막는다.

"쪽이 잠에서 깨어날 때까지 말이죠?"

"그려, 긍게 그걸 보고 물발이 섯다고도 허는디, 그건 윗물은 청색이고, 아랫물은 녹색이 되었을 때를 말하는 것여. 그때가 바로 염색이 가능하다는 표지랑게."

짐을 챙기며 나는 생각한다. 인도에 가서 그를 만나면 반갑게 손을 잡고 내 고향의 텁텁한 인사말로 이렇게 말하리라.

'그동안 맴쪼께 상혔지라? 나도 그에 못지 않았응게 너무 억울하다 생각마소 잉? 우리 이제부터 친구로 지내는 건 어떤겨?. 무담시 속 끓이지 말고 말여라. 그것도 좋은 생각 아닌 게벼. 안 그려요?'

마당에 서있는 미루나무의 긴 그림자가 토방을 넘어 기다랗게 놓인 쪽마루를 거의 다 침범하고 있을 무렵 나는 가방을 들고 마당으로 내려선다. 쪽물색소에 양조식초를 알맞게 섞어 열 번이나 반복하여 염색을 한 천은 가슴시린 하늘빛을 담고 빨랫줄에 걸려있다. 그 천을 사이에 두고 준과 내가 마주선다. 준이 한쪽 손으로 천을 잡더니 일 미터 팔십 센티가 넘는 헌칠한 몸매를 쪽빛 천으로 도르르 감는다. 온몸이 남색고치처럼 변한 준이 줄 위로 불쑥 고개를 드밀며 말한다.

"여기는 내가 잘 지키고 있을 터이니 아무 걱정 말고 다녀오세요. 누님!"

처음 나를 찾아온 그때처럼 준이 웃으며 한쪽 눈을 찡긋한다. 벌린 입사이로 석류 알처럼 고르게 박힌 하얀 이가 햇빛에 투명하게 반사되어 눈이 부시다. 일 년 후 남평으로 돌아오면, 자연의 생명력이 응축된 은은한 쪽빛을 스스로 찾아낸 준이 반갑게 날 맞이하겠지. 그때가 되면 나도 어머니처럼 누군가를 용서하고 사랑도 할 수 있으리라. 가슴에 번지는 희망으로 떠나는 발걸음이 한결 가뿐하다.

쪽빛보다 더 푸른 가을하늘이 한층 높아져있고, 투명한 빛 사이로 쪽물이 날아가는 것이 보인다. 쪽물의 반사광 뒤로 보일락 말락 정겨운 얼굴이 떠오른다. 오랜만에 보는 미소 띤 어머니의 깊게 가라앉은 눈동자에 쪽빛 같은 평화가 깃들어있다.

바람에 흔들리는 줄 위의 쪽염 천들은 무심하게 물감을 뿜어내고 있다. 물을 흠뻑 머금었다가 푸하고 내뱉을 때 생기는 물보라사이에 무지개 같은 스펙트럼이 눈앞에 펼쳐진다. 연한 하늘색에서 짙은 군청색까지. 나는 천천히 발길을 옮긴다.

낙타초

*

　간밤에 나는 다섯 번이나 깼다. 며칠 전에는 네 번이었는데, 어느새 한번이 늘어난 것이다. 이러다간 정말 잠든 시간보다 깨어있는 시간이 더 길어질지 모르겠다는 불안이 엄습한다. 더구나 깨어날 때마다 남편의 서재로 통하는 문에 귀를 쫑긋대며 비밀스럽게 엿듣고 있는 자신을 발견하고, 가슴이 덜컥 내려앉는다.

　자신에게 남편의 부재를 확인시키기 위하여 나는 서재 문을 연다. 무덤 같은 어둠 속에서 벽에 그려진 희끄무레한 학들이 날개를 펴고 벌떡 솟구친다. 자유의 비상. 소리 없는 함성. 나는 스위치를 올린다. 고고한 학들이 춤을 추듯이 날갯짓을 한다.

　환하게 밝혀진 서재에는 떠난 남편의 물건들이 책상위에서 얌전하게 주인을 기다리고 있다. 잉크, 만년필, 미니 캘린더, 그리고 데모지가 가지런히 놓여있다. 거봐! 아무도 없잖아? 나는 가만히 읊조리며 문을 닫는다. 문 옆에 걸려있는 법구경의 문구가 눈에 들어온다. 매일 한 장씩 넘기던 부처님 말씀이 주인을 잃고 남편이 떠난 날짜에 멈추어 있다. 나는 오늘 날짜로 맞춘 다음 매일아침 남편이 한 것처럼 소리 내어 읽는다.

非空非海中 非隱山石間 莫能於此處 避免宿惡殃
허공도 아니오, 바다도 아닌 곳./ 깊은 산 바위틈에 들어 숨어도/
일찍이 내가 지은 악업의 재앙은/ 이 세상 어디서도 피할 곳 없나니.

세상 어디에도 피할 곳 없다는 악업의 재앙을 피해보려고 남편은 어디로 떠난 것일까. 깨었을 때 매번 똑같은 행동을 반복했건만 일어날 때마다 건넌방에 의식의 귀를 쫑긋 세우곤 한다. 떠난 게야. 진정 떠나버린 게야. 다짐하듯 단념을 가슴에 쓸어 담는다.

그 덕분에 방광에 오줌이 채일 여유가 없다. 내가 일어나서 모든 상황을 인식한 순간 소변이 마려운 것 또한 병적이다. 지금 쏟아버리지 않으면 제대로 잠을 이루지 못할 것이라는 강박감과 함께 심한 요의를 느낀다. 소변을 참으면 몸에 해롭대! 친절하게 일깨워주던 남편의 목소리가 귓가를 스친다. 가슴이 무척이나 따스한 사람이었는데.

쏟고 났는데도 개운치 않은 아랫도리를 방바닥에 밀착시키고 엎드려 잠을 청한다. 그때마다 어김없이 귀에 들리는 소리. 깊은 동굴 속에서 울려 퍼지듯 낮게 들려오는 소리의 울림에 어깨가 저절로 들썩인다. 한동안 몸을 흔들던 나는 의식하지 못한 채 북채를 겨며 쥔다.

더엉, 구웅, 구웅, 구웅, 따드락, 따악딱

귀청에 울리는 소리에 맞추어 나는 장단을 친다. 창문으로 스며든 가로등의 여린 불빛이 출렁이는 나의 손놀림을 이상한 실루엣으로 벽에 그린다. 점점 고조되는 빠른 장단에 입이 스르르 열린다.

가나, 헤/ 연당의 밝은 달 아래 채련하는 아해들아/ 십리 장강 배를 띄워 물결이 곱다 하고 자랑을 말어라/ 그 물에 잠든 용이 깨고 보며는 풍파일까 염려로구나, 헤

사람이 살며는 몇 백년이나 사드란 말이냐/ 죽엄으 들어서 노소가 있느냐/ 살어서 생전시으 각기 맘대로 놀거나, 헤

그때다. 간장을 녹이듯 끊어질 듯 이어지는 구성진 소리를 밀쳐내듯 전화벨소리가 요란하게 울린다. 쓰러지듯 소리를 멈춘 나는 이승과 저승을 구별하지 못하듯 잠시 우두망찰한다. 계속 울려대는 벨소리에 진저리를 치며 수화기를 든다.

"당신 말이야. 도대체 지금 몇 시인지 알고 있는 거요? 모르는 거요? 하루 이틀도 아니고 밤마다 이러니 어디 살수가 있나. 원."

나는 아무 말도 못하고 수화기를 놓는다. 그리고 다시 화장실로 향한다. 버드나무 가지에 물이 오르듯 팽팽하게 차오른 방광이 금방 터질 것만 같다. 화장실을 다녀온 나는 이불을 뒤집어쓴다. 그리고 어렸을 적부터 귀에 못이 박히도록 들어온 그러나 편히 불러 보지 못한 소리, 육자배기를 소리죽여 이어간다.

공산명월아 말 물어보자./ 님 그리워 죽은 사람이 몇몇이나 되드냐
/ 유정 애인 이별하고 수심 겨워서 살수가 없네/ 언제나 알뜰한 님을
만나서 만단 회포를 풀어 볼거나, 헤

　　내 정은 청산이요 임으 정은 녹수로구나./ 녹수야 흐르건만 청산이
야 변할소냐/ 아마도 녹수가 청산을 못잊어 휘휘 감돌아들거나, 헤

　남도소리로 전라도소리의 특징을 고루 지닌, 가락이 아름답고 가사
도 정교한 육자배기는 어머니가 아끼는 소리다. 잔치자리에 불림을 받
아갔을 때나, 행사마당에 소리꾼들이 돌아가며 신명을 내는 그런 자리
에서 어머니는 늘 이 노래를 불렀다. 시김새가 정교하고 가락이 어려
워서 아무나 쉽게 부르지 못하는 이 노래를 어머니는 어느 구절은 처
량하게 또 어느 구절은 정겨운 느낌을 가득 담은 목소리로 불러내곤
했다. 어렸을 적 이 육자배기를 흉내라도 낼 양이면 어머니는 역정을
내며 꾸짖곤 했다.

　─ 니는 나가 못 이룬 이 나라 최고가는 명창이 되어야 혀. 그렇게
이런 짧은소리엔 관심도 두지 말랑게. 알것쟈? 니는 꼭 득음을 혀서
판소리 명창 오정숙맨크롬 돼야 하니께.

　여성으로서 처음으로 판소리 다섯마당을 완창 했다는 오정숙 명창
은 어머니에겐 꿈과 같은 존재였다. 제법 소리꾼 목청을 타고난 나에
게 어머니는 오정숙 명창만큼만 되라고 주술을 걸듯 말했다. 어머니가
돈 많은 사람들의 잔치 상에 흥을 돋우는 그런 일로 불려 나갈 때마다
신신당부하곤 했다.

　─ 나가 와 요로코롬 되었간디. 니 아부지를 만나 철모르고 혼인헌

것이 바로 사단이 나고 만 거여. 니는 절대 결혼하지 말아야 한당게.
내말 명심혀야 써..

명창이 되어 판소리 다섯마당을 부르는 나를 보는 것이 소원이라던
어머니, 나는 아직까지 어머니의 그 소원을 풀어주지 못했다. 아니 앞
으로도 풀어주지 못할 것이라는 생각에 나는 우울해진다. 인연의 끈이
란 쉽게 맺을 수도 그렇다고 쉽게 풀 수도 없는 일, 그것이 인연이라면
명창이 되지 못해도 좋다고 생각한다.

*

무엇 하러 여기에 와 있는가. 찾고자 하는 것은 과연 무엇인가. 정
말 찾을 수는 있을 것인가. 끊임없이 속으로부터 끓어오르는 질문과
의심과 좌절과 혼돈……. 아, 숨이 막힌다.

그는 지금 미얀마의 수도 양곤에 위치한 마하시 수도원에 있다. 탁
발의 전통이 오롯이 살아있는, 옛 불교의 전통을 고스란히 간직하고
있는 수도원. 김해 다보선원 비구승 사리풋다 스님에게 이끌려 이곳에
온지 벌써 한 달이 넘는다. 스님과 동행을 자청한 것은 오로지 잃어버
린 기억을 찾기 위함이었는데 아직 얻은 것은 하나도 없다.

마하시 수도원의 수행방법은 특이하다. 석가모니 당시의 수행방법
이라 하는데, 1950년대에 체계화한 것이라 한다. "위파사나 수행법"이
란 이름으로 세계적인 명성을 얻고 있는데 출가자와 재가자들이 함께
수행하는 곳으로도 유명하다. 출가를 결심하지 못하고 미적거리고 있
는 그에게 사리풋다 스님이 반강제적으로 끌었다. 자신을 찾을 수 있

는 더 할 수 없이 좋은 기회임을 강조하며 동행을 강요하다시피 했다.

'위파사나 수행법'이란 고대 인도어로 "바로 본다"의 의미라고 스님은 설명한다. 수행자가 자신의 몸과 움직임을 세밀히 들여다봄으로써 번뇌에서 벗어나는 수행법이라고 한다. 이곳에 올 때만 해도 그를 옭매고 있는 모든 것을 과감하게 끊어버리고 싶다는 욕망이 들끓고 있었다. 스님의 말대로 수행을 하면 잃어버린 기억을 되찾을 수 있을 것이고, 짐이 되고 있는 인연의 매듭도 풀릴지 모른다는 희망을 품었다. 그래서 스님과의 동행을 수락했는데.

살아온 기억을 송두리째 잃어버린 그, 혼미한 기억 속에 살아가야 한다는 것이 아내에게나 자신에게 커다란 짐으로 작용할 줄은 몰랐다. 아내를 떠나 버틸 수 있을 때까지 견뎌보리라 하던 결심은, 아직도 의식의 한끝을 팽팽하게 잡아당기고 있는 아내로 인해 자꾸 흔들린다. 아내가 그를 붙잡아서가 아니라 스스로 아내에게 예속되려는 강한 힘이 그를 지배하기 때문에 인연의 끈을 놓아버리기가 몹시 힘들다. 도망치듯 이곳 미얀마까지 떠나 와서도…….

는개가 흩어지는 새벽 6시 자주색가사를 걸친 스님들이 검은 옻칠을 한 바리때를 들고 탁발을 준비한다. 모두 맨발이다. 그도 사라뿟다 스님의 뒤를 슬며시 따라붙는다. 말 한마디 없이 움직이는 스님들의 모습은 마치 물속을 유영하는 물고기 떼 같다. 수십 명이 움직이는 행렬이 변사 없는 무성영화의 한 장면처럼 펼쳐지고 있다. 이곳은 승려가 아니더라도 남자들은 의무적으로 출가경험을 해야 하며 출가경험이 많을수록 존경받는 사회라고 한다.

그가 출가하겠노라고 선언했을 때, 아내와 장모는 마른하늘에 날벼락을 맞은 것처럼 놀란 표정을 지었다. 아내 가연은 이내 눈물로 애원했고 장모는 회유와 위협을 번갈아 했다. 그러다가 그의 고집을 꺾지 못할 것을 확인한 순간 장모는 말했다.

— 나가 이 두 눈 시퍼렇게 뜨고 지켜 볼팅게. 얼마나 고매한 고승이 되는지 지켜볼 것이고만. 인자 자네와 내 딸의 질긴 인연은 이것으로 끊긴 것으로 알 것잉게. 우연찮게 죽었다는 소식을 듣는다 혀도 서로 찾지 말더라고 잉—.

한번 있는 탁발은 한 시간 반가량 동네 한 바퀴를 돌며 행해진다. 스님 한 사람이 일곱 집을 돌아 밥을 얻는다. 따뜻한 밥이든 찬밥이든 거친 밥이든 채소든 고기든 주는 대로 받아온다. 탁발로 가져온 밥은 그날 사시(오전 9시~11시) 공양과 다음 날 아침(5시) 공양 때 모두 같이 나누어먹는다. 그는 이러한 식사관습을 참아내기 힘들었다. 잡탕처럼 모아진 밥은 목구멍으로 넘어가지 않았다. 그러나 공양시간이 아니면 식사는 할 수 없다. 더군다나 오후에는 철저하게 불식이 지켜지고 있었다. 공양을 건너뛴 그는 배가 고파 오후의 수행을 따라하지 못했다. 그럴 때마다 사리풋다 스님이 곁에서 그를 일깨워주곤 했다.

— 욕망이 생기면 지옥과 낙원이 생기고, 욕망을 버리면 지옥과 낙원이 사라질 것입니다.

그러나 아무리 노력해도 공양시간만 빼고 오후 내내 하는 수행은 그에겐 버거웠다. 앉아서 하는 좌선과 걸으면서 하는 경행의 반복된 수행을 제대로 해 본적이 없다. 좌선할 때는 꿈결 속에서 세속의 인간을 만났고, 경행 중엔 아직도 끈질기게 따라붙는 세속의 유혹으로 선에 들지 못했다. 지금쯤 아내는 무엇을 하고 있을까? 아직도 인연의 끈을 놓지 못하고 허둥대고 있지나 않은지. 어느 새 그는 먼 하늘을 날아 아내의 곁을 맴돌고 있었다.

큰 눈에 눈물을 글썽이며 떠나지 말라고 애원하던 아내의 모습이 떠오른다. 아내에게는 아무런 잘못이 없다. 아내 곁을 떠난 이유는 명확하다. 아내의 앞날에 자신이 장애물 밖에 되지 못한다는 것을 깨달았기 때문이다. 그러나 그는 사실대로 말하지 못했다. 희망을 버리지 않고 있는 아내는 이런 그의 마음을 이해할 수 없을 테니까. 사실 표면상으론 행복했던 순간에 그가 내린 결정은 뜬금 맞기는 했다. 어쩌면 그 시기에 읽은 수피 시인 카비르의 다음과 같은 글이 결심을 부추겼는지도 모르겠다.

저쪽 언덕으로 건너가려 하는가. 내 가슴이여/ 여행자도 길도 없는데/ 삶의 율동이, 영혼의 휴식이 저 언덕 어디에 있단 말이냐/ 영혼이여, 도대체 어느 곳을 아직도 갈망하고 있는가/ 저 '텅 빈 것' 속에는 아무 것도 없는데/ 모든 환상을 멀리하라/ 그리고 어서 그대 자신과 마주서라.

모든 환상을 버리고 자신과 마주서고 싶다는 열망은 도대체 언제부터 싹튼 것인가. 그에게 사제의 길로 들기 위한 신학교 시절이 있었다고 한다. 아내는 자기만 만나지 않았더라면 그가 신부가 되었을 것이라고 말했다. 그의 어머니는 그를 하느님께 봉헌한 일을 제일 큰 축복으로 삼았으며, 하느님의 선택된 종이 되기를 간절하게 기도했노라고 아내가 전해 주었다. 그런데 왜 신부가 되지 못했을까?

*

　그날 나는 구룡 계곡에 있었다. 해마다 음력 4월 초파일이면 아홉 마리 용이 하늘에서 내려와 아홉 군데 폭포에서 노닐다가 다시 승천한다는 전설 때문에 그렇게 이름 붙여진 계곡이다. 계곡은 물이 깊고 흙이나 모래가 없이 온통 바위와 돌로 이루어져있다. 나무와 암벽이 기묘하게 어우러진 속을 흐르는 수정처럼 맑은 물은 선경이 따로 없다. 그 빼어난 경관인 구룡폭포 앞에 자리를 잡고 나는 소리를 연습하고 있었다. 떨어지며 내는 폭포의 힘찬 물소리와 겨루기라도 하는 것처럼 며칠 째 그곳에서 목을 틔우고 있었다.

　어머니가 이곳으로 나를 끌고 온 날은 전주대사습놀이 판소리부분에서 내가 장원을 한 날이기도 했다. 하늘의 별을 딴 것만 같은 기쁨에 들떠있는 나. 그러나 어머니는 이미 다른 생각을 하고 있었다. 자신이 어려서부터 청을 다듬던 이곳에 나를 내려놓은 어머니는 엄한 어조로 신신당부했다.

　— 산공부허기에 여기처럼 안성맞춤인 곳은 없을 거여. 나가 여기서 일 년만 더 공부혔으면 명창들과 동무하기에 섭섭치 않았을 것인디. 아녀. 그것은 쓰잘데기 없는 소리고 니는 모든 걱정 다 잊어뿌리고 소리만 생각혀야 헌다. 뒷바라지는 어떡허든 나가 다 헐팅게, 너는 다른 생각 허들 말고 어느 날 심봉사가 번쩍 눈뜨듯 그렇게 득음을 얻으랑게. 사실 말여. 말로는 쉽지. 득음이 고렇코롬 쉬운 건 절대 아녀. 이 폭포 아래에서 노래를 할라치면 목이 풀렸다 잠겼다 수십 번도 더

허겄지. 그럴 때마다 좌절도 하고 신명이 나기도 허는데, 그런 과정을 니 스스로 이겨내야 허는 겨. 몸도 붓고 말을 전혀 못할 정도로 수련을 하다보면, 몇 번이고 목에서 피를 토하게 되고 그럴 적마다 죽고 싶도록 고통스럽겄제. 그러나 그 고통을 이겨내고 니가 원하던 소리를 얻게 되면 그게 바로 득음인 거여.

원하던 소리를 얻을 때까지 집으로 돌아올 생각도 말라며, 어머니는 그렇게 다짐을 하며 나를 혼자 두고 산을 내려갔다.

운명의 시각 나는 춘향가 한 대목을 연습하고 있었다. 웬일인지 아침부터 목이 풀리지 않아 속도 상하고, 어머니에게 향한 짜증이 마음을 불편하게 만들었다. 그 탓인지 목이 잠겨오기 시작했다. 그런 차에 날씨마저 내 마음처럼 찌푸려들더니 끝내 후덕후덕 빗줄기가 떨어졌다. 나는 비를 피하려 하지 않았다. 장대처럼 굵어지는 빗줄기를 몸으로 받아내며 눈을 감고 목을 풀어나갔다.

향단이 썩 나서며 "하마터면 우리 아씨 낙상할 뻔하였다!", "허허, 사서삼경 다 읽어도 쫄쫄이 문자가 처음이라더니, 인제 열대여섯 살 먹은 처녀가 시집도 안 가고 낙태하였다네!", 춘향이 그네에서 내려서며, "그 애가 언제 낙태했다 하더냐, 낙상할 뻔하였다 허였지!" 방자 허허 웃고, ……

얼마나 심취해있었던가. 소리에 푹 빠져 시간이 어찌 지나가는지 모르고 있었다. 그때였다. 가슴 속 깊은 곳으로부터 화산이 폭발하듯 분출하는 뜨거운 기운에 나는 아하! 하며 놀랐다. 목구멍을 타고 솟아오르는 뜨거운 열기. 입가로 번지는 비릿한 역겨움, 앞가슴을 적시는 선홍색 선혈, 이 순간을 얼마나 목마르게 기다렸던가. 나는 감동에 몸을 떨었다.

그런데 감동도 잠깐이었다. 수런수런하는 심상찮은 분위기에 눈을 떴다. 내가 앉아 있던 바위 바로 옆으로 큰 물살이 제 몸을 여지없이 깨뜨리며 밀려가고 있었다. 계곡물을 건너가기엔 물살이 너무 셌다. 발만 동동대는 나를 보며 건너편에 모여 있던 사람들은 어쩔 줄을 몰라 했다. 그때 청년 하나가 나섰다. 마침 부근에 있던 텐트를 고정했던 줄을 이어, 한쪽 끝을 자신의 허리에 묶은 청년은 사람들에게 끈을 붙잡게 했다. 미친 듯이 흐르는 물살을 조심조심 헤치며 청년이 내 곁으로 다가왔다. 청년의 따스한 손을 꽉 움켜쥔 채 나는 계곡을 건넜다. 그러나 이내 정신을 놓고 말았다. 내가 정신을 차렸을 때 청년은 보이지 않았다.

얼마나 울렸을까. 뒤집어 쓴 이불 때문에 들리지 않던 전화벨 소리다. 또 이웃집 남자의 지청구는 아니겠지? 하면서도 수화기를 드는 손이 떨린다. 어머니다.

"아작도 소식이 없는 것여? …… 그랑게 나가 그렇게 말렸잖여. 느그들은 결혼하면 안 된다꼬. 말렸는디 고집을 부려 쌓더니 이게 무신 꼴여 꼴이. …… 니 몸은 괜찮은 겨? 약은 제때에 빠트리지 않고 먹고 있겠제? 약사가 그러는디 나이가 젊다고 깐볼 건 아니대여. 그러다가 아주 못 보는 수도 있응게 어서 서둘러야 허지 싶당게. …… 왜 대답이 없는 겨?"

노심초사하는 어머니의 잔소리에 나는 수화기를 내려놓는다. 아직도 자신의 딸이 명창이 되는 꿈을 버리지 못하고 있는 어머니가 나는 몹시 부담스럽다. 자신을 구하기 위하여 목숨을 걸었던 청년, 그를 만난 순간 사랑의 불길에 휩싸이고만 운명을 어찌할 것인가. 나를 구한 청년은 허리에 묶은 끈의 이음새가 풀어져 100m이상 급류에 떠내려갔다. 겨우 목숨을 건지 청년은 사흘 동안이나 혼수상태에 빠졌다.

*

혼자서 경행에 몰두하던 사리풋다 스님이 그의 곁으로 다가와 선다. 아마 수행 중에 번뇌하는 모습을 발견한 듯싶다. 수행 중에는 묵언의 규율을 철저히 지켜야하기 때문에 스님은 곁을 슬며시 지나는 것으로 그의 분심을 없애려고 애를 쓴다. 주위를 살펴본다. 명상에 잠겨 한없이 느린 동작으로 걷고 있는 수행자들이 보인다. 이곳에 오기 전에 스님의 설명이 생각난다.

— 자신의 미세한 움직임을 놓치지 않고 관찰하다 보면 실제 움직이는 것이 나와는 다른 무엇이라는 느낌을 갖게 됩니다. 이것이 바로 무아의 경지를 실제로 체험해 보는 것인데, 바로 위파사나 수행의 참된 모습입니다.

무아의 경지에 들고 싶다는 욕망 하나만 가지고 이곳으로 온 것은 아니다. 세속의 번뇌에서 탈출하고 싶은 그의 마음을 아무도 이해해주지 않아도 좋았다. 달아나 버린 과거의 한부분이라도 붙잡을 수만 있다면.

꿈인가. 허벅지까지 푹푹 빠지는 사막을 그가 걷고 있다. 무엇을 찾을 수 있을 것인가. 눈앞에 펼쳐진 사막은 가도 가도 끝이 보이지 않는다. 죽음의 사막, 다클라마칸의 주름진 구릉은 마치 붉은 피를 흘리는 것만 같다. 그동안 이곳을 넘으려다 목숨을 잃은 사람은 얼마나 많았을까? 군데군데 쌓인 돌무덤의 흔적으로 남아있는 그곳을 지날 때는 머리칼이 쭈뼛거리며 곤두선다. 이곳의 온도는 도대체 몇 도나 될까? 온몸이 땀으로 젖어, 팥죽처럼 뚝뚝 흐르는 땀이 모래밭에 떨어지기도 전에 증발해 버리는 이곳을 지금 그는 무엇을 찾으러 가고 있는가. 어디를 향하여 가는 것인가. 그의 연약한 의지는 절망으로 치달아 이제 금방 숨이 넘어갈 듯 가슴은 뛰고 하늘이 노래진다. 그 순간 저 멀리 손짓하는 오아시스를 발견한다. 이제 살았구나 하는 생각으로 그는 기운을 차린다. 죽을힘을 다하여 그곳까지 갔는데 오아시스는 그를 놀리듯 다시 저만치에서 손짓한다. 제발 그곳에 멈추어다오. 기도하는 마음으로 또다시 힘을 낸다. 그를 유혹한 오아시스 앞에 드디어 당도한다. 그러나 그것은 망망대해 모래바다에 돋아난 가시투성이 낙타초다. 사막의 안내자인 낙타가 죽음의 사막에서 배고픔을 참지 못하고 이 풀을 먹게 되면, 온 입안이 가시에 찔려 피투성이가 되어 죽고 만다는 사연을 간직한 풀, 아! 낙타초.

다시 무언가를 좇아 허둥지둥 발을 옮기는 그의 앞에 유유자적 길을 걷고 있는 구법승의 뒷모습이 보인다. 이 죽음의 사막을 매일 백리 가까이 걸어 인도로 불법을 구하러 갔던 법현 스님도 같다. 아니 페르시아에서 이 사막을 건너기 위하여 길을 떠난 이슬람순례자인가? 그들은 뒤따르는 내 발자국 소리나 거친 숨소리에도 돌아보지 않는다. 그가, 아니 그들은 무엇을 구하러 이 죽음의 사막을 넘고 있는가.

눈 깜짝할 사이에 구법승도 낙타초도 사라지고 사막에는 회오리바람이 인다. 바람을 따라 하늘 높이 기둥을 만들던 모래알이 우수수 비처럼 쏟아진다. 모래 비는 그의 온몸을 겹겹이 눈처럼 덮는다. 어느덧 그는 모래 속에 파묻힌다. 그런데 이상하게도 그의 몸을 덮은 모래이불이 새털처럼 가볍다. 마치 어머니 품처럼 포근하고 감미로운 기분에 쌓여 아예 몸을 맡기며 눈을 감는다. 행복하다. 아니 아무런 생각도 나지 않는다. 그 때 어디선지 선에 대한 가르침이 들려온다.

"깨닫고 보면 이전과 똑같다. 그곳에는 깨달을 마음도 없고, 깨달을 진리도 없다. 진정한 깨달음을 얻게 되면 삶과 죽음에 물들지 않고, 가고 머무름에 구애받지 않는다. 특별히 뛰어나고자 원하지 않아도 뛰어남이 스스로 이른다."

눈을 떴는데 또 꿈인지. 뒷모습만 보이며 걸어가는 여인의 모습이 웬일인지 낯이 익다. 그는 가만가만 뒤따라가 본다. 가끔 꿈처럼 나타나는 저 여인은 도대체 누구일까? 왜 항상 뒷모습만 보이는 것일까? 당신은 누구입니까? 왜 자꾸 나타나는 것입니까? 잠시 걸음을 멈춘 여인은 땅에 무언가를 놓고 순식간에 사라진다. 뒤따르던 그는 여인이 놓고 간 물건을 집어 올린다. 아! 묵주.

소스라치며 눈을 뜬다. 좌선 중에 나타난 모습이 생시처럼 생생하다. 여행용 가방을 뒤진다. 잡동사니 물건을 헤집고 밑바닥에서 손에 잡히는 것을 꺼낸다. 어머니가 평생 손에서 놓지 않았다던, 반질반질 윤이 나는 묵주가 잡혀 나온다. 사흘 만에 깨어난 아들의 손에 쥐어주며 너는 꼭 사제가 되어야 한다고. 그 말이 마지막 유언이었노라고 아내가 전해 주었다.

어머니가 남긴 유일한 유품을 가방 깊숙이 처박아놓고 까마득히 잊고 살아왔다. 그런데 그 낯익은 여인은 이제 와서 무엇 때문에 그에게 묵주를 기억시키려 하는가. 그리고 지금 새삼 어머니의 묵주를 들고 그는 왜 이렇게 가슴이 설레는 것인가.

아내에게 빌붙어 사는 것은 그에게 또 다른 고통이었다. 그런 생활이 계속되자 장모는 아내의 창창한 앞날을 막은 그를 곱게 보지 않았다. 장모의 계속되는 질책은 그의 의식을 벼랑 끝으로 내몰았다.

— 니는 내처럼 살지 말라고 고로코롬 빌었는디. 무슨 년의 팔자가 이리 똑 같을꼬. 아이고. 망할 놈의 인사들! 죄다 웬수랑게. 웬수.

장모의 말처럼 아내는 그를 원수로 생각하지는 않았다. 아내는 그의 기억을 찾아주려고 무던히 애썼다. 힘들어 할 때마다 아내는 간곡하게 말하곤 했다.

— 기도하세요. 당신의 어머니가 믿고 의지하던 주님께 매달려 보세요.

아내와 함께 살면서 그가 할 수 있는 일이라곤 방에 틀어 박혀 책을 읽는 것이 고작이었다. 책속에 파묻혀 살면서 그는 한없는 무상함에 젖어들었다. 모든 것이 헛되다는 하느님의 가르침이나 인간이 무상하다는 부처님의 말씀이나 다 가슴에 깊이 와 꽂혔다. 그가 할 수 있는 일은 욕망을 제거하고 곁을 떠남으로써 아내를 자유롭게 해 주는 것밖에 없다는 생각에 출가하겠노라고 선언했다.

떠나려고 짐을 챙기는 그에게 아내는 물었다.

― 우리의 사랑이 정말 진실이었을까?

순식간에 타오른 감정이라 진실이었는지 아니었는지 모르겠다는 그의 솔직한 대답에 아내는 불같이 화를 내는 대신 혼잣말을 했다.

― 당신의 생각을 이해하는 것이 내겐 너무 힘들어.

참선 중에 또 깜박 졸았던가. 아내가 보인다. 아니 낙타가 보인다. 낙타초를 입에 가득 삼킨 낙타는 피투성이가 된 입을 다물지 못한다. 그러더니 어느 새 낙타는 아내의 모습으로 변한다. 아내의 눈에서 쉴 새 없이 번져 나오는 피. 피……. 아내에게 도대체 무슨 일이 일어난 것인가.

*

간밤을 거의 뜬눈으로 새운 나는 오늘따라 밤이 참 길다고 생각한다. 아직도 희끄무레한 창문을 바라보며 오늘은 꼭 하리라 마음먹는다. 요즈음 들어 더욱 예민해진 탓에 똑딱거리는 초침소리에도 잠을 잘 수가 없어서 시계를 모두 없애버렸다. 그래서 다른 때처럼 창문의 밝기로 시간을 가늠해본다. 아직 여명이 찾아들지 않았는지 주위가 너무 어둡다. 나는 불을 밝히기 위하여 전기스위치를 올리려 한다. 그런데 이상하다. 있어야 할 곳에 스위치가 없다. 아니 보이지 않는다. 무슨 일이 일어난 것인가. 덜컥 겁이 난다. 다급한 내 목소리에 수화기 저편의 어머니가 달랜다.

"내 금새 뛰어 갈팅게 쬐끔만 참고 있더라고."

정말 쉬지 않고 뛰어왔는지 턱까지 숨이 차오른 어머니가 현관문을 들어선다. 어머니 품으로 뛰어든다. 덜덜 떨고 있는 내 등을 어머니는 안쓰러운 듯 토닥인다. 일시적일 것이라는 어머니의 위로도 귀에 들어오지 않는다. 심하면 눈이 보이지 않을 수도 있으니 빼먹지 말고 약을 잘 챙겨먹으라던 어머니의 말을 나는 귓등으로 흘려보냈다. 급성 당뇨는 심해지면 작고 가는 혈관이 손상되는 것이 특징이어서 특히 눈의 망막혈관이 상해서 시력이 떨어진다. 방치하면 실명할 수도 있다는 약사의 말도 나는 무심하게 흘렸다. 새삼 살고 싶은 의미를 잃었는데 약이 무슨 대수란 말인가. 그랬는데 정말 보이지 않는다. 이제 남편이 돌아온 대도 볼 수 없겠다는 생각이 들어 가슴이 아리다. 참지 못하고 속내를 털어놓자, 어머니는 또 불끈 쏘아붙인다.

"뭣여? 지금 어미 앞에서 그 잘난 사랑타령으로 내속을 홀랑 뒤집어 놓아야 니 속이 씨원허냐? 지지리도 못난 년 같으니라고."

그렇게 말을 하면서도 속으로는 사위걱정을 하고 있음을 나는 가슴으로 느낀다. 자신의 꿈을 내가 이루어주기 바라는 마음이 너무 강하여 일부러 무지한 듯 심술을 부림도 안다. 병원에 빨리 가보자는 어머니께 나는 어리광을 부린다.

"그곳에 가고 싶다. 가서 목청껏 소리 지르고 싶어."

북과 녹음기를 챙긴다. 그리고 녹음기 옆에 있던 뜯지 않은 열장 묶음의 녹음테이프를 가방에 넣는다. 챙 넓은 등산모자와 선글라스를 쓴다. 나의 움직임을 걱정스레 바라보던 어머니는 별도리 없음을 눈치 채고 내가 챙긴 가방을 둘러맨다. 그렇게 고집부리다가 한평생 어둠속에서 살겠느냐고 역정을 내면서도 어머니는 못이기는 척 앞장을 선다.

어머니는 내 생각마저 읽었음인가. 행선지를 묻지도 않고 차를 몰고 나선다. 나는 창밖을 물끄러미 내다본다. 환한 빛 속에서도 창밖풍경이 아슴푸레하다. 나는 아예 눈을 감는다. 눈을 감고도 환하게 볼 수 있는 모습들.

섬진강 강물 위에 환상의 그림 같은 두가교가 보인다. 다리는 짙은 파란색이다. 주위의 자연색과 어울리는 색상이 매우 아름답다. 가교형식의 철제다리인 두가교를 나는 소리공부를 위해 여러 번 건너다녔다. 사람들은 두가교를 구름다리 또는 바람다리라고도 부른다. 여럿이 지날 때는 물론이고, 살짝 바람만 불어도 다리가 출렁대기 때문에 붙여진 이름이다. 눈을 감고 잠자코 있는 내가 안쓰러웠던지 어머니가 말한다.

"저 맑은 섬진강 물에 걸린 두가교는 참 정감어린 다리랑게. 나가 어렸을 적엔 저 다리가 없었당게. 작은 목선을 타고 강 양쪽을 건너지른 쇠줄을 당겨가며 강을 건너 다녔어야. 지금도 곡성군 고달면에 가면 그때처럼 마치 오이를 반으로 쪼개서 띄워놓은 것 같은 나룻배로 줄을 당겨서 건너가는 줄나루가 있당게."

어머니의 설명에 나는 고개를 주억거린다. 설명하지 않아도 이 부근의 경치는 내 머리에 이미 각인되어 남아있다.

차는 두가교를 지나 압록역으로 향한다. 섬진강상류에 위치한 압록은 지리산과 백운산의 산그늘과 강변에 빽빽하게 우거진 대나무 숲으로 사철 푸르다. 강에 비친 빛깔이 청둥오리의 모가지빛깔이라 하여 압록이라 했다던가. 저 섬진강 어느 곳에서 한가로이 견지낚시를 즐기는 사람들의 모습을 나는 머릿속에 그려본다. 심심하지 않게 올라오는 누치, 은어, 참마자의 손맛을 즐기는 낚시꾼들의 환호성이 들려오는 것만 같다.

"어머니, 아버지 이야기 좀 해 주세요."

내가 진지하게 청한다. 어머니는 새삼스럽게 무슨 소리냐는 듯 반응이 없다가 계속 졸라대자 어쩔 수 없다는 듯 입을 연다.

"그래야. 사람의 인연이란 참으로 묘하제. 한번 맺은 인연은 하늘의 뜻이 아니고는 도저히 끊을 수 없다는 걸 이렇게 나이가 들어서야 알았응게."

어머니 나이 열여덟에 아버지를 만났다. 소리에 미친 듯 빠져있던 어머니였지만 불같은 아버지의 구애에 그만 좋아하던 소리공부도 중단했다. 어렵게 얻은 행복이었는데 임신 팔개월인 어느 날, 아버지는 온몸이 왕창 조각나버린 주검으로 돌아왔단다.

"니 아부진 나가 명창이 될 때까지 소리공부를 시켜준다고 약속혔지. 돈 걱정은 허들 말라고.…… 어떡허든지 나를 명창 맨들려고 위험한 일을 도맡은 거여. 긍게 거 뭐시냐. 폭탄이었는디,…… 그려, 다이너마이트였어. 고것을 공사장으로 운반하는 일을 허면 수당이 훨씬 많았응게. 욕심이 생겼겠제."

결혼한다고 했을 때 어머니가 왜 그렇게 죽기 살기로 반대했는지 나는 이제야 이해한다. 유복자로 남겨진 나를 위해서 자신의 꿈을 접어야 했던 어머니. 불행이 딸에게 이어질까봐 노심초사하는 심정이었으리라. 어머니의 손을 가만히 잡아본다. 딸 하나 잘되길 바라는 마음으로 헛웃음 흘리며 소리 팔아 살아온 세월이 참 힘들었을 어머니의 손이 따스하다.

차는 어느 덧 하동포구 팔십 리를 숨 가쁘게 달려 곡성에 다다른다. 돌실낳이와 낙죽장도, 약대추, 단감, 딸기, 고사리, 토란대, 취나물, 가죽자반, 두릅, 영지버섯, 표고버섯, 산수유, 매실, 검정쌀과 청결미, 토하젓, 새우젓, 멸치액젓이 특산품인 이곳 곡성강가에는 줄배가 고즈넉이 떠 있겠지.

내가 가보고 싶다는 곳이 어디인지 어머니는 묻지 않는다. 나 또한 행선지를 말하지 않는다. 그러나 차는 약속이나 하듯 구례를 지나친다. 그리고 '꽃피는 마을'이라는 산동면에 다다른다. 봄이면 이 일대 반경 50km가 계곡과 돌담사이에 산수유 등 흐드러진 꽃들이 천지를 뒤엎는다는 마을이다. 마을을 지나 지리산에서 가장 큰 절인 화엄사에 당도한다.

주차장에 차를 대고 둘은 말없이 계곡으로 향한다. 길을 더듬는 내 손을 꼭 잡고 어머니가 앞장선다. 계곡 앞 펑퍼짐하고 널따란 바위위에 나를 앉힌다. 어머니와 내가 소리를 다듬느라 수시로 앉았던 자리.

어머니는 준비해 온 카세트에 테이프를 넣고 북채를 잡는다.

더엉, 구궁, 구웅 구웅, 따드락, 따악딱.

호남좌도 남원부는 옛날 대방국이라 허였것다. 동으로 지리산, 서으로 적성강, 남북강성하고 북통운암허니 곳곳이 승지요, 산수정기 어리어 남녀간 일색도 나려니와, 만고 충신, 관행묘를 모셨으니 당당한 충렬이 아니 날 수 있겠느냐.……

아니리로 시작하는 춘향가의 첫대목이 신명나게 펼쳐진다. 이미 그곳에는 누구도 접할 수없는 신기의 기운이 서서히 퍼지고 있었다. 두 눈을 꼭 감은 채 마치 신선과 주고받듯 소리가 어우러진다. 어머니의 추임새와 장단도 내 신명에 덩달아 감칠맛 나게 이어진다. 두 모녀는 이미 소리의 기다란 줄로 이어져 한 몸이 되어 산자락을 넘나들고 있다.

지리산 산자락 곳곳에, 계곡 사이사이에 동학농민들의 넋으로부터, 서로 다투던 빨치산과 토벌대들의 원혼들을 하나하나 잠재우듯 소리한다. 어머니는 내 소리에 맞추어 얼씨구, 좋다! 으이, 좋지! 추임새를 넣고, 꺾어질 듯 다시 이어지는 소리는 산자락을 돌아 산봉우리까지 미친다. 오늘 판소리 다섯마당 눈 대목을 다 훑을 기세다.

소리판이 벌어지는 곳에는 구경꾼이 있을 법 한데 오늘 소리를 듣는 청중은 없다. 그러나 금낭화, 할미꽃, 산괴불주머니, 노루귀, 앵초, 애기똥풀꽃, 제비꽃들이 귀를 빠끔이 열고 열심히 듣고 있다. 돌배, 팥배, 으름나무, 산목련 등 토종나무 들도 서로 빠질세라 귀를 활짝 열고 구경한다. 사람이 없으면 어떠리. 생명을 잉태한 거대한 자연이 모두 관객인 것을.

어느새 춘향가에서 심청가로 이어진다.

만좌 맹인이 눈을 뜬다. 전라도 담양 새갈모 떼는 소리라. 짝 짝 짝 허드니 모두 눈을 떠버리는 구나…… 가다 뜨고 오다 뜨고 서서 뜨고 앉어 뜨고……

눈을 감고 소리를 하는 내 앞이 어느덧 환해진다. 뜨고 뜨고 모두 뜨고. 그랬다. 눈을 뜨고도 보지 못하면 맹인이요, 눈을 감고도 모든 것을 볼 수 있으면 맹인이 아니지 않는가. 나는 어머니의 장단에 신이 오른 듯 이어 부른다. 흥부가 수궁가 그리고 적벽가를.

제갈 양은 칠종칠금허고 연인 장익덕은 의석 엄 안 허고, 관공은 화룡도 좁은 길으 조 맹덕을 살으란말가. 천고의 늠름한 대장군은 한수 정후 관공이라, 더질더질.

맺은 말인 더질더질을 끝으로 다섯 마당 판소리의 눈 대목을 다 더듬었다. 정말 신명난 한마당이었다. 몇 시간이나 흘렀을까. 온몸이 땀으로 흠뻑 젖은 두 사람. 넓은 바위위에 그대로 누워버린다. 땀이 흠뻑 젖은 어머니의 손을 아랫배에 가져다대며 내가 묻는다.

"이 생명을 나도 잘 키울 수 있을까?"

어머니는 말이 없다. 누워서 올려다보는 하늘은 구름 한 점 없이 맑다. 차츰 또렷해지는 시야에 낯익은 얼굴이 떠오른다. 묵주를 든 시어머니가 환한 미소를 보낸다. 아가, 걱정 마라. 시어머니의 목소리인지 어머니의 목소리인지 분별할 수 없는 소리가 허공에서 들려온다.

'살기' 와 '지내기', 그리고…

— 노령魯玲 창작소설집 『바람의 눈』에 붙임

임 명 진

(문학평론가 · 전북대 교수)

1.

이 창작집에 실린 작품을 읽은 독자라면 '산다는 것은 무엇인가?' 라는 막연한 질문에 다시금 마주치게 될 것이다. 전에도 종종 마주쳤었지만 그 때마다 답을 찾으려 하기는커녕 애써 외면해왔던 그 질문에……

정녕 하루하루 삶을 '살아가는' 일이란 무엇이란 말인가?

인간의 일생은 죽음으로의 나그네 길에 지나지 않는다.

— L. A. 세네카

생활은 어디까지든지 맹목적으로 우리의 본능을 채찍질한다. 연자 매를 돌리는 눈 가린 당나귀 모양으로 하고 한 날 고생바퀴를 뺑뺑 돌리다가 한 줌의 흙을 뒤집어쓰고 끝장을 내건만 그래도 살고 싶다.

— 심훈

산다는 것은 무엇인가? 산다는 것은 죽어가는 것 같은 것을 끊임없이 자기로부터 떼어내는 일이다.

— F. W. 니체

어떤 이 있어 나에게 묻되, "그대는 무엇 때문에 사느뇨?" 하면 나는 진실로 대답할 말이 없다. 곰곰이 생각노니 살기 위해서 산다는 박에 다른 도리가 없다. (중략) 도시 산다는 내가 누군지도 모르고 사는 판이니 어째 살고 왜 사는 것을 모르고 산들 무슨 죄가 되겠는가?

— 조지훈

2.

이상의 유명한 철인이나 문사들의 '삶의 담론' 들은 각기 무릎을 치도록 하건만, 그렇다고 해서 바로 이것이 정답이라고 자신 있게 말할 수도 없다.

우리가 날로 쓰는 말 속에서 어떤 실마리를 찾아보자

우리말에 '삶을 영위하다' 의 뜻으로는 '살다', '살아가다', '지내다', '보내다' 등이 있다. 그런데 '살다' 나 '살아가다' 보다는 보통 '지내다' 나 '보내다' 를 자주 사용한다. '요즘 어떻게 지내십니까?', '지난 주말 잘 보냈니?' 등등……. '요즘 어떻게 살아가십니까?', '지난 주말 잘 살았니?' 라고 물으면 '이 사람 뭐야?' 라는 시선으로 정색하고 돌아볼 것이다.

국어사전에는 '살다'는 '목숨을 지니고 존재하다', '일정한 데에서 자기 생활을 영위하다' 등의 뜻으로, '살아가다'는 '살림을 꾸려나가다'의 뜻으로 풀이되어 있다. 반면 '지내다'는 '생활하다' 외에 '서로 사귀어 살아오다', '(시간이나 상황을) 넘기다', '(어떤 직책을) 맡아 일하다', '(어떤 일을) 치르다' 등의 뜻으로, '보내다'는 '(시간이나 세월을) 지나가게 하다' 외에 '(무언가를) 다른 곳으로 가게 하다', '(상대방에게) 어떤 동작이나 표정을 나타내 보이다' 등의 뜻으로 풀이되어 있다. 그렇다면 '생활을 영위하다'의 뜻을 표현하기로는 '살다'나 '살아가다'가 '지내다'나 '보내다'보다는 더 정확한 단어라고 할 수 있다. 이런 더 정확한 어휘를 두고도 우리는 어찌 '지내다'나 '보내다'를 더 자연스럽게 쓰는가?

　'살다'나 '살아가다'는 항상 자동사自動詞이다. 반면, '보내다'는 항상 타동사他動詞이고, '지내다'는 '생활하다'나 '서로 사귀어 살아오다'의 뜻 외에는 타동사로 쓰인다. 우선 이 '자동自動'과 '타동他動'의 차이를 주목할 필요가 있다. 즉 '살아가다'의 주체는 세계 속에서 스스로 움직이지만, '보내다'의 주체는 제삼의 무엇인가로 하여금 다른 곳/때로 움직이도록 하고 그 스스로는 움직이지 않는 존재이다. 즉 전자는 시간의 흐름에 동화된 채 능동적으로 세계 내에 참여하지만, 후자는 흐르는 시간의 그 흐름 밖에 객체로 존재하면서 시간의 흐름을 대상화한다. 한편 '살다'나 '살아가다'의 주체는 다른 (살아가는) 것들과 관계가 없거나 혹간 있다고 해도 미미할 뿐이다. 그러나 '지내다'나 '보내다'의 주체는 다른 무엇인가가 있어야 존재 가능하고, 또 그것과 긴밀한 관계를 유지하기도 한다. 그런데 그 관계에서 대체로 수동적이다.

요컨대, '살다'의 주체는 절대적 존재요 능동적 존재라면, '지내다'나 '보내다'의 주체는 상대적 존재요 수동적 존재이다. 그래서인지 '살기' 앞에는 '열심히'나 '아등바등' 등의 말을 붙이면 어울릴 것 같고, '지내기' 앞에는 '조용히'나 '그럭저럭' 등이 오면 적당할 것 같다.

다시 앞의 물음으로 되돌아가서, 왜 우리는 '잘 살았니?'보다 '잘 지냈니?'에 익숙한 것일까? 우리의 의지에 따라 우리의 삶을 능동적으로 전개하기보다는 보이지 않는 무엇에 의해 움직이는 세상/삶에 우리는 적응하는 수동적인 존재라고 여기기 때문이 아닐까? 그래서인지 '지내다'에는 '견디다'의 의미도 다소 함의되어 있는 것 같기도 하다. 우리 누구든 태어나는 순간 이 세상에 적응해야 하고 그런 과정을 거치면서 한 생을 '지내야/견뎌야' 하는 존재이기 때문일까?

그러나 우리는 어쩔 수 없이 '지내야' 하는 존재이지만, 거기에 만족치 않고 '살기'를 원한다. 그래서 '지내기'는 숙명이지만, '살기'는 염원이다. 우리의 삶은 '지내기'와 '살기'의 연속이다. 일상에의 안주는 '지내기'요, 거기에서의 탈주는 '살기'이다. 제도화된 생활은 '지내기'요, 탐험적 여행은 '살기'다. 관습에 따르기는 지내기요, 그것을 개혁하기는 '살기'다. 틀에 박힌 일상은 '지내기'요, 창조적 활동은 '살기'다.

3.

이 창작집에 실린 열 세편의 단편에는 수십 명의 인물이 등장하는데, 이를 '지내기 형'과 '살기형'으로 대별할 수 있겠다. 「동심원」의 당뇨환자 노파와 유방암 환자인 '나', 「아바타」의 '코풀주', 「외줄타기」의 건달 아들, 「바람의 눈」의 뇌수막염 환자와 '나'의 남편, 「쌍둥이바람꽃」의 치매 환자인 시고모와 그를 보살피는 '나', 「거울」의 간질 환자인 '나'와 암말기 환자인 김미려, 「쇼팽 발라드……」의 '나'의 남편 등은 전자에 속하고, 「외줄타기」의 광대 아비, 「무엇을 남기고…….」의 강씨, 「아바타」의 '교수님', 「셸 위 댄스」의 '여자', 「거울」의 단소 장인匠人 '아버지', 「꿈꾸는 손」의 자수 예인 '나'와 승희, 「쇼팽 발라드」의 피아니스트 아버지와 닥종이 공예가 '나'와 피아니스트를 꿈꾸는 '아들', 「달항아리」의 염색 장인 '나'와 진준, 「낙타초」의 소리꾼 '나'와 어머니가 후자에 속한다.

이 글은 작품집을 이해하는 단초를 이 두 유형의 인물들 간의 길항拮抗 관계에서 찾고자 한다.

4.

먼저 '지내기형' 인물을 살펴보자.

'지내기형' 인물들 중 「아바타」의 '코풀주', 「바람의 눈」과 「쇼팽발라드」의 '나'의 남편, 「외줄타기」의 건달 아들, 그리고 「빨강 지갑」의 '남자'는 공히 일상의 권태와 세속적 가치에 함몰되어 있다는 점에서 이 유형 인물의 전형성을 띤다. 자신의 세속적 출세를 위해 능력과 성실을 겸비한 교수를 모함에 빠트리는 「아바타」의 '코풀주', 천성적으로 게을러 아내의 수입에 의존하는 것을 당연시하고 이에 만족하는 「바람의 눈」의 '남편', 하루 일과로 다방·피시방·당구장·모텔방을 다람쥐 쳇바퀴 돌듯 전전하는 「외줄타기」의 '나'는 그 스스로 일상성에 함몰되어 있는 것조차도 자각하지 못한다.

그러나 작가는 '지내기형' 인물로 이런 인물을 내세우려 한 것 같지 않다. 오히려 그 나머지 인물들, 즉 지독한 중병 때문에 여생을 '견디는' 인물들에 주목하고 있는 것 같다. 말기암 등의 불치병으로 요양병원에 입원해 있는 여인들(「동심원」), 뇌수막염으로 요양원에서 죽음을 준비하는 남자(「바람의 눈」), 치매환자로 친정조카에게 얹혀사는 노파(「쌍둥이바람꽃」), 간질병으로 퇴직당하고 여생을 보내려 고향을 찾은 '나'(「거울」), 간암 말기로 자살할 곳을 찾아 귀향하는 김미려(「거울」) 등에게 있어 삶은 이제 지내는 것이 아니라 견디는 일이다. 아마도 작가는 '지내기'의 극단으로서의 '견디기'에 주목하는 것 같다.

그런데, 이들은 불치병을 앓기 전에는 대부분 '일상을 지내온' 사람들이었다. 「동심원」의 '나'는 섬유공장 미싱사로, 「거울」의 '나'는 은행원으로 이전의 삶을 그럭저럭(또는 나름대로 성실하게) '지내온' 사람들이다. 이들은 평범한 일상을 지내오다가 어느 순간 견디는 삶으로 전환한다. 한편 「동심원」의 노파의 굴곡진 삶이나, 스스로 평생 동안 "불행을 몰고 다닌 여자"라 자조하는 「거울」의 김미려의 한생이나, 청춘소박으로 한을 안은 채 일찍이 치매환자가 되어 조카의 보살핌을 받는 「쌍둥이바람꽃」의 '당신'의 삶은 '지내기'와 '견디기'의 반복이었다가, 불치병이 걸린 이후부터 '견디기'로 고착된다.

이제 이들에게는 일상을 평범하게 지내는 것조차 쉽게 허락되지 않는다.

사십대 후반으로 보이는 여자는 아직도 자신의 처지를 인식하지 못하는 것처럼 굴었다. 위암 말기라는 판정이 오진일까? 의심이 갈 정도로 병색은 그다지 깊어 보이지 않았다.

가라앉을 대로 가라앉은 병실의 침묵 속에서 여자는 혼자 있는 것처럼 행동했다. 병실 사람들은 호기심이 가득 찬 시선으로 작은 가방을 꺼내는 여자를 보지 않은 척 지켜보고 있었다. 여자는 아세톤을 꺼내더니 화장 솜에 묻혀 손톱을 닦기 시작했다. 그제야 여자가 무엇을 하려는 건지 눈치 챈 병실사람들은 모두 한 대 얻어맞은 것처럼 멍한 표정을 지었다. 그러면서도 여자의 다음 행동을 궁금한 얼굴로 기다렸다. 여자는 작은 가방 속을 아예 침대 위에 쏟아 붓는 것이었다. 주르르 굴러 나오는 작은 병들, 그것은 색색의 매니큐어였다. 빨주노초파남보 무지개 색에 흰색, 은색, 금색까지. 병실 사람들은 아예 입을 딱 벌린 채 아무 말도 하지 못했다. 열 손가락에 각기 다른 색을 정성스럽게 입히고 있는 여자를 보면서, 병색을 느낄 수 없는 이유를 알아챘다.

— 「동심원」에서

이 작품의 공간적 배경은 말기암 환자들이 입원한 요양병원이다. 위 인용은 초점화자 '나'의 목소리와 시선으로 서술·묘사된 병실 풍경이다. 여기에서 새로 입원한 '여자'는 말기암 환자로서 여생을 견뎌야 하지만, 그 이전의 일상을 재연함으로써 그곳으로 복귀하고자 하는 열망을 드러내고 있다. 이 작품의 주인공 '노인'이 임종 직전에 준치찌개를 끓이는 것도 이런 열망의 표현이다. 「쌍둥이바람꽃」에서 치매 걸린 '당신'이 '나'에게 옷과 밥으로 포악을 부리는 일도 맥락은 같다.

그러나 이들의 '열망 실현'은 일상적 공간에서는 허락되지 않는다. 그래서 이들의 행동은 일면 희화화戱畫化되기도 하지만 다른 면으로는 그만큼(아니 그 이상으로) 처절해지기도 한다. 이런 처절성은 「동심원」의

'나'가 유방암 수술 전 애인에게 자진해서 몸을 허락하는 데에서, 「거울」
에서 '나'와 김미려의 '최후의 조찬(?)'을 나누는 데에서 고조된다.

> 부엌 쪽에서 들리는 달그락거리는 소리에 눈을 뜬다. 어느새 환히
> 밝아온 방안이 제법 훈훈하다. 밖으로 나가자 그녀가 웃는 얼굴로 세
> 숫물을 떠준다. 내가 잔 방에 군불을 지펴 데웠는지 물은 알맞게 덥혀
> 져 있었다. 세수를 하고 주방으로 들자, 이미 밥상이 차려져 있다. 어
> 디서 구했는지 된장을 푼 아욱국이 입맛을 돋운다. 고맙다는 말도 없
> 이 밥 한 그릇을 순식간에 해치운다. 설거지를 하는 뒷모습을 보며 그
> 녀를 붙잡고 싶은 생각에 시달린다. 발작하는 내 모습을 본다면 그녀
> 도 아내처럼 떠나리라. 차라리 가슴 속에 묻어둔 첫사랑으로 남겨두는
> 것이 좋을 것이라 생각하고 입을 다문다.
>
> ——「거울」에서

간질환자로서 직장과 아내로부터 버림받은 '나'와 간암말기로 자살을
결심하고 고향을 찾은 '그녀'가 우연히 만나, 수몰로 섬이 된 고향 뒷산
에 '나'의 동생이 미리 마련해둔 외딴집에서 하룻밤을 같이 보내고 나서
벌이는 아침풍경이다. 위 밑줄 친 부분은 보통의 부부로서는 매우 평범
한 일상이다. '나'뿐만 아니라 '그녀'(김미려)도 이런 일상으로의 복귀
를 갈망하고 있음을 쉽게 간파할 수 있다. 그러나 이들의 혹독한 질병은
이를 허락치 않는다. 호수 내부의 작은 섬에 있는 외딴 집에서의 단 하루
라는 제한된 시·공간에서만 그것이 허락된다.
그렇다면 「동심원」, 「쌍둥이바람꽃」, 「거울」의 인물들은 불치병으로

해서 일상조차 허락되지 않은 '지내기형' 인물들의 비극성을 다루고 있다고 할만하다. 그리고 이런 비극성은, 그 원인 때문에 각도는 조금 다르지만, 「외줄타기」에서 건달인 '나'의 사고사와 「빨강 지갑」에서 양모를 죽음으로 몰고 간 '남자'의 자살에서도 발견된다.

이제 '지내기형' 인물의 성격과 그 작품을 개략적으로 정리할 필요가 있겠다. 우선 '지내기형' 인물이 등장하는 작품의 결말은 대체로 비극적이다. 작가는 그들이 평범한 일상으로 복귀하는 것을 쉽게 허락하지 않는다. 끝내 불치병으로 여생을 그저 간고하게 견디도록 하거나 사고나 자살로 '지내기'를 끝장내도록 한다. 「동심원」, 「쌍둥이바람꽃」, 「거울」, 「외줄타기」, 「빨강지갑」에 등장하는 주요인물이 그렇고, 「꿈꾸는 손」의 '나'와 승희의 부모들이 그렇다.

그러면 작가는 왜 이들의 삶을 불행과 비극으로 치닫도록 하는가? 우선 작가는 '지내기형' 인물의 삶을 매우 비판적으로 보고 있음을 반증한 것이라 할 수 있다. 어영부영 세월을 보내고 그럭저럭 일상을 보내는 인물, 또 세속적 가치에 매몰되어 있으면서 윤리적 기준을 벗어난 인물에 대해서는 일반의 독자들도 비판을 할 것이다.(전형적인 '지내기형' 인물인 「바람의 눈」·「쇼팽 발라드」의 남편들에 관해서는, '살기형' 인물에 가까운 「달항아리」·「낙타초」의 남편/애인들에 건네는 내포작가의 대조적인 시선이 아니더라도, 보통의 독자들도 비판을 할 것이다.) 그러나 여타 인물들은 나름대로 성실하게 살려고 노력하고 또 윤리적으로 비난받을 소지도 없는데 왜 비극에 빠지는가?

이 물음에 대답하기는 조심스럽다. 그저 작가는, 우리의 삶이 비록 성실할망정 일상에의 몰입에 불과하다면, 그것은 용납할 수 없다는 단호함을 그렇게 표현한 게 아닐까? 즉 우리는 일상을 외면할 수는 없지만, 일상에 성실하게 매달리는 삶을 최고의 삶이라고 인정할 수는 없다는 것이 아닐까?

일상에의 성실함은 나쁘지는 않지만, 아무래도 거기에 매달리는 삶을 최고로 칠 수는 없다. 그것은 자칫 일상에의 질식과 일상에의 익사를 초래할 것이고, 이는 평생 동안 꿈꾸기를 반복하는 우리들에게는 나므나 가혹한 일이기도 하다.

아! 그래서 작가는, 비록 성실하기는 하나 그저 지내기로 만족하는 인물들은 '그러려면 남은 여생은 조금은 잔인할망정 견디면서 지내시라'고 하는 것 같다.

5.

이 작품집에는 '살기형' 인물이 수적으로 우세하다. 열세 단편 중 아홉 작품의 주인공들이 이에 해당한다.

「아바타」의 전진 교수는 사회적 명성에 연연하지 않고 IT 기술 개발에 혼신의 노력을 경주한다. 평범한 회사원 '나'는 회사의 현안 과제를 해결하기 위하여 대학 때 은사인 전 교수를 찾아가지만, 그는 이미 자신의 연구결과가 이 불공평한 사회에 어울리지 않다고 판단하여 세속을 버리고 은둔한 처사處士가 되어 있었고. '나'는 교수의 처사적 삶에 동화되어 자신의 용무도 잊어버린다. 「외줄타기」의 '아비'는 건달 아들인 '나'의 극력반대에도 불구하고 외줄타기 광대 노릇을 버리지 못한다. "자식을 특별하게 잘 키운 것도 아니고 남겨줄 재산도 없으면서 그리고 이제 늙어서 생활을 책임질 능력도 없는 주제에 예능인으로서 도도한 태도를 고수하는 아비는 나를 열 받게 한다." 그래서 '나'는 '아비'와는 반대로 건달 세계에 빠져들어 방탕한 세월을 보내면서 '아비'의 줄타기에 훼방을 놓지만, '아비'는 늘 다시금 줄타기를 반복한다. 「무엇을 남기고……」의 '강씨'는 한낱 드잡이공이 아니다. 그는 미륵사지 석탑 복원현장의 책임자인 '나'를 능가하는 장인정신과 신념을 지니고 있다. 여자교수인 '나'는 완벽한 복원작업에 회의를 갖고 있지만 그의 강렬한 신념과 거부할 수 없는 힘에 이끌리고 결국 그와 몸을 섞고 나서 복원작업에 매달리게 된다. 「셀 위 댄스」의 '여자'는 "디오니소스적인 것의 아폴론적 완성"으로서의 무용이라는 완벽한 예술 경지를 추구한다. 그래서 그녀의 춤은 단순한 '제비'의 단계를 벗어나지 못했던 '영태'에게 예술적 영감을 안겨주고, 그래서 영태는 군대시절 겪은 성 폭행의 후유증을 이겨낸다. 「쇼팽 발라드」에는 삼대에 걸친 예인이 등장한다. 순수음악을 고수하는 피아니스트 '아버지'와, 어머니의 죽음을 아버지 탓으로 생각하여 아버지를 증오하지만 결국 닥종이 공예가의 길을 걷는 딸과, 외할아버지의 핏줄을 이어받아 엄마의 반대에도 무릅쓰고 피아니스트의 길을 가고자하는 '아들'이 그들이다. 이 삼대는 '어머니'와 '남편' 문제로 심리적 갈등을 겪지만 자신의 예술 활동을 버리지 못한다. 「거울」의 '아버지'는 천형 같은 간질환자이지만 쌍골죽으로 단소를 만드는 장인으로 평생을 살아간다. 「꿈꾸는 손」에는 어렸을 적 지독한 가정적 불행을 심각한 상처로 간직한 '나'와 '승희'가 수예라는 공통분모 안에서 서로가 서로에게 동일시(同一視)와 자기투사를 반복해나간다. 그들은 서로의 상처를 이해해가면서 더욱더 공동작 '활옷' 완성에 심혈을 기울인다. 「달항아리」의 '나'와 '진준'은 과거의 불행한 기억을 잊지 못하지만 '쪽 염색'의 최고 경지를 탐구하는 과정에 매달린다. 「낙타초」에서 '나'는 심한 당뇨로 인한 실명의 위험 속에서도 친정어머니의 염원인 명창이 되기 위하여 판소리 학습에 목숨을 건다.

이상의 인물들은 대체로 예인·장인·명인에 속한다. 그들은 일상을 평범하게 보내거나 지내지 않는다. 그 일상으로부터 탈주하기도 하고 또 끊임없이 창조적 활동을 도모하기도 한다. 이들의 일상 탈주나 창조 활동의 동인은 겉으로는 꿈찾기의 열망에 있다.

"이것이 무슨 옷인지 아시죠? 이 옷에 수를 놓아주세요."

그녀는 붉은 색 겉 길에 청색 안을 넣어 만든 옷을 나에게 내민다. 옷을 펼친다. 명나라에서 들어온 장배자가 변화한 옷이라는 활옷이다.

(중략)

"그런데 이 옷을 어디에 쓸 거죠?"

이미 어렸을 적 어머니로부터 들어 알고 있던 내용이어서 새롭지도 않았거니와 그보다는 모처럼 만난 호재를 그냥 넘길 수 없다는 듯 내가 급히 물었다.

"<u>잃어버린 꿈을 찾고 싶어서…… 이해하지 못하겠지만 꿈만 찾을 수 있다면……</u>"

— 「꿈꾸는 손」에서 * 밑줄 : 인용자

이 작품의 '그녀'(승희)에게 활옷에 수를 놓는 것은 '잃어버린 꿈을 찾는 일'이다. 그런데 그 일에는 과거 대학시절 순애와의 경쟁과 그 이전의 불행한 가족사 등이 실타래처럼 얽혀 있다. 즉 겉으로는 최고의 자수공예가가 되고자하는 '꿈'과 결부되어 있지만, 그 근원에는 비정상적인 부모의 죽음이 남긴 트라우마tranma가 자리잡고 있는 것이다.

'살기형' 인물들은 공히 정신적 상처를 지니고 있다. 그런데 그 상처의 근원은 가족 공동체의 붕괴(이는 가족구성원의 죽음이나 이혼·별거 등의 양상으로 표현됨)나 천형 같은 질병에 있다. 「아바타」의 전진 교수는 '코풀주'의 계략에 빠져 아내와 이혼하게 된다. 「외줄타기」의 '아비'는 제어미를 발로 걷어차는 불효막심한 아들로 인해 일찍이 상처喪妻하고 이후로도 늘 아들의 구박을 받는다. 간질환자인 「거울」의 '아버지'는 그것 때문에 두 번의 결혼생활에 파란을 겪고 평생을 불행에서 벗어나지 못한다. 「꿈꾸는 손」의 승희는 부모의 충격적인 죽음을 겪었으며, '나'는 어머니의 불행한 죽음과 아버지의 가출을 겪었다. 또한 「쇼팽 발라드」의 피아니스트 '아버지'와 '나'는 이혼 또는 별거 상태에 있고, 「달항아리」의 '나'는 부모의 불행한 죽음과 애인과의 이별이란 상처를 지니고 있다. 「낙타초」의 소리꾼 '나'는 유복자로 태어나 불우한 환경에서 자랐고 남편은 자신으로 인해 기억상실증 환자가 되어 가출하였으며 그 자신은 또 중증 당뇨환자이다.

그러나 그들의 예인·명인으로서의 활동은 그런 정신적 상처나 질병을 치유하는 기제로 작용한다.

그때를 기억하는지 준의 어조가 떨린다. 무슨 일이 있어 저리 힘들까? 궁금했지만 나는 더 묻지 않았다. 가슴에 남은 상처를 치유하는 방법은 사람마다 다르고 또한 그건 남이 대신 해 줄 수 없는 것, 스스로 딛고 일어나야 됨을 나무나 잘 알기 때문이다.

— 「달항아리」에서. 밑줄 : 인용자

　'준'에 있어 '가슴에 남은 상처'는 소년 시절 만난 첫사랑 '명희'의 죽음이다. 십 수 년 전 명희가 건네준 쪽빛 손수건이 그 상처의 표상이고, 그래서 그는 쪽빛 염색을 통해 상처를 치유하고자 한다.

　'살기형' 인물들에게 예술 활동 또는 장인·예인 생활은 이런 트라우마를 치유하는 유일한 방도가 된다. 「아바타」의 전진 교수는 (전)아내로 인해 누명을 뒤집어쓰지만, 이를 딛고 향후 50년 후에 빛을 볼 연구 업적을 남긴다. 「외줄타기」의 '아버지'는 아들의 구박과 훼방에도 불구하고 광대노릇으로써 삶의 활기를 이어간다. 「거울」의 '아버지'의 단소 제작과 청성곡 연주는 아내로부터 버림받은 자신의 상처를 치유하기도 하지만, 대물림으로 간질을 이어받은 '나'의 상처를 감싸기도 한다. 「꿈꾸는 손」의 '나'와 '승희'는 가족사의 지독한 불행과 정신적 상처를 '활옷'의 완성으로 "훨훨 날려 보내 버"리며, 「쇼팽 발라드⋯⋯」의 예인 3대는 예술을 통해 상호의 상처와 증오를 씻고 결국은 화해의 길로 들어선다. 「달항아리」의 '나'는 염색 공예를 통해 부모의 불행한 죽음으로 남겨진 정신적 부채를 씻고 또 옛 애인과의 재회도 가능하게 되며, '준'은 첫사랑 '명희'의 죽음에 얽힌 트라우마를 해소해나간다. 또한, 「낙타초」의 '어머니'는 소리 공부로 청상靑孀의 슬픔을 이겨내고, '나'는 남편의 가출과 자신의 당뇨병을 견뎌낸다. 이들에게 예술 활동은 자신의 문제를 능동적으로 해결해가는 '살기' 위한 탐험이다. 이는 해원解寃을 향한 몸부림이기도 하다.

　이제 '살기형' 인물의 성격과 그 작품들을 개략적으로 정리해보자. 우선 '살기형' 인물들이 등장하는 작품은 '해피엔딩'으로 결말을 맺는다. 그들의 불행한 가족문제가 해결되고 정신적 트라우마도 치유된다. 이 점은 '지내기형' 작품의 결말처리와는 매우 대조적이다. 이런 차이에서, 작가는 '살기형' 인물에 방점을 두고 있음을 감지할 수 있다. '지내기'가 비록 숙명일지라도, 거기에서 벗어나려는 '살기'의 염원이 더 중요하다는 점을 강조한 것이리라.

그런데 여기가 간과할 수 없는 점은, 그 '살기형' 인물의 대부분이 예인藝人이라는 점이다.(전체 아홉 작품 중 「무엇을 남기고……」와 「아바타」를 제외한 일곱 작품에 '살기형' 예인이 등장하며, 「무엇을 남기고……」의 강씨는 장인이지만 일면 예인의 속성을 지니고 있다.) 우리는 여기에서, 작가가 '살기'의 주요한 요소로 예술 행위를 강조하고 있음을 알 수 있다. 더 나아가, 예술 행위가 우리의 단조로운 지내기의 침전물을 걷어낼 수 있고, 또는 그것이 남긴 상처도 치유할 수 있고, 더 나아가서는 숙명 같은 불행에서도 벗어날 수 있다고 강조하고 있음을 알 수 있다.

6.

예술 행위가 '지내기'보다는 '살기'에 가깝다는 점은 자명하다.

일상적 공간, 이미 제도와 관습으로 체계화된 그곳은 세계의 질서를 유지시켜주기는 하지만, 그래서 폐쇄적이고 권태로 가득 차 있기도 하다. 또한 관습과 질서 유지라는 미명 하에 온갖 부조리가 서식하는 곳이 일상이기도 하다. 예술가는 본능적으로 이를 강하게 거부하며, 그 거부감을 예술적 장치로써 표현한 것이 작품이다. 그래서 예술은 일상에의 탈주·비판·저항의 속성을 띤다. 그런 점에서 예술 행위는 근원적으로 '살기'

에 가깝다.

예술은 소극적으로는 '일상성에의 익사'로부터 벗어나려는 몸짓이기도 하지만, 조금 더 적극적으로는 관습화된 부조리에 저항하는 몸부림이기도 하다. 탈주에서 저항까지는 상당한 간격이 있고, 그 간격 내에 어디에 위치하느냐에 따라 예술의 구실도 다양할 수밖에 없다. 또한 그 탈주·비판·저항의 대상 역시 다양할 수밖에 없다. 단순한 권태에서 정치사회적 부조리에 이르기까지 인간사의 일상 속에는 수많은 문제들이 움트고 있거나, 도사리고 있거나, 자라나고 있거나, 또는 번져가고 있기 마련이고, 이를 대상으로 하는 예술은 그 문제의 종류와 양태의 다양성 때문에 또 다양할 수밖에 없다. 이래저래 예술의 속성과 성격은 인생의 그것만큼이나 다양하다고 할 것이다.

그래서 어떤 예술이 모범인가를 따지는 일은 부질없다. 그러나 그것이 무엇으로부터 탈주하는 것인지, 무엇을 비판·저항하는 것인지, 그리고 어떻게 그러하는지를 가늠하는 일은 중요하다. 그 대상과 방법과 장치와 성격 속에 우리 인생살이의 무궁한 속성들이 담겨질 수 있으므로…….

이 작품의 예인들은 대체로 비판과 저항보다는 탈주의 방식을 취한다. 예컨대, 「외줄타기」, 「꿈꾸는 손」, 「쇼팽 발라드」, 「달항아리」, 「낙타초」의 주인공들은 광대, 자수공예작가, 피아니스트, 염색공예가, 소리꾼으로서의 자신의 예술세계를 확보하고 있으면서, 그 예술을 통해 자신의 정신적 상처나 불우한 환경에서 탈주하고자 한다. 물론 「아바타」와 「바람의 눈」의 주인공에서는 사회문제에 대한 비판적 시각이 드러나지만, 그 주인공들은 예술세계에서 일정한 거리를 유지하고 있다. 그리고 보면 이 작품집의 인물들은 그 예인적 성격이 강할수록 비판보다는 탈주 쪽으로 기울어져 있다고 할 수 있겠다.

이제 남은 문제는 그 예인들이 무엇으로부터 탈주하는가이다. 앞서 누차 말했지만, 그들은 지독한 가정 불행이나 개인적인 정신적 상처로부터 탈주한다. 그런데 주목할 점은 그런 불행과 상처가 대부분 예기치 못한 사건 · 사고에 기인하고, 또 그 '예기치 못함'은 (막연한) 숙명이나 인연이란 장치로 제시된다는 점이다. 이 작품집 도처에 드러나는 가족 구성원의 죽음들이 그렇고 배우자와의 만남들과 이별들도 그렇다.

기실 우리의 삶에서 예기된 사건 · 사고란 게 흔치는 않다. 또 우리의 만남들도 막연한 인연으로 치부할만한 게 얼마나 많은가? 그러나 우리의 만남과 사건들이 어떤 연결망과 계기성 안에서 벌어진다면 우리의 삶은 더 진실한 것이 될 것이다. 아무런 연결망과 계기성이 없는 만남이란 얼마나 허망한가? 그래서 우리는 이런저런 만남에 '인연'이란 이름으로 연결망을 가장하는지도 모른다. 그리고 거기에 '숙명' 운운하면서 진실을 덧보태고자 하는지 모른다.

실제의 사건과 만남은 그렇지 않은데, 보통 거기에 이런 '가장'과 '덧보태기'를 하여 이야기하는 경우가 많다. 그러나 그런 담론에 익숙하기는 하지만 감동받기는 어렵다는 것도 사실이다. 주변의 대대수의 사건과 만남이, 비록 익숙한 담론 방식으로 말해질지라도, 어떤 (그럴듯한) 연결망과 계기성을 담보한 진실성으로부터 멀다는 것을 잘 알고 있기 때문이다. 그렇다면 그런 익숙한 사건과 만남이 주목받을 수 있을까? 더구나 예인들의 삶마저도 그러 익숙함을 벗어나지 못한다면, 그 예술의 아우라 aura는 어떻게 해석될 수 있을까?

요컨대, 이 작품집의 예인들의 예술 활동이 개인적인 '해원'의 차원을 넘어서지 못하는 것으로 해석된다면, 그 가장 큰 이유는, 그들이 벗어나고자 했던 불행과 상처가 (우리에게 너무나 익숙한) 가정이라는 숙명적인 공동체 안에서 우연적으로 일어나는 사건에 기인하고 있는 탓일 것이다.

7.

이제 앞에서 언급한 두 유형으로부터 비교적 자유로운 두 작품 「쌍둥이바람꽃」과 「바람의 눈」에 대하여 언급하고자 한다.

필자가 보기에 이 두 단편은 이 창작집에 실린 작품 중 수작秀作에 속한다. 사건 전개가 자연스럽고, 작가의 문체적 특징과 인물의 성격도 잘 어울린다. 그러나 무엇보다도 사소한 일상에서 마주치는 여릿한 서사들을 꿰어 맞추어가는 구성과 여성 화자의 심리 표현이 다른 작품보다 돋보인다.

이 두 작품에는 공히 '지내기형' 인물들이 등장한다. 이들은 여타의 '지내기형' 인물들처럼 불치병을 앓고 있지만, 그렇다고 죽음이나 지독한 견디기로 내몰리지는 않는다. 그것은 이 작품의 뒷처리가 여타 작품과 다른 점에서 확인된다.

「쌍둥이바람꽃」의 '나'는 치매노인 수발이라는 일상으로부터 벗어나는 데는 실패하지만, 그런 일상을 자신의 일로 받아들임으로써 치매노인과는 화해를 하게 된다. 남편과의 불편한 관계도 쉽게 개선될 것 같지는 않지만, "남편을 밑동이로 나란히 핀 쌍둥이바람꽃"의 하나의 꽃대로 살아갈 것이므로, 그녀의 삶은 그 야생화처럼 이어질 것이 확실하다. 화려하지는 않지만 나름의 향기와 자태를 지니고 있는 쌍둥이바람꽃처럼 소박한 삶을 지내게 될 것이다. '나'는 앞으로의 '지내기'를 예상하여 "빈 가슴이 서서히 아려온다"고 하지만, 이런 독백에는 시고모의 삶을 통해 인생의 깊이를 깨닫고 난 사람의 회한도 서려 있다. 더욱 주목할 만한 것은, 이 회한 속에 '지내기'일 수밖에 없는 우리의 삶에 대한 작가의 애정 어린 시선도 담겨 있다는 점이다. 이런 시선은 다른 작품에서 '지내기형' 인물에게 보낸 단호함과는 사뭇 다른 것이다.

「바람의 눈」은 참으로 단순한 서사를 지니고 있다. 뇌수막염을 앓고 있는 '남자'와 그의 간병인 '나'의 심리적 거리가 전체적인 서사 줄기에 해당하므로 이 작품의 스토리는 매우 간단하다. 그 서사가 다소 경쾌한 듯 밝은 문체와 청량한 분위기 묘사와 어울려 맛깔스런 맛을 내고 있고, 두 사람의 심리적 거리가 그들의 가족관계를 통해 간접적으로 부각되어 가는 구성도 자연스럽게 전개된다. 그러나 눈여겨 볼 것은, 이런 소설적 장치에 있지 않고, 애초에 '지내기형' 인물이었던 그들이 작품 말미에서 '살기형' 인물로 전환해간다는 점이다. '남자'의 뇌수막염의 치료가능성 과 두 사람의 새로운 결합이 말미에 암시되어 있기 때문만은 아니다. 그들의 '일상의 질식'으로부터 벗어나려는 노력이 독자에게 공감을 일으키고, 다소 우연적인 처리이기는 해도 결말에서 그 노력이 성취되는 데서, 그간 죽음으로 치닫거나 해원의 몸부림만을 목격한 독자에게 작으나마 심리적 위안을 남겨주기 때문이기도 하다.

소설 속 인물의 운명은 전적으로 작가에게 달려 있다. 정신적 상처나 불치병을 앓는 것은 물론이고 생사의 문제까지도……. 김동인의 "藝術家 란 한 個의 世上―혹은 人生이라 하여도 좋다―을 創造하여 가지고 縱橫 自由로 자기 손바닥 위에서 놀릴만한 能力이 있는 人物이라는 定義"(「自

己의 創造한 世界」)라는 언술도 그래서 설득력이 있다. 그러나 이는 소설 속 인물을 아무렇게나 다루어도 된다는 말은 아니다. 인물의 세계일지언정 그것도 하나의 인생살이요, 소설의 세계가 우리 일상을 빗대어 설정된다는 너무나 분명한 사실을 환기하면, 소설 속 인물의 삶 역시 보통의 우리들의 그것만큼 신중하게 처리되어야 할 것이다. 오히려 소설이기 때문에, 즉 소설이 예술이기 때문에, 그 인물의 삶과 운명은 우리의 것보다 더 신중하게 다루어져야 할 것이다.

이 두 작품이 필자에게 더 좋은 작품으로 읽히는 더 직접적인 이유는, 이 작품에서 인물들의 운명이 더욱 섬세하게 다루어지고 있다고 판단되었던 데 있다.

8.

여태껏 수많은 인물들의 삶을 톺아보았지만, 삶은 사는 것인지 지내는 것인지 아직도 답하지 못하겠다.

그저 두루뭉술하게 다음과 같이 말할 수 있을까? 때로는 지내다가 때로는 살다가 하는 것이라고……. 현실적으로는 '지내기'이지만, 염원하기로는 '살기'라고……. 아니 '살기'를 위하여 '지내기'를 감내하는 과정이라고……. 심지어는 이 사람에게는 '살기'이지만 저 사람에게는 '지내기' 같은 것이라고…….

그러나 어느 것도 정답은 아니다.

이 작품 속에서 살다/지내다 죽어간 인물들이 되살아나 우리 곁에 온다면 그 각각에게 직접 되묻고 싶다.

"당신에게 삶은 무엇이었습니까?"